Julie von Kessel

# ALTENSTEIN

Roman



Rowohlt Taschenbuch Verlag

Veröffentlicht im Rowohlt Taschenbuch Verlag,
Reinbek bei Hamburg, Januar 2018

Umschlaggestaltung ZERO Media GmbH, München
Umschlagabbildung Martin Moxter/mauritius images;
Arco Images/Wermter Christof/Getty Images
Satz aus der Sabon PostScript, InDesign,
bei Pinkuin Satz und Datentechnik
Druck und Bindung CPI books GmbH, Leck, Germany
ISBN 978 3 499 27251 6

# Inhalt

## Die Familie von Kolberg

Agnes und Kuno von Kolberg

### IHRE GEMEINSAMEN KINDER

Kuno Moritz v. Kolberg, genannt Moritz
*seine Frau Isabella, Tochter Cosima*

Agnes Helene v. Kolberg, genannt Leni
*ihr Mann Friedrich, ihr Sohn Hans, ihre Tochter Annett*

Marie Elisabeth v. Kolberg-Frederiksen, genannt Nona
*ihr erster Mann: Ake v. Ehrenfeld, Tochter Alexa;*
*ihr zweiter Mann: John*

Konrad v. Kolberg, genannt Konni
*seine Frau Ira, ihre Söhne Tobias und Ferdinand*

### DIE HALBSCHWESTERN

Isolde Schaller-Kolberg, genannt Bobby
(aus Kunos erster Ehe)
*ihr Mann Franz Schaller, Kinder: Leopold und Niko*

Margarethe v. Gallwitz (aus Agnes' erster Ehe)
*ihr Mann Richard*

### COUSINS IN KLETTEN

Julius v. Canstein, Viktor v. Canstein

# Prolog

Die Lok, die langsam in den Bahnhof einrollt, stößt riesige weiße Rauchschwaden vor sich her. Konrad beugt sich auf dem Arm seiner Mutter weit vor, um den Zug besser sehen zu können. Er trägt einen Anzug, darüber mehrere Jacken, einen Mantel und eine Fellmütze.

«Nicht, Konni!»

Die Mutter zieht ihn wieder an sich. Sie riecht nach Erde und Parfüm, aber auch ein bisschen muffig, sie hat einen Pelzmantel an. Ein Schwall warmer Luft entweicht dem Mantel jedes Mal, wenn sie sich bewegt, Konrad versucht, ihren Duft einzuatmen. Er schiebt seine Hand in ihren Ausschnitt, er tastet sich zwischen den Knöpfen ihrer Seidenbluse hindurch, er fühlt nach ihrer Haut, sie ist warm und etwas feucht.

Kleine Rauchwölkchen steigen aus ihrer Nase, es ist kalt.

Seit den frühen Morgenstunden warten sie schon auf dem Bahnsteig, inmitten einer wogenden und immer größer werdenden Masse aus Mänteln, Koffern, Fellmützen. Seine Mutter ist groß und schlank, sie überragt die meisten Wartenden um sie herum, Konrad hat einen guten Ausblick.

Die Lok bremst ab und zischt dabei laut. Konrad macht das Geräusch nach: *Zschhhhh*.

Seine Mutter verlagert ihn auf die andere Hüfte. Konrad wechselt dabei schnell die Hand in ihrem Mantel, mit der anderen krallt er sich hinten an dem Pelz fest.

Der Zug kommt näher, er wird immer langsamer, als er sich an ihnen vorbeischiebt, stößt er plötzlich einen lauten Seufzer aus. Konrad zuckt zusammen. Er fühlt den warmen Luftzug der Lok. Jetzt kann er in die Fenster blicken. Fremde Gesichter, die müde in die Luft starren. Konrad lacht und winkt ihnen zu, niemand winkt zurück. Plötzlich werden sie beiseitegestoßen, ein Mann will näher an den Zug, näher an die Tür. Sie wanken einen Moment lang, dann werden sie von der Menge nach vorne gedrückt. Die Mutter verliert das Gleichgewicht und schreit kurz auf. Konrad versteckt sein Gesicht in ihrem Mantel, er spürt, wie sie fallen, doch jemand greift nach ihrem Arm und zieht sie hoch.

Es ist Emma. Konrad kennt sie kaum, heute Morgen auf dem Weg zum Bahnhof hat er sie erst das zweite Mal gesehen. Sie ist ein Mädchen, sie geht seiner Mutter nicht mal bis zur Schulter. Sie hat ein rundes, liebes Gesicht und zwei dicke, geflochtene Zöpfe. Jedes Mal, wenn Konrad sie anschaut, lächelt sie ihm zu. In der Kutsche hat seine Mutter ihn auf Emmas Schoß gesetzt und sich dann von beiden weggedreht, als müsse sie draußen etwas Wichtiges beobachten. Emma nahm seine Hände, spielte mit seinen Fingern. «Em-ma», sagte sie und klatschte dabei zwei Mal: «Kon-ni», «Ma-ma.» Ihre Stimme ist hell und gurrend, sie spricht anders als seine Mutter, mit vielen Zischlauten, die Wörter purzeln in einem melodischen Singsang aus ihrem Mund.

Die Mutter zieht ihren Mantel zurecht und nickt Emma dankbar zu. Emma strahlt, ihre Wangen sind gerötet. Jetzt quietschen die Eisenbahnräder laut, er muss sich die Ohren zuhalten. Der Zug kommt zum Stehen. Konrad streckt die Hand aus und fasst nach einem Metallgriff, der außen am Waggon befestigt ist. Er hinterlässt schwarze Striemen auf seiner Haut. Sie haben Glück, sie stehen nah an einer Tür. Seine Mutter schiebt Emma darauf zu. Emma hat einen kleinen roten Koffer dabei, sie trägt ihn vor sich her, um sich ihren Weg durch die Menge zu bahnen.

Sie steigen drei Stufen hinauf in den Waggon. In den Gängen stehen Männer mit dunklen, stoppeligen Gesichtern, es ist warm und feucht und riecht scharf nach Schweiß, obwohl die Fenster geöffnet sind. Einige rauchen. Die Frauen und Kinder in den Abteilen sehen müde und abgekämpft aus.

Die Mutter quetscht sich mit Konrad auf dem Arm vorbei, hinter Emma her, sie öffnen jede Tür zu den überfüllten Abteilen.

«Ist hier noch frei?»

Konrad schwitzt unter seiner Fellmütze.

«Ist hier noch frei?»

Niemand reagiert. Die Mutter schaut besorgt auf die vielen Menschen, die im Gang stehen. Im fünften Abteil sitzt eine Frau mit drei Mädchen, einem Jungen und einem Baby im Korb, sie hat einen großen, abgewetzten Männermantel an, die Kinder sehen blass aus, ihre Augen rot geweint. Kein Mann steht vor der Tür, sie scheinen allein zu reisen. Als die Mutter klopft, schüttelt die Frau hinter der Glasscheibe den Kopf. Die Mutter greift nach Emmas Koffer, zieht eine Milchflasche heraus und hebt sie hoch. Die Frau stutzt, dann nickt sie kurz, sagt etwas zu ihrer ältesten Tochter, beugt sich vor und schiebt die Glastür zur Seite. Das Mädchen steht vom Fensterplatz auf und quetscht sich neben ihren protestierenden kleinen Bruder. Die Frau nimmt die Flasche, lässt sie in ihrem übergroßen Mantel verschwinden und rückt mit dem Knie zur Seite, damit Emma zum Fensterplatz gelangen kann.

Emma hievt ihren Koffer auf die Ablage, setzt sich und nimmt Konrad auf den Schoß. Seine Mutter beginnt gerade, ihm den Mantel aufzuknöpfen, als sie draußen einen schrillen Pfiff hören. Die Mutter erschrickt, nimmt Konrads Gesicht in ihre Hände und küsst ihn mehrmals fest auf den Mund, dann zwängt sie sich eilig durch die Menschen im Gang hinaus. Konrad blickt ihr hinterher, er sieht ihren schmalen Rücken, er spürt noch den festen Druck ihrer Finger an seiner Wange.

Emma zieht Konrad die Mütze aus, sie schält ihn aus seinem Mantel und der Strickjacke darunter, dann setzt sie ihn so, dass er aus dem Fenster schauen kann. Die Zugtüren werden mit einem lauten Knall geschlossen. Emma zeigt auf die vielen Menschen, die immer noch auf dem Bahnsteig stehen.

«Wo ist Mama, Konni, schau. Wo ist Mama?»

Die Eisenbahn zischt und rollt langsam an. Die Wartenden auf der Plattform fangen an zu rufen und zu gestikulieren, sie schieben sich gegenseitig zur Seite. Einige rütteln an den Türgriffen.

Plötzlich sieht Konrad das Gesicht seiner Mutter. Sie steht ganz still vor dem Fenster, ihre Augen suchen die Abteile ab, dann erblickt sie die beiden und hebt die Hand.

Emma hält Konni näher an das Fenster.

«Da, Konni, schau! Da ist Mama, mach winke, winke», sagt sie.

Konni jauchzt und winkt, seine Mutter nickt Emma ernst zu und winkt jetzt zaghaft zurück, sie bewegt ihren Mund, aber sie können nicht hören, was sie sagt, dann legt sie ihre Hand an die Scheibe. Sie sagt noch etwas. Wieder und wieder sagt sie es, mit der linken Hand hält sie den Schal fest, der um ihren Kopf gewickelt ist, die rechte drückt sie ans Glas. Konni versucht, nach ihren Fingern zu greifen, er tatscht an das Fenster und hinterlässt kleine, feuchte Spuren.

Der Zug rollt an, seine Mutter geht neben ihnen her, sie ist ganz nah, ihr Blick hängt an Konrad. Konrad lacht und winkt weiter, ihm macht das Spiel immer noch Spaß, auch Emma lächelt. Der Zug beschleunigt, noch berühren ihre Fingerspitzen das Fenster, dann zieht seine Mutter die Hand zurück und wird plötzlich von der Menschenmenge verschluckt.

Der Zug fährt jetzt so schnell, dass Emma und Konni keine Gesichter mehr ausmachen können, nur noch ein Meer aus braunen und schwarzen Mänteln. Dann öffnet sich das Dach des Bahnhofs, und der Zug fährt hinaus. Konrad sieht Straßen, Häuser, ein paar Pferdekutschen. Gleißende Sonne fällt durch das Fenster in ihr Abteil, die Strahlen blenden ihn, Konrad muss kurz die Augen schließen.

# DAS GUT

# Eine Kaltfront

*Berlin, 2005*

Ein eisiger Wind fegt durch die Bleibtreustraße, vorbei an den Antiquitätenläden, den Cafés und den Secondhand-Boutiquen. Er wirbelt kleine braune Blätter vor den herrschaftlichen Jugendstil-Fassaden empor, er hebt die Mäntel der Passanten, die geduckt an den Häusern vorüberhasten. Der Himmel hängt schwer und grau über den Dächern. Am Ende der breiten, kopfsteingepflasterten Allee rattert die S-Bahn zwischen den Fensterfronten im ersten Stock.

Es ist Ende März. In den letzten Wochen gab es ein paar mildere, sonnige Tage. Die Bäume trieben bereits zarte Knospen, auf den Verkehrsinseln kämpften sich die ersten Krokusse durch die harte Erde, sodass alle schon auf einen baldigen Frühling hofften. Doch direkt nach Ostern schob sich erneut eine unerbittliche Kaltfront aus östlicher Richtung heran und legte sich wie eine frostige Glocke über die Stadt.

Nona eilt die Straße entlang, sie zieht sich den Schal enger um den Kopf und biegt dann in den Eingang eines frischgestrichenen weißen Hauses. Vor der Tür steht eine junge Frau, sie inspiziert die geschwungenen Schriftzüge auf den Messingschildern. Mutter und Tochter umarmen sich kurz.

«Wann ist es passiert?», fragt Alexa, während sie klingelt.

«Heute Vormittag, glaube ich. Woher weißt du …?»

«Ira hat mir eine SMS geschickt.» Alexa hält ihr Handy hoch. *Konrad ist gestorben. Kommt zum Tee*, steht im Display. Nona schnaubt verächtlich.

Der Türöffner summt.

Nona und Alexa steigen langsam die dunkle Mahagoni-Treppe hinauf. Es riecht nach frischer Farbe. Das Treppenhaus ist gerade saniert worden, hier und da hängen noch Klebestreifen und Plastikplanen an der Holzvertäfelung, darüber leuchtet es hellbeige. Neue, auf antik gemachte Jugendstil-Lampen hängen von der Decke, sie tauchen alles in gedämpftes, edles Licht.

Die Wohnungstür im zweiten Stock ist angelehnt, sie treten leise ein. Iras Stimme schallt durch den Flur, sie ist hinten in der Küche, sie telefoniert.

«Ja, KOLBERG. Gräfin KOLBERG. Richten Sie ihr bitte aus …»

Nona zieht die Tür vorsichtig hinter sich zu, sie schleichen ins Wohnzimmer – zwei herrschaftliche Salons in kräftigem Gelb, die durch eine Flügeltür miteinander verbunden sind. Stuck an der Decke, Stiche an der Wand. Eichenparkett. Ira hat das silberne Teeservice auf den Tisch zwischen den Biedermeier-Sofas gestellt, neben Silberputzmittel und einen schwarz verschmierten Lappen. Quer über dem großen Perserteppich liegt ein Staubsauger, anscheinend erwartet sie die Putzfrau. Die beiden Fenster, die zur Straße hinausgehen, sind geöffnet, die Vorhänge bauschen sich im Wind.

Iras Stimme dringt aus der Küche.

«Sie soll HEUTE kommen, HEUTE. Nicht MORGEN. Sofort. Kommen.»

Nona und Alexa stehen etwas unschlüssig herum.

Nona räuspert sich und schält sich langsam aus Mantel und Tüchern.

Ira eilt mit energischen, lauten Schritten über das Parkett. Sie ist groß, blond und braun gebrannt, mit der drahtigen Figur einer lebenslangen Reiterin. Ihre Haare wippen in einem hohen Pferdeschwanz hinter ihr her, sie trägt Jeans und ein weißes Polohemd. Obwohl sie Ende fünfzig ist, hat sie etwas Mädchenhaftes. Sie zwinkert stark mit den Augen – es ist einer ihrer Ticks, der sich mit der Zeit immer stärker ausgeprägt hat.

«Entschuldigt, ihr beiden Süßen! Das Telefon geht unentwegt, und Jadwiga ist heute noch nicht gekommen. Ich muss noch so viel organisieren. Wie geht es euch, was kann ich euch denn anbieten, Kaffee, Tee?»

Der Tod ihres Mannes scheint Iras eifrige, patente Betriebsamkeit nicht zu beeinträchtigen, im Gegenteil, sie wirkt besonders geschäftig und tatenhungrig. Als gehe es darum, etwas Aufregendes zu organisieren. Etwas Großes.

Nona schaut sich im Wohnzimmer um.

«Danke, ich glaube, wir brauchen nichts, Ira.» Alexa hat sich angewöhnt, für beide zu antworten, da ihre Mutter inzwischen oft nur noch in ihrer eigenen Welt zugegen ist.

«Gut, umso besser, das Silber ist ja immer noch nicht geputzt. Das muss ich auch noch alles machen. Herrgott! Wie ihr seht, geht es hier –»

Nona räuspert sich erneut, sie lehnt sich leicht nach vorn, um einen Blick in den angrenzenden Salon werfen zu können. «Wo …?»

Ira blinzelt sie an.

«Was kann ich dir bringen, Liebes?»

«Wo ist er?»

Das Gästezimmer ist ein schmaler Schlauch, der hinter der Toilette vom Flur abgeht. Es ist höchstens zwei Meter breit, verjüngt sich nach hinten und endet mit einem winzigen Fenster zum Hof. Eigentlich ist es das Dienstbotenzimmer, das kleinste Zimmer der Wohnung, eng, fast klaustrophobisch, mit abgehängter Decke. Neben das Einzelbett passen gerade noch zwei wackelige Holzstühle. Auf dem Nachttisch brennt eine dicke, weiße Kerze. Jemand hat eine Vase mit weißen Lilien auf den Boden gestellt, sie verströmen einen penetranten Duft.

Ira, Nona und Alexa stehen im Türrahmen und schauen hinein.

Konrad sieht aus, als halte er gerade ein Nickerchen, er liegt auf dem Rücken, die Hände sind auf der Brust gefaltet, die Füße ruhen auf einer karierten Decke. Der Siegelring an seinem Finger leuchtet im Schein der Kerze.

«Warum ist er hier?», fragt Nona.

«Ich dachte mir, dass er es hier am ruhigsten hat.»

Nona und Alexa quetschen sich an Ira vorbei und nehmen auf den Stühlen Platz.

Konrad trägt dieselbe Kleidung wie immer: ein hellblaues Hemd, einen grauen Kaschmirpullover mit Aufnähern an den Ellenbogen, eine beigefarbene Stoffhose. Seine Füße stecken in schwarzen Socken. Der Pullover wirft Falten am Ärmel, alles sieht zwei Nummern zu groß aus an ihm, er ist mager geworden. Dort, wo sein linkes Handgelenk aus dem Hemd schaut, sieht Nona seinen runden, fingernagelgroßen Leberfleck: «die Uhr».

«Seid ihr sicher, dass ich euch nichts bringen kann?», fragt Ira, die noch immer im Türrahmen steht.

«Nichts, danke», sagt Alexa und lächelt. *Geh jetzt bitte.*

«Noni?», setzt Ira nach.

Nona reagiert nicht, sie starrt auf ihren Bruder. Alexa schüttelt den Kopf und lächelt ihrer Tante entschuldigend zu.

«Na gut, wenn ihr ganz sicher alles habt, was ihr braucht ...» Für einen Moment erscheint Ira unschlüssig. Sie schaut von Nona zu Konrad und wieder zurück. In der Küche klingelt das Telefon.

«Endlich, das ist hoffentlich Jadwiga. Bülows wollten noch kommen, auch Hartmanns haben sich angekündigt.» Ira schickt sich an zu gehen, doch dann überlegt sie es sich anders, sie macht einen Schritt ins Zimmer, beugt sich zu Konrad hinunter und streicht ihm mit der flachen Hand seitlich über die Stirn, mehrfach, als wolle sie seinen Scheitel richten. Sie küsst seinen Kopf und richtet sich wieder auf. Es ist eine innige, zärtliche Geste.

«Na, na, mein Konnilein, jetzt geht es dir besser.»

Nona ist endlich aus ihrer Trance aufgewacht. Sie und Alexa tauschen kurz Blicke aus. Für wen ist dieses Schauspiel gedacht?

«Du glaubst gar nicht, was Särge kosten, Nona!», hat Ira sie vor einigen Monaten aufgeklärt, als sie beim Adventstee im Wohnzimmer saßen. «Zwei- bis dreitausend Euro, und da geht es erst los! Das einfachste Modell: Birkenholz, furniert. Zwei – tausend – Euro! Für Furnier! Aber nicht mit mir. Ich habe mich schlau gemacht im Internet. Ich habe eine Website gefunden mit unglaublichen Angeboten, in Polen, sie bringen die Särge sogar rüber. Kiefer, aber auch edle Sachen, Nussholz, Mahagoni. Ich lass mich doch nicht über den Tisch ziehen!»

Alexa saß mit Konrad im Nebenzimmer. Trotz der Adventsmusik war Iras schrille Stimme nicht zu überhören.

Konrad verdrehte die Augen und quittierte Iras Vortrag erst mit einem spöttischen Lächeln, doch als seine Frau partout nicht aufhörte, richtete er sich mit schmerzverzerrtem Gesicht auf und brüllte in den Gang: «Könntet ihr beiden euch diese reizende Unterhaltung vielleicht für später aufsparen?» Er zitterte vor Anstrengung, doch seine Stimme war erstaunlich kraftvoll. «Noch bin ich am Leben!»

Dann drehte er sich zu Alexa um, lächelte konspirativ und fügte leise hinzu: «An Scheidung haben wir nie gedacht. An Mord – täglich.»

Konrad ist erst seit ein paar Stunden tot, und doch sieht er vollkommen verändert aus. Sein Haar ist dunkler, fast schwarz, die Haut dagegen schimmert transparent, als bestehe sie aus verschiedenen Wachsschichten. Olivgrüne Schatten liegen um seine Augen. Seine Züge wirken schärfer als sonst, wie aus Holz geschnitzt. Schmale Lippen, gebogene Nase. Der Mund steht ein Stück offen, der Unterkiefer sackt leicht nach unten. Sein Gesichtsausdruck ist verzerrt, er wirkt leidend. Wie nach einem schweren Kampf.

Er sieht aus wie Agnes, denkt Nona. Vielleicht tun wir das zum Schluss auf dem Totenbett alle, wir gehen, wie wir gekommen sind, als Teil von ihr.

Nona beugt sich vor und nimmt vorsichtig seine linke Hand. Sie streichelt seinen Handrücken, das Muttermal, sie fährt mit ihrem Finger über den Ring. Seine Hände sind so weich, sie waren es immer schon, als Kind ganz besonders, aber auch als erwachsener Mann hatte er noch dieselben weichen Handinnenflächen. Seine Haut ist glatt und kühl, doch sie spürt, wie sich die Muskeln darunter langsam verhärten. Seine Finger sind schon leicht gekrümmt, wie eine geöffnete Tatze.

Hinter seinem Ohr haben sich bereits dunkelrote Flecken gebildet, rote Blutkörperchen, die sich nach dem Tod an der Unterseite des Körpers sammeln. *Livor mortis*, Leichenflecken. Nona hofft, dass Alexa es nicht bemerkt.

Nona hebt seine Hand an ihr Gesicht, sie streichelt sie und will sie an ihre Wange legen, als Konrad auf einmal ein lautes Seufzen entfährt.

Ihr wird heiß und kalt, ein Gefühl des Grauens packt sie. Hat er gerade ausgeatmet?

Wenn sie länger hinschaut, kommt es ihr so vor, als würde sein Brustkorb sich leicht heben. Nona blickt erschrocken zu Alexa, doch die hält ihre Augen geschlossen.

Konni?

Nona beginnt zu schwitzen. Ihr Herz rast.

Sie will ihn ansprechen, doch es ist ihr vor Alexa peinlich. Sie legt seine Hand zurück auf die Brust, behutsam, als könnte sie ihm weh tun, und lehnt sich zurück. Sie starrt auf seine Nasenlöcher, seinen Mund. Nichts bewegt sich. Langsam beruhigt sie sich wieder.

Jemand kommt zur Haustür herein, sie hören gedämpfte Stimmen im Flur, der Gong einer Wanduhr ertönt. Kurz darauf das Summen des Staubsaugers. Iras flinke Schritte hallen immer wieder durch den Flur. Es klingelt. Jemand klopft leise an der Tür, Konrads ältester Sohn Tobias steckt seinen Kopf herein. Er lächelt den beiden zu. Er wirkt gefasst. Schließlich wussten sie alle, dass dieser Tag bald kommen würde.

Vor zwei Jahren bekam Konrad die Diagnose. Schon monatelang hatte er verschiedene Symptome gehabt, die er immer unterschiedlich einordnete. Blaue Flecken an den Beinen – die stammten wohl von einer Radtour mit Heike im Erzgebirge. Nasenbluten, zum ersten Mal in seinem Leben – das lag bestimmt an der schlechten Luft im Truckerhof. Er fühlte sich ungewöhnlich schlapp – doch das war sicher die Frühjahrsmüdigkeit. Er kaufte teure Vitaminpräparate aus der Apotheke, aber es wurde nicht besser. Er nahm ab. Anfangs schob er es auf den Stress, das Rauchen, seine Geldsorgen. Doch die Symptome wurden stärker, irgendwann konnte er sie nicht mehr ignorieren.

Als der Chefarzt des Westend-Klinikums ihn bat, noch am gleichen Tag zu ihm zu kommen, glaubte Konrad ihm anfangs nicht.

«Akute Leukämie? Wie Blutkrebs? Sind Sie sich sicher?»

Der Arzt nickte. «Leukämie ist leider tückisch. Sie ist nicht leicht zu erkennen. Oft stellen wir eine Erkrankung ganz zufällig fest. Und Sie scheinen auch schon seit ein paar Jahren daran zu leiden.»

Konrad fing sofort mit der Chemotherapie an. Wenn jemand diesen Krebs besiegen würde, dann er! Hatte er nicht schon hundert Mal seinen Kopf aus der Schlinge gezogen? Wie oft hatte er seinen Job verloren, war ein Investor abgesprungen oder ein Deal geplatzt. Immer wieder hatten sie vor dem Nichts gestanden – mit zwei kleinen Kindern und einer hohen Hypothek. Monatelang hatte er sich verkrochen, in seine Depression eingeigelt, während Ira weiter Tennis spielte oder zu Reitturnieren nach Südfrankreich fuhr. Doch ihm war in letzter Minute immer etwas Neues eingefallen, was er aufziehen konnte: einen Porsche-Vertrieb, Immobiliengeschäfte, Tankstellen im Osten.

Die Chemotherapie kam viel zu spät. Nach drei Zyklen

setzte er sie ab: keine Veränderung im Tumormarker, das Blutbild hatte sich kaum verbessert. «Keine sichtbare Eindämmung des Verlaufs», vermerkte sein Arzt lapidar in der Akte. «Einvernehmliche Beendigung der Therapie.»

Immerhin musste Konrad ohne Medikamente deren Nebenwirkungen nicht mehr ertragen. Ohne Chemotherapie konnte er fast vergessen, dass er krank war, zumindest am Anfang. Sein Gesicht war zwar noch aufgedunsen, aber seine Kraft kehrte zurück. Er fühlte sich besser, schmiedete neue Pläne. Manchmal beschlich ihn heimlich der größenwahnsinnige Gedanke: Konnte es nicht sein, dass er den Krebs doch besiegt hatte, ganz ohne Medizin?

Allein der Blick in den Spiegel, sein konturloses Gesicht, bei dem der Hals nach oben hin anschwoll und einfach nahtlos in seine Wangen überging – dieser Anblick holte ihn aus seinen Träumen zurück und erinnerte ihn erbarmungslos daran, dass er krank war.

Der Chefarzt des Westend-Klinikums blieb unerbittlich. *Dies wird Ihr letzter Sommer, Herr von Kolberg.* Dann: *Wenn Sie bis zum Herbst durchhalten, wäre das ein Wunder.* Danach: *Mit etwas Glück schaffen Sie es in den November.*

Es war Konrad selbst, der bei jedem Besuch um diese Todesprognosen bat. «Bitte reden Sie nicht um den heißen Brei herum! Sagen Sie mir klipp und klar mein Verfallsdatum.» Er weidete sich geradezu daran, ein besonders düsteres Urteil zu bekommen.

*Vielleicht haben Sie noch ein letztes gemeinsames Weihnachten. Silvester werden Sie nicht mehr feiern.* Dann: *Bis in den Februar schaffen Sie es vielleicht noch, aber Ostern erleben Sie bestimmt nicht mehr.*

Jeden neuen Termin schien Konrad als Ansporn, als

Herausforderung zu sehen. «Ostern liegt früh in diesem Jahr, das wäre doch gelacht!», gab er Nona gegenüber an.

Und tatsächlich: Er starb nicht. Alle paar Wochen empfingen die Ärzte ihn aufs Neue, kopfschüttelnd, lächelnd: Er war immer noch da. Falls sie anfangs noch mit ihm witzelten, verdunkelte sich ihre Laune jedoch merklich, sobald die Sprechstundenhilfen die neuesten Laborwerte hereinreichten. Dann wurde es ernst, die Ärzte seufzten und gaben ihm ein neues Ultimatum mit nach Hause, mit dem Versprechen, ihm gute Schmerzmittel zur Verfügung zu stellen.

Es war geradezu so, als weigere er sich zu sterben. Und wieso sollte er auch? Sein Leben war noch nicht vorbei. Herrgott, er war das jüngste der zehn Geschwister! Und die lebten alle noch! Warum sollte er als Erster gehen müssen? Er hatte doch eine glückliche Familie. Zwei gelungene Söhne! Endlich Erfolg im Job, nach einigen Rückschlägen (und noch einigen Altlasten). Eine Frau in Berlin, eine Geliebte in Leipzig – wer kann das schon vorweisen? Wochenenden beim Jagen, zwei BMW – geleast, aber immerhin. Er lebte intensiver als diese ganzen Schnarchnasen zusammen, mit ihren drögen Bürojobs, Bausparverträgen und ihrem risikobefreiten Alltag. Sollte doch einer dieser Lahmärsche Krebs kriegen.

«Ich sehe es nicht ein. Ich bin nicht bereit», hatte er Nona gesagt. Er hörte auf, den Ärzten zu glauben.

«Ostern werden Sie nicht mehr erleben, ganz sicher nicht», das war die letzte Prognose des Chefarztes.

Ira kommt zurück ins Totenzimmer. Sie hat sich umgezogen, sie trägt ein graues, mit türkisen Fäden durchwirktes Kostüm, in der Hand hält sie zwei Perlenohrringe. Eine Parfümwolke umgibt sie.

Sie setzt sich Nona und Alexa gegenüber auf die Bettkante, wobei sie Konrads Arm leicht zur Seite schiebt wie ein Kissen, das im Weg ist. Sie legt den Kopf zur Seite und steckt ihre Ohrringe an, dann lächelt sie triumphierend.

«Eins kann ich euch sagen.» Sie hebt den rechten Zeigefinger und macht eine kurze Kunstpause. Klimper, klimper. «SIE. Wird. Nicht. Zur. Beerdigung. Eingeladen.»

Ira wartet kurz, damit ihre Worte die volle Wirkung entfalten können, aber weder Nona noch Alexa reagieren auf die Ankündigung.

Ira fährt unbeirrt fort.

«Sie wird nicht eingeladen. Und sie wird es nicht ertragen! Sie wird wissen, dass alle kommen, die ganze Familie wird zur Beerdigung kommen, ohne sie!»

Sie kichert ein bisschen. «Es wird sie umbringen.»

Es klingelt wieder an der Haustür. Ira steht auf, glättet ihren Rock und geht hinaus, um die neuen Gäste zu begrüßen. Im Wohnzimmer sitzen ein paar Besucher, auf den Tischen stehen mehrere große Blumensträuße. Es gibt Tee. Nona huscht in den Flur, greift nach ihrem Mantel und verlässt grußlos die Wohnung. Alexa folgt ihrer Mutter, sie wirft im Vorbeigehen noch einen Blick in den Salon und nickt der Gruppe entschuldigend zu.

Als sie auf die Bleibtreustraße hinaustreten, hat die Abenddämmerung eingesetzt. Die Gaslaternen springen mit einem kurzen Flackern an, ein warmes Licht erhellt die Galerien. Es riecht nach Frost, winzige Schneeflocken fallen vom Himmel und tanzen im Lichtkegel der Laternen. Auf dem Bürgersteig hat sich eine dünne, weiße Decke gebildet.

«Lausiges Wetter», sagt Nona. Sie wickelt sich den Schal um den Kopf und schaut nach oben. Der Schnee wird immer dichter, die Fassaden der gegenüberliegenden Häuser sind nur noch undeutlich zu erkennen.

«Immerhin», sagt Alexa.

«Was immerhin?»

«Immerhin hat er doch bis nach Ostern durchgehalten.»

## Die süße Erde

*Gut Mohrungen bei Königsberg, 1943*

Agnes steigt langsam die breite Treppe hinauf. Sie tastet sich am Geländer entlang, das Licht der Messingleuchten auf der Empore ist schwach. Sie kennt sich im Ostflügel von Mohrungen nicht gut aus. Der Ostflügel ist Kunos Reich. Ihr Mann ist erst vor ein paar Tagen von der Front zurückgekehrt, sie haben seitdem kaum ein Wort miteinander gewechselt. Agnes will ihn aufsuchen. Sie hat einen Plan, und sie hat nicht mehr viel Zeit, ihn umzusetzen.

Draußen ist die Sonne schon fast untergegangen. Im Garten kann sie nur schwach die Umrisse des alten Apfelbaums ausmachen, darunter eine kleine, kahle Erhebung. *Seit Du begraben liegst auf dem Hügel / Ist die Erde süß.* Agnes bleibt stehen und schließt kurz die Augen.

Einen Tag lang hat sie im Bett gelegen, dann ist sie aufgestanden und wieder zur Tagesordnung übergegangen. So, wie man es von ihr erwartete. Es gibt ja immer viel zu tun, mit den Kindern, den Angestellten, dem Gut. Und Agnes ist vor allen Dingen ein äußerst pragmatischer Mensch. Das kleine Ställchen hat Frieda noch in der ersten Nacht abgebaut, die Wiege diskret verschwinden lassen. Es war so, als wäre nichts geschehen. Und was hätte es auch genutzt zu klagen.

«So etwas passiert, Frau Gräfin. Sie trifft keine Schuld. Es war Gottes Wille. Denken Sie nicht daran, leben Sie Ihr Leben weiter, und erfreuen Sie sich an den Kindern, die Sie haben», sagte der Arzt, als er sie untersuchte. Agnes nickte. Er sah sie aufmunternd an und klappte seinen Koffer zu. «Sie werden sehen, bald ist Sommer, und Sie haben alles vergessen.»

Doch sie vergaß es nicht. Auch wenn sie ihre Gedanken tagsüber unter Kontrolle hatte, während sie Besorgungen in Königsberg erledigte, mit dem Schmied durch die Ställe ging, um die Pferde neu beschlagen zu lassen, oder mit den Kindern vor dem Zubettgehen in der Bibel las, nachts dachte sie daran. Sie schlief kaum, drehte sich unter ihren Decken hin und her. Sie schwitzte so stark, dass sie mehrfach das Nachthemd wechseln musste. Woher kam diese ganze Flüssigkeit in ihr?

In der dritten Nacht, als sie die Hoffnung auf Schlaf gänzlich aufgegeben hatte, schlich sie schließlich hinunter in den Salon. Emilie, die erste Frau ihres Mannes, hatte regalweise Bücher hinterlassen, Gedichtbände, Romane, Biographien, Agnes hatte sie jahrelang ignoriert. Nichts hätte Agnes von Kolberg unter normalen Umständen ferner gelegen, als sich nachts in Romanwelten zu flüchten oder Gedichte zu lesen, doch nun zog sie ein paar Bände heraus und nahm sie mit nach oben. Und so gefasst Agnes sonst war, die Gedichtzeilen taten ihre Wirkung, schon nach den ersten Seiten flossen ihr die Tränen über die Wangen, sie löste sich auf in ihrer Trauer. *Seit du begraben liegst auf dem Hügel / Ist die Erde süß. Wo ich hingehe nun auf Zehen, Wandele ich über reine Wege. O, deines Blutes Rosen / Durchtränken sanft den Tod. Ich habe keine Furcht mehr / Vor dem Sterben.*

Hatte ihr Glück sie verlassen? So schnell hatte man den kleinen Jungen fortgeschafft, und jetzt lag er da so allein in der kalten Erde. Hätte sie ihn nicht noch etwas im Arm halten können? Es war ihr peinlich, es entsprach ihr gar nicht, sich ihren Gefühlen so hinzugeben. Sentimental! Aber sosehr sie es auch versuchte, der Anblick ihres toten Kindes ging ihr nicht aus dem Kopf. Eine Nacht lang werde ich noch an ihn denken, an sein feines Gesicht, die schmalen Finger, die hellen Haare. Nur noch eine Nacht.

Schließlich war es Frieda, das Kindermädchen, das Agnes wieder Mut machte. Sie erschien eines Morgens in ihrem Zimmer, schob die Vorhänge beiseite und riss die Fenster auf. Die Gedichtbände vom Nachttisch sammelte sie ein. «Die bringe ich jetzt mal nach unten.» Sie stellte Agnes ein Tablett auf ihre Decke, mit Tee, einem Marmeladenbrot und einem blühenden Zweig vom Apfelbaum in einer kleinen Vase. «Draußen blüht alles wieder», sagte Frieda, als sie sah, wie Agnes nachdenklich die weißen Blätter berührte. «Wer weiß, was noch alles kommt im Leben. Als meine kleine Schwester geboren wurde, war unsere Mutti schon dreiundvierzig!»

Agnes sah sie erstaunt an.

«Man weiß nie, will ich damit nur sagen!»

Agnes biss in das Marmeladenbrot und überlegte, während Frieda das Bett frisch bezog. Vielleicht war es ja möglich. Vielleicht würde das Schicksal sie ein weiteres Mal beschenken. Und nachdem sie beschlossen hatte, dass nichts endgültig entschieden war, ging es ihr tatsächlich besser.

Agnes wird schnell schwanger. Sie und Kuno haben bereits drei Kinder, zudem hat sie drei Töchter mit in die Ehe gebracht und Kuno ebenso. Insgesamt acht Mädchen sind es auf Gut Mohrungen und – immerhin – ein Junge: Moritz. Agnes hat bislang alles, was die Fortpflanzung betrifft, dem Zufall überlassen. Sie liebt Kuno, auch wenn sie den Akt an sich nicht besonders schätzt. «Es soll ja Frauen geben, die Gefallen daran finden», sagt sie bisweilen spöttisch. Sie gehört eindeutig nicht dazu. Doch sie hat sich damit abgefunden, schließlich heiligt der Zweck die Mittel. Und so ist sie in dieser Ehe jedes Mal nur wenige Monate nach der letzten Geburt wieder schwanger geworden.

Allerdings mit einem Makel. «Es gibt einen starken Frauenüberschuss im Hause Kolberg», seufzt Frieda immer, wenn die Mädchen sich zanken. Acht Mädchen auf einen Jungen – dabei konnte es nicht bleiben.

Agnes versuchte, die Ursache ihrer Mädchenlastigkeit zu ergründen. Noch mehr Mädchen brauchte nun wirklich niemand. Sie las dicke medizinische Wälzer, vor allem aber konsultierte sie Hebammen und die Frauen im Dorf. Eines Abends trat sie aus ihrem Zimmer und verkündete das Ergebnis ihrer Recherche: «Alles habe ich falsch gemacht! Es war zu früh! Ich muss erst den Mittelschmerz abwarten, und dann gehe ich zu Papi.»

Ihr größtes Problem dabei ist Kuno. Ihr Mann hat ihr schon bei der letzten Schwangerschaft zu verstehen gegeben, dass sein Bedarf an Kindern gedeckt ist.

Sosehr er seine zweite Frau auch liebt, die drei Kleinen, die sie zusammen haben, sind ihm mehr als genug. Moritz – gut, das war etwas anderes. Moritz' Geburt vor sechs Jahren war ein Fest! Endlich ein Erbe! Zwanzig Schüsse wurden in Mohrungen abgefeuert, in Königsberg läuteten die Glocken. Agnes war stolz auf ihn und erleichtert darüber, dass sie die an ihren Bund mit Kuno gestellten Erwartungen sofort erfüllt hat.

Der kleine Moritz ist ein hübscher Junge, er sieht aus wie Agnes, mit einem schmalen, feingezeichneten Gesicht, blondem Haar und großen blauen Augen. Doch mit der

Zeit entwickelte er sich zu einem nervösen und weinerlichen Kind, leicht reizbar, voller Albträume und Ängste. Er liegt Agnes nicht, er stillt nicht ihr Verlangen.

Für Kuno hätte dieser eine Sohn gereicht. Als dann Helene und Nona mit Abstand von nur einem Jahr kamen, zeigte er sich wenig begeistert. «Ich lehne jede Verantwortung ab!», war sein Standardspruch, wenn er sich über ihre Wiegen beugte. Agnes versuchte, ihm ihre kleinen Mädchen anzupreisen: «Schau, Kunolein, Leni hat so einen musikalischen Hinterkopf und wunderbare Hände. Sie wird sicher eine ganz große Pianistin.» Doch es half nichts.

Die kleinen Kinder sind Kuno nicht nah. Ihr Gezänk, Moritz' Weinerlichkeit, Helenes Herumdonnern auf dem Klavier – das alles zehrt an seinen Nerven, er meidet die Kinder, wo er kann. Agnes ist erstaunt darüber und auch etwas verletzt vom Desinteresse ihres Mannes. Schließlich ist sie seine große Liebe. Für sie hat er seine erste Frau verlassen.

Emilie war Agnes' Cousine und von frühester Kindheit an ein ätherisches Wesen, klein, intellektuell und versponnen. Aufgrund einer mysteriösen Krankheit musste sie die Sonne meiden, zumindest gab sie dies vor, um die Tatsache zu rechtfertigen, dass sie so gut wie nie nach draußen ging. Es war ihr lieber so, sie las viel und schrieb Gedichte. Als Agnes sich eines Tages völlig unerwartet auf Altenstein, der Sommerresidenz der Kolbergs, ankündigte, hatten sie und Emilie sich zehn Jahre nicht gesehen. Emilie hatte sich gefreut. Sie liebte jegliche Ablenkung vom tristen Landleben.

«Du musst sie kennenlernen, Kuno, sie ist eine ganz außergewöhnliche Person!», hatte sie mit dem Brief in der

Hand gesagt. «Schon als Kind war sie sehr ernst, sehr bestimmt. Sie ist frisch geschieden, sie soll eine schreckliche Ehe hinter sich haben.»

Agnes erschien zwei Tage später mit dem Zug aus Berlin. Als sie ankam, lag Emilie gerade inmitten von Stapeln von Büchern und Zeitungen in einem der Salons. Ihre hellblonden Locken waren ungekämmt und standen wild in alle Richtungen ab, Bluse und Rock waren zerknittert, als habe sie darin geschlafen, ihre Brille saß etwas schief.

«Agi, mein Agilein! Wie herrlich!»

Emilie sprang auf. Die beiden mussten lachen, als sie sich umarmten, Emilie ging ihrer fünf Jahre jüngeren Cousine gerade bis zur Schulter. Agnes war groß und schlank mit einer männlich-schmalen Figur, das, was man eine «Erscheinung» nennt. Sie hatte ein strenges, ernsthaftes Gesicht mit einer geraden Nase und schmalen Lippen, umrahmt von kurzen, aschblonden Locken. Sie war erst dreißig, hätte aber auch zehn Jahre älter sein können.

«Agilein, schön, dich zu sehen! Du siehst, bei mir hat sich nichts verändert, ich verbringe den Tag immer noch inmitten meiner Bücher.»

Agnes lächelte nur, von den Büchern nahm sie keine Notiz, stattdessen musterte sie den Salon, die Eingangshalle. Sie zog ihre Handschuhe aus und begann, die vordere Fensterfront abzuschreiten.

Emilie lief neben ihrer Cousine her. «Kennst du die Gedichte von Stefan George, Agi? Er beeindruckt mich tief.» Emilie richtete ihren schwärmerischen Blick zur Decke. «Obwohl er düstere Vorahnungen hat über dieses Land ...»

Agnes antwortete nicht, stattdessen schaute sie nachdenklich hinaus in den Garten. «Ein wunderbares Gut habt ihr hier, Emmy!», sagte sie unvermittelt. «Der Baumbestand ist wirklich beachtlich.»

Emilie zog die Augenbrauen zusammen, als versuche sie, Agnes' Gedanken zu folgen.

«Baumbestand ... Ach, du meinst Altenstein?» Sie seufzte. «Weißt du, diese Güter unterscheiden sich für mich nicht sonderlich. Bäume, Felder, Pferde, ich hänge nicht daran. Wir sind nur im Sommer hier. Immerhin liegt es nicht so ab vom Schuss wie Mohrungen. Näher an Berlin. Aber du weißt ja, ich gehe ohnehin so gut wie nie in die Sonne, es ist fast egal, wo wir sind ...»

Agnes kannte die Klagen aus Emilies Briefen: Das Gut, das Land, die Pferde, die Belange des Haushalts – all das empfand ihre Cousine als sterbenslangweilig. Mohrungen hätte genauso gut in Sibirien liegen können, was sie betraf. Sie war das Gegenteil einer patenten Gutsbesitzerin, die morgens ausritt und nach dem Rechten sah. Sie verachtete alles Ländliche. Die Sommermonate verbrachte sie in Berlin in literarischen Salons und den Winter in Freiburg, um der ostpreußischen Kälte zu entkommen.

Agnes schaute nachdenklich aus dem Fenster. «Natürlich ist diese Auffahrt vollkommen verschenkt», stellte sie fest, ohne auf die Beschwerden ihrer Cousine einzugehen. «Ihr braucht eine Allee! Hier müsstet ihr eine Schneise durch den Wald schlagen, direkt auf das Hauptportal zu. So –», Agnes vollführte eine ausladende Handbewegung, «so, dass man unter Kastanien direkt auf den Eingang zufährt. So, wie es jetzt ist – das ist doch keine Auffahrt.»

Emilie lachte erstaunt auf. «Na, zieh erst einmal deinen Mantel aus, bevor du hier alles abholzt.»

Die Tür öffnete sich, und ein Mädchen betrat den Saal, zwölf oder dreizehn Jahre alt. Es hatte die gleichen hellblonden Haare wie seine Mutter, trug sie aber kurz, kinnlang. Eine Spange fixierte den strengen Seitenscheitel. Sie war fast so groß wie ihre Mutter, nur kräftiger, fast pummelig, die Bluse spannte über dem Bauch. Selbstbewusst kam sie mit großen Schritten auf die beiden Frauen zu.

«Das ist Isolde, unsere Älteste», erläuterte Emilie. Isolde streckte ohne eine Spur von Schüchternheit die Hand aus. «Willkommen auf Altenstein, Tante Agnes.»

Agnes musste lächeln über die kleine Hausherrin, die trotz der unvorteilhaften Figur ihrer zerzausten Mutter in Sachen Haltung und Auftreten einiges beizubringen vermochte.

Sie inspizierte das Mädchen genau, sein hellblondes Haar, die dichten, weißlichen Wimpern, die über den wässrig blauen Augen hingen und ihr etwas Kälbchenhaftes verliehen.

«I-SOL-de. I-sol-DE.»

Agnes betonte den Namen, als wäre er eine ihr unbekannte chemische Formel.

«Du bist ja ein hübsches Mädchen.» Isolde strahlte wie jemand, der nicht oft ein Kompliment bekam. «Und du hast ja eine fabelhafte Frisur. Die gefällt mir.»

Isolde drehte den Kopf zur Seite, damit der Gast ihr Haar besser bestaunen konnte. «Das ist ein Bob», sagte sie.

«Ein Bob! Er steht dir ausgezeichnet. Bob. Bob-by. Bobby! Das passt besser!»

Erst dann wandte Agnes sich Kuno zu, der in der offenen Tür zum Salon stand und die Szene schweigend beobachtete. Sie schien nicht überrascht, den Gutsherrn zu erblicken. «Ich bin Agnes», sagte sie und streckte ihre Hand aus. «Wir kennen uns noch nicht.»

Doch das stimmte nicht ganz. Agnes hatte Kuno ein

paar Wochen zuvor gesehen, auf einem Fest bei Freunden in Berlin. Er war ihr sofort aufgefallen, mit seinen hellen Augen, dem weichen Blick, dem traurigen Mund. Sie hatte ihn einen Moment lang beobachten können, wie er verträumt durch die Schar der Gäste gewandelt war, seinen Gedanken nachhängend – entrückt, als schwebe er in anderen Sphären. Sie wurden einander an dem Abend nicht vorgestellt, aber Agnes war sich sicher: Der sollte es sein und kein anderer. Sie hatte sich nach ihm erkundigt und war schließlich, als sie von der familiären Verbindung erfuhr, nach Altenstein gefahren. Mit festen Vorsätzen.

Zwei Wochen später zog Emilie mit ihren Töchtern und ein paar Bücherkisten aus Altenstein aus, zurück nach Freiburg. Kuno und Agnes hatten ihr zu verstehen gegeben, dass sie ihrer Nachfolgerin möglichst schnell Platz machen solle. «Mamis Schränke sind noch warm», klagte eine der verdrängten Töchter. «Ich habe es ihr erklärt», sagte Agnes hingegen, als wäre dies ein ganz gewöhnlicher Vorgang und kein Rausschmiss, und fügte gönnerhaft hinzu: «Freiburg passt viel besser zu ihr.»

Nur Isolde blieb. Sie selbst hatte es so entschieden, der Schule wegen, hieß es. In Wirklichkeit war es ihre sofortige, innige Verbundenheit mit der neuen Stiefmutter, die Bobby bleiben ließ. Sie hatte sich geradezu verliebt in diese Frau, die ihr vom ersten Moment an so viel Achtung entgegengebracht hatte. Agnes nahm die neue Tochter mit dem Großmut der Siegerin auf. Sie zog mit ihren drei eigenen Töchtern ein, noch bevor der Sommer zu Ende war.

Während Agnes in Mohrungen die Treppe emporsteigt, beschleichen sie Zweifel. Sie bleibt auf der vorletzten Stufe stehen. Wie wird sie Kuno überzeugen können? In seiner

Verfassung? Die Weltlage ist seit ihrer letzten Schwangerschaft nicht freundlicher geworden. In den letzten Wochen hatte selbst sie manchmal Zweifel an dem Vorhaben bekommen. Aber heute früh spürte sie das vertraute Ziehen im Bauch wie ein kurzes Aufflackern, und ihr war nach dem Frühstück kurz heiß und kalt geworden. Sie weiß: Nun ist der Moment da, der Moment für einen Jungen. Kuno ist außerdem zugegen, wenn sie die Gelegenheit jetzt nicht nutzt, wird sie vielleicht nie wiederkommen.

Agnes klopft vorsichtig an die Tür und öffnet sie dann, ohne auf Einlass zu warten. Kuno sitzt auf seinem Bett und raucht, ein Aschenbecher und verschiedene Dokumente liegen vor ihm. Er schaut hoch zu seiner Frau, zuerst überrascht, dann seufzt er leicht und lächelt wehmütig wie jemand, der verloren hat und seine Niederlage eingestehen muss.

«Nun, Agnes.»

Er schiebt die Blätter beiseite und klopft auf die Bettdecke.

# Ein Baum im Herrenhaus

*Altenstein, 1992*

Nonas Haare wehen im Wind. Sie trägt ein rotes Kopftuch, um ihre Frisur zu schützen, doch einige Strähnen haben sich gelockert und peitschen ihr immer wieder ins Gesicht. Konrad sitzt am Steuer seines Porsches, nach langen Verhandlungen hat Nona ihm erlaubt, das Verdeck abzunehmen. Es ist Mai, sonnig, aber noch kühl. Die Betonplatten der DDR-Autobahn geben den steten Rhythmus ihrer Fahrt vor: Te-Dum, Te-Dum, Te-Dum.

Sie sind auf dem Weg nach Altenstein. Konrad ist erleichtert, dass Nona mitgekommen ist. Er ist schon ein paarmal in die neuen Bundesländer gefahren, aber noch nie hierher, in das flache, sandige Land nördlich von Berlin. Das hat er sich bisher nicht getraut, obwohl er seit jener Nacht im November, in der die Menschen auf der Mauer getanzt haben, an fast nichts anderes mehr denken kann. Er ist elektrisiert, besessen von dem Gedanken. Es muss doch möglich sein? Jetzt ist doch alles anders? Er ist nach Berlin, nach Leipzig, sogar nach Neuruppin gefahren, um dort beim Amt für Offene Vermögensfragen seinen Antrag einzureichen. Nur um Altenstein selber hat er bisher einen Bogen gemacht.

Schließlich ist ihm Nona eingefallen. Sie könnte doch mitkommen! Nona würde sich in Altenstein auskennen, sie würde wissen, wo das Gut lag, wen man im Dorf ansprechen konnte, wer von früher noch dort lebte. Und überhaupt: Sie würde ihn unterstützen. Sie hatte es immer getan.

Die Landschaft um sie herum ist flach, zu beiden Seiten der Straße liegen bestellte Felder, zwischen denen sich hier und da kleine Misch- und Nadelwäldchen erheben. Der Raps blüht grellgelb. Die Sonne scheint zwischen den Lindenbäumen hindurch, an den Ästen schimmert zartes Grün.

Es war nicht ganz einfach, seine Schwester von der Reise zu überzeugen. Vor allem die Aussicht auf eine lange Autofahrt mit ihm schreckte sie ab. «Sechshundert Kilometer Transitstrecke, mit dir am Steuer? Im Porsche? Auf gar keinen Fall. Und wozu? Um mir eine Ruine anzusehen?» Doch schließlich willigte sie ein, auch sie war neugierig.

Natürlich mit strengen Auflagen. Sie wäre nicht Nona, wenn sie der Sache nicht ihren Stempel aufdrücken würde. Nona wirkt weich und anschmiegsam mit ihren braunen Rehaugen und ihrer olivfarbenen Haut, so als käme sie gerade aus dem Urlaub, braun gebrannt, ewig jugendlich. Immer ist sie bereit, sich von ihm amüsieren zu lassen. Doch Konrad weiß nur zu gut, dass das reine Fassade ist. Seine Schwester verfügt über einen eisernen Willen, den sie in fast jeder Situation durchsetzt – eine Eigenschaft, die ihn schon bei seiner Mutter rasend gemacht hat. Anders als bei Nona wusste man bei Agnes allerdings beim ersten Blick auf ihr strenges Feldwebel-Gesicht, woran man bei ihr war. Nona dagegen ist eine echte Mogelpackung.

«Falls wir fahren, und ich sage nur *falls*, dann sollten wir in Berlin übernachten. Und wir sollten uns zwei Tage Zeit lassen für die Fahrt, mindestens.» Dies war die erste Bedingung.

«Mindestens?», fragte Konrad ungläubig. «Ich fahre

sonst an einem halben Tag hin. Was willst du denn zwei Tage lang auf der Strecke?»

Doch Nona war noch nicht fertig. «Außerdem: Keine Überholmanöver, Konni! Weder von rechts noch von links. Wir bleiben auf der rechten Spur, die ganze Zeit, hörst du? Und schwöre, dass du nicht schneller als hundert fahren wirst! Und das Verdeck bleibt geschlossen, die ganze Zeit.»

«Nönnschn! Du worst ja scheinbor noch nie bei die Brüdär und Schwestärn seit dr Wände. In där D-D-ÄRR dorfst du niemols schnellr wie Hundärt foahrn. Des ist verbotän! Außerdäm lässt doas dr sozialistische Bodnbeloch net zu!»

Nona lächelte. «Es ist mein Ernst, Konrad. Schwöre! Sonst kannst du in deiner Proleten-Schleuder alleine fahren.»

Konrad hob Zeige- und Mittelfinger zum Schwur, dann lächelte er spöttisch. «Immerhin habe ich noch kein Knöllchen bekommen, weil ich auf der Autobahn zu langsam gefahren bin», sagte er süffisant. «Ganz im Gegensatz zu dir.»

Seitdem sie die ehemalige deutsch-deutsche Grenze passiert haben, ist Nona entspannt. Sie hat endlich aufgehört, auf der Beifahrerseite mit zu bremsen oder sich am Türgriff festzuklammern, wenn ihnen ein Auto entgegenkommt. Ihre nackten Füße liegen auf dem Armaturenbrett. Sie raucht, sie versucht, den komplizierten Falk-Atlas zu entfalten, sie schiebt seine Musik in den CD-Player und singt mit. Wenn sie Menschen am Straßenrand sieht, gestikuliert sie wild herum und ruft: «Ist das hier alles die Täterääää?»

Konrad fischt eine Zigarette aus seiner Brusttasche, zündet sie an und schaut seiner Schwester zu, die sich gerade im Beifahrerspiegel die Lippen nachzieht. Nona sieht seinen Blick und hebt eine Augenbraue.

«Was Agnes wohl sagen würde?», fragt er.

Nona dreht den Kopf zur Seite. «Wie meinen? Sprechen Sie bitte in mein gutes Ohr!» Nona ist seit ihrer Kindheit auf dem linken Ohr taub. Gespräche im Cabrio sind eigentlich unmöglich.

«Was, meinst du, würde sie sagen? Agnes! Dazu, dass wir nach Altenstein fahren?» Er muss schreien, um gegen den Fahrtwind, die Betonplatten, Nonas Taubheit und Paolo Conte anzukommen.

Nona fährt sich mit Zeigefinger und Daumen über die Mundwinkel, eine typische Agnes-Geste, auf die zumeist eine strenge Zurechtweisung der Kinder folgte. Von allen Geschwistern kann sie ihre Mutter am besten nachahmen.

«Nun, Konnilein, es wurde aber auch Zeit, dass aus dir endlich mal etwas wird und du Papis Gut für uns zurückholst.»

In Gerstenberg fahren sie von der Autobahn ab, doch Altenstein ist nicht zu finden. Stattdessen nur unattraktive Straßendörfer mit hässlichen Namen, die ihm nichts sagen. Pirow. Ternitz. Netzeberg. Dazwischen wunderschöne Alleen mit hohen Linden und Kastanien. Eine halbe Stunde lang kurven sie durch verlassene Ortschaften. Nona faltet hektisch den Atlas auseinander und wieder zusammen. Sind sie zu früh abgefahren? Eigentlich ist es denkbar ungünstig, dass sie für die Navigation zuständig ist, bei ihrem Orientierungssinn. Konrad lenkt den Wagen zurück auf die Autobahn.

«Die nächste Abfahrt muss es sein, da bin ich ganz sicher», sagt Nona kleinlaut. Doch es kommt nichts. Keine Ausfahrt, keine Tankstelle, an der sie fragen könnten. Nur weitere Rapsfelder. Nach einer halben Stunde wird sie ungeduldig.

«Sind wir vorbei? Ich habe das Gefühl, wir sind gleich in Hamburg! Vielleicht habe ich die Karte falsch gelesen.»

Konrad grinst breit. «Du die Karte falsch lesen? Das kann ich mir beim besten Willen nicht vorstellen!»

Er will gerade rechts auf den Standstreifen rollen, da sehen sie das Schild: Altenstein. Nona jubelt. Die Ausfahrt ist kaum erkennbar, eine schmale, marode Straße führt ohne Markierung direkt vor einer Tankstelle in ein Feld. Konrad biegt ab, doch mitten auf der Abfahrt bleibt er stehen.

«Was machst du?», fragt Nona. Sein Blick ist nach vorne gerichtet, auf die Tankstelle. «Fahr weiter, jetzt weiß ich, wo wir sind, ehrlich. Hier die Straße hoch und dann rechts.» Konrad verharrt noch einen kurzen Moment, dann legt er den ersten Gang wieder ein und fährt an. Der Porsche holpert um die Kurve und weiter durch die Felder, bis sie an einer breiten Allee ankommen. In der Ferne kann er einen Ort erkennen, Bäume, eine kleine Häuseransammlung, einen Kirchturm. Darüber zieht ein Bussard langsam seine Kreise. Konrad spürt eine Anspannung, etwas legt sich um seinen Brustkorb, er ist tatsächlich aufgeregt, als stünde etwas Großes bevor.

Die Allee ist schnurgerade und von Linden gesäumt. Weit und breit ist kein Auto in Sicht. Er spürt die helle märkische Sonne auf seinem Gesicht, die Äste über ihnen werfen ihre Schatten, hell, dunkel, hell, dunkel.

«Nächstes Jahr werde ich fünfzig.»

«Darüber willst du dich nicht ernsthaft bei mir beschweren, oder?» Nona lächelt. Sie ist drei Jahre älter als er. «Außerdem hast du dich doch gut gehalten.»

Konrad seufzt.

«Darum geht es auch nicht. Ich will mit fünfzig nicht immer noch Autos verkaufen. Es muss etwas passieren. Ich habe es Ira versprochen.»

«Ach, du hast dich doch so oft neu erfunden, Konni. Der Einzige von uns ohne Abitur, ohne Studium, und trotzdem hast du mehr verdient als wir alle.»

Er lächelt. «Tja, wie gewonnen, so zerronnen. Und womit? Das ist doch nichts ... nichts Bleibendes. Nichts, was ich eines Tages auf meinen Grabstein schreiben könnte.» Er grinst sie an.

In dem Moment erscheint auf der rechten Seite das Ortsschild: Altenstein. Nona zeigt darauf. «Das kann sich ja jetzt ändern.»

Eine Reihe niedriger, grauer Häuser duckt sich entlang der Dorfstraße, kleine Fenster, schmale Türen in unverputzten Fassaden, durch die sich Risse ziehen. Halbe Spitzenvorhänge, dahinter ist es duster. Manche Rollläden sind heruntergelassen, ein paar sind kaputt und hängen schräg in der Halterung. Wohnt hier überhaupt jemand?

Die Bürgersteige davor sind schmal und kopfsteingepflastert, hier und da von Baumwurzeln aufgerissen. Einzig die Vorgärten sehen gepflegt aus, selbst der winzigste Rasen ist in perfektem Zustand und liebevoll ausgestattet mit Gartenzwergen oder sich eifrig drehenden Windrädern.

Ab und zu fahren sie an verlassenen, heruntergekommenen Villen vorbei. Wem gehören sie? Das ganze Land liegt da, entvölkert, verlassen, als interessiere niemanden, was daraus wird. Konrad muss an die Behörde denken, die er in Neuruppin aufgesucht hat: Amt für Offene Vermögensfragen.

«Tja, hier wären wir. Direkt vor den Toren unserer neuen deutschen Hauptstadt.»

Rechts kommen eine Kirche, ein Friedhof, sie rollen über eine Kreuzung, dann haben sie Altenstein schon wieder verlassen.

Nona schaut sich um. «Und wo ist jetzt das Gut?»

Konrad wendet den Porsche in einem Zug und parkt am Straßenrand direkt vor einem der letzten Häuser. Nona steigt aus und breitet die Karte auf der Kühlerhaube aus. Konrad öffnet die Fahrertür. Der Vorhang im Fenster bewegt sich, jemand schaut kurz heraus und weicht dann zurück ins Dunkel.

Es ist warm geworden, Konrad zieht sein maßgeschneidertes italienisches Sakko aus, krempelt die Ärmel seines hellblauen Hemdes hoch, gähnt, streckt sich und zündet sich eine Zigarette an. Eine Strähne seines Seitenscheitels fällt ihm in die Stirn, er streicht sie aus dem Gesicht. Über den Rand seiner Sonnenbrille hinweg inspiziert er die triste Dorfstraße.

«Mann, Mann, Mann.»

Tief zieht er den Rauch ein und bläst Ringe in die Luft. Dann stellt er sich neben Nona und wirft einen Blick auf die Landkarte.

«Nonalein, kennst du dich denn auf dem Land deines Vaters gar nicht mehr aus?»

Zwei graue Gestalten kommen ihnen entgegen, ein Mann und eine Frau, klein und quadratisch, er mit Hut, sie mit mehreren bunten Plastiktüten. Sie bewegen sich langsam, es ist schwer, ihr Alter zu schätzen, der Statur und dem lethargischen Gang nach könnte es überall zwischen sechzig und hundert liegen.

Konrad und Nona schauen hoch, Konrad nickt ihnen zu, Nona lächelt. Die Spaziergänger reagieren nicht.

«Frag doch mal unsere Brüder und Schwestern, wo das Gut ist», zischt Nona.

Als sie später den holprigen Waldweg entlangfahren, muss Nona immer wieder loslachen. «Du bist unbeschreiblich, Konrad! Unbeschreiblich peinlich.»

Sie streckt betont markig die Hand aus und äfft seinen selbstherrlichen Ton nach:

«‹Graf Kolberg mein Name. Ich suche das Gut meines Vaters.›»

Konrad grinst, fischt mit seiner linken Hand eine Zigarette aus der Brusttasche und zündet sie an.

«Na und? Ist doch so. Jetzt wissen wir wenigstens Bescheid.»

Nona ist noch nicht fertig.

«‹Sagen Sie den anderen Eingeborenen bitte, dass der Herr Graf wieder zurück ist.› Das hättest du eigentlich gleich noch hinzufügen können. Du tust so, als wärst du hier, um deine Fahne in erobertes Gebiet zu rammen, Konni! Meinst du, dass die Leute dich hier mit offenen Armen aufnehmen?»

Er ist kurz still. «Hör mal, wenn wir uns auf dich und die beschissene Landkarte verlassen hätten, würden wir jetzt noch in Ternitz rumkurven!»

Er greift nach dem Falk-Atlas, der zwischen ihnen liegt, und schleudert ihn mit einer nachlässigen Handbewegung in den Wald. Nona kreischt auf und schlägt ihn.

«Konrad, du Schaf! Jetzt müssen wir für immer hierbleiben. In einer Ruine in der ostdeutschen Pampa. Ich frage mich, ob Altenstein überhaupt noch steht.»

Sie fahren weiter durch den Wald.

«Weiß Moritz eigentlich, dass wir hier sind?» Nona schaut ihren Bruder vorsichtig von der Seite an.

«Nee. Was soll der Quatsch? Wenn's ihn interessiert, soll er fragen.»

Zwei Schwalben fliegen neben ihnen her wie ein Empfangskomitee, Nona betrachtet sie, wie sie neben den Kotflügeln aufsteigen und sich in gedehnten horizontalen Achten wieder fallen lassen.

«Moritz hat seinen Titel abgelegt. Wusstest du das?»

Konrad starrt sie entgeistert an. «Wie meinst du das?»

«Er heißt jetzt nur noch Kolberg. Ohne Graf, ohne von.»

Konrad schnaubt verächtlich. «War das Isabellas Idee?» Er schüttelt den Kopf und bläst Rauch aus. «Der hat Probleme.»

Kurze Zeit später biegen sie in eine überwucherte Einfahrt ein. Zwei steinerne Pfeiler stehen links und rechts vom Weg, Reste eines Tores. Ein Zweig peitscht Nona ins Gesicht, als sie hindurchfahren. Konrad grinst und schaut seine Schwester dabei über den Rand der Sonnenbrille an, die Zigarette zwischen den Zähnen. Er lässt den Motor aufheulen und die Reifen durchdrehen, bis der Rollsplit hinter ihnen hochfliegt.

Nona verdreht die Augen. «Lass es einfach.»

Der Kiesweg dehnt sich aus zu einer schmalen Allee, die schnurgerade unter Kastanienbäumen auf ein Gebäude zuführt. Konrad zeigt nach vorne.

«Das muss es sein.»

Er beschleunigt und wendet das Cabrio am Ende der Auffahrt scharf um hundertachtzig Grad, sodass sie direkt vor dem Haus zum Stehen kommen.

Für einen Moment verschlägt es beiden die Sprache. Das Gutshaus steht noch, es sieht auf den ersten Blick sogar intakt aus. Es ist ein zweistöckiges, helles Herrenhaus mit einem zentralen, imposanten Portal, an das sich links und rechts zahlreiche hohe Fenster anschließen. Eine ausladende, halbrunde Steintreppe führt zu der breiten, dunklen Eingangstür hinauf. Das Dach ist an einigen Stellen eingesunken, ein paar Ziegel fehlen. Einige Scheiben sind eingeschlagen. Unkraut rankt die Mauern hinauf. Doch etwas ist merkwürdig. Nona sieht es zuerst.

Aus einem Fenster im ersten Stock ragt ein Baum.

Konrad stellt den Motor ab, sie steigen aus und sehen sich um. Der Garten vor dem Haus ist zugewachsen. Gras und Unkraut stehen kniehoch. Löwenzahn bedeckt die ehemaligen Blumenbeete, nur noch erkennbar an ihrer Einfassung. Links vom Eingang liegt eine umgekippte verrostete Schubkarre, sie scheint eins geworden zu sein mit der Wiese. Etwas Verwunschenes schwebt über dem Haus und dem Garten, als wären sie einem Märchen entsprungen.

«Wahnsinn», sagt Nona.

«Hättest du es erkannt?»

«Ja. Nein.»

Nona schaut die Stufen hinauf zum Haus.

«Sieht eigentlich noch ganz gut aus. Also, bis auf den Baum.»

Sie gehen die Steintreppe hinauf. An der Eingangstür baumelt ein Schild. Konrad dreht es um: «Unbefugte», steht darauf, in dicken schwarzen Buchstaben, umrahmt von einem roten Kreis. Mit einem kräftigen Ruck reißt er es ab.

«Wenn einer befugt ist, dann wohl wir.»

Das Schloss an der Doppeltür sieht massiv aus, doch es hängt lose in der Verankerung, wie eine Formalität, die nun keiner mehr braucht. Konrad zieht es wie selbstverständlich aus dem morschen Holz heraus. Er schiebt die Tür auf, es liegt von innen einiger Schutt davor, sodass er sich dagegenstemmen muss. Sie betreten die imposante Eingangshalle. Schwaches Licht fällt durch die verdreckten Fenster, aufgewirbelte Staubkörner tanzen darin. Es riecht nach Staub und Mörtel. Der Boden ist übersät mit Schutt und Steinen. Überall hat sich die Natur ausgebreitet. Äste ragen durch die zerbrochenen Fenster, an manchen Fensterrahmen wachsen Farne oder Moos. Der Kronleuchter an der Decke ist kaum noch als solcher zu erkennen, fast alle Kristalle fehlen, nur das traurige Metall-Gerippe ist übrig geblieben mit ein paar blinden, kaputten Glühbirnen.

Konrad schiebt mit dem Fuß etwas von dem Geröll beiseite, dann hockt er sich hin und begutachtet das Parkett. Neben seinem Fuß liegt ein kleines, filigranes Tierskelett. Erst jetzt sieht Nona die kleinen dunkelbraunen Kötel, mit denen der Boden übersät ist.

Konrad hebt einen hoch.

«Mäuse?», fragt Nona.

«Marder, würde ich sagen.» Er lässt ihn wieder fallen. «Mein Gott, wie es hier aussieht!»

«Bist du überrascht?»

«Na ja ...», er wischt eine Stelle am Fußboden frei. «Ich hatte gehört, dass Haus sei zu DDR-Zeiten als Parteizentrale genutzt worden. Aber das alles –», er zeigt auf die Äste, die durch die Fenster ragen, «das kann ja nicht erst seit der Wende passiert sein.» Konrad klopft auf den Boden. «Das Parkett scheint allerdings in Ordnung.»

«Hm.» Nona holt ihre Kamera heraus und fängt an, Fotos zu machen, vom Portal, vom Kronleuchter und von der breiten Treppe, die zum oberen Stock führt. Das Holzgeländer ist aufwendig geschnitzt, es endet in einem dicken, tatzenhaften Knauf. Ein Stück ist herausgebrochen und liegt auf dem Parkett.

«Und? Kannst du dich an irgendetwas erinnern?»

Nona geht zu einem der Fenster, das auf die Einfahrt blickt, es ist von dichten Spinnweben überwuchert. Sie schaut hinaus.

«An diese Einfahrt kann ich mich erinnern, an das Portal und die freie Treppe. Moritz und ich haben hier viel gespielt. Der Schmied – Paul hieß er, glaube ich – wohnte hinten, in den Stallungen, wie Frieda auch. Immer wenn er zum Haus kam, um etwas vorbeizubringen oder mit Agnes zu sprechen, haben wir uns im Gebüsch versteckt. Dann hat Moritz an dem Busch gerüttelt, und wir haben beide gebrüllt: ‹Paul, Paul, halt's Maul!›» Sie wischt den fingerdicken Staub von der Scheibe. «Aber aufs Maul haben eigentlich immer nur wir bekommen.» Nona dreht sich um und geht zur großen Treppe. «Meinst du, wir können hochgehen? Zu den Schlafzimmern?»

Konrad inspiziert die Stufen. «Ich weiß nicht, Nona. Ich würd's lassen.»

Nona testet vorsichtig die untersten Stufen, sie scheinen zu halten.

«Ich passe auf. Hier, nimm die Kamera.»

Von der Eingangshalle geht rechts eine Flügeltür ab,

Konrad öffnet sie. «Hier war das Wohnzimmer, oder?», ruft er seiner Schwester zu.

«Der Salon.»

Er schaut in den Saal. «Ja, genau. Hier ist der Kamin, über dem Papis Bild hing.»

Vorsichtig, Schritt für Schritt, steigt Nona die Treppe hinauf. Das Holz knarrt und knackt unter ihren Füßen, sie bleibt dicht an der Wand, hier kommt es ihr am stabilsten vor. Doch in der Mitte fehlt eine Stufe, sie wechselt hinüber zum Geländer, um sich festhalten zu können. Sie macht einen großen Schritt. «Ich bin gleich oben!», ruft sie.

Konrad kommt zurück in die Eingangshalle und schaut hoch zu ihr. «Sei vorsichtig!»

In dem Moment kracht es.

«Nona!»

Sie greift nach dem Geländer.

## Tote Pferde

*Zwischen Altenstein und Kletten, 1945*

Nona wacht auf. Etwas kitzelt an ihrer Wange, es ist warm und feucht. Unangenehm. Sie wischt sich mit der Hand übers Gesicht, doch das Gefühl ist sofort wieder da. Sie öffnet die Augen. In der Dunkelheit erkennt sie Moritz, er liegt direkt vor ihr, seine Lippen sind geöffnet. Er hat Fieber, seine nassen Haare kleben an der hohen Stirn. Rote Punkte bedecken seine Wangen. Wieder trifft sie ein Schwall seines heißen Atems.

Nona knufft ihn in die Rippen. «Nimm deinen Hauch auf die andere Seite!», flüstert sie. Moritz stöhnt im Schlaf, dreht sich aber auf den Rücken. Der Rucksack, den er als Kopfkissen benutzt, hinterlässt einen Abdruck auf seiner Wange.

Es ist Nacht. Nona und Moritz liegen auf einer Matratze im Pferdewagen, neben ihnen Koffer, Taschen und Verpflegung, dazwischen, wie kleine Inseln, Leni und Konrad in Decken gehüllt. Alle schlafen, alle haben Fieber. Vor ein paar Tagen bekam Helene die Masern, jetzt hat es alle erwischt. Fast wären sie nicht gefahren, aber Agnes hat darauf bestanden. Die Kinder würden sich unterwegs schon erholen.

Das Ruckeln des Pferdewagens hat etwas Beruhigendes, Nona lauscht dem Klappern der Hufe auf dem Asphalt.

Wie lange sind sie schon unterwegs? Die Plane ist an einigen Stellen eingerissen, der Vollmond scheint hindurch und wirft einen hellen Streifen auf ihr Gesicht. Nona schließt die Augen wieder und versucht zu schlafen, aber das Licht blendet sie.

Vorne auf dem Kutschbock sitzen Bobby und Frieda. Bobby hält die Zügel in der Hand, ihr Rücken ist schmal, ihre Haltung gerade. Sie kommt Nona äußerst erwachsen vor mit ihren zweiundzwanzig Jahren. Daneben hockt Frieda, das Kindermädchen, klein, quadratisch-gedrungen, mit einem runden Rücken. Nona liebt Frieda. Sie kennt sie, seit sie auf der Welt ist.

Bobby und Frieda reden kaum miteinander, sie treiben nur immer wieder das Pferd an, leise und beständig. Es muss mitten in der Nacht sein, sie haben Altenstein erst nach Einbruch der Dunkelheit verlassen können, es wäre sonst zu gefährlich gewesen.

Der Wagen ruckelt weiter durch die Allee.

«Ihr müsst leise sein während der Fahrt, hört ihr?», hat Agnes die Kinder ermahnt. «Vor allem, wenn ihr angehalten werdet: nicht rühren! Und wenn es Russen sind, Bobby, halt gar nicht erst an.» Agnes fing an, Koffer und Taschen zu packen, die Matratzen hinauszubringen und hinten auf die Wagenfläche zu laden.

«Sollten sich die Kinder nicht erst erholen?», wandte Frieda ein. Sie hatte Konrad auf dem Arm, er war gerade eineinhalb Jahre alt, auch er hatte einen heißen Kopf und glasige Augen. «Konni hat doch gerade erst diese Tortur hinter sich.»

Aber Agnes ließ sich nicht erweichen. Es gab nichts mehr zu essen in Altenstein, zumindest die vier Kleinen mussten weg. Vor ein paar Tagen waren zwei Männer ins Haus eingedrungen und hatten sie ausgeraubt. Zum Glück war nichts weiter passiert, aber das Erlebnis hatte Agnes, die sonst so furchtlos war, tief beeindruckt. Auch sie würde die Kinder im Notfall nicht schützen können. Nein, die Kleinen mussten fort, es wäre fahrlässig, sie weiter hierzubehalten. Im Grunde war es schon fast zu spät.

«Die Kinder werden sich hinten im Wagen auskurieren.» Agnes wuchtete die schweren Taschen hinein. «Bobby kann lenken, sie kommt gut mit dem Pferd zurecht.» Es war typisch Agnes. Ein einmal gefasster Plan war unumstößlich.

Nona ist müde, das sanfte, gleichmäßige Ruckeln lullt sie ein, ihre Augenlider senken sich. Moritz murmelt etwas im Schlaf, er dreht sich wieder zu ihr und stößt ihr dabei den Ellenbogen in die Rippen. Sie schreckt hoch und gibt dabei offenbar ein Geräusch von sich, denn Konrad, der auf der anderen Seite der Koffer liegt, fängt an zu weinen.

Irgendetwas ist los auf der Straße, der Wagen kommt zum Stehen. Bobby und Frieda wechseln leise ein paar Worte. Nona hört Schritte und Männerstimmen.

«Ruhe da hinten!», zischt Bobby. Sie schaut wütend in den Wagen. Konrad weint immer noch. Nona schlägt ihre Decke zurück und klettert mit klappernden Zähnen über die Hügellandschaft aus Taschen, Teppichen und schlafenden Geschwistern, bis sie bei ihm ist. Sie nimmt ihn in den Arm. Konrad ist erst eineinhalb, noch fast ein Baby. Er glüht vor Hitze. Nona streichelt ihm über den verschwitzten Kopf, mit der anderen Hand hält sie ihm den Mund zu. Sofort hört er auf zu weinen, auch er ist matt vom Fieber. Er schaut sie tränenverschleiert an und schmiegt sich an sie. Nona streichelt noch eine Weile seine heiße Stirn. Dort, wo sein Kopf auf ihr liegt, ist es bald nass, kleine Schweißperlen rinnen ihren Hals hinunter. Sie spielt mit seinen Händen, seinen Fingern, alles an ihm ist feucht. Sie drückt auf das große, kreisrunde Muttermal an seinem Handgelenk. Normalerweise lacht er, wenn sie das macht. An seinen tiefen, schnurrenden Atemzügen merkt sie, dass er wieder eingeschlafen ist.

Frieda und Bobby schauen angespannt nach vorn, die Stimmen werden lauter, Männer nähern sich anscheinend dem Wagen. «Warum halten wir?», flüstert Nona so leise wie möglich. Frieda dreht sich um und legt den Zeigefinger auf die Lippen. Noch nie hat Nona einen so ängstlichen Gesichtsausdruck bei dem Kindermädchen gesehen.

An der Stelle, wo das Leinenverdeck des Wagens eingerissen ist, schiebt sie den Stoff vorsichtig auseinander, um Konrad nicht zu wecken, und schaut hinaus in die Nacht. Sie stehen auf einer großen Straße. Sehr weit können sie noch nicht gekommen sein, schließlich sollten sie nach hundert Kilometern die anderen treffen. Erst nach Norden, und dann mit den anderen Richtung Westen, hat ihre Mutter gesagt.

Noch aber sind sie allein. Vor dem Wagen stehen Männer, einer hält eine Lampe.

Rechts und links der Straße reihen sich Kastanienbäume aneinander, dahinter liegen Felder. Nona legt Konrad vorsichtig auf einer Decke ab, um sich besser bewegen zu können, dann streckt sie ihren Kopf hinaus. Dabei reißt das Leinenverdeck noch etwas weiter auf. Hinter den Bäumen sieht sie kleine Hügel, zwei, drei direkt im Straßengraben und noch Dutzende weiter hinten auf dem Feld. Nona schaut genauer hin, sie muss sich ein wenig aus dem Wagen lehnen – es sind Pferde, sie liegen da, vereinzelt oder in kleinen Gruppen, als würden sie schlafen. Nona sieht ihre aufgeblähten Bäuche, die verdrehten Beine, die offenen Mäuler. Ihr braunes Fell glänzt im Schein des Mondes.

## Ihre Kinder sind wie Blütenblätter

*Altenstein, 1992*

«Neun Meter!», ruft Konrad. «Die Ställe sind etwa neun Meter lang. Schreibst du es auf?»

Zwei lange Fachwerkställe schließen sich links und rechts an das Gutshaus an, sodass das Ensemble einen Dreiseitenhof bildet. Der Hof in der Mitte ist völlig verwildert, kniehohe Grasbüschel haben das Kopfsteinpflaster an mehreren Stellen durchbrochen, Unkraut rankt die Fachwerkmauern hinauf. Einige Bäume sind umgekippt, vielleicht von einem starken Sturm entwurzelt, doch das muss Jahre her sein, aus den am Boden liegenden Stämmen wachsen Pilze, Gras und Löwenzahnbüschel.

Nona setzt sich auf einen Stamm, sie zieht ihre Schuhe und Socken aus und legt den linken Fuß hoch. Ihr Knöchel ist leicht geschwollen, direkt über der Ferse zeichnet sich ein länglicher, hellblauer Bluterguss ab.

«An die Ställe kann ich mich ganz gut erinnern», ruft Nona, während Konrad den Hof mit gleichmäßigen, langen Schritten abschreitet. «Agnes war sehr stolz auf sie. Fachwerk aus dem sechzehnten Jahrhundert. Sie hat immer betont, was für eine Seltenheit das sei.»

«Hallo? Hast du es aufgeschrieben?» Konrad stakst mit seinen steifen Vermessungsschritten an ihr vorbei hinüber auf die andere Seite. «Breite: fünfzehn Meter. Der Hof ist also fünfzehn mal neun, ja?»

Nona notiert alles, dann zieht sie ihren Pullover aus

und schiebt ihn sich unter den Fuß. Die Nachmittagssonne scheint ihr ins Gesicht, sie schließt die Augen und lehnt ihren Kopf zurück.

Konrad inspiziert die Ställe. Die Dächer sind an mehreren Stellen in der Mitte eingesunken, vor den Türen hängen rostige Eisenschlösser. Konrad rüttelt an ihnen, doch sie halten.

«Was hat man eigentlich in der DDR mit den Stallungen gemacht?», ruft Nona.

Konrad holt einen faustgroßen Stein und fängt an, damit ein Schloss abzuschlagen.

«Ich weiß es auch nicht. Jedenfalls sind sie ewig nicht benutzt worden.» Er schlägt noch zweimal auf das Schloss ein. «Scheiße!» Kurz inspiziert er seinen Daumen, dann zieht er an dem Schloss. «Mielke soll ja hier gejagt haben. Vielleicht finden wir noch sein Gewehr.»

Die Tür geht auf. Der Stall ist fast leer, eine rostige Säge hängt an der Wand, ein paar verstaubte, zahnlose Harken stehen daneben.

«Paul der Schmied hat damals hier hinten gewohnt, und Frieda und die anderen Hausangestellten», sagt Nona.

Der Bluterguss an ihrem Fuß wird langsam dunkler, ein violett-roter Halbmond zieht sich jetzt um ihren Knöchel. Die Innenseite ist angeschwollen. Nona stöhnt und verzieht das Gesicht.

«Bist du sicher, dass ich dich nicht ins Krankenhaus bringen soll?» Konrad beobachtet Nona, die versucht, den Fuß nach links und nach rechts zu drehen.

«Bestimmt hat dich Agnes' Geist einbrechen lassen», sagt er nach einer Weile.

«Wieso denn? Sie sollte sich freuen, dass wir hier sind.»

«Weil du sie früher so oft hinter ihrem Rücken nachgeäfft hast, vor allem auf der Treppe, weißt du nicht mehr? Immer, wenn sie ihre Ansprachen an uns hielt. ‹Kinder, was seid ihr unartig!› Manchmal hast du aber auch nur hinter ihr gestanden und so getan, als würdest du ihr den Hals umdrehen.»

Nona lacht. «Stimmt! ‹Den ungewaschenen Hals dreh ich ihr um!› Das war doch eigentlich dein Spruch …»

«Aber du hast es immer angedeutet. Und ich hab den Ärger bekommen, weil ich mitten in Agnes' Vorträge hineingelacht habe.»

Nona reibt sich den Knöchel und lächelt. «Ach komm, du und Ärger! Als wäre sie dir jemals böse gewesen! Dabei hast du dir nun wirklich am meisten geleistet von uns allen.»

Konrad geht zum nächsten Stall, auch er ist verriegelt. Er schaut sich um, greift nach einem rostigen Metallwinkel, schiebt die kurze Seite unter das Schloss und lehnt sich mit aller Kraft dagegen. Das Schloss springt sofort ab.

«Du warst doch ihr Liebling. Ihr Ein und Alles. Sie hat dich immer bevorzugt.»

Konrad öffnet die Tür. «Mag sein. Aber ich wurde trotzdem endlos verdroschen. Und sie hat auch gerne mal weggesehen, wenn ich sie gebraucht hätte.»

«Was meinst du?»

Konrad schweigt, während er das Innere des Stalls inspiziert. «Erinnerst du dich noch an Viktor?», ruft er schließlich.

«Wie, an unseren Cousin? Aus Kletten? Klar. Der immer mit dir gespielt hat?»

Nona zieht ihre Schuhe wieder an und versucht aufzustehen. Ihr linker Fuß schmerzt. Sie geht ein paar Schritte, seufzt und setzt sich wieder hin.

«Der hat dich sehr gemocht.»

«Zu sehr.» Im Stall scheppert etwas, es klingt, als würden mehrere Geräte übereinanderkrachen.

«Alles in Ordnung?»

Konrad steckt den Kopf heraus und grinst. «Warte kurz. Ich habe hier ein paar Schätze gefunden.»

Nona schaut ihren Bruder ernst an. «Was meinst du mit ‹zu sehr›?»

Konrads Kopf verschwindet wieder im Stall. Es ist kurz still. Dann springt er plötzlich hinter der Tür hervor. Er hat einen staubigen Leinensack über den Kopf gezogen, in seiner Hand hält er eine riesige, rostige Sense, mit der er vor Nonas Gesicht herumfuchtelt. «Isch bin där Sänsenmonn, wo? Där Sänsenmonn aus Sochsen. Isch kömme, um die alten Güter der Täterää zu hölen!»

Er schwingt die Sense durch die Luft.

Nona lächelt müde.

Konrad zieht sich den Sack vom Kopf. «Früher war es einfacher, dich zu amüsieren.»

Er legt die Sense ab und schüttelt den Leinensack aus. Vom Staub muss er niesen. Er nimmt die Brille ab, wischt sich die Augen und schnäuzt in sein Taschentuch. Nona schaut ihn immer noch ernst an.

«Also?»

«Also was?»

«Was meinst du mit ‹zu sehr›?»

Konrad setzt die Brille wieder auf.

«Ach, na ja, er hat mich ja immer mit nach oben genommen. Zur Murmelbahn. Da gab es so ein paar Sachen. Gemeinsame Bäder und so. Ich kann mich ehrlich gesagt nicht so gut daran erinnern.»

Konrad hebt die Sense auf und untersucht die Klinge

genau. Mit einem Finger fährt er die scharfe Kante entlang.

«Gemeinsame Bäder? Hat er dich angefasst?»

Konrad antwortet nicht.

«Hast du es Agnes erzählt?»

Er lacht verächtlich. «Denkst du, sie hätte mir geglaubt? Viktor hat sich ja damals massiv bei ihr eingeschleimt. Und bei Frieda. Niemals, niemals hätte mein Wort mehr gegolten als seins.»

«Das kann ich mir nicht vorstellen! Du warst doch ihr Liebling, Konni. Ihr Wunschkind! Mitten im Krieg hat sie Kuno noch dieses eine Kind aus den Rippen geleiert.» Nona macht eine kurze Pause. «Du warst doch immer der Ausdruck ihrer großen Liebe.»

Konrad lacht. «Eher der Ausdruck von Agnes' großem Durchsetzungsvermögen.»

Er überquert den Hof. Vor den Ställen auf der anderen Seite wächst hohes, dichtes Gras. Er macht ein paar Trockenübungen mit der Sense. «Nein, ihr *Liebling*, Schwesterherz, war immer noch Agnes von Kolberg selbst. Erinnerst du dich noch an die Geschichte, die sie immer zum Besten gab? Was der Arzt in Königsberg zu ihr gesagt haben soll?»

«*‹Er liebte mich glühend, dieser Arzt›*», wirft Nona ein.

Konrad lacht. «Genau der. ‹Frau Gräfin, Sie sind wie eine Blume, und Ihre Kinder sind die Blütenblätter.› So sah sie sich. *Sie* war das Zentrum, wir nur die Zierde.»

Konrad schwingt weiter.

«Stimmt, das hat sie oft erzählt.»

«Jemand, der Agnes so vergötterte, wie Viktor es tat, konnte in ihren Augen nicht schlecht sein.»

Konrad macht einen Schritt in die Wiese hinein und

schwingt die Sense im Halbkreis um sich herum, zu seinem Erstaunen funktioniert es. Das Gras fällt in dicken Büscheln zu Boden.

Er dreht sich zu Nona um. «Ich finde, ich mache mich ganz gut als Landbursche, oder? Ich mähe den Rasen und erlege Wildschweine und Rehe im Wald. Ich glaube, ich habe meine Bestimmung gefunden!»

«Vorsicht, sonst haben wir hier gleich zwei Versehrte.»

Konrad fährt fort, das hohe Gras zu schneiden.

Nona massiert ihren Knöchel und versucht vorsichtig, den Fuß zu strecken. Sie verzieht das Gesicht. «Das hast du mir nie erzählt», sagt sie nach einer Weile. «Mit Viktor.»

«Tja. Vielleicht ...» Konrad holt erneut mit der Sense aus, «vielleicht wollte ich dich einfach nicht langweilen. Ich hab's ja überlebt, wie du siehst.» Dicke Grasbüschel fallen zu Boden. «Wenn auch mit einem erheblichen Dachschaden!»

Nona schaut rüber zum Gutshaus. Sie hat etwas gehört. Auch Konrad hält inne und dreht sich um. Tatsächlich, ein Mann kommt auf sie zu.

## Die Neunte

*Zwischen Altenstein und Kletten, 1945*

Nona ist wieder eingeschlafen. Sie liegt seitlich an Konni geschmiegt, der einen Arm über sie geworfen hat. Der Pferdewagen wiegt sie sanft und gleichmäßig. Plötzlich gibt es einen Ruck, sie halten an. Nona schlägt die Augen auf, sie schiebt Konnis verschwitzte Hand beiseite, setzt sich auf und schaut nach vorne zu Bobby und Frieda. Vor ihnen stehen vier weitere Wagen, anscheinend haben sie die anderen gefunden, den Treck nach Westen. Vorsichtig klettert sie zwischen den schlafenden Körpern ihrer Geschwister hindurch zum Kutschbock.

«Warum halten wir?»

«Na, mein Nönnchen», sagt Frieda, ohne ihr zu antworten, und fühlt ihre Stirn. «Geht es dir besser?»

Frieda lächelt, sie wirkt gelöst, wahrscheinlich weil sie den Anschluss an die anderen gefunden haben. Jetzt kann eigentlich nichts mehr schiefgehen. Nona klettert auf Friedas Schoß. Ausnahmsweise ist keines ihrer Geschwister wach, um ihr diese Position streitig zu machen.

Frieda zieht die beiden Haargummis aus Nonas dünnen Zöpfen und macht sich daran, ihre Haare neu zu flechten. Sie ist die hübscheste der kleinen Kolberg-Kinder, aber Frieda liebt Nona vor allem, weil sie so wild ist und voller Phantasie. Es ist Nona, die ständig Theater-Aufführungen plant, Streiche mit Moritz ausheckt oder Spiele erfindet. Zu Friedas letztem Geburtstag hat Nona ihr mit Lenis Hilfe ein Gedicht geschrieben und den Erwachsenen nach dem Kaffee und Kuchen vorgetragen.

*Jetzt kommt noch die kleine, durch*
*Keckheit bekannte*
*Allseits beliebte, Nona-Tante.*
*Du gabst einen hübscheren Namen mir:*
*Als Nönnchen stehe ich immer vor Dir.*
*Du hast mit warmem Herzen*
*Erkannt mein kleines Leid und Glück*
*Wir haben uns oft verstanden*
*Mit nur einem Blick.*

Als Nona vor fünf Jahren auf die Welt kam, hatte Agnes ihre Enttäuschung kaum verbergen können. Noch ein Mädchen! Sie war in Tränen ausgebrochen. Helenes Geburt im Jahr zuvor war in Mohrungen schon verhalten aufgenommen worden, sie war ein unattraktives Kind, mit einer langen Nase und wässrigen Augen.

Agnes fühlte sich als Versagerin, ganz besonders vor ihrer Schwiegermutter. Marie Gräfin Kolberg war mit einem kleinen Hofstaat eigens zur Geburt ihres neuesten Enkels angereist, ein antikes Taufkleid aus Spitze in einem ihrer fünf Koffer. Aus irgendeinem Grund waren alle davon ausgegangen, dass bei Kolbergs die Ankunft eines zweiten Erben bevorstand. Vielleicht trug Agnes das Kind sehr schmal, ihr Bauch war besonders spitz. Zudem sah sie blühend und gesund aus. ‹Die Schönheit geht ins Kind›, nach dieser Regel bei Mädchen-Schwangerschaften hätte Agnes einen Jungen bekommen müssen. Genau war es später nicht mehr zu rekonstruieren, wer das Gerücht in die Welt setzte.

Es war eine Besonderheit, dass Kunos Mutter kam, schließlich litt sie seit Jahren stark unter Rückenschmerzen und nahm nur noch selten Reisen auf sich. Und dann hatte sich der ersehnte Enkel doch wieder nur als Enkelin entpuppt. Und was für eine! Wie ein kleines Zigeunerkind sah sie aus, mit einem schwarzen Haarschopf, olivfarbener Haut und dunkelbraunen Augen. Für dieses Wesen war sie hergekommen?

Marie von Kolberg war berüchtigt dafür, dass Mädchen in ihren Augen nichts zählten. Eigentlich hatte sie immer nur den hübschen, blonden Moritz gemocht. Im letzten Jahr hatte sie alle Kinder der zusammengewürfelten Kolberg-Familie vor dem Weihnachtsbaum Aufstellung nehmen lassen und ihnen eröffnet: «Dich kann ich leiden und dich, dich, dich und dich nicht.» Ersteres galt nur Moritz.

Das Taufkleid ließ sie schnell wieder in einem ihrer vielen Koffer verschwinden. «Es passt nicht zu dunklen Augen!» Dass Agnes dem Kind den Namen der Schwiegermutter gab, Marie Elisabeth, um sie milde zu stimmen, machte die Sache fast noch schlimmer. Was als Kompliment gemeint war, wurde als Beleidigung aufgefasst. Eine Marie Gräfin Kolberg konnte es nur einmal geben. «Ich weiß nicht, warum sie das kleine schwarze Wesen unbedingt Marie nennen musste. Von mir hat sie nichts», keifte sie ihrem Sohn gegenüber. Kuno schwieg, er stand machtlos zwischen diesen beiden Frauen und hoffte nur, ausreichend als Blitzableiter zu dienen, damit es nie zu einem richtigen Gewitter zwischen ihnen käme. Die alte Gräfin kicherte. «Marie Schulz ginge vielleicht», fügte sie hinzu, als sie sich über die Wiege beugte, «Marie Schulz aus Groß-Berlin.»

Die Einzige, die sich über die Geburt dieses kleinen Mädchens gefreut hatte, war Frieda. «Die Neunte!», rief sie unentwegt. «Wir können sie Nona nennen. Welch ein Glück, dass es ein Mädchen ist!» Frieda hatte zwar nur einen Volksschulabschluss, aber dennoch von den großen Brüdern bruchstückhaft Latein gelernt, und darauf war sie stolz.

«Warum halten wir?», fragt Nona noch einmal.

Bobby zeigt nach vorn. Nona reckt den Hals, vor ihnen stehen noch weitere Pferdewagen und versperren ihr den Blick. Sie klettert auf den Kutschbock. Vor ihnen liegt eine Kreuzung. Auf einmal sieht sie, was Bobby meint: Von links kommen Menschen, sie gehen fast lautlos die Straße entlang, immer zwei oder drei nebeneinander, sie tragen Sträflingskleider, grau-blau gestreifte Anzüge, die an ihren dürren Körpern herunterhängen. Männer mit hohlen Wangen und kurzrasierten Haaren, aber auch ein paar Frauen sind dabei, sie alle wanken schweigend in dieselbe Richtung, den Blick vor sich auf die Straße gerichtet. Keiner schert aus der Reihe aus. Sie bewegen sich gleichmäßig auf die Kreuzung zu, biegen ab und laufen auf der großen Allee weiter, auf der die Pferdewagen stehen und warten.

«Das sind Gefangene», erklärt Bobby.

«Woher kommen sie?»

Bobby antwortet nicht. Sie schaut nach vorne, es ist ihr Privileg als Älteste, die Kleinen zu ignorieren, wenn es ihr passt. Bobby hat in den letzten zehn Jahren, seit Agnes in ihr Leben getreten ist, eine große Wandlung durchlaufen. Sie ist kein pummeliges Mädchen mehr, sondern eine junge Frau mit einem großen Busen, den sie stolz vor sich herträgt. Unter Agnes' strengen Vorgaben hat sie ihren Babyspeck verloren («Liebes, du hast die Konstitution deines Vaters geerbt. Manche Menschen dürfen Kuchen essen, du wirst nie dazugehören, leider»). Mit der Zeit wurde sie ihr äußerlich immer ähnlicher – sie blieb bei ihrem strengen Haarschnitt, und wenn sie auch nicht groß war wie ihre Stiefmutter, so wurde sie zumindest immer schmaler, bis sie deren Blusen und Hosen tragen konnte. Und so, wie sie Agnes' abgelegte Kleidung übernahm, eignete sie sich auch ihr gebieterisches Auftreten an. Sie wurde eine Art Mini-Agnes.

Leider bedeutet diese Nähe zu ihrer Stiefmutter auch, dass sie immer wieder für sie einspringen muss, wenn Agnes nicht da ist, was oft vorkommt. Zusammen mit Frieda hütet sie häufig die Kleinen – eine Aufgabe, an der Bobby nicht die geringste Freude hat. Im Gegenteil, die Kinder sind für sie lästige, unwillkommene Konkurrenz, besonders Konni, den sie in Agnes' Abwesenheit schon ein paarmal so verdroschen hat, dass er zu Nona ins Bett flüchten musste.

«Sie müssen aus Sachsenhausen kommen, aus einem Lager hier in der Nähe», erklärt Frieda.

«Was ist ein Lager?», fragt Nona.

«Eine Art Gefängnis.»

«Haben sie etwas Böses getan?»

Sie schauen dem stillen, schwankenden Treck zu.

«Das kann noch dauern», sagt Bobby und dreht sich besorgt zu den anderen um, die hinten auf dem Matratzenlager schlafen. «Hoffentlich kommen wir bald weiter.»

Nona setzt sich wieder auf Friedas Schoß, dabei schaut sie weiter gebannt nach vorne.

«Sind sie jetzt frei?», fragt sie.

Frieda und Bobby antworten nicht.

## Pension Märkischer Hof

*Neuruppin, 1992*

Der Mann, der auf Konrad und Nona zukommt, ist groß und hat ein offenes, freundliches Gesicht. Unter seiner Schiebermütze kriechen graue Haarbüschel hervor. Er trägt eine blaue Arbeiterhose, sie ist verschmiert, aber die graue Jacke darüber ist sauber. Er geht mit großen, selbstbewussten Schritten auf die beiden zu, ohne zu zögern, als wären sie verabredet. Nona erkennt ihn sofort.

«Paul?»

«Hallo! Sind Sie es, Gräfin Marie?»

*Gräfin Marie, Graf Konrad.* Nona zuckt vor Scham zusammen. Agnes bestand auf den Titeln. Egal, wie verlaust sie waren, ob sie gerade Beeren pflückten oder Maden aus dem Fleisch pulten, um zu überleben, immerhin waren sie noch Gräfin Marie und Graf Konrad. Nona muss sich an Konrad hochziehen, um aufzustehen. «Paul!» Sie umarmt ihn. «Bitte, mich nennt niemand Marie, sagen Sie Nona.»

Paul mustert sie verlegen. «Das ist ja was, Sie hier zu sehen!» Er lächelt. «Ich hätte Sie überall wiedererkannt. Und Sie, sind Sie Graf ... Sie sind Moritz?»

«Konrad.» Konrad schüttelt Pauls Hand.

«Konrad! Ach ja, entschuldigen Sie, dass ich Sie nicht erkannt habe, Sie waren ja noch so klein» – er deutet mit der Hand etwa einen halben Meter über den Boden –, «als ich Sie das letzte Mal gesehen habe.» Paul nimmt seine Mütze ab und wendet sie in den Händen.

«Tja. Tja. Das ist ... das ist ja eine Überraschung! Man hat mir im Dorf erzählt, dass Sie hier sind. Was führt Sie nach Altenstein?»

Er schaut Nona an, aber Konrad antwortet.

«Wir wollten uns das alte Gutshaus mal ansehen. Jetzt, wo man das wieder kann. Mal schauen, was aus Papis Haus geworden ist.»

Paul dreht immer noch an seiner Schiebermütze. «Waren Sie schon drinnen?»

«Ja, Nona ist direkt durch die Treppe gekracht.»

Paul nickt und schaut sorgenvoll zum Haus.

«Ja, also das Haus ... es ist leider in einem desolaten Zustand. Da ist nicht mehr viel zu retten, fürchte ich.»

Nona schaltet sich ein. «Wir sind auch überrascht. Da wachsen ja schon Bäume heraus!»

Paul wirkt unangenehm berührt, so als wäre er für Altenstein zuständig gewesen und dieser Aufgabe nur ungenügend nachgekommen.

«Bis kurz vor der Wende, da war's noch gut in Schuss, da hat die Partei es manchmal genutzt. Aber dann wurde es einfach sich selbst überlassen ... und jetzt ...»

«Klar, Sie müssen uns das nicht erklären, Paul, das ist einfach der Lauf der Dinge», sagt Konrad beschwichtigend.

Paul scheint kurz nachzudenken.

«Wie geht es denn Ihrer verehrten Mutter?»

Die Sonne steht tief zwischen den Linden im Garten, als Paul sich verabschiedet. Nona schaut auf die Uhr. «Scheiße, schon halb acht. Wollten wir nicht noch nach Berlin fahren?»

Konrad lächelt. «Na, wir werden doch sicher ein schickes Hotel hier in der Nähe finden? Ich würde mich diesmal auch mit drei Sternen zufriedengeben.»

Der *Märkische Hof* in Neuruppin ist ein heruntergekommener, zweistöckiger Plattenbau direkt an der vielbefahrenen Hauptstraße. Trotz der Lage scheint die Pension sehr beliebt zu sein: Vier Männer sitzen rauchend an der Theke, auch die Tische am Fenster sind belegt. «Een Doppelbett ham wa noch», sagt die Wirtin, die am Tresen Bier zapft, dabei würdigt sie Nona keines Blickes. «Sonst nüscht.»

Nona versucht es trotzdem. «Und gar keine Einzelzimmer? Oder vielleicht eine Suite?»

Die Männer an der Theke beobachten die Szene amüsiert durch den dicken Qualm.

«'ne Suite? Watt denn für 'ne Suite?» Die Wirtin setzt das Glas ab, wartet, bis sich die Schaumkrone gesetzt hat, dann zapft sie nach. «Een Doppelbettzimmer oda janüscht.»

Nona dreht sich zu Konrad um, der gerade die Taschen hereinbringt. «Tja, ich würde sagen, nach Berlin ist es eigentlich doch nicht so weit, oder?»

Konrad stellt die Taschen ab.

«Ach komm, Nonalein! Jetzt trinken wir erst mal etwas. Zwei Wodka bitte, und dann nehmen wir dit eene Doppelbettzimma. Mit einer Flasche Ihres besten Weines!»

Die Wirtin schenkt eine klare Flüssigkeit in zwei Gläser, dann knallt sie kommentarlos einen Schlüssel mit dickem Messinganhänger und eine bauchige Weißweinflasche auf den Tresen. Konrad leert sein Glas in einem Zug und legt den Arm um Nonas Schulter. «Den Laden saufen wir uns jetzt schön!»

Ihr Zimmer geht zur Straße raus, wo Laster und knatternde Trabis in Richtung Autobahn vorbeirauschen. Konrad steht am offenen Fenster und raucht. Nona hat sich im Bad umgezogen und legt sich auf das Bett, wo sie ihren notdürftig bandagierten Fuß auf zwei Sofakissen drapiert.

«Da hat also der Sohn vom Schmied Paul Papis Gutshaus gekauft», sagte Konrad nachdenklich.

Nona lehnt ihren Oberkörper vorsichtig zur Seite, ohne den Fuß von den Kissen zu bewegen, greift nach der Weinflasche auf dem Nachttisch und füllt zwei Zahnputzbecher. Sie hält Konrad einen hin. «Prost.» Er nimmt den Wein, geht wieder zum Fenster und bläst den Rauch in die kühle brandenburgische Nacht.

«Ja.» Nona streicht über die Bettdecke. «Ich war auch überrascht. Ihm war es ganz klar unangenehm, uns zu sehen.»

«Der weiß, dass es nicht in Ordnung ist.»

Konrad drückt seine Zigarette aus. Er schaut hinaus in die Dunkelheit.

Nona trinkt einen Schluck, der Wein schmeckt scheußlich, sauer und warm, sie verzieht das Gesicht.

«Was Agnes wohl sagen würde?»

«Kinder! Noch nie hat der Schatten eines Bürgerlichen die Schwelle von Altenstein verdunkelt. Und nun das!»

Aber Konrad lacht nicht. Er nimmt die nächste Zigarette aus der Schachtel.

«Bist du sehr enttäuscht?»

Er zündet die Zigarette an. «Ach, im Grunde nicht, man müsste es ja so oder so abreißen, oder? Es ist doch gar nicht mehr zu retten. Wichtiger ist eigentlich dieser ganze Wald drum herum. Der wird im Wert steigen, das garantiere ich dir. Aber so ein Gutshaus zu renovieren. Das ist ein Millionengrab.» Er bläst den Rauch aus. «Überrascht hat es mich schon. Ich hatte immer das Gefühl ... na ja, irgendwie hatte ich das Gefühl, Altenstein, das wird ein Kampf mit den Behörden. Vielleicht noch mit Moritz. Oder Leni ... die hat mich ja noch nie leiden können. Aber dass uns jemand anderes das Gutshaus wegschnappen könnte, daran hatte ich gar nicht gedacht.»

«Ich auch nicht.»

Konrad drückt die Zigarette aus, nimmt den Aschenbecher und schließt das Fenster. Er gähnt, zieht Hemd und Hose aus und drapiert beides vorsichtig über eine Stuhllehne. Dann legt er sich neben sie. Nona ist gerührt von seinen nackten Beinen, dem etwas zu schmalen Oberkörper, seinen umsichtigen Gesten. Wenn sie ihn so sieht, ist nichts mehr von dem rasenden Aufschneider übrig, dann ist er wieder nur ihr kleiner Bruder.

Konrad löst seine Armbanduhr und legt sie auf den Nachttisch. Nona greift nach seiner Hand und drückt mit ihrem Zeigefinger auf sein Muttermal. *Die Uhr.*

Sie liegen eine Weile nebeneinander, Nona in Konrads Arm. Schließlich beugt er sich zu ihr. «Nimm deinen Hauch auf die andere Seite!»

Nona grinst und dreht sich weg.

«Ich kann mich noch genau daran erinnern, wie du aus Mohrungen nachgekommen bist. Wie Emma dich im Arm hielt und bei uns abgegeben hat.»

«Was meinst du?»

«In Altenstein. Wir waren ja schon alle vorgefahren, Du warst mit Agnes zurückgeblieben. Du warst ja gerade mal ein Jahr alt. Und sie durfte nicht weg aus Ostpreußen. Irgendwann wurde es ihr aber zu gefährlich.»

«Ach ja», sagt Konrad. «Stimmt. Ich habe die Geschichte, glaube ich, schon mal gehört, aber wieder vergessen. Irgendwie habe ich immer geglaubt, ich sei mit Agnes nach Altenstein gekommen.»

«Nein, nein, du bist alleine gekommen! Also, natürlich nicht ganz. Hat Agnes dir nie davon erzählt?»

«Ich glaube nicht.»

Nona streicht sich über ihre Mundwinkel und imitiert den Tonfall ihrer Mutter. «‹Nun, es war im Winter 1944. Ich hatte nun wirklich alles getan, damit wir unser geliebtes Mohrungen behalten konnten. Nun musste auch noch Konni in Sicherheit. Also drückte ich ihn – mein Lieblingskind – nach reiflicher Überlegung dem nächstbesten dahergelaufenen Mädchen in den Arm, einer Küchenhilfe namens Emma. Immerhin war sie ja schon dreizehn Jahre alt, also konnte ich davon ausgehen, dass sie der Aufgabe gewachsen sein würde.›»

«Wahnsinn.» Konrad trinkt einen Schluck Wein. «Dreizehn. So alt ist Tobias jetzt. Der wäre zu so etwas nicht im Entferntesten in der Lage. Der kann ja kaum seine Schuhe selber zubinden.»

Jetzt nimmt Nona sich auch eine Zigarette, zündet sie an und atmet genüsslich den Rauch ein. Konrad findet, dass ihr das Rauchen nicht steht, es wirkt aufgesetzt wie bei einer schlechten Schauspielerin. Nicht wie bei ihm, für den Rauchen schon so etwas wie ein Beruf geworden ist.

«Dieses arme Dorfmädchen war auch völlig überfordert. Sie kannte dich kaum, und sie war ja selber noch so jung. Aber natürlich dachte Agnes, dass es sich um eine Zugreise von einem Tag handeln würde. Nicht um eine Woche.»

Nona bläst den Rauch aus.

Konrad schüttelt den Kopf. «Eine Woche.»

«Wir haben später eine Frau kennengelernt, die damals bei euch im Abteil saß. Sie hat uns von der Reise erzählt. Ihr hattet wohl nur zwei Milchflaschen dabei, und eine musstet ihr abgeben, um einen Platz zu bekommen. Viele Menschen sind in dem Zug gestorben. Es gab keine Heizung, kein Essen, die Toiletten waren gesperrt. Wir haben uns alle gefragt, wie du das überlebt hast. Du warst völlig traumatisiert. Apathisch, ganz lange danach noch.»

Konrad drückt die Zigarette aus.

«Und Emma?»

«Die ist verschwunden. Wir haben nie wieder etwas von ihr gehört. Auf einmal stand sie da mit dir, drückte dich Frieda in den Arm, dann war sie weg. Wie es wirklich war im Zug, mit den Toten auf den Toiletten, dem Gestank, dem Hunger, diese ganzen Gruselgeschichten, haben wir erst später erfahren.»

«Hm.»

Konrad dreht sich auf den Rücken. Nona spürt, dass er das Interesse an der Geschichte verloren hat, seine Gedanken sind anderswo.

«Woran denkst du?»

Er lächelt. «An eine Tankstelle.»

«Wie bitte?»

«An der Autobahn. Wo wir die Ausfahrt nach Altenstein genommen haben. Die Tankstelle ist völlig hinüber, aber sie liegt ideal. Weit und breit nichts als Felder. Die könnte man sicher gut kaufen oder verpachten, an einen West-Konzern. Die haben den Schuss alle noch nicht gehört.»

«Und das könntest du dir vorstellen? Tankstellen im Osten bauen?»

«Warum nicht? Irgendwas muss ich mir überlegen. Ich

kann ja nicht den Rest meines Lebens Porsches verticken.» Konrad schaut zum Fenster. «Es wäre ja nicht nur die eine Tankstelle – glaub mir, der Bedarf ist da! Hier herrscht doch die reinste Ödnis. Für einen großen Konzern ist das ein idealer Markt.» Konrad steht auf und schnappt sich die Zigarettenschachtel. «Eine rauch ich noch, ja?»

Er öffnet erneut das Fenster und schaut in die kühle Brandenburger Nacht. Er schmiedet Pläne. Sein Körper ist angespannt. Nona beobachtet ihn. Es gibt bei ihrem Bruder zwei Aggregatzustände – entweder er ist von einer Sache besessen, dann steckt sein Kopf voller Ideen und Pläne. Oder er zieht sich zurück in seine Depression. Nona kennt das Auf und Ab, seit vielen Jahren. Jetzt ist er im ersten Zustand – angeregt. Bestimmt wird er heute Nacht nicht schlafen können.

Von draußen dringt das laute Knattern eines Trabis ins Zimmer. Sie dreht sich um und löscht das Licht auf ihrem Nachttisch.

## Eine Angst
*Kletten, 1945*

Bobby lenkt den Pferdewagen vorsichtig durch den steinernen Rundbogen. Das Eingangstor öffnet sich in einen Park, vor ihnen liegt das Klettener Schloss. Sie sind am Ziel. Es ist ein imposantes altes Gebäude, umgeben von einem Wassergraben, über dem ein quadratischer Erkerturm aufragt. Der Park steht voller alter Eichen und Trauerweiden, seit einiger Zeit scheinen die Bäume nicht mehr nachgeschnitten worden zu sein, sodass ihnen etwas Verwildertes, Verwunschenes anhaftet. Das Klettener Schloss gehört Agnes' Schwester Toni, es hat den Krieg unbeschadet überstanden.

Nona und Moritz hocken vorne auf dem Kutschbock. Die Kinder haben sich wieder erholt, selbst der sonst so anfällige Moritz hat kein Fieber mehr. Ungeduldig recken sie die Hälse, um das Schloss besser sehen zu können. Seit sie gesund sind, ist es nicht leicht für Frieda, die Kinder zu bändigen. Gestern ist Leni aus dem noch fahrenden Wagen gesprungen, weil eine ihrer Murmeln herausgekullert war. Dabei hat sie sich das Bein so unglücklich verdreht, dass sie danach nicht mehr auftreten konnte. Bobby hat es notdürftig mit einem Stock geschient, sie werden in Kletten einen Arzt suchen müssen.

Außerdem ist der Riss in der Plane immer größer geworden. Jetzt klafft ein richtiges Loch auf der Seite. Bei Regen werden die Taschen und Teppiche nass, heute früh wäre Konni fast herausgefallen. Seitdem sitzt Frieda hinten.

«Ist es das? Sind wir da?»

Die Auffahrt führt durch den herrschaftlichen Park um das Schloss herum, an dessen Rückseite eine schmale Fußgängerbrücke über den Wassergraben zum Haupteingang führt. Die Wagenräder knirschen auf dem Kies. Als sie um die Kurve biegen, sehen sie eine Gruppe Kinder, die vor der Brücke spielt. Sie halten inne, als sie den Pferdewagen sehen.

«Hallo, wir sind's!», ruft Nona laut und winkt, als keiner antwortet, fragt sie Bobby leise: «Sie wissen doch, dass wir kommen?»

Die Kinder starren die Neuankömmlinge an. Das älteste Mädchen aus der Gruppe ist etwa fünfzehn Jahre alt mit braunen, dünnen Zöpfen, sie ruft schließlich in Richtung der offenen Eingangstür, ohne dabei den Blick von den Fremden abzuwenden: «Die Kolbergs sind da!»

Agnes' Schwester Antonia kommt aus dem Haus und auf den Wagen zu. Nona und Moritz haben sie schon ein paarmal gesehen, Tante Toni hat sie vor wenigen Jahren in Mohrungen besucht. Jetzt sieht sie müde aus, ihr schwarzes, zu einem Dutt aufgestecktes Haar ist durchzogen von weißen Strähnen, dunkle Schatten liegen um ihre Augen. Sie hat in den letzten Wochen viele Verwandte aus dem Osten bei sich aufnehmen müssen. Drei Familien leben inzwischen in Kletten, insgesamt sechzehn Kinder.

«Kommt, ich zeige euch, wo ihr schlafen könnt.»

Eine kleine Küche geht vom Seiteneingang ab. Toni nimmt Konni auf den Arm und führt Bobby und Frieda, die die Taschen tragen, die schmale Treppe hinauf. Sie betreten einen großen kargen Saal mit Steinboden, in dem sechs

Metallbetten aufgereiht sind. In der Mitte des Raumes steht ein Nachttopf.

«Es ist nicht besonders gemütlich», sagt Toni, «aber etwas anderes haben wir nicht. Wir sind froh, dass wir die Betten überhaupt noch auftreiben konnten.»

«Natürlich», antwortet Frieda schnell, «wir sind doch dankbar, dass es überhaupt möglich ist, hier unterzukommen.»

Toni setzt Konni ab, der zum Nachttopf hinüberwandert. Sie schaut ihm hinterher und seufzt. «Wann kommt Agnes denn?»

Bobby wirft die Taschen auf ein Bett und zuckt mit den Schultern.

Während Bobby und Frieda das restliche Gepäck und die Decken heraufbringen, gehen Nona und Moritz nach draußen, in der Hoffnung, die Kinder zu treffen. Doch keines ist mehr da. Moritz sammelt ein paar Stöcke im Park und beginnt, sie in die Gräfte zu werfen, Nona holt einen Stuhl heraus, damit Leni sich zu ihnen setzen kann.

«Au!», sagt Moritz und hält sich mit der Hand den Hinterkopf. «Was soll das?» Er macht einen Schritt auf Nona zu und schubst sie.

«Was meinst du?»

In diesem Moment trifft ein Stein Nonas Schulter. Sie schaut hoch, hört ein Lachen, ein Fenster im zweiten Stock schließt sich.

Plötzlich öffnet sich das Hauptportal, und fünf oder sechs Jungen kommen herausgerannt. Sie sind älter als die Kolbergs, vierzehn oder fünfzehn. Sie lachen, stoßen sich gegenseitig die Stufen hinab und fallen dabei halb übereinander wie junge, ungeschickte Welpen. Nona, Moritz und Leni starren sie an. Ein großer, schlaksiger Junge mit rötlich blonden Haaren rennt vorneweg, dreht sich um und ruft den anderen etwas zu. Sie laufen an den Geschwistern vorbei, ohne sie zu beachten.

Am Nachmittag kommt Toni zurück und bringt Frieda ein paar aussortierte Lebensmittel von den anderen Familien: harte Brotenden, halbvergammelte Rüben, schrumpelige Kartoffeln, etwas Mehl. Der rothaarige Junge von vorhin läuft mürrisch hinter ihr her und trägt den Korb.

«Ihr kennt doch alle noch Julius, meinen Ältesten? Julius, hast du deine Cousinen und Vettern denn überhaupt schon begrüßt?»

Julius murmelt etwas und stellt den Korb in der Küche ab.

«Das Mehl ist leider nicht ganz in Ordnung», sagt seine Mutter, «aber ich habe euch ein Sieb mitgebracht, man kann sicherlich noch etwas retten.»

Als Nona sich über den Korb beugt, flitscht Julius ihr heimlich ans Ohr. Sie zuckt zurück, legt ihre Hand auf den pochenden Schmerz und blickt ihn erstaunt an.

«Julius kann euch das Mehl sieben.»

Frieda schüttelt den Kopf.

«Vielen Dank, Frau Gräfin, das machen die Mädchen.»

Das Mehl ist voller Mäusekot, kleine schwarze Kügelchen, die Nona und Helene angeekelt herausklauben. Die erste Mahlzeit, die Frieda kocht, ist ein Eintopf aus Lauch und Kartoffeln. Nona schiebt mit der Gabel den Lauch ziellos von der einen Seite des Tellers auf die andere. Frieda reicht ihr heimlich unter der Tischkante ein Stück Brot. «Du kannst den Eintopf liegen lassen», flüstert sie. Doch Leni hat sie gehört.

«Das ist ungerecht! Nona hat noch Brot bekommen.»

Frieda seufzt. «Sie hasst den Lauch. Dann muss sie ihn nicht essen.» Sie schaut in drei vorwurfsvolle Kindergesichter. «Gut, jeder von euch darf sich ein Gericht aussuchen, das er nicht essen muss. Aber nur eins.» Sofort schnattern die Kinder los.

«Ich nehme Brotsuppe!»

«Ich nehme Graupensuppe!»

«Also», fasst Frieda zusammen, «Nona muss keinen Lauch essen, Helene keine Graupensuppe, Moritz keine Brotsuppe. Und damit ist Ruhe.»

Aber die Kinder reden weiter, ohne ihr zuzuhören.

«Graupen gibt es hier gar nicht!»

«Gibt es doch!»

«Ich nehme Rote Bete!»

«Ruhe!»

«Gibt es nicht!»

«Gibt es doch!»

«Ruhe!»

Plötzlich saust etwas zwischen Leni und Moritz herunter. Beide Kinder schauen erschrocken hoch. Frieda lächelt stolz. Sie hält eine lange Weidenrute in der Hand, sie hat sie sich aus dem Park geholt, um sich an dem großen runden Tisch bei allen Gehör zu verschaffen. Frieda behält die Rute von nun an bei Tisch immer bei sich, sie wird ihr Vollstrecker. Wenn Nona träumt oder aus dem Fenster starrt, zittert sie mit der Spitze als Ermahnung vor ihren Augen herum. Wenn die Kinder sich streiten, sorgt die Rute schnell für Ordnung.

Obwohl in Kletten so viele Kinder leben, finden die Kolbergs keinen Anschluss. Sie sind isoliert. Vor den Cousins müssen sie sich in Acht nehmen, sie bedeuten eher eine weitere Gefahr. Moritz zieht sich oft zurück. Es bleibt an Nona hängen, sich um Leni zu kümmern, deren Bein vom Dorfarzt notdürftig geschient worden ist. Leni kann damit weiterhin nicht laufen. In einer Scheune findet Nona ein altes rostiges Hollandrad, das sie ölt, aufpumpt und für Leni zum Rollstuhl umfunktioniert: Leni sitzt auf dem Sattel, während Nona schiebt. Konrad trottet hinterher oder versucht mitzuschieben. So zieht das Dreiergespann wie Aussätzige durch den Park, von den Erwachsenen bemitleidet, von den großen Cousins geächtet.

Moritz geht es in Kletten wieder schlechter. Er ist sechs Jahre alt. Die Flucht hat ihm zugesetzt. Kuno ist gestorben, Agnes nicht da. Bobby ist, nachdem sie Frieda und die Kleinen nach Kletten gebracht hat, weiter zu ihrer Mutter gefahren. «Der Junge ist überspannt!», lautet Friedas Urteil, aber sie kann ihm auch nicht helfen. Nachts wird Moritz geschüttelt von Albträumen. Er wirft sich im Bett hin und her, wimmert, redet, oder er wandelt im Schlaf durch die Räume. Weckt man ihn, brüllt er los: «Eine Angst, eine Angst!»

Morgens ist das Bett oft nass. Frieda schimpft, aber es ändert nichts. Wenn die Mädchen versuchen, Moritz während seiner Anfälle zu beruhigen, indem sie seinen Namen rufen oder an seiner Schulter rütteln, um ihn zu wecken, trommelt er mit seinen spitzen Fäusten auf sie ein. Mehrfach schlägt er Nona ein blaues Auge.

Frieda rückt sein Bett von den anderen weg und stellt einen kleinen Tisch dazwischen, sodass er nicht ohne weiteres zu den anderen kann. Wenn er nachts ihre eiserne Regel missachtet – «Hände über der Bettdecke!» –, werden seine Arme festgebunden. Der Nachttopf wird bei den

Kleinen aufgestellt, am Fenster, sodass Frieda ihn morgens schnell in die Gräfte kippen kann. Moritz stellt sie bald einen eigenen hin.

Eines Nachts wacht Frieda auf. Es ist ein oder zwei Uhr, es zieht im Saal.

Sie schaut im Halbdunkel hinüber zu den Kindern. Helene liegt in ihrem Bett, ebenso Nona und Konrad. Frieda setzt sich vorsichtig auf und sieht sich nach Moritz um. Seine Decke ist zurückgeschlagen, das Bett leer. Die Tür steht offen.

Schnell streift Frieda ihren Morgenmantel über, läuft die Treppe hinunter. Er wird doch nicht im Schlaf in die Küche gegangen sein? Oder im Schloss herumgeistern? Die Küche ist leer, die Eingangstür steht offen. Frieda schleicht hinaus, der Mond scheint hell und spiegelt sich in der Gräfte. Sie gruselt sich. Gerade will sie sich wieder umdrehen, da sieht sie Moritz' Umrisse im Mondlicht.

Moritz steht in seinem Schlafanzug mit dem Rücken zu ihr auf der Brücke, etwa zehn Meter entfernt. Frieda geht auf ihn zu und ruft dabei leise seinen Namen, sie will ihn nicht erschrecken. Als sie ihn erreicht hat, sieht sie, dass seine Augen geöffnet sind. Er bewegt die Lippen, er spricht, dann lauscht er wieder in die Nacht, so als riefe ihn jemand. Frieda bekommt Angst, sie nimmt Moritz an der Hand und führt ihn zurück ins Haus, zurück in sein Bett. Dabei schnattert sie unablässig auf ihn ein, *wie kannst du nur mitten in der Nacht, du holst dir noch den Tod, Moritz, ich sage euch doch immer, dass ihr nicht barfuß* … Als Frieda ihn zudecken will, wacht Moritz auf, erschrickt und fängt an zu brüllen: «Eine Angst, eine Angst!»

Von dieser Nacht an verriegelt Frieda abends die Haustür. Auch die Geschwister sind beeindruckt. Nona ist überzeugt, dass ihr Bruder eine Verbindung zu höheren Mächten hat. Immer wieder versucht sie aus ihm herauszubekommen, wer oder was ihn gerufen hat in der Nacht.

«Los, denk nach! Kannst du dich an irgendein Bild erinnern?» Und dann flüstert sie: «War es Papi?»

Aber Moritz kann und will keinen Zugang mehr zu seinem Traum finden. Es bleibt bei der Beschreibung: «Eine Angst.»

Alles, was für die Kinder unaussprechbar furchteinflößend ist, wird zu «eine Angst». Der heulende Wind, die dunklen Säle im Schloss, Julius und die anderen großen Cousins. Der Wassergraben, in den jeden Morgen der Inhalt der Nachttöpfe aus den unterschiedlichen Fenstern gekippt wird.

Ein paar Monate später sitzen alle beim Frühstück, als Leni aufblickt und einen Schrei ausstößt. Agnes steht in der offenen Küchentür, ganz unvermittelt, als käme sie gerade von einem Termin in der Stadt. Sie trägt ihr sommerliches blaues Kleid mit dem weißen Kragen, neben ihr stehen eine Tasche und ein großes Paket. Die Kinder springen vom Tisch auf und stürzen auf sie zu, Nonas Stuhl fliegt dabei nach hinten. Frieda hebt ihn auf und räumt das Geschirr zusammen. Moritz und Leni umarmen ihre Mutter, während Konrad immer wieder versucht, an ihr hochzuklettern.

Agnes lacht. «Jetzt wartet doch erst mal, bis ich mich ausgezogen habe.» Sie bekommt einen Kaffee von Frieda, die sich eine Träne aus den Augenwinkeln wischt.

Dann mustert sie die Kinder mit prüfendem Blick. Helene hat dunkle Schatten um die Augen und eingerissene Mundwinkel, Moritz' Fingernägel sind abgekaut, Nona hat ein blaues Auge, Konrad läuft der Rotz in zwei langen grünen Streifen aus der Nase.

«Wie ihr ausseht! Ihr seid ja völlig verwelkte kleine Blütenblätter!» Sie streicht ihnen über die Köpfe. «Euch werde ich wieder aufpäppeln müssen!»

Agnes bezieht das Zimmer im ersten Stock neben dem Kinderschlafraum, wo Toni ihr noch ein Doppelbett hinstellt. Hier schläft sie fortan allein mit Konrad. Sie hat es geschafft, noch ein paar Dinge aus Altenstein zu retten, vor allem das Ölgemälde von Kuno, das im Salon über dem Kamin hing. Sie packt es aus und betrachtet das Bild. Es ist in Braun- und Grautönen gehalten, Kuno sitzt zurückgelehnt in einem Sessel, er wirkt entspannt, glücklich, er trägt einen Oberlippenbart und lächelt milde mit seinem weichgeschwungenen, etwas schrägen Sichelmund: sein typischer Gesichtsausdruck. Vor einem halben Jahr ist er gefallen, nur ein paar Wochen, nachdem er wieder an die Front zurückgekehrt war, diesmal freiwillig – eine Tatsache, die ihr immer noch unbegreiflich ist und an die sie nicht zu denken versucht. Ihr ist, als habe sie ihn erst gestern das letzte Mal gesehen, ihre Erinnerung an ihn ist ungebrochen stark. Wenn sie das Bild ansieht, seinen schmalen, schönen Kopf, seine weichen Hände, überkommt sie eine Welle des Glücks, sie denkt nicht daran, dass er tot ist, es ist so, als wäre er nur gerade in diesem Moment nicht da.

Sie holt Hammer und Nagel. Die Kinder schauen andächtig zu, wie sie sich daranmacht, das Bild aufzuhängen. «Es war nicht leicht, Altenstein zu verlassen», sagt Agnes dabei. «Ich habe Papi versprochen, dass wir wiederkommen, wenn alles vorbei ist. Dass wir sein Land nur vorübergehend zurücklassen.»

Agnes tritt einen Schritt zurück, um zu sehen, ob das Gemälde gerade ist. Sie schiebt eine Ecke etwas nach oben.

Der zweijährige Konrad schaut seine Mutter verständnislos an. «Aber Papi ist tot.»

Helene tritt ihn. «Das weiß sie doch, du Schwachkopf!»

«Lenchen!», weist Agnes sie zurecht. Sie wendet sich an Konrad. «Weißt du, Konni, Papi ist zwar nicht mehr bei uns, aber ich rede trotzdem oft mit ihm. Wir hatten eine Liebe, die keine irdischen Grenzen kennt.» Agnes sieht Konrads ratlosen Blick und lächelt. «Wir müssen einfach so weiterleben, als wäre Papi noch bei uns.»

«Wie denn?»

«Alles, was ihm wichtig war, müssen wir ehren und fortsetzen. Und dazu gehört, und das ist ganz wichtig, Kinder, dass wir nach Altenstein zurückkehren. Wir dürfen Altenstein niemals aufgeben.» Ihr Gesicht verdunkelt sich. «Mohrungen ... Mohrungen ist zerstört, sie haben es niedergebrannt. Das werden wir nie zurückbekommen. Aber wir haben immer noch Altenstein, und eines Tages werden wir wieder dort leben.»

Nach dieser Ankündigung holt Agnes die restlichen Sachen aus ihrer Tasche, legt ihren Schmuck unter die Matratze, ebenso einen großen, flachen Stein. «Was ist das?», fragt Moritz. «Nichts, Moritz», erwidert sie. «Nur ein Andenken.»

Als sie fertig ausgepackt hat, legt sie sich ins Bett, auf dem die Kinder sitzen. Alle vier schmiegen sich an sie, jeder von ihnen versucht, so nah wie möglich an die Mutter heranzukommen. Leni schubst Nona weg. «Nimm deinen Hauch auf die andere Seite!»

*Du bist wie eine Blume, Agnes, und die Kinder sind die Blütenblätter.*

Nona krabbelt unter die Decke. Es ist dunkel, sie kann gedämpft Agnes' Stimme hören. «Immerhin konnte ich noch das Bild von Papi mitnehmen. Fast hätten diese Halunken mir auch das noch entrissen.»

Es ist herrlich warm unter der Decke, Nona atmet den Duft von Agnes' Parfüm ein, sie hatte fast vergessen, wie gut ihre Mutter riecht.

«Außerdem habe ich uns allen von unserem letzten Geld etwas mitgebracht.»

Aufregung über der Decke. Moritz, Leni und Konrad sprechen durcheinander. «Was denn? Was ist es?»

«Psst, es ist ein Geheimnis.» Agnes spricht ganz leise weiter. Nona rührt sich nicht, um ja auch jedes Wort zu hören.

«Wir dürfen nicht mit den anderen darüber reden, habt ihr verstanden?»

Die Kinder sind kurz ganz still.

«Ich habe aus Altenstein drei Schafe mitgebracht, die können wir nach und nach schlachten, und ihr bekommt etwas Schönes zu essen. Du kannst sie hüten, Leni, bis du zur Schule gehst, dann ist Nona dran.»

«Wo ist Nona überhaupt?»

Die Decke wird zurückgerissen.

«Nona, was machst du denn? Komm raus da!», befiehlt Helene mit strengem Ton. «Stör Mutti nicht.»

Aber Agnes streicht Nona über den Kopf und deckt sie wieder zu. «Lass sie ruhig. Ich habe euch noch viele andere Überraschungen mitgebracht.»

Jetzt, da Agnes bei ihnen ist, beginnen die Mahlzeiten wieder mit einem Tischgebet. Heute darf Leni es sprechen.

«Danket dem Herrn, denn er ist freundlich, und seine Güte währet ewiglich, amen.» Es gibt Hasenbraten, um Agnes' Ankunft zu zelebrieren. Seit sie da ist, mutet alles feierlich an.

Die Kinder freuen sich, seit Wochen hat es kein Fleisch gegeben, der Bratenduft zieht durch die kahlen Räume. Frieda füllt stolz die Teller, zuerst den von Moritz, dann den von Konrad. Nona und Leni bekommen Kartoffeln mit Suppe.

«Und das Fleisch?»

«Das Fleisch müssen wir noch ein bisschen aufheben.»

«Ja, aber Konrad und Moritz ...», setzt Nona an.

«Weißt du, Jungen brauchen Fleisch. Deine Brüder müssen groß und stark werden.»

Nona schaut enttäuscht auf ihren Teller. Moritz steht auf, um sich das Salz von der Tischmitte zu angeln, und als er sich wieder hinsetzen will, zieht Nona ihm den Stuhl weg, sodass er krachend zu Boden geht.

Frieda lässt kurz die Rute auf Nonas Hand niedergehen.

«Was ist mit Altenstein?», fragt sie schließlich Agnes.

Agnes schüttelt den Kopf. «Es war nichts zu machen. Ich habe mich eine Weile versteckt, und als ich zurückkam, war es schon besetzt. Ich bin vorgewarnt worden, sonst hätte man mich noch festgenommen.» Sie seufzt. «Erst Mohrungen, und jetzt Altenstein.»

Nona läuft den schmalen Weg hinter den Mauern des Schlossparks entlang zum Schuppen. Sie hat sich zum Schafehüten eine kleine Rute gesucht. Ein bisschen fürchtet sie sich vor der großen Aufgabe, aber sie ist auch stolz, dass sie nun übernehmen soll, da Leni in Kletten die zweite Klasse besucht. Sie schiebt den Riegel beiseite und öffnet die Stalltür, die Schafe blöken, ein scharfer Geruch von Urin und nasser Wolle schlägt ihr entgegen. Nona atmet kurz in ihren Ärmel, um dem Gestank zu entkommen, dann lässt sie die Tiere hinaus.

Es hat in den letzten Tagen stark geregnet, der Boden ist matschig. Hinter dem Stall beginnt der Wald, zwischen großen Steinen plätschert ein Bach hindurch.

Die Schafe freuen sich über den Auslauf. Sie sind gut ausgeruht und besonders keck, sie hüpfen und blöken. Nona hat sich vorgestellt, dass sie die Schafe wie eine lahme Herde würde antreiben müssen, aber die Tiere tollen in einem beachtlichen Tempo hinüber zum Bach. Nona kommt in Moritz' zu großen Winterstiefeln kaum hinterher.

Die Schafe springen zwischen den kleinen Felsen im Wasser hin und her, rauf und runter. Nona beeilt sich, ihnen zu folgen, doch sobald sie die Tiere eingeholt hat, büxt eins wieder aus. Nona versucht, um sie herumzulaufen, so, wie sie es bei den Hunden gesehen hat, doch die Lämmchen sind zu schnell. Sie springen immer weiter, Nona hetzt hinterher. Sie schliddert mit den Stiefeln über den Matsch, sie rutscht aus in dem nassen Gras, ihre Hose ist voller Schlamm. Immer wieder rappelt sie sich auf, die Schafe traben weiter und weiter den Bach entlang. Nonas rechter Stiefel bleibt im Matsch stecken. Sie stolpert und fällt der Länge nach hin.

Jetzt haben die Schafe einen beachtlichen Vorsprung.

«Hierbleiben!», zischt Nona verzweifelt, schließlich brüllt sie: «Hierbleiben!»

Sie weiß, dass sie nicht zu laut rufen darf. Julius und Viktor spielen oft im Park und könnten sie hören. Oder Agnes.

«Die Schafe dürfen auf keinen Fall weglaufen!», hat

Agnes ihr noch gesagt. Panik steigt in ihr auf. Sie sind jetzt kaum noch in Sichtweite, sie blöken und laufen mal nach rechts, mal nach links, immer weiter weg. Sobald Nona sich ihnen nähert, hüpfen sie mit kurzen, kräftigen Sprüngen davon. Nona ist erschöpft, vor allem hat sie Angst. Sie sieht das strenge Gesicht ihrer Mutter vor sich. Das Letzte, was Agnes besaß, hat sie für diese Schafe hergegeben. Wir sind ruiniert, denkt Nona.

Die Schafe sind schon längst nicht mehr auf dem kleinen Fleckchen Gras, auf dem sie weiden sollten. Sie kann sie nicht mehr sehen.

Nona setzt sich auf einen großen Stein und fängt an zu weinen. Wie oft hat Agnes ihr gesagt, dass sie vorsichtig sein soll! Und jetzt hat sie schon beim ersten Mal die Schafe verloren! Was soll sie nur tun?

Sie wirft die Rute weg, die ihr nicht geholfen hat. Es fängt an zu regnen, dicke Tropfen klatschen auf ihre Arme. Sie hat keine Regenjacke. Nona steht auf und rennt nach Hause, sie muss schnell Bescheid sagen. Vielleicht ist Agnes gar nicht da, Nona betet, dass sie nicht da ist.

«Nona, wie kannst du nur! Das bisschen Schafehüten ist doch nun wirklich nicht zu viel verlangt. Helene hat es wochenlang gemacht, es gab nie Schwierigkeiten! Obwohl sie noch den Gips trägt.»

Agnes ist außer sich. Sie holt aus und schlägt Nona ins Gesicht, Frieda scheucht die anderen Kinder schnell ins Nebenzimmer.

«Nicht eine Aufgabe kann man dir übertragen!»

Nonas rechte Gesichtshälfte brennt, sie spürt, dass ihr Auge zuschwillt. Heiße Tränen laufen über ihre Wange, es quält sie die Scham, so versagt zu haben in Agnes' Augen, und gleichzeitig die Ungerechtigkeit. Sie hat sich ja Mühe gegeben!

«Ich hab's doch versucht, aber sie waren zu schnell! Und Helene hat sie nie auf die Wiese …»

«Ruhe!»

Agnes packt Nona an den Schultern und schüttelt sie. «Wo sind sie?»

«Sie sind hinter dem Bach weggelaufen, dort, wo es hügelig wird.»

«Ich schicke jetzt Moritz los. Und wenn er sie nicht findet …»

Nona heult noch lauter.

«Dich will ich hier nicht mehr sehen.» Zur Strafe muss Nona sich den Nachmittag über hinter den Vorhang im Esszimmer stellen.

Langsam wird es dunkel draußen. Nona beobachtet die Blätter, die träge im Wasser der Gräfte schwimmen. Die Bäume im Park kann sie schon nicht mehr erkennen. Es ist kalt, das große Fenster ist undicht. Ihre Hose ist immer noch matschig und klamm. Sie fährt mit dem Finger die morschen Holzrahmen entlang, zählt immer wieder die Sprossen, fünf nach rechts und neun hoch. Sie zittert.

Der Luftzug am Fenster ist so kalt, vielleicht kann sie sich etwas in den Vorhang einwickeln? Doch sie hat zu viel Angst, sie will keinen weiteren Ärger dafür bekommen, dass sie den Stoff beschmutzt hat. Seit zwei Stunden steht sie nun mindestens schon hier. Frieda hat Moritz gleich losgeschickt, damit er die Schafe schnell findet, doch sie hat noch nichts gehört. Wenn ihm jetzt auch noch etwas zugestoßen ist?

Die Tür wird geöffnet, Nona hört Schritte im Saal. Sie

drückt sich näher an die Fensterscheibe. Vielleicht ist es Frieda, die überprüft, ob sie auch wirklich still steht, oder es ist Julius, der ihr wieder eine Backpfeife verpassen wird. Nona traut sich nicht nachzusehen und hält den Atem an, sie hofft, dass sie nicht sichtbar ist hinter dem Vorhang. Jetzt bewegt sich der Stoff.

«Nona?» Konnis kleines Gesicht taucht vor ihr auf, er schiebt sich neben sie und lächelt.

«Pssst.» Nona legt den Finger auf ihre Lippen.

«Moritz hat die Schafe gefangen», flüstert Konrad. «Kannst wieder rauskommen!»

Nona schüttelt den Kopf. «Nein, erst, wenn Agnes es erlaubt.»

Sie zieht ihn nah an sich. Wenn Frieda ihn hier findet, bekommt sie womöglich noch mehr Ärger. «Du musst dich ganz schmal machen», flüstert sie Konrad zu. «Nicht den Stoff berühren.» Sie nimmt seine Hand.

Konrad lacht. «Spielen wir Verstecken?»

Nona nickt. Sie hält seine Hand ganz fest, sie ist klein und warm, ein bisschen verschwitzt, sie streicht über den Leberfleck auf seinem Handgelenk. Sie dürfen sich nicht bewegen, damit ihn niemand entdeckt.

# KONRAD

# Im Keller
*Bonn, 1993*

Konrad starrt auf die nackte Glühbirne, die von der Decke baumelt. Er liegt auf einem Sofa in der Einliegerwohnung im Keller seines Hauses. Vor zehn Jahren, als Ira und er die Villa am Bonner Venusberg gebaut haben, wollte er hier ein Wohnzimmer einrichten, mit einer richtigen Deckenlampe. Doch immer ist etwas dazwischengekommen. Jetzt hängt die Glühbirne immer noch unverkleidet am Kabel; hässlich, provisorisch. Eine bittere Metapher für sein unfertiges Leben. Sie wackelt bei jedem Schritt, der ein Stockwerk über ihm getan wird.

Warum haben sie diese Einliegerwohnung damals überhaupt gebaut? Das gesamte Leben findet oben statt – in der Küche, im Ess- und Wohnzimmer im Erdgeschoss, in den Kinderzimmern und der großen Elternsuite im ersten Stock. Ein riesiges Haus, in bester Lage, direkt am Bonner Stadtwald, mit einem offenen Kamin im Wohnzimmer und Panoramablick auf das Siebengebirge. Modern, geschmackvoll, teuer, eine klare Ansage. Er hatte es von seinem Porsche-Vertrieb bezahlen wollen, doch am Ende musste Iras Vater aushelfen. Wie so oft.

Und jetzt? Jetzt liegt er seit über vier Wochen im Keller, in der immer noch unfertigen Einliegerwohnung seines eigenen Hauses, und wünscht sich innig, gar nicht da zu sein. Niemanden zu sprechen. Sich in Luft aufzulösen. Nicht darüber nachdenken zu müssen, wie es weitergeht.

Im Mai hat er das letzte Mal mit den *Final*-Leuten gesprochen. Er hatte ihnen die Tankstelle bei Altenstein vermittelt – eine Goldgrube! Perfekte Lage! Zwischen Berlin und Hamburg, noch vor der Abzweigung nach Rostock! Alle Rügen-Reisenden würden daran vorbeifahren müssen. Und weit und breit keine weitere Tankmöglichkeit, kein Rastplatz, kein Restaurant. Er erkannte das Potenzial sofort, als diese Bruchbude wie eine Fata Morgana an der Autobahn auftauchte, bei seiner ersten Reise nach Altenstein mit Nona im letzten Jahr. Hier ließ sich Geld verdienen. Wenige Monate später fuhr er allein noch einmal hin. Er nahm die Autobahnausfahrt Altenstein, nur bog er diesmal nicht auf den Weg zwischen den Feldern ab, sondern ließ den Porsche langsam auf den Parkplatz der Tankstelle rollen. Er hielt direkt unter dem Schild. *Minol*, stand da in orangefarbenen Buchstaben auf gelbem Grund.

Der Laden war geschlossen. Überhaupt schien die ganze Tankstelle schon länger außer Betrieb zu sein. Vor den Zapfsäulen hingen Schlösser. «Inhaber: Peter Spielvogel», stand auf einem Schild rechts unten an der Tür. Während Konrad noch nach einer Telefonnummer suchte, fuhr ein gelber Opel von der Landstraße auf den Tankstellen-Parkplatz. Am Steuer saß ein Mann, etwa vierzig Jahre alt, mit Jeansjacke, Schnäuzer und prolliger Haarmatte im Nacken. Nicht unsympathisch.

«Kann ich helfen?»

Konrad schaute ihn über seine Brille hinweg an. «Ich suche Peter Spielvogel.»

Der Mann lachte. «Den hammse vor sich.»

Es brauchte nicht viel, um Peter Spielvogel zu überzeugen. Er hatte die Pacht schon seit einer Ewigkeit, sie kostete nur ein paar hundert Mark im Jahr. Irgendwann hatte es

Probleme mit den Zapfsäulen gegeben, er hatte kein Geld gehabt, um in neue Technik zu investieren. Schließlich war es günstiger gewesen, die Tankstelle komplett zu schließen und abzuwarten. Konrad bot ihm fünftausend Mark für die Pachtablösung an. Peter Spielvogel sagte sofort zu.

Mit der Pacht in der Tasche rief er seinen alten Freund Karel de Bleeck an, einen Holländer, der bei *Final* arbeitete, einer großen Tankstellenkette mit Sitz in Bochum. Vor Jahren hatte er ihm mal einen Porsche verkauft. Eigentlich war er ein Angeber, aber Konrad hielt den Kontakt, aus eigenem Interesse. *Final* reizte ihn. Nach der Wende hatte er de Bleeck angerufen: War er schon in den neuen Bundesländern? Die Ost-Tankstellen würden der West-Konkurrenz kaum standhalten können. Es lag alles brach, nirgendwo geklärte Verhältnisse oder eine Idee, wie es hier in Zukunft aussehen könnte. Hier könne man noch Pionier sein. Man müsse nur früh seinen Hut in den Ring werfen.

Altenstein allerdings sah so aus, als würde es sich als Niederlage entpuppen. Seitdem er mit Nona hingefahren war, kreisten seine Gedanken, seine Pläne hauptsächlich um das Gut. Er war noch ein paarmal dort gewesen, allein. Nachdem er sich von dem Schock erholt hatte, dass der Sohn des Schmieds das Gutshaus gekauft und alsbald auch abgerissen hatte, war sein Interesse auf den Wald übergegangen. Er sprach mit den Leuten im Dorf. Versuchte, über die Treuhand herauszufinden, wie es um die Rückerstattung jener Güter stand, die im Zuge der Bodenreform enteignet worden waren. Er recherchierte alles. Schließlich wurde er beim Landratsamt Neuruppin vorstellig, wo er schon einen schriftlichen Antrag eingereicht hatte.

Frank Hoffmann war der zuständige Sachbearbeiter in seinem Fall, ein sympathisches, kleines Männchen mit Glatze und einem verschmitzten Gesichtsausdruck. Er hörte Konrad zu und nickte verständnisvoll, während er seine Brille in den Händen drehte und wendete. Konrad legte ihm den Fall dar, zum Abschied gaben sie einander die Hand. «Sie werden von uns hören, Herr Graf.»

Konrad hatte ein gutes Gefühl.

Kurze Zeit später traf der Brief ein.

*«Werter Graf Kolberg»* – Frank Hoffmann hatte ihn selbst geschrieben, ein gutes Zeichen, dachte Konrad –, *«hiermit teilen wir Ihnen mit, dass die Anmeldebestätigung Ihrer Ansprüche»* – Konrad überflog ungeduldig die Paragraphen und juristischen Floskeln – «*... nicht erfolgen kann. ... Der sachliche Geltungsbereich erfasst nicht Enteignungen auf der Grundlage von besatzungshoheitlicher bzw. besatzungsrechtlicher Grundlage, wie im Falle Ihres ehemaligen Anwesens Altenstein. Sollten sich im Nachgang zum Einigungsvertrag weitergehende Entschädigungsregelungen ergeben, so haben Sie zum gegebenen Zeitpunkt»* usw. usw., *«mit freundlichen Grüßen»*.

*Mit freundlichen Grüßen!* Am liebsten hätte Konrad das Schreiben zerknüllt und es Frank Hoffmann in den Rachen gestopft. Er musste sich beruhigen. Seine impulsive Art hatte ihm schon manches Geschäft versaut. Zu oft war er gescheitert, weil er versucht hatte, Abkürzungen zu nehmen, weil er ungeduldig war, aufbrausend. Dieses Mal wollte er alles besser machen. Gründlich, rational, und vor allem: mit langem Atem.

Nach ein paar Wochen der Wut legte er Einspruch ein. *«Ich weise darauf hin»*, schrieb er, *«dass ich meine Ansprüche ungeachtet der gemeinsamen Erklärung der Regierun-*

*gen der BRD und der DDR vom 15.6.1990 zur Regelung offener Vermögensfragen auf dem Gebiet der DDR aufrechterhalte. Die damalige Bodenreform stellt eine Menschen- und Völkerrechtsverletzung dar. Deshalb bin ich der Meinung, dass die ursprüngliche Eigentumsordnung wiederhergestellt werden muss. Falls Sie in nächster Zeit das Grundstück Altenstein veräußern sollten, bitte ich Sie, den zukünftigen Besitzer darauf aufmerksam zu machen.»*

Konrad kopierte den Brief mehrfach und schickte ihn Nona, Moritz und Helene. Ob sie sich nicht mit eigenen Gesuchen an die Stelle für offene Vermögensfragen wenden wollten?

Frank Hoffmann. Den würde er schon mürbe machen.

Konrad kniete sich rein in sein Vorhaben. Wie ein Besessener sammelte er alle Artikel zur Rückübertragung ostdeutscher Güter. Er befragte Juristen, las sich ein. Vermittelt durch seine beiden Schwager, traf er sich mit Mitarbeitern des Auswärtigen Amts, die sich in der Sache auskannten.

Es gab Tage, an denen er zuversichtlich war. Es konnte nicht so bleiben, es *durfte* nicht so bleiben! Sie würden Altenstein zurückbekommen, dic Fakten sprachen klar dafür. Doch manchmal überkamen ihn Zweifel. Was, wenn all seine Mühen, all seine Hoffnungen umsonst blieben?

Egal, sein berufliches Fortkommen konnte er nicht davon abhängig machen. Er musste im Hier und Jetzt handeln. Erst einmal ging es um die kleinen Investitionen. Die Tankstelle an der Autobahn. Das Gut – das war für später, das war der große Coup, an dem seine Träume hingen. Dieses Mal durfte er sich nicht wie sonst in seinen Größenwahn versteigen. Doch wenn er daran dachte, dass Altenstein eines Tages durch ihn wieder ihr Besitz sein könnte, bekam er Herzklopfen, und er musste unweigerlich an Agnes denken.

Was die Tankstelle betraf, war sein erstes Treffen mit de Bleeck und *Final* vielversprechend. *Final* zögerte nicht lange, riss sich das Grundstück unter den Nagel und übernahm den Pachtvertrag. Konrad brachte sich als Manager der Tankstelle ins Gespräch, aber de Bleeck und seine Leute winkten ab.

«Sie werden sich bei dir revanchieren, mach dir da keine Sorgen», beruhigte ihn sein Freund.

Das war Anfang des Jahres. Konrad kehrte nach Bonn zurück, immer noch in Hochstimmung. Das hatte er sein Leben lang machen wollen: neue Gebiete erschließen, Menschen zusammenbringen, Deals vorantreiben. Wenn also vorerst aus dem Gut in Altenstein nichts würde – die Tankstelle konnte ein Anfang sein. Er war endlich Teil von etwas Größerem, ein *Global Player.* Er fuhr wieder in die neuen Bundesländer auf der Suche nach weiteren Objekten: Thüringen, Sachsen-Anhalt, überall wurde er fündig und schickte die Angebote nach Bochum. Jetzt musste sich *Final* erkenntlich zeigen. Sie *mussten*, Konrad hatte alles auf diese Karte gesetzt. Bestimmt würde er schon im Februar einen neuen Job haben.

Ira war skeptisch. Wie so oft.

«Sie haben ja das bekommen, was sie von dir wollten, wieso glaubst du, dass sie dir tatsächlich noch einen Gefallen erweisen werden?»

«Halt dich da mal raus, Ira. Wir sind Geschäftspartner! Da kennst du dich wirklich nicht aus.»

Er versuchte, überheblich zu klingen. Was wusste Ira

schon? Vor allem sollte sie aufhören, ihm mit ihren Zweifeln auf die Nerven zu gehen. Versöhnlicher fügte er hinzu: «Natürlich werden sie sich revanchieren. Wir müssen nur Geduld haben.»

Ira verdrehte die Augen. Und Konrad wartete.

Oben hört Konrad Iras energische Schritte. Er hat sich schon an die Geräusche gewöhnt, die den Tagesrhythmus der Familie dokumentieren: Morgens um Viertel vor sieben ist alles noch recht gemächlich, er hört nur ein Paar Füße – Iras – umherlaufen, sie deckt den Tisch, Kaffee gluckert. Er hört das *Bing* des Toasters, der Kühlschrank geht auf und zu, dann kommen die Jungs runter – Stühle werden über den Holzboden geschoben, *gibt es noch Toast, bringst du den Saft mit?* –, wieder eine kurze Zeit der relativen Stille, dann Getrampel, Rufe, Hektik, *Tobias, hast du die Entschuldigung eingesteckt, wo sind die Hockey-Sachen, Mama* – ein Konzert der Stimmen und Schritte, bis seine Söhne um zwanzig vor acht in Panik aus dem Haus Richtung Bus eilen.

Während die Geräusche über seinem Kopf anschwellen und abebben, wie Gezeiten den festen Ritualen des Tagesablaufs unterworfen, liegt er unten in der Einliegerwohnung. Ein Geist, der in seinem eigenen Haus spukt. Ein Verstorbener, der im Unterbewusstsein der Lebenden weiterexistiert. Sie haben ihn nicht vergessen, aber er ist aus ihrem Alltag verschwunden. Das Leben geht auch ohne ihn weiter. Konrad denkt an Kuno, der über Wochen in seinem Trakt in Mohrungen verschwand, abtauchte.

Dreimal in der Woche kommt die Putzfrau, die hat Ira angesichts der prekären finanziellen Situation nicht abbestellt. Natürlich nicht! *Konrad, du erwartest ja wohl nicht, dass ich den Schleim hier selber wegmache!* Vormittags telefoniert Ira, er hört sie lachen, sie bucht Urlaube, verabredet sich, organisiert Kindergeburtstage und fährt zu ihrem sündhaft teuren Gaul. Sie gibt sein nicht vorhandenes Einkommen mit beiden Händen aus, für den Stall, Reitturniere, Hockeytraining, Skiferien, Friseurbesuche – alles, was notwendig ist, um dieses gutgeschmierte, vorzeigbare Leben am Laufen zu halten.

Nachmittags fallen die Jungs wieder ins Haus ein, oft bringen sie Freunde mit, sie trampeln wie eine hungrige Elefantenherde in ihren klobigen Schuhen in die Küche, reißen den Kühlschrank auf, *was gibt's zu essen, Mama?*, sie machen Hausaufgaben, streiten sich, balgen durchs Haus und ignorieren die Ermahnungen ihrer Mutter, doch endlich mal ihren Krempel beiseitezuräumen.

Manchmal erscheint Konrads Schwiegermutter um fünf zum Tee. Abends sehen sie fern. Sie alle leben so weiter, als sei nichts geschehen.

Der Geist hört aus dem Keller mit.

Fällt ihnen überhaupt auf, dass er seit einem Monat nicht mehr am Familienleben teilnimmt? Dass er unter ihnen, aber nicht bei ihnen ist? Wenn ja, lassen sie sich davon nicht stören. Vor allem Ira geht ihrem Alltag nach, als habe sie keine Ahnung, dass nur ein Stockwerk tiefer ihr Ehemann liegt und sich mit Selbstmordgedanken trägt, wochenlang. In ihrer verdammten Einliegerwohnung!

Jetzt scheint Ira einen Termin zu haben, ihre Schritte werden schneller, sie klingen dumpf, wahrscheinlich hat sie ihre Reitstiefel an. Konrad hört das Klimpern der Schlüssel, sie eilt zur Garderobe, holt sich ihren Mantel. Gleich wird sie zum Gestüt fahren, danach vielleicht in der Stadt einkaufen oder Freundinnen auf einen Kaffee treffen. Sich irgendetwas gönnen.

Ira weiß, was sie wert ist. Sie lässt sich nicht ausnutzen, von niemandem. Auch wenn die Söhne sie oft nachlässig behandeln, wenn Iras Ermahnungen an ihnen abperlen, Ira achtet darauf, dass sie auf ihre Kosten kommt. Und wenn es mal nicht so ist, macht sie sich lautstark bemerkbar.

Wie an ihrem letzten Geburtstag. Zwei Abende vorher hatte Konrad die Jungs daran erinnert. «Ach, Scheiße, stimmt, Mama hat ja Geburtstag ...» Konrad sah die Katastrophe voraus. Am Tag selber rief er noch einmal aus dem Büro zu Hause an. «Los jetzt, Tobias, lass dir etwas einfallen!»

Tobias rannte schnell den Berg hinunter in die kleine Fußgängerzone, der Blumenladen hatte immer bis sechs geöffnet.

Konrad fuhr gerade die Einfahrt hoch, als oben das Küchenfenster geöffnet und ein *Ficus Benjamini* unter lautstarkem Schimpfen hinausgeworfen wurde. Um ein Haar hätte Ira ihm das Bäumchen auf das Autodach seines 911-er geschleudert. Stattdessen prallte die Pflanze direkt hinter ihm auf, wo der Topf zerschellte und sich Plastiksplitter, Erde, Wurzeln und abgeknickte Äste auf dem Asphalt verteilten.

So eine Lieblosigkeit müsse sie sich nicht gefallen lassen, zeterte Ira oben im Haus. Eine mickrige Topfpflanze, ob sie denn noch ganz bei Trost seien? Das sei ja wohl das gedankenloseste Geschenk, das sie je bekommen habe, sogar das Preisschild klebe noch drauf, für wen sie sie hielten und so weiter.

Konrad beobachtete die Szene amüsiert und gab sie später oft zum Besten. Er hatte Spaß daran: die luxusverwöhnte Frau, die unbekümmerte Gleichgültigkeit, die die Kinder ihrer Mutter entgegenbrachten, die offenen Zankereien. Nichts hätte sich von seiner eigenen Kindheit stärker unterscheiden können.

Er liebt seine Familie.

Und doch liegt er jetzt unten auf der Lauer und wartet darauf, dass die Geräusche verstummen und er endlich nach oben gehen kann.

Ein paar Monate nach seinem Treffen mit *Final* erfuhr Konrads Hochstimmung die ersten leichten Einbrüche. Er hatte weitere Exposés geschickt – mögliche Tankstellen in Sachsen –, aber nichts gehört. Ein paarmal rief er in Bochum an und wurde stets abgewimmelt. Danke, man werde sich bei ihm melden. Was, wenn für ihn nichts dabei herausspringen würde? Was, wenn Ira mit ihrer Vorhersage recht behalten sollte?

Anfang Mai zog er sich schließlich zurück. Er ging nicht mehr auf Erkundungstour und schickte auch keine weiteren Angebote. Stattdessen verbrachte er immer mehr Zeit in den Räumen der Einliegerwohnung. Er holte sich den kleinen Fernseher aus dem Gästezimmer herunter und ein Sofa, irgendwann auch seine Bettdecken. Bald ließ er sich gar nicht mehr über der Erde blicken.

Hinaufgehen bedeutet, Ira und die Kinder zu sehen, ihren Fragen ausgesetzt zu sein.

Ira kommt alle paar Tage herunter, aber nur, um Nachschub aus der Tiefkühltruhe zu holen, wo Konrads selbstgeschossene Tierkadaver lagern. Konrad liegt dann meistens vor dem Fernseher. Sie wechseln kein Wort miteinander. Er hält die Luft an, bis sie wieder oben ist. Abgesehen von diesen Störungen ist er vollkommen allein in seinem Reich. Zusammen mit dem Fernseher und dem Telefon, das nicht klingelt, jedenfalls nicht für ihn. Und der Glühbirne, die ihn mit ihrem Geschaukel an das Leben erinnert, das über ihm stattfindet.

Er wird eine richtige Deckenlampe anbringen müssen. Wenn er den Job bekommt, wird er es tun. Dann ganz bestimmt.

Wie konnte ihm das schon wieder passieren? Er ist Ende vierzig. Weihnachten wird er fünfzig. Zu alt, um ständig zu scheitern. Er hat so oft am Abgrund gestanden, dass er es kaum noch zählen kann. Im letzten Moment hat er dann immer wieder einen Ausweg gefunden. Aber dieses Mal ... er weiß nicht, wie er sich retten soll, wenn *Final* nicht Wort hält.

Er muss oft an Kuno denken, nicht erst seit seinem letzten Telefonat mit Nona. Er hat sie angerufen, vom Apparat im Keller, morgens um halb zwei, wieder einmal. Sie hob beim zweiten Klingeln ab. Sie schien sich daran zu gewöhnen.

«Papi hat sich auch immer eingeigelt, wenn es ihm schlechtging», sagte sie. «Das hast du von ihm. Depressive Tendenzen.»

Konrad verdrehte die Augen. «Danke für die kostenlose Analyse. Kostenlos und im Übrigen auch ungefragt.»

«Wieso kostenlos? Ist meine Rechnung nicht angekommen? Ach, ich vergaß –», er hörte, wie sie sich am anderen Ende eine Zigarette anzündete –, «Rechnungen öffnest du ja zurzeit nicht.»

«Sehr witzig.» Auch Konrad kramte seine Zigaretten unter dem Sofa hervor. «Aber stimmt schon, die Parallelen zwischen Papis letzten Wochen auf Mohrungen und meinem jetzigen Zustand sind auch mir nicht verborgen geblieben», gab er zu. «Der Albtraum rückt näher, und unserem Vater fällt nichts Besseres ein, als sich zu verstecken und alles Agnes zu überlassen. Das habe ich immer verachtet. Jetzt bin ich genauso.»

Nona gähnte. *«Es kommt alles wieder, was nicht bis zu Ende gelitten und gelöst ist.»*

«Das ist ja herzallerliebst. Lernt man so etwas in deinen Selbstfindungs-Seminaren?»

Nona schnaubte. «Es ist ein Zitat von Hesse», sagte sie. «Dabei geht es um den Wiederholungszwang. Und ja, darüber lernt man viel in meinen Seminaren. Ein bisschen Selbstfindung würde dir im Übrigen auch ganz guttun.»

«Wenn du meinst. Ich werde mich jedenfalls nicht aus der Verantwortung für zehn Kinder stehlen und mich in eine aussichtslose Schlacht stürzen. Und dann keine zwei Wochen überleben.»

Verkappter Suizid, hatte Nona es mehrfach genannt. So weit würde er es nicht kommen lassen, Wiederholungszwang hin oder her.

Nona gähnte erneut. «Na, das ist doch schon mal ein Anfang.»

Konrad schaute an die Decke. «De Bleeck muss sich einfach melden. Er muss! Sie sind es mir schuldig. Aber wenn nicht, Nona, dann sitze ich richtig tief in der Scheiße. Dann fällt mir nichts mehr ein. Und das Schlimmste daran, das Allerschlimmste ist, dass Ira dann recht behalten hätte. Ich habe zu früh meine Trümpfe verspielt, ich habe mich ausnutzen lassen.»

Nona ging nicht darauf ein. «Warum schlägst du Ira nicht vor, dass sie ausnahmsweise selbst Geld verdient? Anstatt dauernd mit ihrem Gaul auf Turniere zu fahren, könnte sie ja zur Abwechslung auch mal arbeiten. Die Kinder sind groß genug. Und sie hat doch Abitur, oder?»

Konrad grinste. Er freute sich heimlich über die Gemeinheiten seiner Schwester. Er weidete sich an Nonas Verachtung für Ira. Wenn sie Ira die Schuld gab für seine Misere, fühlte er sich weniger als Versager. Im Grunde hatte sie recht: Ira war faul und verwöhnt. Aber er wusste auch, dass er Ira keinen Vorwurf machen konnte. Sie hatten sich nun mal auf diese Aufteilung geeinigt: Er verdiente das Geld, sie kümmerte sich um die Kinder. Er war derjenige, der seinen Part nicht erfüllte. Und egal, wie emanzipiert und selbständig sich Nona gab: Seit sie ihren Beruf als Lehrerin aufgegeben hatte, um Psychologie zu studieren, verdiente auch sie kein eigenes Geld. Ihre Seminare bei irgendwelchen verkrachten Psycho-Schlaffis konnte sie nur deshalb belegen, weil John sie unterstützte. Und da war noch etwas. Eigentlich war er froh, dass Ira in diesen Phasen seines Totalausfalls immer so tat, als sei nichts. Er war ihr geradezu dankbar dafür. Selbst wenn er sich in der Küche mit Benzin übergösse und anzündete, sie würde weitermachen. Einfach über seine Leiche hinwegsteigen und Tobias ermahnen, endlich die Hockeyschläger wegzuräumen.

Nicht, weil sie herzlos war, sondern pragmatisch. Sie hatte das mit ihm schon mehrmals durchexerziert. Sie wusste, dass sie ihn jetzt nicht erreichen konnte. Und dass es das Schlimmste wäre, in Panik zu verfallen. Die Putzfrau abzubestellen, den Musikunterricht der Kinder abzusagen, den Urlaub zu stornieren – das würde seine Scham und Demütigung nur verstärken.

Und irgendwie ist es ja doch immer weitergegangen.

Jemand wie Nona stünde täglich händeringend neben ihm. Sie würde ihn analysieren, interpretieren, sie würde versuchen, ihm zu «helfen». Erst tröstend und voller Mitgefühl, dann flehend, dann mahnend und dann, dann würde sich schließlich das Blatt wenden. Sie würde alle Ausgaben drosseln, sodass jeder wüsste, was los war. Ihre Empathie würde schnell in Verachtung umschlagen.

Nein, eigentlich war er Ira für ihren gesunden Egoismus und die rheinische Vergnügungssucht dankbar. Sie ließ ihn wenigstens in Ruhe.

Konrad hört die Haustür ins Schloss fallen. Er atmet auf. Er hat sich angewöhnt, noch ein paar Minuten abzuwarten, bevor er sich hochtraut, für den Fall, dass Ira noch einmal zurückkommen sollte. Aber jetzt braucht er sofort einen Kaffee.

Er muss die Kellertür mit Gewalt aufdrücken, jemand hat den Papiermüll davorgestapelt. Die Küche sieht wüst aus, Ira scheint bald mit der Putzfrau zu rechnen. Er muss sich beeilen. Schnell setzt er Kaffee auf, streckt sich und wirft einen Blick auf den Bonner Generalanzeiger: schon Dienstag.

Das Telefon klingelt.

Konrad schneidet sich zwei Scheiben Brot ab und steckt sie unbeirrt in den Toaster. Er will nicht ans Telefon gehen, zu oft hat er es bereut, wenn es das Reisebüro, eine von Iras Freundinnen oder – am allerschlimmsten – seine Schwiegermutter war. «Konrad, du bist ja DA? Du bist ja ZU HAUSE? Sag mal, was machst du eigentlich den ganzen Tag? Hast du jetzt endlich den Job bei dieser Tankstelle?»

Seitdem geht er während seiner Ausflüge ans Tageslicht nicht mehr ans Telefon.

Konrad gießt sich eine Tasse Kaffee ein und liest die Schlagzeilen. *SPD bleibt stärkste Kraft, verliert absolute*

*Mehrheit.* Er streicht sich mit der Hand übers Gesicht, er hat einen Bart – wann hat er sich das letzte Mal rasiert? Und war am Sonntag schon NRW-Wahl? Er hat sie verpasst, egal. Hier sind die Sozis ohnehin nicht wegzukriegen. Und diese Turnschuhträger haben es in den Landtag geschafft, na dann.

Das Telefon klingelt weiter und verstummt irgendwann.

Konrads Toast schießt hoch. Er holt ihn heraus und beißt abwesend hinein.

Das Telefon klingelt erneut. Konrad ist unschlüssig.

Könnte es ein Notfall sein? Was, wenn etwas mit den Jungs ist?

Zögernd hebt er ab.

«Konrad, altes Haus! Wo steckst du denn?»

Es ist de Bleeck.

Als Ira eine Stunde später durch die Haustür kommt, steht Konrad in Hemd, Socken und Unterhose vor ihr. Er hat geduscht, seine Haare sind noch nass, er ist rasiert und knöpft sich das frischgebügelte Hemd zu. Aus dem Wohnzimmer schallt Paolo Conte. Er strahlt Ira an, während sie ihre Einkaufstüten hereinträgt.

«Iralein!»

Er vollführt einen kleinen Tanz um sie herum und singt sie an, während sie die Tüten abstellt. *«It's wonderful, it's wonderful, it's wonderful, good luck, my baby …»*

Konrad legt den Arm um seine Frau und versucht, sie herumzuwirbeln. «Es gibt Neuigkeiten, de Bleeck hat angerufen.»

Ira windet sich aus seiner Umarmung und geht wieder hinaus zum Auto.

«Ira!», versucht er es noch mal, diesmal mit mehr Ernst,

als sie mit einem Getränkekasten zurückkommt. «Ira, de Bleeck hat angerufen. Von *Final.* Aus Bochum. Sie haben etwas für mich.»

«Schön.»

Sie drückt ihm die Flaschen in die Hand.

«Sie haben etwas für mich!», wiederholt er. Vielleicht hat sie ihn nicht richtig verstanden. «Es hat funktioniert. *Final!* Sie haben gerade angerufen. Sie wollen, dass ich weitere Immobilien im Osten für sie suche. Den ganzen Bereich ‹Neue Bundesländer› soll ich managen.»

Ira fängt an, die Einkäufe in den Kühlschrank zu räumen. Konrad ist verunsichert. Er stellt die Musik leiser.

«Es kommen bestimmt noch andere Sachen hinzu.»

Ira stellt die Milch in die Kühlschranktür.

«Sie wollen, dass ich so schnell wie möglich anfange, also, in Leipzig, meine ich.»

Ira räumt weiter ein. Dann dreht sie sich zu ihm um. «Das ist ja schön, Konni. Du, im Auto ist noch eine Tüte mit Tiefkühlsachen, könntest du die bitte unten in die Truhe werfen? Und bring doch direkt die Leiter mit rauf, gleich kommt Jadwiga, und ich will, dass sie heute die Fenster putzt.»

Konrad schaut seine Frau erstaunt an. Er kann nach den letzten Wochen natürlich nicht damit rechnen, dass Ira ihm weinend um den Hals fällt, aber irgendeine positive Reaktion hat er sich doch erhofft. Er setzt noch mal an.

«Ira, hast du gehört? Ich habe einen Job! *Final* hat sich gemeldet. Sie wollen mehrere Tankstellen im Osten bauen – große Truckerhöfe, vier Mal so groß wie das popelige Ding in Altenstein! Und ich soll das alles managen. Wir ziehen nach Leipzig!»

«Schön, das sagte ich bereits.» Ira gießt sich eine Tasse

von Konrads frischem Kaffee ein. Schließlich schaut sie ihn an, etwas Provozierendes liegt in ihrem Blick.

Konrad wird wütend. «Sag mal, was ist eigentlich mit dir los? Das ist meine große Chance! Darauf warte ich nun schon seit fast einem halben Jahr! Willst du lieber, dass ich noch ein paar Monate im Keller verbringe?»

Ira stellt ihre Kaffeetasse ab. Sie spricht ruhig, gefasst.

«Was ist eigentlich mit *dir* los? Monatelang lässt du dich nicht blicken, tauchst völlig ab, ich muss hier alles am Laufen halten, die Kinder beruhigen, den Haushalt managen, ohne Einkommen, ohne zu wissen, wie es weitergeht oder wovon wir leben werden. Und kein Wort von dir.» Jetzt wird Ira lauter, sie greift sich die letzte Einkaufstüte und packt sie aus, dabei knallt sie Joghurtbecher, Äpfel und Marmeladengläser auf den Tisch.

«KEIN WORT VON DIR! Jedes Mal, wenn ich nach unten komme, drehst du dich weg oder wechselst den Fernsehsender. Ich bin völlig auf mich gestellt. Und jetzt auf einmal stehst du vor mir, und alles soll super sein!»

Ein Marmeladenglas hat bei der rohen Behandlung einen Sprung bekommen, sie öffnet den Mülleimer und wirft es, ohne zu zögern, hinein.

«Und außerdem ziehen wir nach Leipzig, das ist ja toll, Konrad! Weißt du was? Bestell doch gleich den Möbelwagen! Ich packe sofort alle Sachen zusammen, melde die Jungs von der Schule ab und verkaufe das Haus. Und wenn in drei Monaten alles wieder vorbei ist, wenn du den Job verlierst oder dich mit deinen Geschäftspartnern überwirfst, dann kannst du dich ja in Leipzig ein halbes Jahr in den Keller legen, während ich mich um alles kümmere.»

Konrad steht fassungslos vor ihr.

«Und was meinst du», presst er zwischen den Zähnen

hervor, «was meinst du, wie ich mich da unten gefühlt habe? *Du* warst allein? Weißt du eigentlich, wie es *mir* ging? Du hast keine Ahnung! Und es ist dir auch scheißegal! Für dich ist doch nur wichtig, dass die Kohle weiterfließt, aber wie es mir geht und was mit meinen Plänen ist, meinem Leben …»

Konrads Stimme stockt, er schließt die Augen, er will die Verzweiflung der letzten Monate nicht wieder hochkommen lassen.

Ira schaut ihn an. Sie nimmt noch einen Schluck Kaffee, öffnet den Mund, schließt ihn wieder, schweigt. Als sie erneut ansetzt, klingt sie milder.

«Doch, Konni, ich weiß, wie du dich fühlst. Ich kenne dich ja mittlerweile etwas. Und wirklich – es ist toll, dass *Final* dir etwas angeboten hat, und es klingt wie ein gutes Angebot. Ich freue mich für dich, und Leipzig, der Osten, ist ja das, was du schon immer wolltest. Aber die Jungs und ich – wir werden ganz bestimmt nicht mitkommen.»

## Der Kolberg'sche Katzenkopf

*Mohrungen bei Königsberg, 1944*

Seit ein paar Wochen schon blüht der alte Apfelbaum hinter dem Haus. Frieda schiebt jeden Tag pünktlich um zwölf Konnis Kinderwagen darunter, ein umständliches Ding mit großen, schwergängigen Holzrädern. Das Baby soll an der frischen Luft seinen Mittagsschlaf halten. Sie stellt ihn immer an derselben Stelle ab, an der Schmalseite des Hauses, nicht dort, wo auf der kleinen Aufschüttung ein flacher Stein liegt. Es ist Ende Mai, sommerlich warm, ein leichter Wind bewegt die Zweige. Die ersten Blüten rieseln schon herab.

Agnes sitzt wenige Meter entfernt mit Vera von Alvensleben auf der Veranda beim Tee. Die Alvenslebens sind Freunde, ihr Gut liegt nicht weit von Mohrungen entfernt, sie besuchen sich ab und zu. Vera rührt in ihrer Tasse, sie schaut nachdenklich in den Himmel, über den weiße Wolken Richtung Osten jagen.

«Agnes. Was machen wir bloß? Was sollen wir bloß mit den Kindern machen?»

Die Gespräche drehen sich in diesen Tagen immer um dasselbe Thema. Wer ist schon geflohen, wer ist noch geblieben, wie soll es weitergehen? Vor einer Woche, heißt es, ist die Landesgrenze preisgegeben worden, der Feind soll schon zwanzig Kilometer ins Land vorgedrungen sein.

Agnes lehnt sich zurück. «Ich glaube, dass wir die Kleinen im Juli zusammen mit Bobby und Frieda nach Altenstein schicken. Das wird nicht weiter auffallen, schließlich sind wir jeden Sommer dort, dann bleiben sie einfach da.»

Doch Vera gibt sich noch nicht zufrieden. «Aber was machst du selbst? Und das Baby?»

«Das weiß ich auch noch nicht. Wie du weißt, kann ich Mohrungen nicht einfach verlassen, das gilt ja als Landesverrat.» Agnes gießt beiden etwas Tee nach. «Und wer weiß, was mit dem Gut passieren würde, wenn ich einfach so ginge.»

Vera nickt. Sie schaut in den Himmel, die Wolken bauschen sich über ihnen, es ist kühler geworden. Sie knöpft sich ihre Strickjacke zu. Auch Agnes wird langsam kalt, sie trägt ein leichtes Kleid, vorhin hat es sich fast wie Sommer angefühlt. Doch jetzt sieht es aus, als könne es jeden Moment regnen.

«Ja, ich weiß auch noch nicht, was ich tun soll. Wir feiern auf jeden Fall unser Sommerfest, trotz allem. Ich hoffe doch sehr, dass ihr kommt, Kuno und du! Wer weiß, vielleicht ist es das letzte Mal.»

Vera sieht erwartungsvoll zu ihrer Freundin hinüber, doch Agnes ist abgelenkt. Vom Apfelbaum kommt das typische Krächzen, das das Ende der Mittagsruhe ankündigt. Frieda steckt den Kopf durch die Verandatür, doch Agnes winkt ab.

«Lass nur, ich gehe zu ihm.»

«Soll ich die Sachen hineinbringen? Der Himmel tut sich gleich auf.»

Agnes streift die Schuhe ab und geht barfuß durch das hohe Gras zum Apfelbaum. «Ein paar Minuten haben wir noch.»

Konni liegt inmitten von weißen Apfelblüten, die in seinen Wagen gerieselt sind, und sieht sie mit tränenverschleiertem Blick an. *Engelchen*, denkt Agnes zärtlich. Sie hofft, dass man ihr die tiefe Begeisterung nicht anmerkt. Sie hebt ihn hoch, damit ihre Freundin ihn begutachten kann. Vera sieht das Baby zum ersten Mal.

«Leider hat sich auch hier der Kolberg'sche Katzenkopf durchgesetzt», klagt Agnes laut in Richtung Veranda. Tatsächlich hat Konrad einen flachen Hinterkopf, dafür sind die Seiten etwas ausgebeult, sein schwarzer Haarschopf steht nach oben ab. Durch die abstehenden Haare und die großen Augen sieht er immer etwas überrascht aus. Agnes weiß, dass Konrad ein besonders süßes Baby ist, mit dicken Backen und dichten, schwarzen Wimpern. *Wimpern wie Schaufeln*, hat die Hebamme ihrem jüngsten Sohn attestiert, als sie bei der Niederkunft dann endlich erschien, *da bleiben im Winter die Schneeflocken dran hängen!*

Sie trägt Konrad zur Veranda, wobei sie den Wagen mit einem Fuß hinter sich herzieht. «Und einen Storchenbiss hat er auch!» Sie zeigt auf das rote Muttermal auf seiner Stirn und macht ein mitleidiges Gesicht. «Den hat er allerdings von mir, den kann ich Kuno nicht in die Schuhe schieben.»

Konrad fängt sofort an zu weinen, als protestiere er gegen diese schonungslose Beurteilung. Er ballt die Hände zu Fäusten und schreit. Der rote Fleck über der Nase wird noch dunkler.

«Siehst du?»

Agnes hat genaue Vorstellungen, wie ein hübsches Baby auszusehen hat: ein langes, schmales Gesicht, eine hohe Stirn, ein ausgeprägter, gewölbter Hinterkopf, bei Jungen ein tiefer Haaransatz im Nacken, bei Mädchen ein kurzer Abstand zwischen Mund und Nase. Selbst ganz kleine Kinder werden sofort einer genauen Begutachtung unterzogen, der erste Eindruck – «Es ist ein ganz gewöhnliches Kind», «ordinär» oder «ein richtiges Bauernkind» – ist später kaum zu revidieren. Oft sieht sie aber auch frühe Zeichen von Intelligenz oder Musikalität in der Kopfform.

Doch alle Beschwerden über dieses eigene, dieses so stark herbeigesehnte Baby sind nur vorgeschoben. In Wahrheit verehrt und liebt sie diesen Jungen. Er ist ihr Kleinod, ihr Augapfel, das Liebste unter all ihren Kindern. Konrad darf als Einziger nachts bei ihr im Bett schlafen.

Vera von Alvensleben betrachtet ihn nachdenklich. «Hast du denn gar keine Angst um den Kleinen, Agnes?»

Agnes trinkt einen Schluck und setzt ihre Tasse ab. «Natürlich habe ich Angst.»

Aber wenn sie ganz ehrlich ist, stimmt das nicht. Sie hat keine Angst. Sie weiß, es ist leichtsinnig, so zuversichtlich zu sein. Doch Agnes war in ihrem Leben schon oft in Situationen, die ausweglos schienen. Immer haben ihr höhere Mächte geholfen, sie in der Gefahr beschützt. Sie spürt eine tiefe Verbundenheit mit Gott, dieser Glaube trägt sie. In wichtigen Momenten ihres Lebens hat sie oft Zeichen erhalten, die ihr den Weg wiesen. Als ihr Kind starb, hat sie Gott um einen weiteren Sohn gebeten, einen letzten, und sie hat ihn bekommen. Vergangenen Monat hat sie in einem Hotel in Königsberg übernachtet, wenige Tage später gab es einen Fliegerangriff, den ersten und bisher einzigen auf die Stadt. Eine Bombe traf das Parkhotel. Sie hat ein Bild in der Zeitung gesehen: Nur die Hälfte ihres Zimmers stand noch, die Bombe hatte die Außenwand und das Bett weggerissen, der Schrank, die Tür zum Gang, der Nachttisch waren freigelegt wie bei einem Puppenhaus. Ein kalter Schauer rann ihr über den Rücken.

Agnes hängt ihren Gedanken nach, sie streicht dabei

abwesend über Konnis schwarzes Haar. Er hat aufgehört zu weinen. Seine kleine Hand tastet an ihrem Ausschnitt entlang, er steckt sie in ihr Kleid, Agnes lässt ihn gewähren.

Auf einmal merkt sie, dass Vera sie erwartungsvoll ansieht.

«Was meinst du?»

«Unser Sommerfest – kommt ihr?»

«Ja, ganz bestimmt», sagt Agnes gedankenverloren. Und dann: «Es wird sich schon etwas ergeben. Irgendwie werde ich den Kleinen in Sicherheit bringen.»

«Er ist ein wahnsinniger Schreihals», zischt Margarethe, die ihre Mutter gerade in Mohrungen besucht. Sie und Bobby holen schnell die Tassen des Teekränzchens von der Veranda herein, es hat angefangen zu gießen, dicke Tropfen klatschen auf das Tablett. Frieda versucht gerade, in einem der oberen Zimmer den zeternden Konrad umzuziehen. Flüsternd fügt Marga hinzu: «Aber Hauptsache, es ist ein Junge.» Sie stapelt die Teetassen unsanft auf dem Tablett. Es klirrt.

«Sei vorsichtig, Marga! Du zerschlägst noch das ganze Geschirr.» Bobby nimmt ihr das Tablett ab und trägt es in die Küche. Als sie es abgestellt hat, wischt sie sich die Regentropfen aus dem Gesicht und mustert ihre Stiefschwester streng.

«Das ist Unsinn. Es ist doch schön, dass Tante Agnes nach alldem noch einen Jungen bekommen hat.»

«Du und deine ‹Tante Agnes›! Die kann ja in deinen Augen nichts falsch machen.» Margarethe stellt die Tassen auf die Spüle. «Na gut, wenn's dich nicht stört! Du bist schließlich diejenige, deren Erbe an die Jungs wandert.»

Sie hören Konrad aus der Tiefe des Hauses aufheulen.

Margarethe wirft ihrer Schwester einen vielsagenden Blick zu, dann legt sie das Handtuch auf die Ablage und wendet sich ab.

Bobby bindet sich die Schürze um und lächelt. «Ich finde es schön, noch einen kleinen Bruder zu haben.»

Doch Margarethe ist schon zur Tür hinaus, und selbst Bobby merkt, dass es wenig überzeugend geklungen hat, auch in ihren Ohren nicht.

Zwei Wochen später packt Agnes ihren Koffer für das Fest der Alvenslebens. Sie legt ein rotes Kleid mit langen Ärmeln auf ihr Bett, mehrere Blusen, ihre Reithosen. Bobby sitzt daneben und schaut ihrer Stiefmutter zu. «Wir bleiben nur bis Montag», sagt Agnes. «Du kommst doch bestimmt mit Konni zurecht? Frieda kümmert sich um die Kleinen.»

Bobby nickt, sie blickt auf die Kleider und sagt nichts.

Agnes geht wieder zu ihrem Schrank. «Ach, vielleicht ist das blaue Kleid doch besser, zu festlich ist im Moment womöglich unpassend.»

Sie legt es zu den anderen Sachen auf das Bett, und als sie zu Bobby hinübersieht, wischt sich diese verstohlen eine Träne aus dem Augenwinkel.

«Aber Bobbilein, was hast du denn?»

«Es ist nichts, nur ... ich wäre auch so gerne ...» Bobby schüttelt den Kopf. Sie war schon ein paarmal auf den Sommerfesten der Alvenslebens, es war immer lustig, sie kennt die Söhne des Hauses.

Agnes macht einen Schritt auf Bobby zu und streicht ihr über den Kopf.

«Liebstes Bobbilein, ich glaube, diesmal fahren Papi und ich alleine. Es wird sicher nicht so ein großes Fest wie sonst, wie auch, in dieser Situation.»

Bobby schluckt, sie nickt tapfer, aber eine weitere Träne schleicht sich aus ihrem anderen Auge. «Trotzdem sind bestimmt andere junge Leute da.»

«Das glaube ich nicht, Bobby. Und ich brauche dich hier.»

Agnes schiebt die Kleider beiseite, lässt sich auf ihr Bett sinken und klopft auf die Decke neben sich. Als Bobby Platz genommen hat, nimmt sie ihre Hand.

«Bobbilein, du wirst noch auf so viele Feste gehen.» Sie streichelt Bobbys Hand. «Und so kann ich Konni endlich abstillen. Er muss sich abnabeln. Es wäre mir eine riesige Hilfe, Bobby.»

Bobby nickt, sie muss kurz schlucken, aber für Agnes würde sie alles tun. «Ja, ist gut.»

Agnes steht auf und geht hinüber zu ihrem Schmucktisch. Als sie wieder zurückkommt, nimmt sie Bobbys Hand und legt etwas hinein. Es ist ein Haarkämmchen aus Perlmutt, mit eingraviertem Blumenmuster, es schimmert rosa und türkis im Schein der Lampe.

«Das wollte ich dir schon lange schenken, liebes Bobbilein. Und jetzt ganz besonders.»

Bobby strahlt, oft hat sie schon heimlich den Kamm aus der Schmuckschatulle ihrer Stiefmutter genommen und bewundert. Sie betrachtet das eingeritzte Muster. Agnes nimmt eine Haarsträhne von Bobby nach hinten und steckt sie fest.

«Schau mal, so kannst du ihn einstecken. Es sieht wunderbar aus, Bobby, sehr festlich.» Bobby betrachtet glücklich ihr Spiegelbild und blinzelt ein paar Tränen weg. Agnes streicht ihr über den Kopf. «Und Montag sind wir wieder da.»

Am nächsten Morgen reisen sie ab. Bobby macht die Milch warm, Agnes und Frieda haben ihr alles gezeigt, wie man die Flaschen auswäscht, sie sterilisiert und den Nuckel so befestigt, dass keine Milch heraustropft. Sie macht sich etwas Sorgen, Konni hat noch nie aus einem Fläschchen getrunken. Überhaupt verweigert er alles, was nicht Agnes' Brust ist, die gestampften Kartoffeln, die Frieda ihm anbietet, schlägt er ihr aus der Hand.

Doch im Moment ist er eigentlich ganz brav, er sitzt in der Küche in seinem Ställchen. Vorhin haben sie sogar etwas gespielt. Bobby hat ihrem Schützling eine Rassel hingehalten, dann hat sie ihn hochgeworfen und aufgefangen, sodass er gejauchzt hat vor Freude. Sie macht ihre Sache gut, findet Bobby.

Als die Milch warm ist, testet sie sie auf ihrem Handrücken, dann setzt sie sich auf die Bank, nimmt Konni auf den Schoß und gibt ihm die Flasche. Konni nimmt den Nuckel vorsichtig in den Mund, er kaut ein bisschen darauf herum, etwas Milch schießt heraus, er hustet. Sie setzt ihn kurz aufrecht hin. «Noch mal?»

Diesmal klappt es besser, Konni fängt bald an, richtig zu trinken. Die Kuhmilch schmeckt ihm, er nuckelt und nuckelt und trinkt fast die ganze Flasche leer. Die kleine Hand nestelt dabei an ihrem Ausschnitt, vertrauensvoll sieht er zu ihr auf.

Frieda steckt kurz den Kopf durch die Tür.

«Alle Achtung, Bobby!»

Zwei Flaschen trinkt er hintereinander, dann schläft er ein.

Am Abend fängt Konni an zu weinen, erst ist es ein Wimmern, dann schreit er richtig. Sein Gesicht wird ganz rot,

Tränen laufen ihm die Wangen herab. Er krümmt sich vor Schmerzen. Bobby kann ihn nicht beruhigen. Als sie ihn hochhebt, ist sein Bauch hart vor Krämpfen, sein Körper ein wütendes, angespanntes Knäuel. Sie legt Konni auf Agnes' Bett, wo er wimmernd auf der Seite kauert.

Kurz darauf kommt der erste Durchfall, ein übelriechender, wässriger Schwall mit kleinen weißen Klümpchen. Konrad schreit weiter. Bobby zieht ihm eine neue Windel an, Agnes hat viele herausgelegt, doch auch die sind bald durchtränkt. Konni hat Durchfall und schreit, sein Po ist rot und wund.

Frieda kommt ins Zimmer. «Das ist die Kuhmilch, die Umstellung war zu früh», sagt sie vorwurfsvoll. Sie stellt ihnen eine Flasche mit Wasser hin. «Er braucht jetzt Flüssigkeit.»

Doch als Bobby ihm das Wasser geben will, schlägt Konni es ihr wütend aus der Hand. Er reißt an Bobbys Haaren und brüllt ihr ins Ohr, dann wirft er sich nach hinten und drückt den Rücken durch, sodass sie ihn kaum halten kann.

Ein weiteres Krümmen, und wieder kommt ein Schwall durch die Windel. Inzwischen ist es nach Mitternacht. Bobby ist müde, ihr Nacken schmerzt, sie hofft, dass es bald aufhört, dass er sich entleert hat und dann einschläft.

Eigentlich sollte er im Gitterbett schlafen, aber daran ist nicht zu denken. Sie hofft, dass der vertraute Geruch von Agnes' Bett ihn beruhigt. Sie wäscht im Bad seine Stoffwindeln aus, hängt sie auf. Von nebenan hört sie immer noch Konnis Wimmern.

*Bitte, Agnes, mach, dass alles gut wird.*

Konni weint noch, aber er ist leiser geworden. Gleich wird er einschlafen. Als sie sich zu ihm legt, sticht sie etwas im Kopf, es ist das Kämmchen, sie zieht es aus ihrem Haar und legt es auf den Nachttisch. Gleich muss sie in die Küche gehen und noch mal abgekochtes Wasser holen, doch im nächsten Moment ist sie eingeschlafen.

Als Bobby am nächsten Tag aufwacht, scheint die Sonne durchs Fenster. Konni liegt neben ihr, er ist still. Angsterfüllt richtet sie sich auf und betrachtet seinen Rücken, aber der hebt und senkt sich gleichmäßig, Konni atmet, es ist vielleicht alles wieder in Ordnung. Bobby sinkt in ihr Kissen zurück und schickt ein leises Dankgebet in Richtung Himmel. Vorsichtig legt sie die Hand auf seine verschwitzte Stirn. Konni glüht.

Frieda macht ihm kalte Wadenwickel, auch sie versucht, Konni ein paar Teelöffel Wasser einzuflößen, doch er erbricht sie kurz danach wieder. Inzwischen ziehen sich feine braune Schlieren durch sein Erbrochenes – geronnenes Blut. Bobby weiß, dass das kein gutes Zeichen ist. Sie fängt an zu weinen.

«Was sollen wir nur tun, Frieda?»

«Du musst Agnes holen lassen!»

«Aber bis sie hier ist, dauert es Stunden!»

«Eins nach dem anderen. Als Erstes muss das Fieber runter, dann sehen wir weiter.»

Plötzlich hat Bobby eine Idee. «Das Krankenhaus in Königsberg!» Sie hat noch eine Nummer aus der Zeit ihres Praktikums. Sofort stürzt sie nach unten zum Telefon und wählt, es klingelt zehn Mal, schließlich hebt eine Stationsschwester ab. Die Verbindung ist schlecht, Bobby beschränkt sich auf das Nötigste.

«Kleinkind mit Brech-Durchfall, schon seit gestern Abend!»

«Kommen Sie sofort!»

«Das kann ich nicht», Bobby bricht wieder in Tränen aus, «wir haben keinen Wagen hier.»

«Dann bleibt nur, Flüssigkeit zuzuführen. Ziehen Sie am Bauch des Kindes mit zwei Fingern eine Hautfalte hoch – wenn die stehen bleibt, ist es ausgetrocknet, dann bleibt keine Hoffnung mehr.»

Bobby legt auf und weint noch haltloser.

Als Agnes und Kuno am Montagmittag mit dem Pferdewagen ankommen, steht Bobby mit roten Augen vor dem Haus.

Eine halbe Stunde später sind sie in der Kinderklinik in Königsberg. Der Arzt macht Agnes kaum Hoffnung. «Das Baby ist sehr dehydriert, es scheint schon länger Durchfall zu haben. Wir geben ihm eine Infusion, aber möglicherweise … möglicherweise ist es zu spät dafür.»

Konrad liegt völlig apathisch in seinem kleinen Gitterbett. Er hat ein dünnes Krankenhaus-Hemdchen an, ein Ärmel ist hochgeschoben, an seinem Arm hängt ein Tropf. Er hat den Kopf zur Seite gedreht, seine Augen sind auf die Tür gerichtet. Als Agnes an sein Bettchen tritt, hebt er den Blick zu ihr, doch in seinem Gesicht spielt sich nichts ab, keine Freude, nicht eine Regung.

Da hat Konrad zum ersten Mal aufgegeben, wird Ira später sagen.

## Unter dem Eis

*Kletten, 1946*

Nona lässt einen großen Stein von der Brücke fallen. Er prallt unter ihr auf der Eisschicht auf, springt noch mal kurz hoch und bleibt dann liegen.

«Es hält!» Sie dreht sich zu Leni um. «Das Eis hält. Komm!»

Es ist früh kalt geworden in diesem Jahr. Seit Anfang November zeigt das Thermometer vor dem Küchenfenster des Klettener Schlosses konstant unter null Grad an. Jetzt, zwei Wochen später, hat sich auf dem Wassergraben eine filigrane Eisschicht gebildet. Nona stellt sich vor, was alles unter ihr eingeschlossen liegt: kleine Äste, Blätter, eine Murmel, die ihr ins Wasser gefallen ist. Der Inhalt der Nachttöpfe, die Frieda jeden Morgen aus dem Fenster kippt.

Heute ist es klar und sonnig. Seit Tagen schon will Nona auf der zugefrorenen Gräfte spielen, aber Leni hat Angst. Frieda hat es verboten. «Wenn mir eine von euch mit nassen Kleidern zurückkommt!», hat sie gedroht.

Doch Nona will nicht mehr warten.

Langsam setzt sie einen Fuß nach dem anderen auf das Eis, erst nur am Rand. Die weiße Decke trägt. Sie wagt sich vor bis zur Mitte der Gräfte. «Tritt nur dorthin, wo das Eis richtig weiß ist!», ruft sie Leni zu. «Dort, wo es noch dunkel aussieht, ist es zu gefährlich.»

Sie haben keine Winterstiefel. Helene trägt Halbschuhe

von Viktor, die sie geerbt hat und in die sie vorne etwas Zeitungspapier gestopft hat, damit sie passen. Nona hat sich in ihre Sommersandalen dicke Socken angezogen. Ab und zu rutscht sie aus, die Sandalen haben kein Profil.

Auch Leni wagt sich langsam auf das Eis, bleibt aber eher am Rand, unter dem Erkerturm. Sie bewegt sich vorsichtig, ihr Bein ist nicht richtig verheilt, sie hinkt etwas, sie hat Angst davor, es wieder zu verdrehen.

Nona kommt auf sie zugeschlittert. Sie hat einen kreisrunden, flachen Stein gefunden, den sie mit einem langen Stock wie einen Eishockey-Puck Leni zuschießt. Leni greift sich den Besen neben der Tür und schmettert den Stein zurück. Er fliegt weit, Nona muss ihn immer wieder holen, weil Leni noch zu langsam ist, sie rennt auf der Gräfte hin und her, ihre Wangen glühen.

Nona legt sich den Stein zurecht, holt aus und zögert einen Moment.

«Komm schon, schieß!», ruft Leni.

Die beiden haben längst vergessen, dass sie nicht hier sein dürfen.

«Schieß ihn rüber!», brüllt Leni noch mal.

Plötzlich öffnet sich ein Fenster im dritten Stock des Turms. Die Mädchen zucken zusammen und schauen ängstlich hinauf. Sie rechnen mit Friedas wütendem Gesicht, doch es sind Julius und Viktor. Julius, der Ältere, winkt ihnen zu. Nona ist erstaunt über so viel Aufmerksamkeit, er beachtet sie eigentlich nur, wenn er ihnen irgendwie weh tun kann.

«Hallo, Mädchen, schaut mal, wir haben etwas für euch!»

Nona schlittert näher an den Turm heran.

«Was denn?»

«Ein Spiel», ruft jetzt Viktor und sieht dabei mit stolzgeschwellter Brust zu seinem Bruder. Die Cousins lachen und verschwinden aus dem Fenster, sie holen anscheinend ihren Schatz. Die Mädchen schauen gebannt nach oben. Sie hören einen Schrei, es scheint einen Tumult zu geben, dann heben die Jungs etwas hoch.

Es ist Konni.

Sie halten ihn kopfüber an den Beinen fest, er strampelt und tritt, er versucht, sich aus dem Griff seiner Peiniger zu befreien, er schlägt mit seinen kleinen Fäusten nach ihnen. Julius und Viktor lachen über seine verzweifelten, vergeblichen Versuche freizukommen, dann heben sie den Dreijährigen aus dem Fenster und halten ihn hinaus, er zappelt und greift in Panik nach dem Fensterrahmen.

Helenes Mund steht offen. Auch Nona traut sich nicht zu sprechen.

Konrad hängt kopfüber aus dem Fenster, Julius und Viktor halten jeweils ein Bein.

Unter ihm acht Meter Abgrund.

Jetzt ist Konrad ganz still geworden. Er wehrt sich nicht mehr. Er kreuzt die Arme vor der Brust, seine Augen sind zugekniffen. Langsam läuft sein Gesicht dunkelrot an.

Helene kommt zu sich.

«Hört sofort auf damit!»

Die Jungs reagieren nicht. Sie betrachten stolz ihr Opfer.

«Sofort! Ich hole eure Mutter!» Helene macht einen Schritt aufs Ufer zu.

«Ich hole eure Mutter», äfft Viktor, der kleinere der beiden, sie nach. «Na? Sollen wir loslassen?»

Helene ist näher am Gebäude, sie rennt humpelnd los, so schnell sie kann.

Nona ist wie gelähmt. Soll sie Konni etwas zurufen? Sie

fürchtet, dass er sich dann bewegen wird und die beiden ihn fallen lassen. Soll sie Leni folgen? Leni wird lange brauchen, bis sie drinnen einen Erwachsenen gefunden hat. Doch was, wenn Konni den beiden entgleitet? Dann muss sie ihn zur Not auffangen können.

Einen Moment wägt Nona ab, dann entscheidet sie sich und läuft los, hinter Leni her. Im selben Moment hört sie ein Geräusch, ein Krachen. Haben sie Konrad losgelassen, ist er gestürzt, liegt er am Ufer? Ist er aufs Eis gefallen?

Doch es ist das Eis unter ihren Füßen, das kracht. Plötzlich steht sie auf langen Rissen, sie schaut an sich herunter, und noch während sie begreift, was gerade geschieht, bricht Nona ein.

«Leni!»

Dunkles Eiswasser umgibt sie, die Kälte ist wie ein Schock, das Wasser um sie herum fast schwarz, sie sinkt, immer tiefer und tiefer, sie kann nicht schwimmen. Weit über sich sieht sie das helle Loch in der Eisdecke, sie muss an all die Nachttöpfe denken, die Frieda hier ausgekippt hat, sie will hoch, raus aus dem Wasser, aus dem Eis, eine Angst! Eine Angst!

Nona strampelt mit den Beinen, rudert mit den Armen, die Kälte beginnt ihre Glieder zu lähmen, bloß nicht einfrieren hier unten, sie sinkt immer tiefer, bis sie mit den Füßen auf dem Boden aufkommt. Mit aller Kraft stößt sie sich ab, das Loch im Eis kommt näher. Irgendwie schafft sie es, sich hochzustrampeln, sie kommt an die Luft, prustend, schlägt mit Armen und Beinen um sich, bloß nicht wieder untergehen, doch sie kann sich an nichts festhalten. Verschwommen sieht sie Helene am Ufer stehen, sie hat einen langen Stiel in der Hand, den sie ihr zuschiebt. Nona greift danach, es ist der Besen. Sie packt ihn, Helene zieht sie Stück für Stück an Land. Nona fängt an zu weinen, sie schaut an sich herunter, an ihren nassen Sachen, sie befürchtet, dass zu allem Übel Fäkalien an ihr kleben. Erst als sie festen Boden unter den Füßen hat, schaut sie nach oben. Das Fenster im dritten Stock ist geschlossen.

Bis zum Abend muss Nona hinter dem Vorhang stehen, in ihren triefend nassen Kleidern. Sie zittert, jammert und heult, aber Frieda ist erbarmungslos. «Wie oft habe ich euch gesagt, dass ihr das Eis nicht betreten sollt!»

«Ja, aber die Jungs! Julius und Viktor, sie haben ...»

«Was, die Jungs, die Jungs? Ihr wart auf dem Eis, dabei habe ich es euch ausdrücklich verboten!»

Nonas nasse Haare kleben ihr am Kopf. Die Ärmel ihrer dunkelblauen, groben Strickjacke sind schwer, vollgesogen mit Wasser, sie tropfen unablässig. «Wir waren vorsichtig!», verteidigt sie sich. «Aber sie haben Konni –»

Frieda ist wütend. «Was? Was haben sie Konrad?»

Nona schaut zu Helene, die hinter Frieda steht. Helene blickt ernst zurück und schüttelt leicht den Kopf.

«Nona. Hast du mir noch etwas zu sagen?»

Nona schüttelt den Kopf. Ihre schweren Ärmel triefen vor Wasser.

«Na also. Dachte ich's mir doch. Du gehst jetzt hinter den Vorhang. Und zwar so, wie du bist!»

Nona zittert und heult auch hinter der Gardine weiter vor sich hin. Als Frieda endlich geht, flüstert Helene: «Nona, das bringt auch nichts, wenn wir petzen, dann machen sie Konrad fertig!»

Nona antwortet nicht, sie hustet, der Vorhang bewegt sich leicht.

Am nächsten Tag ist Nona krank. Sie liegt mit Schüttelfrost und Fieber im Bett. Ihr linkes Ohr tut weh. Nona wimmert. Es ist ein stechender Schmerz, der immer wieder an- und abschwillt. Frieda bindet ihr einen Schal um den Kopf, in den sie heiße Kartoffeln gewickelt hat. Die Wärme tut gut. Nona schläft erschöpft ein.

Als sie aufwacht, träufelt ihr Frieda eine stinkende Tinktur aus gekochten Zwiebeln ins Ohr. Die Schmerzen lassen nach, aber die vielen Ohrentropfen führen dazu, dass Nona ihre Umwelt wie durch Watte wahrnimmt. Alles hört sich an, als sei sie unter Wasser, leise und gedämpft, sie spürt nur das Vibrieren der Schritte, das Knallen der Tür. So dämmert sie tage- und wochenlang vor sich hin, mit leichtem Fieber, das nie nachlässt.

Nona hat ihr linkes Ohr schon immer gehasst. Es ist hässlich, aus unerfindlichen Gründen ist es viel größer als das rechte, das wie ein normales, hübsches, filigranes Mädchenohr gewachsen ist. Das linke aber steht ab, die Ohrmuschel ist nicht wohlgeformt, sondern tellerartig platt, riesig, sodass die Sonne an manchen Tagen hindurchleuchtet. «Mein Wachsohr», nennt sie es. Seitdem sie sechs ist, trägt sie deshalb keine Zöpfe mehr und versucht es unter ihren Haaren zu verstecken. Jetzt bereitet es ihr solche Schmerzen, dass sie es am liebsten abreißen würde, sie hört kaum noch etwas auf dieser Seite.

Konrad setzt sich zu ihr ans Bett.

«Tut's noch weh?»

Sie nimmt seine Hand und legt sie wie eine Muschel über ihr Ohr. Nona stellt sich vor, wie der Schmerz hineinzieht. Seine Hand ist klein und weich, sie bedeckt ihr Ohr nicht ganz. Nona hält sie fest. Jedes Mal, wenn die Schmerzen besonders schlimm werden, drückt sie auf den

Leberfleck an seinem Handgelenk. Zum Arzt gehen sie nicht, Agnes hat kein Geld. Außerdem glaubt sie, dass es bald vorbei sein wird.

Weihnachten hat Agnes langsam genug von der Krankheit ihrer Tochter. Für sie gibt es Dinge, die im Leben nicht verhandelbar sind, und dazu gehört der Kirchgang an Heiligabend. Außerdem sind sie alle erkältet, das ist noch lange kein Grund, zu Hause zu bleiben. Nona liegt seit fast zwei Monaten im Bett, irgendwann muss es auch mal gut sein.

Agnes legt ihr frische Kleider heraus, die Frieda zu diesem Anlass gewaschen hat, eine weiße, gestärkte Bluse, einen grauen Rock und Wollstrumpfhosen.

«Nönnchen, zumindest für den Gottesdienst musst du raus. Nur für ein paar Stunden.»

Nona steht auf und zieht sich langsam an, es geht eigentlich ganz gut. Sie schwitzt ein bisschen.

Auf dem Weg zu der kleinen Kapelle im Ort fragt Agnes ihre Tochter etwas, aber Nona kann ihre Mutter nicht hören, es fiept in ihrem Ohr. Als sie ankommen, ist der Schmerz fast unerträglich geworden. Sie will es Agnes nicht zeigen. Heimlich steckt sie sich den Finger ins Ohr, sie zieht ihn langsam heraus, um Unterdruck zu erzeugen. Das macht es nicht besser, im Gegenteil, auch das tut weh, aber dieser Schmerz lenkt von dem anderen ab, der tiefer im Ohr sitzt und den sie nun schon so lange hat, dass sie es kaum mehr aushält.

Sie schieben sich in die Bank, erst Agnes und Helene, dann Moritz, Nona und Konrad mit Frieda. Während der Predigt weint Nona leise vor sich hin, Leni streichelt ihre Hand. Nona schwitzt immer noch, sie denkt an ihr Bett und daran, dass sie sich bald wieder hinlegen kann. Endlich dürfen die Kinder aufstehen, die Predigt ist überstanden, jetzt nur noch ein Lied, dann ist die Messe vorüber. Auch Nona erhebt sich. Das Fiepen in ihrem Ohr wird lauter, sie schaut nach oben, zu den bunten Kirchenfenstern, der Raum beginnt sich zu drehen.

Die anderen fangen an, «Stille Nacht» zu singen. Das Fiepen in Nonas Ohr wird lauter, Helene schaut sie besorgt an. Plötzlich macht es plop. Schlagartig lässt der Druck nach. Etwas in ihrem Ohr ist aufgegangen, hat sich gelöst. Es ist ein gutes Gefühl, eine Erleichterung.

Nona will Leni gerade davon erzählen, da bemerkt sie, dass ihr Bauch sich kalt anfühlt, ihre Bluse ist ganz nass, durchtränkt von einer hellrosa Flüssigkeit. Nona wird heiß und kalt, sie tastet mit der Hand über ihren Oberkörper. Die Nässe kommt aus ihrem Ohr, es ist ein Blut- und Eitergemisch. Ihr Ohr rauscht. Nona versucht, die Flüssigkeit mit einem Taschentuch wegzuwischen, sie will ihre Bluse nicht noch schmutziger machen. Sie sieht, wie Helene Agnes am Ärmel zupft, beide schauen zu ihr herüber. Nona hat Angst, dass Agnes schimpft, weil sie ihre Weihnachtskleider besudelt hat. Ihr wird schlecht, noch während sie darüber nachdenkt, wohin sie sich erbrechen kann, wird ihr schwarz vor Augen.

Agnes und die anderen Erwachsenen im Schloss sind alarmiert – so kann es nicht weitergehen. Nicht nur die Kolberg-Geschwister, alle Kinder auf dem Gut sind ständig krank. Nonas Mittelohrentzündung ist wieder abgeklungen, doch sie ist auf dem linken Ohr taub. Man einigt sich darauf, doch einen Arzt zu holen, der alle untersuchen soll.

«Und dann?», fragt Nona. «Macht er mein Ohr dann wieder heil?»

Frieda schaut sie traurig an. «Zumindest macht er etwas, damit ihr nicht so oft krank werdet.»

Kurze Zeit später ist es so weit. Nona spürt, dass etwas Besonderes geschehen wird an diesem Tag. Helene und Moritz müssen nicht zur Schule. Agnes erklärt ihnen, dass sie warten sollen und einzeln in die Küche gerufen werden. Sie flüstert den Großen noch etwas zu, Moritz wird bleich. Er ist zuerst dran.

Nona hat ein paar Murmeln in der Tasche, damit spielt sie draußen mit Leni und Konrad, als Julius vorbeikommt. Er wirft ein paar Steinchen nach ihr.

«Heute gibt's die Mandeln raus! Heute gibt's die Mandeln raus!» Er tut so, als schneide er mit einem imaginären Messer etwas aus seinem Rachen, dabei macht er ein röchelndes Geräusch.

«Was sind Mandeln?»

Frieda steckt den Kopf durch die Tür nach draußen. «Nönnchen, komm bitte.»

Nona geht langsam hinein. Sie hört Julius hinter sich lachen. «Das wirst du gleich erfahren!»

In der Küche steht ein Mann, den Nona noch nie gesehen hat – der Arzt, ihre Mutter nennt seinen Namen, aber Nona versteht ihn nicht richtig. Er lächelt ihr freundlich zu. Er trägt eine blutverschmierte Schürze und wäscht sich gerade die Unterarme in der Küchenspüle. In einer silbernen Schale liegen blutige Klumpen.

«Was ist das?»

Der Mann greift nach der Schale und schüttet den Inhalt mit einer schnellen Handbewegung in den Ausguss. Dann trocknet er seine Hände ab.

«Setzen Sie sich, Gräfin Marie.»

In der Mitte der Küche steht ein Stuhl, Agnes bedeutet

ihr mit einer Kopfbewegung, sich hinzusetzen. Nona folgt zitternd der Anweisung ihrer Mutter. Agnes legt ihr eine Hand auf die Schulter. Es ist nicht klar, ob sie Nona beruhigen oder festhalten will.

«So, dann wollen wir mal.» Der Arzt dreht sich um und kommt mit einem Skalpell auf sie zu. Agnes drückt Nona fester in den Stuhl, dabei würde sie sich gar nicht trauen, wegzulaufen.

«Leg den Kopf schön nach hinten, so. Und jetzt machen wir den Mund ganz weit auf.»

Nona hat den Kopf in den Nacken gelegt, sie spürt, wie ihr die Tränen aus den Augenwinkeln laufen, sie zittert und will den Mund nicht aufmachen. Doch die Angst vor Agnes ist größer als die Angst vor den Schmerzen, und so öffnet sie ihn, ganz langsam.

Als sie später wieder in ihrem Bett liegt, bringt Frieda eine Schale, in die sie das Blut spucken kann. Moritz schläft im Bett nebenan. Ab und zu wimmert er.

Die Tür geht auf, und Frieda bringt Leni herein. Nona hört Schreie. Sie kann kaum sprechen und zupft an Friedas Rock. «Wer schreit denn so?», flüstert sie mühsam.

«Julius und Viktor sind dran.»

## Es wäre nicht machbar

*Hersel, 1955*

August Zwirn heißt der Theologiestudent aus Bonn, den Agnes einstellt, um Konrad Nachhilfe zu geben, doch die Kinder nennen ihn nur Zwirn. Sie sind inzwischen ins Rheinland gezogen, in einen kleinen Ort bei Bonn. Hier hat Agnes ein großes Grundstück kaufen können und darauf im Laufe von zwei anstrengenden Jahren ein Haus gebaut. Immer wieder ist sie wochenweise aus Kletten gekommen, hat im Keller des Rohbaus geschlafen, die Fortschritte beaufsichtigt und mitgeholfen. Ihre letzten Schmuckstücke hat sie gegen Baumaterialien eingetauscht. Die Arbeiter, die sie einstellte, waren ebenfalls Flüchtlinge, denn Agnes vertraut allem, das «östlich» ist. Immer wieder gab es Engpässe, keine Dachziegel, keinen Mörtel, oder sie hatte kein Geld mehr. Doch schließlich ist ihr kleines Schlösschen fertig geworden. Agnes ist sehr stolz darauf.

In Wahrheit handelt es sich um ein recht bescheidenes, zweistöckiges Haus mit kleinen Fenstern, niedrigen Decken und einem tiefgezogenen Walmdach, das sich abgerundet über die Fenster im ersten Stock legt. Den kleinen, flachen Stein, den sie aus Mohrungen mitgebracht hat, ließ sie neben dem Eingang einmauern. Von dem Ölgemälde über dem Kamin lächelt Kuno milde und wohlwollend auf Agnes' neues Leben herab. Nachts hört sie das Tuckern der Schiffe auf dem Rhein.

Seit sieben Jahren wohnen sie jetzt hier. Eigentlich haben

sich alle ganz gut eingelebt nach den Jahren in Kletten. Moritz und Helene gehen aufs Gymnasium in Bonn, Nona ist noch auf der Dorfgrundschule, die sie allerdings nur selten besucht, weil sie im Garten hilft und den dort angebauten Spargel und die Beeren in Bonn auf dem Markt verkauft.

Nur Konrad macht Ärger.

Er hasst die Schule, ständig schwänzt er den Unterricht, ist unverschämt und frech zu den Lehrern, faul und aufsässig, Hausaufgaben macht er nie. Obwohl er klug ist, schreibt er nur Fünfen. Schon viermal hat er die Schule wechseln müssen. Ein ums andere Mal ist er rausgeflogen, wegen Aufsässigkeit, Faulheit, mangelhafter Leistungen. Mit elf Jahren hat er schon fast jede Schule im Kreis Wesseling besucht.

Kürzlich ist Agnes – sehr gegen ihre Überzeugung – noch einmal beim Direktor der Herseler Dorfschule vorstellig geworden, um für ihren Jüngsten doch noch eine weitere Chance zu erbitten. Sie hatte sich innerlich dagegen gesträubt, sie will nicht als Bittstellerin dastehen, es entspricht ihr nicht, aber die einzige Grundschule, die noch bleibt, ist vierzig Minuten entfernt. Sie hat sich mit einer Brennschere die Haare gelockt und ihr bestes Kleid angezogen. Doch der Direktor war nicht zu erweichen.

«Frau Gräfin, so gerne ich Ihnen den Gefallen tun würde …»

Agnes ist verzweifelt, der Junge bereitet ihr solche Schwierigkeiten, dabei ist er noch nicht einmal in der Pubertät. Für Agnes steht fest, dass Konrad die Schule abschließt, mittlere Reife kommt für ihre Kinder nicht in Frage. Doch bekommt sie Konrad fast nie zu fassen, er entzieht sich, immer ist er unterwegs, mit Jungs aus der Nachbarschaft, *schlechtem Umgang*, wie Agnes meint.

Noch nie hat er jemanden mit nach Hause gebracht. Nie spricht er darüber, wo er war. Besonders mit Agnes nicht. Am wenigsten mit Agnes.

Nona zieht ihren Bruder oft auf mit seinem ewigen Fortbleiben. «*Konrad!, sprach die Frau Mama, ich geh aus, und du bleibst da. Sei hübsch ordentlich und fromm, bis nach Haus ich wieder komm*», rezitiert sie aus dem Struwwelpeter, als Konrad wieder einmal abends um halb zehn durch die Küchentür hereinschleicht.

Konrad ignoriert sie.

«Was macht ihr eigentlich den ganzen Tag?»

Dabei weiß sie, was er macht. Nona ist ihm schon einige Male heimlich gefolgt und hat ihn beobachtet. Meistens trifft er sich mit zwei, drei Jungs, die Nona nicht kennt, an einer Bushaltestelle. Sie sind etwas älter als Konrad, vielleicht vierzehn oder fünfzehn, halbstarke Dorfproleten aus den Sozialbauten in Tannenbusch. Sie werfen mit kleinen Steinchen nach Autos, klettern in ausgebombten Ruinen herum und rauchen die Zigarettenkippen, die sie an der Haltestelle finden.

Oft kaut Konrad Kaugummi, wenn er nach Hause kommt.

«Von wem haste das?», fragt Nona ihn.

Konrad zuckt mit den Achseln, er versucht beiläufig, aus dem harten grauen Material eine Blase zu formen, um seine Schwester noch mehr zu beeindrucken. Ohne Erfolg.

«Stucki. Ist Stuckis Kaugummi.»

Abends klebt er den Kaugummi unters Bett. «Muss ich morgen zurückgeben.»

Das alles soll August Zwirn nun ändern. Er soll mit Konrad Hausaufgaben machen und sicherstellen, dass er nicht wieder von der Schule fliegt. Nur besitzt Zwirn überhaupt keine Autorität, kein Charisma, das bei Konrad auch nur einen Hauch von akademischem Interesse auslösen könnte. Im Gegenteil, er ist besonders unauffällig und still, mit hochgezogenen, schmalen Schultern, so als wolle er sich noch kleiner und unscheinbarer machen, als er schon ist. Er trägt eine kleine Nickelbrille und spielt leidenschaftlich Geige. Wenn er spricht, knetet er seine Hände vor Nervosität, er bricht seine Sätze mehrfach ab, um sich zu räuspern.

Sogar mit den Kindern ist er verkrampft.

«Der arme Zwirn», seufzt selbst Agnes, die ihn sehr schätzt, bereits nach ein paar Tagen, wobei unklar ist, ob er «arm» ist, weil er sich um ihren renitenten, flegelhaften Sohn kümmern muss, der so gar keinen Respekt vor ihm hat und ihn immer wieder versetzt, oder ob sie ihn für sein Auftreten bemitleidet.

«Arm» wird schnell eine Art Vorname für ihn. «Der arme Zwirn, der arme Zwirn», äffen Nona und Leni Agnes bald nach. «Hol doch etwas Spargel für den armen Zwirn.» – «Zum Glück spielt der arme Zwirn so fabelhaft Geige!»

Bezahlen kann Agnes ihn selten, meistens gibt sie Zwirn stattdessen einen Korb Erdbeeren aus dem Garten mit. Für Zwirn, der Botanik liebt und klassische Musik und darüber hinaus Agnes verehrt, reichen diese Gaben aus, außerdem musiziert Agnes manchmal nach den Nachhilfestunden mit ihm oder trinkt mit ihm Tee. Er ist einer von Agnes' Jüngern.

Seit einigen Monaten gibt Zwirn Konrad jetzt schon Nachhilfe. Die letzten Male ist Konrad auch tatsächlich erschienen, heute hat er wohl das Gefühl, dass es genug ist mit dem Unterricht, vor etwa zehn Minuten hat er sich aus dem Hintereingang geschlichen. So steht Zwirn nun mit einem großen Bücherstapel im Arm in dem schmalen Gang des Herseler Hauses, ohne dass sein Schüler zugegen wäre. Agnes ist wütend.

«Nona!», ruft sie in den Garten. «Nona! Wo ist Konrad?»

Sie muss laut rufen, weil Helene im Wohnzimmer Klavier spielt.

«Nona?»

Nona kommt durch die Hintertür ins Haus. Sie ist fünfzehn, sie trägt ein dunkelblaues Sommerkleid, eine Schürze darüber und einen vollen Korb, sie hat Beeren geerntet. Sie ist verschwitzt und streicht sich mit dem Arm die Haare aus dem Gesicht, weil ihre Hände in dicken Arbeitshandschuhen stecken.

«Was ist?», brüllt Nona betont laut zurück, sie hasst es, wenn Helene nachmittags stundenlang auf dem Klavier herumdrischt.

Als Zwirn Nona sieht, errötet er und macht eine leichte Verbeugung. «Guten Tag, Gräfin Marie.»

Nona hasst diese Anrede, doch Agnes besteht darauf. Selbst der Mann, der mit Nona zum Marktplatz nach Bonn fährt, um mit ihr den Spargel und die Beeren zu verkaufen, muss sie mit Titel und ihrem Taufnamen ansprechen. Weder der Krieg noch die Armut haben Agnes diese Hybris austreiben können. Bei allen Verlusten ist der Titel das, was ihr geblieben ist. *Niemals hat der Schatten eines Bürgerlichen die Schwelle von Altenstein verdunkelt.*

«Tag», entgegnet Nona geistesabwesend, sie sieht ihre Mutter an.

«Wo ist Konni? Der arme Zwirn wartet schon.»

«Woher soll ich das wissen?»

«Na, du weißt doch immer, wo er sich so herumtreibt. Hol ihn bitte, er hat jetzt seinen Unterricht.» Mit dieser Anweisung verschwindet Agnes ins Wohnzimmer.

Nona zieht mürrisch die Schürze aus. Zwirn beobachtet verstohlen jede ihrer Bewegungen. Sie wirft einen wütenden Blick Richtung Wohnzimmer, wo Helene weiter das Klavier malträtiert. Dann drängt sie sich an Zwirn vorbei, ohne ihn anzusehen. Als sie schon fast aus der Tür ist, räuspert er sich.

«Gräfin Marie, wäre es machbar ...» Ein Buch fällt von seinem Stapel. Er beugt sich hinunter, um es aufzuheben, und stößt sich dabei die Stirn an einem Beistelltischchen.

Nona hält inne. «Was ist?»

«Gräfin Marie», setzt er noch mal an, während er sich die Stirn reibt, «wäre es machbar?» Er legt seinen Bücherstapel auf dem Tischchen ab, doch die freien Hände sind ein noch größeres Hemmnis für ihn, er knetet sie hektisch und räuspert sich.

Nona schaut ihn leicht amüsiert an.

«Gräfin Marie.»

Im Wohnzimmer wird weiter das Präludium gehämmert.

«Wäre es machbar? Ob Sie vielleicht zu mir kommen möchten, auf eine Tasse Tee?»

Zwirn wittert seine Chance, immerhin ist sie stehengeblieben. «Oder ich könnte Ihnen die Bonner Innenstadt zeigen. Es gibt da vortreffliche Kaffeehäuser. Und Konzerte. Lieben Sie Musik?»

Auch Leni hört jetzt zu, sie und Nona tauschen einen kurzen Blick aus, im Geiste sind sie schon dabei, die Geschichte später nachzuerzählen. Nona schaut Zwirn einen Moment lang an, ohne etwas zu sagen, dann greift sie sich ihre Jacke und geht hinaus, um ihren Bruder zu suchen.

Nona windet die Brombeerranken vorsichtig um den Draht. Es ist eine anstrengende Arbeit, die Äste sind biegsam, aber dornig, sie piksen durch ihre Handschuhe. Sie muss sie so ineinander verschränken, dass sie sich mit ihren eigenen Dornen aneinander festhalten, gleichzeitig ist es wichtig, dass die Dolden gut heraushängen, damit die Früchte später leichter geerntet werden können. Nona flucht und schwitzt, sie hasst diese Tätigkeit. An drei übereinandergespannten Drähten werden die Ranken befestigt, sie hat erst den obersten geschafft.

Die Brombeeren sind Agnes' ganzer Stolz, ein Stück Heimat im neuen Zuhause, nur wachsen die Früchte im sonnigen Rheinland tatsächlich besser als in der kargen, sandigen Erde Brandenburgs. Leni hilft Nona, normalerweise ist sie durch das Klavierspiel von jeglicher Gartenarbeit befreit, doch dieses Mal hat sie Zeit. Sie reicht ihr die Schere oder bindet die Brombeeren fest.

«Ich weiß gar nicht, was du hast, Nona, ich finde, es macht Spaß, hier draußen zu arbeiten.»

Nona wirft ihr einen vernichtenden Blick zu. Nona hasst die Gartenarbeit. Vor allem hasst sie es, dass sie meistens die Einzige ist, die sie verrichten muss. Moritz muss für seine guten Schulnoten büffeln, Leni darf üben, und Konrad ist nicht zugegen. Von Nona scheint Agnes keine anderen Talente zu erwarten.

«Immer muss ich in diesen Erdbeerrabatten herumkriechen oder dieses dornige Gestrüpp festbinden und mir die Arme zerkratzen.»

Sie streicht sich die Haare aus dem Gesicht.

Inzwischen gilt Nona als schön. Sie hat große, dunkle Augen, einen vollen, ausdrucksstarken Mund. Nur ist Schönheit keine Währung, die bei Agnes zählt. Im Gegenteil, Agnes beäugt ihre heranwachsende Tochter mit Skepsis. Sie erkennt wohl an, dass Nona besonderen Schmelz hat, aber sie hasst nichts mehr als Eitelkeit und will nicht, dass ihre Tochter davon befallen wird. «Schau nicht in den Spiegel, da guckt sowieso nur ein Affe heraus», weist sie Nona zurecht, wenn sie sie dabei erwischt. Die Garten- und Feldarbeit soll auch diese Funktion haben: dass Nona nicht zur kleinen Prinzessin gerät. Nona geht deshalb kaum zur Schule, an zwei Tagen in der Woche ist Markt, Agnes hat eine Freistellung für sie erwirkt.

Heimlich schreibt sie in Agnes' Gästebuch, das in einer Vitrine im Wohnzimmer liegt: «Vielen Dank für fünfzehn Jahre Ausbeutung.»

Als Nona mit dem unteren Draht fertig ist, zerrt sie den Gartenschlauch um die Hausecke und fängt an, die Sträucher nacheinander zu gießen. Leni stellt sich neben sie. Seitdem der arme Zwirn seinen verschämten Annäherungsversuch an Nona unternommen hat, machen Leni und sie sich nur noch über den Hauslehrer lustig.

«Wäre es machbar?» Wenn Nona auf dem Klo sitzt, schreit Leni den Satz durch die Tür. «Wäre es machbar, Gräfin Marie, dass Sie sich beeilten?»

Wenn Nona den Tisch decken soll, wenn sie auf den Markt muss – für Leni und sie ist der Satz zum geflügelten Wort geworden. «Wäre es machbar? Sie lieben doch Musik, Gräfin Marie?» Die beiden kollabieren vor Gelächter.

«Wobei, Nona, du hast ihm bisher nie geantwortet, oder?», fragt Leni jetzt.

Nona gießt die Sträucher am Gartenzaun. «Was meinst du?»

«Na, ob es machbar wäre.»

Nona sieht zuerst das Fahrrad die Straße entlangkommen, normalerweise herrscht an einem Sonntagnachmittag in Hersel nicht viel Verkehr. Sie senkt den Schlauch und bedeutet Leni, still zu sein. Zwirns schmale Gestalt und steife Körperhaltung sind unverwechselbar, er trägt wie immer mehrere Bücher unter dem Arm und den Geigenkasten hinten auf dem Gepäckträger. Er stellt das Fahrrad ab und nähert sich dem Gartentor. Erst jetzt sieht er die beiden Mädchen, kichernd hinter dem Gebüsch. Er tritt an die Hecke heran und verbeugt sich leicht.

«Ach, guten Tag, Gräfin Marie, Gräfin Helene.»

Die Mädchen auf der anderen Seite lachen.

«Haben Sie ... Haben Sie über meine Frage nachgedacht, Gräfin Marie? Ich dachte, wir könnten gleich morgen ... es gibt da ein wunderbares ...»

Nona beugt sich vor. «Bester Herr Zwirn, leider wäre es nicht machbar, morgen ist großer Schweineschlachttag, da bin ich unabkömmlich. Es wäre NICHT! MACHBAR!»

Damit hebt sie den Gartenschlauch, deckt die Öffnung mit ihrem Daumen ab und lässt den Wasserstrahl direkt auf ihn herabregnen.

Als Konrad am Ende des Schuljahrs wieder nicht versetzt wird, ist Agnes mit ihrer Geduld am Ende.

«Konni, es kann nicht wahr sein! Nun kommt der arme Zwirn schon dreimal die Woche, und du rasselst trotzdem durch alle Klassenarbeiten!»

Sie wedelt mit dem Zeugnis durch die Luft, auf dem die

Worte «nicht versetzt» und «ein Schulwechsel wird empfohlen» stehen. «Der Schüler ist mehr als drei Wochen unentschuldigt vom Unterricht ferngeblieben!» Sie lässt das Zeugnis auf den Küchentisch fallen. «Wie kann das sein, Konni?» Sie schaut ihn ernst und durchdringend an. «Deine Geschwister haben es auf Anhieb auf ein Gymnasium geschafft, und für dich muss ich wieder eine neue Schule suchen! Damit du noch mal die vierte Klasse wiederholst, zum zweiten Mal.»

Konni blickt zu Boden.

Agnes ist noch nicht fertig.

«Statt zu lernen, schwänzt du und ziehst mit den Dorfproleten um die Häuser!»

«Na und?»

«Konni, es ist deiner nicht würdig!»

Konrad kaut Kaugummi, er meidet Agnes' Blick.

«Konrad!»

Er inspiziert seine Hände.

«Konrad!», herrscht Agnes ihn erneut mit Nachdruck an. «Was hast du heute schon für deine Unsterblichkeit getan?»

«Wie bitte?»

«Du hast mich verstanden, Konrad. Was hast du heute schon getan, das mal auf deinem Grabstein stehen könnte? Worauf du stolz bist?»

Und als ihr Sohn nichts sagt, steht Agnes auf und geht zur Tür. Auf der Schwelle dreht sie sich noch einmal um.

«Ich werde es nur einmal sagen, Konrad. Du bist nicht irgendwer. Und das bedeutet auch, dass ich gewisse Erwartungen an dich stelle. Du musst etwas vollbringen, du musst etwas leisten in diesem Leben.»

## Die Murmelbahn

*Kletten, 1947*

Im Herbst kommen die älteren Kinder in Kletten auf das Gymnasium. Auch Julius ist dabei. Viktor hat es nicht geschafft, er ist schlechter in der Schule als sein Bruder. Da Julius nun nicht mehr da ist, um den Tagesablauf vorzugeben, verbringt Viktor seine Zeit immer häufiger unten bei den Kolbergs.

Eines Morgens sitzt er schon in der Küche, als Frieda und die anderen herunterkommen. «Ich hab ein bisschen Marmelade von oben mitgebracht.» Brot gibt es auch von oben, einen ganzen Laib, ohne Schimmel. Frieda schneidet es auf, dann isst Viktor mit ihnen. Moritz, Leni und Nona beäugen ihn skeptisch, zu oft hat er ihnen im Vorbeigehen eine Ohrfeige verpasst oder ein Bein gestellt. Nur Konni isst vier Marmeladenbrote und strahlt den Besuch mit dicken Backen an.

Nach dem Frühstück repariert Viktor einen Stuhl, dessen Beine neulich durch Moritz' Kippeln durchgebrochen sind. Frieda ist begeistert.

«Ohne den Bruder kann man ja direkt etwas mit ihm anfangen», raunt sie Nona zu, die zuckt nur mit den Schultern. «Wenn du meinst.» Viktor räumt ihr noch ein paar weitere Lebensmittel von oben in die Regale, dann geht er nach draußen. Konrad steht an der Brücke und spielt mit seinen beiden Murmeln im Kies.

«Magst du Murmeln?»

Konrad nickt.

«Willst du welche haben?»

Konrad nickt wieder.

«Soll ich dir mal etwas zeigen?»

Konni ist vier Jahre alt, bisher hat er in seinem Leben noch kaum Spielsachen besessen. Die Cansteins haben oben im zweiten Stock eine Murmelbahn, eine einfache Holzkonstruktion, auf der Glaskugeln über sechs Schrägen hinuntersausen, bis sie über drei Silberplättchen rollen, sodass die Fahrt mit einem aufsteigenden Dreiklang endet. Bisher haben die Kolbergs nur davon gehört, sie war ein Schatz, der für sie unerreichbar blieb.

Konrad nimmt so viele Murmeln wie möglich in die Hand, um sie alle in schneller Abfolge kullern zu können. Er liebt die Melodie am Schluss, vor allem, wenn die vielen Kugeln so schnell hintereinander die Plättchen berühren, dass die Töne ineinanderfließen. Dann klatscht er begeistert in die Hände.

Viktor schenkt ihm ein kleines Säckchen, in dem er seine Murmeln aufbewahren kann.

«Du darfst immer hochkommen und damit spielen», sagt Viktor.

Zuerst ist Konrad misstrauisch. Seit Julius und Viktor ihn kopfüber aus dem Fenster gehalten haben, hat er die beiden gemieden. Nona hat ihm eingeschärft, sich von ihnen fernzuhalten. Doch Viktor ist wie ausgewechselt, seit sein Bruder weg ist. Er gibt sich Mühe, er macht Konrad nun öfter kleine Geschenke, einen Bleistift, eine kleine Schiefertafel, Kreide, ein Holzauto. Konrad geht immer häufiger zu ihm hinauf. «Wir gehen murmeln», nennen die beiden das. Frieda ist erleichtert, dass zumindest ein Kind Anschluss gefunden hat. Nur Nona sorgt sich.

«Was will Viktor denn immer mit ihm?»

«Na, was wohl, spielen! Jungs spielen eben mit anderen Sachen als Mädchen. Wir können Konni hier nichts bieten. Freu dich doch, dass sich jemand um ihn kümmert.»

Als Konrad zurückkommt, fragt Nona ihn aus: «Wie ist es denn da oben? Was wollte Viktor dir zeigen?»

Doch Konrad ist vergnügt und wortkarg, und Nona gewöhnt sich irgendwann daran, dass ihr Bruder fast jeden Tag mehrere Stunden mit Viktor verschwindet.

Eines Tages entdeckt Frieda Läuse in den verfilzten Haaren der Kolberg-Kinder. Sie schimpft, als wäre dies durch ihre Nachlässigkeit entstanden. Sie besorgt eine teure Tinktur aus der Apotheke, die Geschwister werden nacheinander eingeseift und abgebraust. Schon nach Helene und Moritz steht das Bad unter Wasser.

Viktor bietet sich an. «Ich kann Konni mit nach oben nehmen, wir haben ja eine Badewanne», schlägt er Frieda vor. Sie gibt ihm etwas von der scharfen Seife mit, dankbar, ein Kind weniger versorgen zu müssen.

Im zweiten Stock lässt Viktor das Wasser einlaufen. «Du kannst hier immer baden», sagt Viktor freundlich, «das ist doch schöner als die kalte Dusche. Und ohne Julius haben wir hier Platz.»

Konrad ist es etwas unheimlich, aber er streift sein schmales weißes Hemdchen ab und zieht die durchlöcherte Hose aus. Beides drapiert er auf den Waschbeckenrand. Er zögert kurz, dann zieht er auch seine Unterhose aus, legt sie gefaltet auf den Stapel und steigt mit dem Rücken zu Viktor in die Wanne. Viktor hockt sich auf einen Schemel davor. Konrad sitzt mit dem Gesicht zur Wand. Das Wasser ist warm und angenehm. Eine silberne Kette verbindet den Stöpsel, der im Abfluss steckt, mit dem Wasserhahn. Konrad untersucht sie.

Viktor schüttet etwas von dem Läuse-Shampoo in seine Hand und beginnt, damit Konrads Kopf einzuseifen. Die Seife stinkt und brennt, Konrad schließt die Augen. Viktor massiert ihm den Kopf.

«So, jetzt muss es einwirken.»

«Wie lange?»

«Ach, bestimmt eine halbe Stunde.»

Konrads Augen sind immer noch geschlossen, damit die Läuseseife nicht hineinläuft, trotzdem merkt er auf einmal, dass das Wasser etwas ansteigt, irgendetwas hat sich verändert. Als er sich den Schaum von den Augen gewischt hat, sieht er, dass Viktor neben ihm sitzt.

Konrad dreht sich schnell wieder zur Silberkette.

«Warum badest du auch?»

«Wir baden hier immer zusammen, wir dürfen doch das heiße Wasser nicht verschwenden.»

Konrad zieht an den einzelnen silbernen Perlen, doch nicht zu fest, er will ja den Stöpsel nicht herausziehen. Es kommt ihm seltsam vor, dass Viktor mit ihm in der Badewanne sitzt, er ist ja fast ein Erwachsener. Konrad hat zwar schon Moritz nackt gesehen, aber noch nie einen größeren Jungen. Er denkt darüber nach, wie er jetzt am besten heraussteigen kann, ohne sich zu Viktor umdrehen zu müssen. Dieser ist still, aber er scheint sich zu waschen, jedenfalls bewegt sich das Wasser, dann macht er ein komisches Geräusch, als würde er husten. Eine weiße, milchige Flüssigkeit schwimmt an der Wasseroberfläche.

Konrad steht auf, verwirrt. «Ich wasche die Seife unten aus.»

Danach schickt Frieda Konrad jede Woche hoch zu den Cansteins zum Baden. Manchmal kommt Viktor dazu, manchmal badet er alleine. Konrad ist erleichtert, wenn sein Cousin nicht dabei ist. Seine Begeisterung über die Murmelbahn und die Geschenke ist einer erneuten Angst gewichen, einem Unbehagen. Er fürchtet sich wieder vor Viktor. Gleichzeitig hat er das Gefühl, dass ein dunkles Geheimnis sie beide verbindet, etwas Unaussprechliches, etwas Böses, das er selbst mitverursacht hat und über das nicht gesprochen werden darf.

Falls Viktor Konnis Angst spürt, lässt er es sich nicht anmerken. Er sucht ihn weiterhin auf, oft schlägt er dann ein gemeinsames Spiel vor oder lädt Konrad nach oben ein.

«Schlaf doch hier oben, wir haben viele Betten. Schau mal, die sind ganz bequem.»

In der Tat haben die Cansteins richtige Holzmöbel, während die Betten der Kolbergs aus Metall sind, wie im Krankenhaus. Durch die dünnen Matratzen spüren sie die Sprungfedern.

Aber Konrad wehrt ab. «Meine Mutter will, dass ich unten bei ihr schlafe!», und dabei bleibt es.

Konrad fühlt sich bedrängt, in die Enge getrieben. Er spürt das brennende Interesse seines älteren Cousins. Viktor strahlt eine Energie aus, die Konrad wahrnimmt, wenn er morgens vor die Küchentür tritt oder in den Salon geht. Und tatsächlich erscheint sein Cousin zumeist wenig später unter irgendeinem Vorwand.

Selbst wenn Viktor beschäftigt ist, wenn er Frieda hilft oder Kartoffelsäcke schleppt, spürt Konrad, wie die Aufmerksamkeit seines Cousins auf ihn gerichtet ist. Wie ein wehrloses Tier versucht er auszuweichen, zu taktieren. Nur nachts in Agnes' Bett ist er sicher.

## Das grüne Hollandrad
*Hersel, 1955*

Als die S16 in die Haltestelle Hersel einfährt, steht Nona bereit. Ihre Schultern schmerzen, sie hat einen Rucksack voller Pfandflaschen auf dem Rücken, dessen Riemen ihr in die Oberarme schneiden, ihr Hemd ist nass geschwitzt. Auch Moritz hat eine riesige Tasche geschultert, dazu ziehen sie zu zweit einen Bollerwagen, der voll beladen ist mit Leergut. Bei jeder Erschütterung klirrt das Glas, sie müssen aufpassen, dass nicht eine der hochgetürmten Flaschen hinauskullert, wenn sie den Wagen zu ruckartig ziehen.

Die Sonne brennt, beide schwitzen.

Wie sollen sie nur gleich die Stufe hoch in die S-Bahn meistern?

Beinahe bereut Nona es, dass sie sich freiwillig für diese Aufgabe zur Verfügung gestellt hat. Eigentlich ist es Moritz, der das Geld vom Erlös der Pfandflaschen braucht. Er will sich ein Fahrrad kaufen. Seit Monaten schon spricht er von nichts anderem, es ist ein dunkelgrünes Hollandrad, das er bei Räder Unger in Bonn gesehen hat. Es kostet fünfundvierzig Mark. Sobald er Geld von Verwandten bekommt, steckt er es in eine alte Socke, die er hinter seinen Schulbüchern im Regal aufbewahrt. Samstags bringt er Pfandflaschen aus der Nachbarschaft zur Altglassammlung nach Bonn. Fünf Pfennig gibt es pro Flasche, bei Weinflaschen manchmal zehn. Bis Herbst will er das Geld beisammenhaben.

Dieser Samstag verspricht besonders ertragreich zu werden. Die Nachbarn hatten ein großes Gartenfest, alleine von ihnen hat er zwei Körbe leerer Wein- und Bierflaschen bekommen. Es ist so viel, dass er es alleine gar nicht wegtragen könnte, und so hat er Nona rekrutiert, ihm zu helfen. Helene muss Klavier üben, Konrad ist mal wieder nicht greifbar. Nona freut sich, Moritz helfen zu können, und er wiederum merkt, dass er mehr Profit macht, wenn er seine Schwester mitnimmt. So viele Flaschen wie heute hatte er noch nie dabei.

Die Bahn fährt ein, und die Türen öffnen sich, viele Menschen in luftigen Kleidern verlassen das Abteil. Moritz nickt Nona zu, sie nimmt den Griff des Bollerwagens, während er den hinteren Teil mit den beiden Rädern anhebt, vorsichtig, damit nichts herausfällt. Zwei Weißgläser wackeln gefährlich, bleiben aber liegen.

Die Türen schließen sich.

Moritz ist erleichtert, stellt seinen Rucksack vorsichtig neben eine Bank und setzt sich. Er strahlt seine Schwester an, als habe sie eine Prüfung bestanden.

«Du kannst ab jetzt immer mitkommen, wenn du magst.»

«Und was ist mit dem Geld? Teilen wir uns das dann?»

Moritz denkt nach.

«Wenn ich das Fahrrad gekauft habe, könntest du es einmal die Woche benutzen.»

Die Altglassammelstelle liegt in einem Industriegebiet. Es sind von Hersel aus etwa zehn Haltestellen, zwanzig Minuten Fahrt. Moritz überschlägt, wie viel sie dabeihaben und was er ungefähr verdienen wird an diesem Tag.

Am Hauptbahnhof steigen zwei Männer ins Abteil.

«Die Fahrausweise, bitte!»

Moritz hält ihnen seine Monatskarte entgegen, und auch Nona zeigt ihre vor.

«Die ist nicht gültig.» Der Kontrolleur gibt Nona die Karte zurück.

«Wieso?»

«Das ist Geltungsbereich 1. Nur bis Bonn-Nord.»

Nona schaut ungläubig auf ihre Karte, der Mann hat bereits seinen Block gezückt. «Name? Adresse?»

Am Abend sitzen Nona, Moritz und Leni zusammen und beratschlagen, was zu tun ist. Helene tadelt ihre Schwester. «Du hättest nachdenken müssen, Nona. Natürlich hast du keine Karte bis nach Bonn-Süd, nur Moritz, weil er damit immer bis zum Gymnasium fahren muss. Das hättest du wirklich wissen müssen.»

Nona fängt an zu weinen.

«Zehn Mark! Woher soll ich die nehmen?»

Alle schauen Moritz an.

«Nicht von mir, wenn ich das Geld aus dem Fahrradstrumpf nehme, muss ich noch drei Monate länger sparen.»

Helene springt ihm bei. «Ja, es stimmt, wenn wir es von dem Fahrrad-Geld nehmen, war die Arbeit der ganzen letzten Monate umsonst.»

Beide schauen Nona an.

Nona beginnt zu schluchzen. «Ja, aber ich habe das Geld auch nicht. Und ich muss es bis nächsten Samstag abliefern, sonst schicken sie den Bußgeldbescheid an Agnes!»

Schweigen senkt sich bei der Vorstellung. Sie wissen alle, dass sie das unbedingt verhindern müssen. Agnes hätte niemals Verständnis, stattdessen würde allen eine Kollektivstrafe drohen. Nona hasst Helene und Moritz dafür, dass sie sie im Stich lassen, als wäre es allein ihr Problem, dass sie erwischt wurde.

Plötzlich sehen sie einen Schatten im Türrahmen, Nona zuckt zusammen, doch es ist nur Konrad.

«Ach, wohnst du auch noch hier?», fragt Moritz.

Konrad schnaubt verächtlich und geht in sein Zimmer.

Am nächsten Morgen herrscht große Aufregung im Haus. Agnes ist außer sich, sie hat die Kinder ins Wohnzimmer einbestellt und geht erregt vor ihnen auf und ab.

«Jemand ist bei uns gestern Nacht eingebrochen. Zehn D-Mark wurden aus meinem Sekretär entwendet!»

Ein müder Polizist kommt vorbei und untersucht den Tatort. Er nimmt die Anzeige auf, ohne Agnes große Hoffnungen zu machen. «Solche Diebstähle werden oftmals nicht von Fremden begangen, Frau Gräfin.» Er beäugt Konrad, der gerade zur Tür hereinkommt. «Die Täter sind meistens im unmittelbaren Umfeld zu finden.»

Der Zeitungsjunge, der morgens durch die Straße läuft und normalerweise die Weltnachrichten ausruft, verkündet an diesem Tag: «Zehn Mark im Hause Kolberg entwendet. Finderlohn! Zehn Mark im Hause Kolberg entwendet!»

Agnes hat einen Verdacht. Abends zitiert sie alle Kinder ins Wohnzimmer. Auf dem Weg nach unten zieht Moritz Nona ins Badezimmer.

«Warst du es?» Sie schüttelt den Kopf.

«Sag ehrlich!»

«Ehrlich, ich war's nicht! Ich dachte, du hättest es vielleicht genommen.»

Sie überlegen gemeinsam. Helene wäre zu so einer Tat nicht fähig. Und Konrad weiß ja gar nichts von der Bredouille, in der Nona steckt.

Doch Agnes ist da anderer Meinung.

«Konni, du Schwerverbrecher! Leg deine rechte Hand auf die Bibel und schwöre!»

Konrad legt seine rechte Hand gelangweilt auf das Buch und leiert seinen Text herunter, dabei kaut er Kaugummi, wahrscheinlich immer noch das von Stucki. «Ich schwöre, dass ich das Geld nicht genommen habe.»

Alle anderen durchlaufen dasselbe Ritual. Agnes hält den Kindern noch einen Vortrag über das Stehlen, dann werden sie entlassen.

Zwei Tage später hat Nona immer noch keinen Pfennig Geld. Sie wird immer nervöser, nachts schläft sie kaum vor Angst. Nicht auszudenken, wie Agnes reagieren wird, wenn nach dem Diebstahl auch noch die Sache mit dem Schwarzfahren ans Licht kommt. Sie beschließt, mit Helene zur Bußgeldstelle zu fahren und um einen Aufschub zu bitten.

Als die beiden Samstag früh vor dem Schalter stehen, hört sich der dicke Beamte ihre Geschichte an, schüttelt den Kopf und schmunzelt ein bisschen.

«Wie, Aufschub?», fragt er in rheinischem Singsang. «So watt machen wir hier niescht, Aufschub! Wie war denn der Name?»

«Kolberg.»

Er setzt seine Lesebrille auf und durchsucht die Karteikarten. Als er sie nicht findet, seufzt er tief, steht schwerfällig auf und zieht eine lange schmale Schublade aus einem anderen Schrank heraus.

«Kolberg, ja? Wann warst du denn ohne jültigen Fahrschein unterwegs jewesen?»

«Letzten Samstag.»

«Hmmm. Dann ist der Betrach ja jetzt bald fällisch. Heute, jenau jenommen.» Er wirft den Mädchen einen strengen Blick über den Rand seiner Brille zu. Nona spürt, wie sich ihr Magen zusammenzieht, ihr Mund ist ausgetrocknet.

Der Mann geht mit schlurfenden Schritten ins Nebenzimmer, wo er mit einem Kollegen spricht. Die Tür bleibt einen Spaltbreit geöffnet, Helene und Nona blicken hoffnungsvoll über den Schalter, keine von beiden wagt zu sprechen. Nach ein paar Minuten schleppt sich der Beamte wieder herein. Er hat einen Durchschlag in der Hand.

«Tja, da habt ihr ja noch mal Glück jehabt, Mädels.»

Er wedelt mit dem Dokument in der Luft herum.

«Dat Bußjeld is bereits jezahlt worden.» Er kneift die Augen zusammen, um das Datum auf der Kohlekopie entziffern zu können. «Jestern! Dat is jestern jezahlt worden.»

Helene und Nona starren ihn ungläubig an.

«Gezahlt? Von wem?»

Wieder schaut er angestrengt auf das Papier und verzieht das Gesicht. «Also, lesen kann man datt niescht.» Er hält den Mädchen das Blatt hin. Sie recken die Hälse, um die Unterschrift zu lesen. Nona beginnt zu grinsen, selbst Leni muss lächeln. «War eigentlich klar.»

Abends um elf öffnet Nona leise Konnis Tür und schleicht in sein Zimmer. Sein Bett ist leer, Konni steht am Fenster und schaut seine Schwester schuldbewusst an, so als habe sie ihn gerade bei etwas Verbotenem erwischt. «Schon mal was von Anklopfen gehört?»

Nona schließt die Tür hinter sich und grinst verschwörerisch.

*«‹Konrad!, sprach die Frau Mama, ich geh aus, und*

*du bleibst da. Sei hübsch ordentlich und fromm, bis nach Haus –›»*

«Was willst du?», unterbricht er sie unwirsch.

Nona versteht nicht, was Konni hat, es ist ihr auch egal, sie stürzt auf ihren Bruder zu und wirft ihre Arme um ihn. «Konni, du hast mich gerettet!»

Konni atmet erleichtert auf, nun, da er den Grund für Nonas Besuch kennt. Er befreit sich aus ihrer Umarmung, öffnet sein Dachfenster und holt eine brennende Zigarette aus der Regenrinne. Er nimmt einen Zug und bläst den Rauch hinaus in die Nacht. Nona geht nicht darauf ein.

«Ich weiß nicht, wovon du sprichst», sagt er schließlich.

«Das Bußgeld! Du hast es doch bezahlt, oder?»

Konni antwortet nicht.

«War es Muttis Geld?»

«Ich weiß immer noch nicht, wovon du sprichst.» Dieses Mal muss er grinsen.

«Komm, ich habe deine Unterschrift gesehen. Auf dem Bußgeldbescheid. ‹Kardinal von Kotze›? Das kannst ja wohl nur du gewesen sein.»

Konrads Grinsen wird etwas breiter. «Ich weiß nicht, wie du darauf kommst. Schließlich habe ich auf Muttis Bibel geschworen, dass ich das Geld nicht gestohlen habe.»

Er drückt seine Zigarette am Dachgiebel aus und schmeißt die Kippe in den Garten.

«Woher hast du die?»

«Lag an der Bushaltestelle.» Er bläst den Rauch aus dem Fenster. «Ist dir mal aufgefallen, dass der Bus immer dann kommt, wenn jemand gerade seine Zigarette angezündet hat? Da liegen ganz viele herum, an denen nur ein-, zweimal gezogen wurde.»

Nona umarmt ihn noch einmal. «Danke, Konni!»

Konrad befreit sich. «Geh jetzt! Nicht dass sie dich hier findet.»

Als Nona sein Zimmer verlassen hat, legt er sich aufs Bett und lächelt zufrieden.

# NONA

## Die bessere Gesellschaft

*Mexiko, 1975*

Als Nona die Terrasse von John und Carol Frederiksen betritt, merkt sie, dass sie etwas Entscheidendes falsch gemacht hat. Sie und Ake sind erst seit ein paar Monaten in Mexiko, sie kennen kaum jemanden. Die Cocktailpartys, die zwei Mal im Jahr in der Villa von John Frederiksen in Lomas stattfinden, gelten als wichtiger Treffpunkt für Diplomaten. John Frederiksen gilt als wichtig. Ake war froh, als sie die Einladung bekamen.

Nona trägt eine schmale, weiße Folklore-Tunika, die sie in San Angel gekauft hat und die knapp über dem Knie endet. Sie sieht gut aus, sie fühlt sich endlich wieder besser. Als Alexa vor fünfzehn Monaten auf die Welt kam, hatte sie noch zwanzig Kilo mehr auf den Rippen. Seitdem lebt sie von Gurken und Äpfeln. Das Stillen hat den Rest besorgt. Es hat sich gelohnt, findet sie.

Carol Frederiksen mustert Nona kritisch, als habe diese einen wichtigen Protokoll-Punkt missachtet. Sie beugt sich zu ihrem Mann und flüstert ihm etwas zu, beide schauen zu Nona herüber. Nona ist verunsichert. Ist ihr Kleid zu kurz, war es ein Fehler, das Kind mitzubringen? Sie war lange nicht mehr auf einem Cocktail, sie war überhaupt lange nicht mehr unter Menschen.

Seit zwei Monaten steht sie unter Hausarrest, seitdem sie in den klapprigen hellblauen Stadtbus gestiegen ist, um zum Markt in der Innenstadt zu fahren. Sie hatte weder

Ake noch dem Kindermädchen Bescheid gesagt, sie liebt solche Abenteuer, liebt es, allein in der Fremde unterzutauchen, wo sie niemand kennt. Sie mischt sich dann unter die Massen und stellt sich vor, jemand ganz anderes zu sein.

Der Markt in San Angel war riesig, endlose Standreihen mit bunten Gewändern, Tischdecken und Tonfiguren erstreckten sich über den Platz, auf dem eine flimmernde Hitze lastete. Nona hatte keinen Hut aufgesetzt, der Schweiß rann ihr den Rücken hinunter. In ihrem hellen Haus in den vorstädtischen Hügeln wehte immer eine leichte Brise, hier schien die Luft zu stehen. Am Rand des Marktes saßen Frauen im Halbschatten und schoben unbeeindruckt von der Hitze mit langsamen Bewegungen eine zähe, braune Masse in riesigen Pfannen hin und her.

Nona steuerte direkt auf die Kleiderstände zu, sie suchte etwas, das sie für sich und Helene kaufen konnte. Ihre Schwester würde die leuchtenden Farben lieben. Die Gerüche der Räucherstäbchen und Gewürze stiegen ihr zu Kopf, ein Schmerz machte sich hinter ihren Augen breit, sie spürte ihren Herzschlag, aber sie wollte noch nicht zurück. Schließlich fand sie die bestickte Tunika, die sie doppelt kaufte. Während sie zahlte, kam eine alte Frau auf sie zu und sprach sie auf Spanisch an. Nona schüttelte den Kopf und lächelte. «No hablo español!» Es war spät, sie musste zurück, das Pochen wurde stärker, diese Affenhitze machte ihr zu schaffen.

Die Frau nahm ihre Hand, drehte sie um, zeigte auf die Innenfläche und sah Nona hoffnungsvoll an. «Te leo tu futuro!»

Nona wollte ihre Hand wegziehen, doch sie fühlte sich plötzlich merkwürdig leicht, entrückt, unfähig zu handeln. Die Alte wendete ihre Hand im Licht und zeichnete mit ihrem Finger die Lebenslinie nach. Dann fing sie an, auf sie einzureden. Nona sah den hellblauen Bus hinter dem Zaun, sie musste jetzt los, um ihn noch zu erwischen und wieder zurück in die hügelige Vorstadt zu fahren, doch sie hatte keine Kraft, ihre Hand wegzuziehen, sich frei zu machen, zu gehen. Die Frau wurde währenddessen immer aufgeregter, wieder und wieder sagte sie dieselben Worte, die Nona nicht verstand. «Ohhh, cambios, grandes cambios!» Schließlich schaute sie hoch zu ihr. «Señora, habrá grandes cambios!» Doch als sie Nonas Gesicht sah, veränderte sich ihr Ausdruck, die Aufregung schlug in Besorgnis um. «Señora, señora!» Sie griff nach Nonas Schulter, doch es war schon zu spät.

Es war nicht das erste Mal, dass Nona in Ohnmacht fiel. Sie hatte in den letzten Jahren Dutzende unerklärliche Schwindelanfälle gehabt. Immer wieder war sie umgekippt, vor allem in der Zeit, als sie und Ake noch verlobt waren. Es fing immer mit Herzrasen an, dann spürte sie ein merkwürdiges Entrücktsein, einen Realitätsverlust, es war so, als verlasse sie ihren Körper und betrachte sich von außen, bis ihr schwarz vor Augen wurde. Ihr Arzt fand nichts, aber jede Ohnmacht hinterließ ein ungutes Gefühl bei ihr, als habe der Schwindel eine Bedeutung, die sie nicht verstand. Waren es ihre Zweifel an Ake, die diese Anfälle verursachten? Ihre mangelnde Verankerung in ihrem Leben?

Nach der Episode in San Angel verbot Ake ihr, alleine in die Stadt zu fahren. Es sei zu gefährlich. Und so ist sie die letzten Wochen viel mit Alexa zu Hause gewesen. Sie hat sich nach erwachsener Gesellschaft gesehnt.

Und nun hat sie sich anscheinend schon bei ihrem ersten öffentlichen Auftritt einen Fauxpas erlaubt. Doch Carol

Frederiksen tritt auf sie zu und streckt ihr beide Hände hin. «Welcome, welcome – es ist so schön, dass wir uns endlich kennenlernen. Und Ihre Kleine haben Sie auch mitgebracht!» Sie ist ein herber Typ, groß, schlank, kurze, aschfarbene Haare, starke Nasolabialfalten, ungeschminkt bis auf einen grellorangen Lippenstift, der Spuren auf ihren Schneidezähnen hinterlassen hat.

«Danke, ja, wir sind froh, sehr froh …»

Ihre Gastgeberin hört ihr nicht zu, sie beugt sich konspirativ vor, als müsse sie Nona ein Geheimnis anvertrauen. «Entschuldigen Sie, dass ich Sie darauf hinweise, Sie tragen ja gar kein Grün!», sagt sie spitz. Sie selber trägt ein weites, hochgeschlossenes Kleid mit kleinen grünen Kleeblättern darauf.

«Grün?»

«Es ist St. Patrick's Day! Wussten Sie das nicht? Es stand in der Einladung – man muss etwas Grünes anziehen! Das ist bei uns Tradition. *Oh well, next time!*» Sie dreht sich zu ihrem Mann um, einem großen, schlaksigen Mann mit schwarzem, etwas zu langem Haar, das sich schon weit aus seiner gewölbten Stirn zurückgezogen hat. «John, kennst du schon Marie von Ehrenfeld, die Frau des deutschen Botschaftsrats?»

John Frederiksen kommt auf die beiden zu, er trägt Koteletten und eine große Hornbrille. Er sieht aus wie ein Schriftsteller oder ein Philosoph, nicht wie die üblichen Beamten, die Nona von diesen Partys kennt. Er schüttelt Nonas Hand und lächelt freundlich und unverbindlich.

Sie schauen sich kurz in die Augen. Nona spürt, wie etwas in ihr aufflackert.

«Sie müssen mir von Deutschland erzählen, in ein paar Monaten reise ich wieder dorthin. Woher kommen Sie?»

«Na ja, ich weiß nicht so recht … also eigentlich, meine Familie …»

John schaut sie fragend an. Nona errötet.

«Vielleicht aus Bonn?», sagt sie schließlich unsicher. Nona streicht sich die Haare aus dem Gesicht. Sie fühlt sich unglaublich dumm, wie kann sie auf so eine einfache Frage keine Antwort haben?

Aber John lächelt. «Das Rheinland soll wunderschön sein. Dieses Mal fahre ich nach Westberlin.» Nona murmelt etwas, dann bekommen sie und Ake grüne Drinks in die Hand gedrückt, die nächsten Gäste stehen schon hinter ihnen. Sie schreiten die Terrassenstufen hinunter auf den von Palmen und Agaven gesäumten Rasen, an dessen Ende ein nierenförmiger, türkisfarbener Swimmingpool leuchtet. Botschaftsmitarbeiter, Entwicklungshelfer, Unternehmer und ihre Gattinnen stehen in kleinen Grüppchen um das Wasser, dazwischen wuseln weiß gekleidete Kellner mit Tabletts. In der Mitte des Gartens liegen Palmwedel und Äste hoch aufgetürmt. Die Partys der Frederiksens sind bekannt für ihr großes Lagerfeuer zum Schluss. Eine Mariachi-Band spielt unter einer Pagode.

Nona setzt Alexa im Gras ab und schaut sich um. Jetzt erst erkennt sie es: Die Frauen tragen tatsächlich grüne Haarreifen in ihren aufwendigen Frisuren, grüne Mini-Kleider oder aufgeknöpfte, grüne Blusen. Überall sieht sie plötzlich grün. Ich bin ein Idiot, denkt Nona bitter, ein Provinzmädchen, das sich nicht anzuziehen weiß und außerdem weiche Knie bekommt, wenn jemand sie freundlich begrüßt.

Grelles Gelächter schallt von den Frauen zu ihr herüber.

Ake hat sich schon zu seinen Botschaftskollegen gesellt. Besser so, sie hätten sich ohnehin nur angeschwiegen.

Wenn Ake abends aus dem Büro kommt, haben sie sich oft nicht viel zu sagen. Seine Vorstellung vom Zusammenleben macht Nona depressiv. Er kocht sich seine eigenen Mahlzeiten, wäscht seine Hemden selbst. Nichts darf Nona für ihn tun, und er wiederum tut auch nichts für seine Frau, in allem bleibt er einzelgängerisch, fremd. Wenn Nona abends mit Wein und Essen auf ihn wartet, hat er meistens schon gespeist und verzieht sich ins Arbeitszimmer, um Agnes oder seinen Eltern zu schreiben. Als Nona mit Alexa aus dem Krankenhaus kam, legte sie sich mit dem Säugling auf das Ehebett und rief ihn dazu. Sie waren doch jetzt eine kleine Familie. Aber Ake machte sich stattdessen lautstark und vorwurfsvoll an den Abwasch, den sie während der Wehen in der Spüle hatte stehen lassen.

Manchmal ruft sie vormittags heimlich Leni in Deutschland an, nur kurz, die hohe Rechnung würde Ake sonst stutzig machen. Der Mann hat sich in allem als engstirnig herausgestellt, als rigide und verbohrt, verhangen in seinen unumstößlichen Plänen und Ritualen. «Er will eigentlich gar nichts mit uns zu tun haben», klagt Nona in einem ihrer seltenen und kostbaren Ferngespräche mit Leni. Auch Agnes hat sie sich anvertraut in ihrer Not. Doch da war sie an der falschen Adresse. Agnes ist auf Akes Seite, das war sie von Anfang an. Schon als er sich in Hersel vorstellte, war Agnes von ihm verzückt. Alexander von Ehrenfeld, genannt Ake, seine Eltern besaßen einst das Gut neben den Alvenslebens, Agnes kannte sie, besser hätte es kaum kommen können. Jurastudent, schlagende Verbindung. Selbst Nona, die sich sonst mit Leni über jeden Bewerber lustig machte, fand insgeheim, dass er gut aussah, blond, groß, mit feinen Gesichtszügen und den schmalen Händen. Er schien der perfekte Ehemann: solide, gebildet, aus einer guten Familie, und, am allerwichtigsten: Er war eben auch «östlich», für Agnes das höchste Qualitätsmerkmal. Sie führte ihn durch ihren Garten und sprach mit ihm über diverse botanische Besonderheiten, während Nona und Leni ihnen in einigem Abstand folgten und ihre Mutter nachäfften. Irgendwann waren die Albernheiten der Mädchen nicht mehr zu ignorieren, Agnes beugte sich mit einem ergebenen Seufzer zu ihrem künftigen Schwiegersohn und sagte resigniert, wie unter Erwachsenen: «Ich lasse die Kinder einfach lachen.» Dass es sich bei einem der Kinder um seine künftige Verlobte handelte, war schon zur Nebensache geworden. Wichtiger war, dass Agnes ihn guthieß.

Sicher, Ake war angepasst, ihm fehlte es vielleicht an Esprit. Aber das schien für die zweiundzwanzigjährige Nona genau das Richtige. Seit Beginn ihres Germanistik-Studiums trieb sie sich häufiger auf Studentenpartys herum, als es Agnes lieb war.

Und Ake seinerseits verehrte Agnes, fast noch mehr, als er Nona liebte.

«Vielleicht sollte Agnes ihn einfach heiraten, die beiden scheinen sich ja hervorragend zu verstehen», bemerkte Nona schnippisch Leni gegenüber. Seit ein paar Jahren hatte sie sich angewöhnt, ihre Mutter nur noch beim Vornamen zu nennen.

Als Nona jedenfalls ihre Zweifel Agnes anvertraute, ihr von den Ohnmachtsanfällen berichtete, schnitt diese ihr das Wort ab. «Reiß dich zusammen, Nona! Das wird sich von selbst regeln. Ihr müsst heiraten, dann wird sich alles fügen.»

Und Nona hatte sich zusammengerissen, viele Jahre lang, auf diversen Posten in Beirut, Oslo und jetzt in Mexiko. Überall hatte sie die perfekte Botschaftergattin gemimt. Doch mit jedem neuen Posten, den ihr Mann bekam, fühlte sie sich einsamer.

Wieder hört Nona das schrille Frauenlachen. Sie will sich zu einem der Grüppchen gesellen, doch sie ist abgelenkt, ihr Blick schweift immer wieder hoch zur Terrasse, wo John und Carol weitere Gäste begrüßen. Nona beobachtet ihn, seine Bewegungen, wie er sich eine Zigarette anzündet und sich mit der rechten Hand durchs Haar fährt. Er nickt oft und langsam, sagt nicht viel, sondern hört mit einem leichten Lächeln auf den Lippen seinen Gesprächspartnern zu.

Nona dreht sich den Frauen zu. Lass es einfach. Geh rüber, unterhalte dich etwas mit den Schreckschrauben und lenk dich ab. Ein Kellner steht vor ihr, sie nimmt sich ein Sektglas vom Tablett. Sie hat sich in den letzten Jahren so oft verliebt – mal in einen depressiven Englischlehrer, mal in einen Botschaftsattaché, dessen Frau Alkoholikerin war. In ihrer Einsamkeit hat sie sich stundenlangen Phantasien hingegeben. Damit soll jetzt Schluss sein.

Trotzdem schaut sie wieder hoch zur Terrasse. Irgendetwas fasziniert sie an John, seine Selbstsicherheit, aber auch die Ruhe. Plötzlich steht Carol neben ihr.

«Sie sollten ein bisschen aufpassen», sagt sie mit einem gefrorenen Lächeln.

«Was meinen Sie?», fragt Nona verunsichert.

«Die Kleine.» Carol deutet auf Alexa, die gerade ein dickes Grasbüschel entwurzelt. Sie steuert auf ihren kurzen Beinen auf ein Lavendelbeet zu. Carol räuspert sich. «Ich meine, nicht dass sie sich weh tut.»

Nona nickt, leert ihr Sektglas in einem Zug und geht ungerührt hinüber zu den anderen Gattinnen. Sie denkt nicht daran, sich mit dem Kind zu beschäftigen, wegen der paar Grashalme! Die Frau des französischen Botschafters ist ihr schon einmal vorgestellt worden, sie ist eine affektierte Society-Ziege, aber alles ist besser, als Carol und ihren Erziehungstipps ausgeliefert zu sein. Madame Dupont quietscht vor gespielter Begeisterung, als sie Nona sieht: «Na endlich, meine Liebe, ich dachte schon, Sie meiden uns!»

Alexa dreht vor dem Lavendelbeet ab und läuft jetzt jauchzend über die Wiese, sie lässt sich vornüberfallen, steht wieder auf und wirft den Gästen kleine Grashalme auf die Schuhe. Nona nimmt eine Zigarette aus den silbernen Schalen, die herumgereicht werden, sie unterhält sich, sie lacht und trinkt, ab und an schaut sie aus den Augenwinkeln nach ihrer Tochter, aber sie macht keine Anstalten, zu ihr zu gehen.

Als es zu dämmern beginnt, entzünden die Kellner die Fackeln, die um den Swimmingpool aufgestellt sind. John nimmt eine davon und hält sie mitten in die aufgetürmten Hölzer hinein. Die langen Äste knistern und knacken, die Palmwedel zischen, kleine Flammen züngeln an ihnen. Immer mehr Rauch kräuselt sich in den Himmel, er wird immer dichter und weißer, plötzlich schießt eine große Stichflamme empor und entfacht mit lautem Getöse den ganzen Haufen. Das Feuer braust auf, die Gäste klatschen.

Alexa steht davor und schaut gebannt zu. Als die Erwachsenen applaudieren, jauchzt sie und klatscht mit. Nona geht zu ihr und hebt ihre Tochter hoch. Alexas Hose fühlt sich feucht an, Nona greift nach der vollgesogenen Windel, zieht sie ihrer Tochter mit einer schnellen, geübten Bewegung aus und wirft das gutgetränkte Paket ins Feuer.

Die Flammen zischen.

Carol, die nur wenige Meter entfernt steht, stößt einen Schrei aus.

«Nein! Oh my goodness, sie hat doch nicht wirklich ...!»

Auf einmal wird es still, die Gespräche der Grüppchen ums Feuer verstummen. Auch Ake, nur wenige Meter entfernt, ist fassungslos. Er macht ein paar Schritte auf seine Frau zu und packt sie am Arm.

«Sag mal, bist du des Wahnsinns?», zischt er.

«Wieso? Warum kneifst du mich so?» Nona schaut an ihrer Tochter herunter. «Alexa ist doch so klein, meinst du, es stört sich jemand daran, dass sie keine Hose ...»

«Das meine ich nicht. Hast du gerade eine volle Windel ins Feuer geschmissen?»

«Klar!»

Ake läuft rot an.

Nona löst ihren Arm aus seinem Griff. Sie lacht und wirft ihre Haare nach hinten. «Mein Gott, Ake, hab dich nicht so. Das bisschen Baby-Pipi! Davon stirbt schon keiner.»

Ake bekommt denselben Gesichtsausdruck, den er immer hat, wenn Nona dem Kind etwas gibt, was matschig wird oder Flecken verursacht. Es ist ein ständiger Konflikt zwischen ihnen. Wie oft streiten sie sich, wie oft kriegt er Wutanfälle, weil irgendetwas seinem Gefühl von Anstand widerspricht, weil sie wieder einmal seine Rituale missachtet. Weil sie die Regeln seiner Biedermeier-Welt nicht ernst nimmt und ihn dann auch noch auslacht, wenn er sie zurechtweist. Nicht nur, dass sie nachlässig ist, dann begegnet sie seinen Sorgen auch mit einer solchen Arroganz!

Ake schüttelt den Kopf, er sieht Nona noch kurz hasserfüllt an und steuert dann auf Carol zu, um sich – ganz der brave Beamte – bei der Hausherrin zu entschuldigen.

Nona blickt ihm voller Verachtung nach. Alexa läuft inzwischen um das lodernde Feuer herum, ihre nackten, weißen Pobacken blitzen dabei immer wieder unter ihrem Hemdchen hervor.

John steht auf der Terrasse und beobachtet die Szene, raucht und lächelt. Er wartet, bis Ake bei Carol angekommen ist, dann drückt er seine Zigarette aus, nimmt zwei Sektgläser vom Tablett und geht mit großen Schritten die Stufen hinab über den Rasen zum Feuer.

«Was hat deine Frau dir eigentlich bei unserem ersten Treffen zugeraunt?», fragt Nona ihn zwei Monate später. Sie sind in einem Hotel mitten in der Stadt, ganz in der Nähe des San-Angel-Marktes, auf dem Nona umgekippt ist. Nona fand es zwar erst etwas zu abgegriffen, was für ein armseliges Klischee, ein Hotelzimmer zu buchen. Aber etwas anderes kam nicht in Frage, es ist zu gefährlich, sich bei ihm oder ihr zu treffen.

«Als wir ankamen. Bei eurer Cocktailparty. Sie hat dir etwas zugeflüstert.» John lächelt und schiebt das Kissen hinter seinem Kopf zurecht. Er greift sich eine Zigarette. «Sie hat gesagt: ‹Schau mal, John, die Frau des neuen deutschen Botschaftsrats ist genau dein Typ.›»

Nona zieht eine Augenbraue hoch und lächelt spöttisch. «Das hat sie gesagt? Das kann ich mir kaum vorstellen. Bestimmt hat sie gesagt, die Frau ist unmöglich, trägt kein Grün an unserem bescheuerten heiligen Kobold-Feiertag und wirft dann noch die Windel ins Feuer.»

John grinst.

«Of course, das hat sie dann später gesagt.»

Er lächelt, beugt sich vor und küsst sie. Seit der Party haben sie sich fast jeden Tag gesehen, in Museen, im Park, mit Alexa im Zoo. «Musst du nie arbeiten?», hat sie ihn gehänselt. Seitdem treffen sie sich auch abends.

Nona saugt begierig alles auf, was John erzählt. Wenn sie über Literatur reden, über Politik, macht sie sich danach Notizen. Sie beobachtet ihn genau, seine Mimik, seine Gestik. Noch nie hat sie jemanden kennengelernt, der so klug ist, so belesen und doch so bescheiden. Er ist Harvard-Absolvent, sie fühlt sich oft dumm neben ihm, sie will Englisch sprechen wie er, die Welt verstehen wie er. Als er John Updike erwähnt, kauft sie alle Updike-Bücher, die in der kleinen englischen Buchhandlung in der Innenstadt zu haben sind. Sie liest Tag und Nacht darin, mit einem Wörterbuch auf den Knien. Während sie nachmittags mit Alexa spielt, geht sie in ihrem Kopf die neuen englischen Vokabeln durch.

Ihre Treffen sind nicht ohne Risiko. Schon einmal haben sie die Gattin des französischen Botschafters auf einem Spaziergang im botanischen Garten getroffen – zwar eine unverfängliche Situation, doch Nona hatte tagelang Angst. Was, wenn Ake es erfahren würde?

Ein paar Wochen später ruft Leni an. Es gibt Neuigkeiten: Ihr Mann Friedrich ist versetzt worden, an die Ständige Vertretung in Ostberlin. Und sie ist wieder schwanger.

«Nona, du musst mich besuchen!»

«Das sind ja wahnsinnige Nachrichten! Leni!»

«Und? Kommst du? Wir sind schon ab Ende Juli in der Täterä. Ich kenne niemanden! Bitte!»

Nona denkt kurz nach. Dann hat sie eine Idee.

Leni füllt den Topf mit Wasser und wirft nachlässig ein paar Kartoffeln hinein, sodass jedes Mal eine nicht unerhebliche

Menge Wasser hinausspritzt, was sie nicht weiter beachtet. Sie schraubt den Dampfdruckdeckel auf, dreht den Gasherd an und zieht den Topf auf die Flamme. Leni seufzt, sie hat schon einen üppigen Bauch.

Nona nimmt einen Schluck aus ihrem Weinglas.

«Wahnsinn, Leni. Du siehst toll aus! Geht es dir denn gut?»

«Es war anstrengend. Der Umzug, das Haus einrichten, einen Kindergarten für Hans finden. Jetzt wird es langsam besser. Aber ich habe so eine wahnsinnig schwache Blase. Alle fünf Minuten renne ich aufs Klo.»

Sie greift nach Nonas Hand und legt sie auf ihren Bauch. «Ich glaube, es wird ein Mädchen, Nona.»

Nona legt sofort ihr vorwurfsvolles Agnes-Gesicht auf. «Ach nein, so was! Du hast wohl den Mittelschmerz nicht abgewartet, bevor du zu Papi gegangen bist?»

Leni grinst. «Und sie soll Marie heißen.» Kurz steigen ihr Tränen in die Augen. «Es ist so schön, dass du da bist, Nona! Eine ganze Woche!»

Die Villa, die Leni und Friedrich von der Ständigen Vertretung zugeteilt bekommen haben, liegt in Berlin-Pankow, in einer herrschaftlichen, grünen Allee mit repräsentativen Häusern und alten Bäumen. Das Haus ist modern, hell, mit großen Fenstern. Von der Küche aus hat man das gesamte Nachbargrundstück im Blick. Seit ein paar Stunden sind Nona und Alexa da, die Frauen kochen, die Kinder spielen im Wohnzimmer.

«Wie geht es mit Ake?» Leni senkt ihre Stimme und schaut zu den Kindern, die aber in ihr Spiel vertieft sind.

Nona zuckt mit den Schultern. «Wir leben so nebeneinanderher. Irgendwie gibt es ... keinen Austausch. Kein Miteinander. Wir reden über nichts. Er ist in allem so streng, so engstirnig. Ständig mache ich etwas falsch in seinen Augen. Ich habe das Gefühl, dass ich ihn nie richtig geliebt habe.»

«Habt ihr schon mal über Scheidung gesprochen?»

«Ich habe das Thema ein paarmal angeschnitten, schon in Beirut, aber für ihn ist es ausgeschlossen. Abgesehen davon ... ich weiß nicht, ob ich es wirklich durchziehen könnte.» Sie trinkt einen Schluck Wein. «Alexa ist so klein. Und dann Agnes! Was würde Agnes dazu sagen.» Nona wischt geistesabwesend einen Wasserfleck von ihrem Glas. «Sie würde sich in allem bestätigt fühlen, was mich betrifft. Sie würde zu ihm halten! Ake mimt vor ihr ja auch immer das brave Schwiegersöhnchen.»

«Ich bitte dich, Nona! Agnes von Kolberg hat sich doch selbst scheiden lassen!»

Nona schüttelt den Kopf. «‹Kinder, das war etwas völlig anderes. Mein erster Mann war leider homosexuell. Da konnte ich beim besten Willen nichts dafür!›»

Leni lächelt spöttisch.

Nona fährt fort: «Und Agnes und Papi, das war doch die absolut größte Liebe der Welt.»

«Das kann man immer behaupten, wenn der Mann früh gefallen ist. Wann haben die beiden sich denn schon gesehen? Bei zehn Kindern, dem Gut, dem Krieg.»

«Ja, ich weiß. Lenchen, ich muss dir noch etwas anderes ...»

Vor der Villa nebenan fährt ein Wartburg vor. Ein Mann mit Hut steigt aus, tritt durch das Gartentor und geht mit gezücktem Schlüssel auf die Eingangstür zu. Er sieht die beiden Frauen durchs Fenster und grüßt. Leni winkt zurück.

«Hier wohnen nur SED-Parteibonzen», sagt sie mit gefrorenem Lächeln, während sie weiterwinkt. «Bestimmt sogar Stasi-Leute. Der hier ist besonders schlimm. Hallo, Arschloch», säuselt sie, während sie weiter freundlich durch die Scheibe winkt.

Dann fügt sie in normalem Tonfall hinzu: «Und darüber lebt Friedrichs Vorgesetzter bei der StäV, Horst Döhring. Die Stasi und Friedrichs Chef schauen also immer zu, wenn ich koche.»

Nona lächelt spöttisch. «Na, dann werden sie dich zum Glück selten zu Gesicht bekommen.»

Leni dreht das Gas unter den Kartoffeln weiter auf.

«Gans.»

Der Topf zischt leicht.

«Immerhin sind in der Küche keine Wanzen. Glaube ich zumindest.»

«Warst du schon in Altenstein?»

Leni schüttelt den Kopf. «Nein, das wollte Agnes auch sofort wissen. Aber wir hatten so viel zu tun mit dem Umzug.»

Es ist kurz still. Nona stellt ihr Glas ab.

«Ich wollte dir ja noch etwas erzählen.» Auch ohne Wanzen ist es Nona nicht ganz geheuer, sie spricht etwas leiser und lehnt sich zu Leni hinüber. «Es gibt noch einen anderen Grund, weshalb ich in Berlin bin. Ich habe mich am Telefon nicht getraut, es dir zu erzählen ... Aber ich habe dir ja gesagt, dass ich diesen Mann kennengelernt habe, John. Er ist amerikanischer Diplomat in Mexiko, und zurzeit muss er eine Europatour absolvieren ...»

«Wie, du triffst ihn hier?»

«Nicht hier – in Westberlin. Morgen wollen wir uns sehen. Ich komme dann wahrscheinlich erst Donnerstag wieder. Du kannst dich doch um Alexa kümmern, oder?»

Leni schaut ihre Schwester mit offenem Mund an. «Ach,

Nona, dann bist du ja fünf Tage weg. Alexa kennt mich doch kaum. Und was soll ich Friedrich sagen, wo du die ganze Zeit bist?»

In dem Moment gibt der Topf auf dem Herd ein hohes, schrilles Pfeifen von sich, dann folgt ein riesiger Knall, etwas fliegt durch die Luft, eine gelbe, undefinierbare Masse wird in die Höhe geschleudert. Nona schreit, Leni hebt die Arme über den Kopf, die Kinder kommen zur Küchentür gerannt.

Einen Moment lang weiß niemand, was passiert ist.

Dort, wo vorher der Schnellkochtopf war, steht nur noch das dampfende Unterteil. Leni schaut hinein. Ein paar Kartoffelschalen liegen darin.

«Nona, ich glaube ... ich glaube, unser Abendessen ist explodiert.»

In dem Moment fällt etwas von der Decke und landet klatschend auf dem Fußboden. Plötzlich regnet es überall dampfenden, gelben Matsch. Die beiden schauen hoch. Die Decke ist übersät von gelben Kartoffelstücken, die langsam eines nach dem anderen herunterfallen, heiß und sengend wie eine biblische Plage. Ein Kartoffelstück fällt in Nonas Haare.

«Aua!»

«Nona!» Leni zeigt auf ihren Kopf und fängt an zu kichern. «Du qualmst!» Sie lacht immer mehr, während sich Nona auf den dampfenden Kopf fasst.

«‹Kinder, was ist denn das jetzt wieder für ein unmöglicher Auftritt!›», bringt Nona gerade noch heraus, bevor sie und Leni losprusten. Nona zieht sich das Kartoffelpüree aus den Haaren, Tränen laufen ihr über die Wangen.

Der Nachbar steckt den Kopf zu seinem geöffneten Fenster heraus. «Ist alles in Ordnung?»

«Scheiße, die Stasi!», flüstert Leni atemlos zwischen Lachsalven. «Es ist alles gut!», ruft sie laut und fängt wieder an zu winken, während um sie herum immer mehr Kartoffelstücke herunterregnen. Sie hält sich den Bauch und schaufelt notdürftig den heißen Matsch zusammen.

«Schnell, Nona, ich glaube, du musst die Jalousie herunterlassen …»

Leni kreuzt die Beine und krümmt sich. Nona schnappt nach Luft.

«Nona, die Jalousie!»

Doch es ist zu spät, ein länglicher, dunkler Fleck erscheint vorne auf Lenis Kleid. Um ihre Füße hat sich auf den weißen Kacheln eine hellgelbe Lache gebildet. Nona hechtet zum Fenster und zerrt an den Schnüren. Es ist nicht ganz leicht, sie weiß nicht, wie der Mechanismus funktioniert, soll sie einfach nur fest ziehen oder nach links oder rechts? Sie wird geschüttelt von Lachen, nichts bewegt sich, sie reißt fester an der Schnur. Plötzlich löst sich das ganze Rollo aus der Verankerung und fällt mit einem wahnsinnigen Krach auf den Boden. Etwas Putz regnet von der Decke herab.

Als Friedrich ein paar Minuten später in der Küchentür steht, sieht er seine Frau und seine Schwägerin in aufgelöstem Zustand, auf den Fliesen eine Pfütze, vor dem Fenster ein zerstörtes Aluminium-Rollo, daneben die verstörten Kinder. Keiner nimmt von ihm Notiz. Er schüttelt den Kopf und zieht leise die Tür hinter sich zu.

# Der Bruch

*Mexiko, 1975*

Als Nona aufwacht, kann sie ihr linkes Auge nicht öffnen. Ihr Brustkorb tut weh. Sie dreht sich im Bett um, vielleicht liegt sie auf irgendetwas? Sie spürt ihre Rippen, es sind die unteren beiden, rechts, die besonders schmerzen. Vorsichtig öffnet sie ihr rechtes Auge. Sie ist in ihrem Schlafzimmer in Mexiko, aber sie sieht alles doppelt: den Teppich vor ihrem Bett, ihr Kleid, das über dem Stuhl hängt, die Tür zur großen Terrasse. Sie schließt das Auge wieder.

Dann hört sie ein Geräusch im Bad, und plötzlich fällt ihr alles wieder ein. Ake, der Streit. Gestern, beim Abendessen. Alexa war schon im Bett. Er hat angefangen, sie auszufragen. Wie es denn in Berlin gewesen sei? Was sie sich so angesehen habe?

Sie hat sich die letzten Tage über geschworen, nicht zu lügen, was Berlin betrifft. Aber irgendwann kam ihr die Idee, dass Ake sie vielleicht gar nicht fragen würde. Dass sie ganz ungeschoren davonkäme. Zwei Tage lang haben sie kaum miteinander gesprochen, es hat sich so ergeben, sie haben nur kurze Informationen ausgetauscht über eine Cocktailparty, die bald anstand, ein Geschenk für seinen Vater, das sie bitte besorgen solle.

Vielleicht müsste sie gar nichts sagen. Sie könnte schweigen und sich in Ruhe ihre nächsten Schritte überlegen. Ein verlockender Gedanke.

«Erzähl doch mal. Wie geht es Helene und Friedrich?»

Ake säbelt an seinem Fleisch, er spießt ein besonders großes Bratenstück auf und schiebt es sich zusammen mit einer halben Kartoffel in den Mund. Gutbürgerliche Küche, darauf besteht er, egal, an welchem exotischen Ort der Welt sie leben. Braten in Mexiko, Geschnetzeltes in Beirut und zu Weihnachten bei dreißig Grad: Stollen.

Das Essen ist heiß, Ake kaut mit offenem Mund und zieht dabei laut die Luft ein, um es zu kühlen. Nona wendet sich angeekelt ab. Akes Tischmanieren haben nie zu seinem Äußeren gepasst, er sieht so kultiviert aus, mit der hohen Stirn, den schmalen Händen und langen Fingern. Aber er isst wie ein Schwein. Er schlingt sein Essen fast unzerkaut hinunter, und wenn er trinkt, wirft er die Flüssigkeit mit einer ruckartigen Bewegung in seinen Mund, und zwar allein deshalb, um das Unzerkaute besser hinunterzubefördern. Essen ist für ihn eine genuss- und leidenschaftslose Angelegenheit, Arbeit, die mechanisch erledigt wird, möglichst schnell.

Nona trinkt einen Schluck Wein. Ihre Hand zittert ein wenig. «Ja. Gut. Es geht ihnen gut.»

Ake schneidet sich noch ein riesiges Stück Fleisch ab, das er sich im Ganzen in den Mund stopft. Er hustet und kippt einen Schluck Wein hinterher, um es hinunterzuspülen. Wenn er weiter so frisst, erledigt sich das Problem vielleicht von selbst, denkt Nona grimmig.

«Wo wohnen sie denn in Ostberlin?» Der nächste Bissen verschwindet.

«In Pankow. Eigentlich eine schöne Villa. Zwischen den ganzen SED-Funktionären.»

«Und was hast du so gemacht den ganzen Tag?»

Es ist still. Nona fühlt sich wie damals als kleines Mädchen auf dem Drei-Meter-Brett im Schwimmbad. Sie ist gelähmt vor Angst, sie schaut hinunter und kann nicht springen, aber auch nicht zurück.

Sie blickt auf die Tischdecke vor sich. Jetzt muss sie es ihm sagen. Sie muss einfach mit ihren Lippen die Worte formen, sie aussprechen. In den letzten Wochen hat sie sich immer wieder vorgenommen, dass sie nicht lügen wird. Sollte er fragen, würde sie ehrlich antworten.

Ihr Herz klopft, sie fürchtet, dass Ake es hören kann. «Ich habe ihn getroffen. In Berlin.»

Ake isst ungerührt weiter. «Wen?»

«John.»

Sie wartet, lässt Ake nicht aus den Augen. Sie kennt seinen Jähzorn, sie hat gelernt, ihn nicht zu reizen. Aber Ake erwidert ihren Blick nicht, er zieht die Servierplatte zu sich und nimmt sich noch eine Scheibe von dem Braten, dazu Kartoffeln, Erbsen. Nona spricht leise weiter.

«Ich habe mich mit ihm getroffen in Berlin. Bitte mach Leni und Friedrich keinen Vorwurf daraus, sie konnten nichts dafür. Sie wussten nicht, dass ich es vorhatte.»

Ake isst ungerührt weiter. Nona ist verwundert, wie gut er es aufnimmt. Früher hat er ihr oft gedroht, die kleinsten Missgeschicke Alexas haben Wutanfälle bei ihm ausgelöst. Ihre Augen werden feucht.

«Ich kann nicht anders. Ich ... Es tut mir so leid. Ich glaube, dass ich ihn liebe, Ake. Ich kann nicht mehr zurück ...»

Plötzlich schlägt Ake mit voller Wucht mit der flachen Hand auf den Tisch.

«Ruhe!»

Nona zuckt zusammen, das Besteck klirrt auf dem Porzellan. Ake schiebt seinen Teller weg, das Messer rutscht dabei herunter und hinterlässt einen Soßenfleck auf der

Tischdecke. Ake schließt kurz die Augen, er atmet tief ein, so als versuche er, seine Fassung zurückzugewinnen.

«Es ist wirklich schade, Nona. Wir hätten in Mexiko so eine schöne Zeit haben können.» Er wischt sich den Mund mit der Serviette ab, während er die Wörter zwischen seinen Zähnen hervorpresst. «Wenn diese blödsinnige Sache nicht dazwischengekommen wäre.»

Nona schaut auf den Soßenfleck auf der Tischdecke. «Ich weiß nicht, ob du mich verstanden hast, Ake. Es geht doch hier um viel mehr als nur um eine schöne Zeit in Mexiko.»

«Gut. Ich habe auch Neuigkeiten.»

Er lächelt etwas in sich hinein, dann nimmt er die Karaffe und schenkt ihr Wein nach, füllt sein eigenes Glas und leert es in einem Zug.

«Ich weiß ja, dass du hier nicht glücklich bist. Ich weiß ja, dass du gerne näher bei deinen Geschwistern wärst und deiner Mutter. Also habe ich eine Versetzung nach Bonn erbeten, und ich habe sie bekommen. Wir ziehen um, noch diesen Sommer.» Während er spricht, tätschelt er ihren Arm. Nona schaut ihn verwundert an. Sie schüttelt den Kopf.

«Ake. Das wird nichts ändern! Bonn wird nichts ändern. Ich kann daran nichts ändern.»

«Ruhe! Ich habe Ruhe gesagt. Hör jetzt auf, davon zu sprechen. Wir ziehen nach Bonn und fangen neu an. Und damit hat sich die Sache! Und von Berlin und wen du wann getroffen hast, will ich nichts mehr hören!»

Nona verschränkt die Arme vor der Brust. «Ake, was soll das bringen?»

«Halt jetzt die Klappe!»

Er schnalzt mit der Zunge, etwas Fleisch ist zwischen

seinen Zähnen stecken geblieben. Er hilft mit dem Daumennagel nach.

«Wir fangen neu an», wiederholt er nach einer kurzen Pause. «In Bonn.»

Nona mustert ihn, sie versucht abzulesen, wie weit sie gehen kann.

«Ich komme nicht mit», sagt sie leise. «Und Alexa auch nicht.»

Ohne Vorwarnung springt Ake auf. Sein Stuhl fliegt krachend nach hinten. Nona weiß, dass es jetzt ernst wird, sie steht ebenfalls auf und weicht zurück. Er greift nach ihrem Arm.

«Ich habe gesagt: Halt die Klappe!»

Sie sieht das Flackern in seinen Augen, windet sich aus seinem Griff und läuft los, aus dem Esszimmer, die Stufen zum Keller hinunter, eigentlich will sie in die Waschküche, weil die eine Tür nach draußen in den Garten hat, aber sie weiß nicht, ob der Schlüssel steckt. Akes laute Schritte sind hinter ihr auf der Treppe, und da ist sie auch schon an der Waschküche vorbeigelaufen, jetzt biegt sie links ab, hier ist die Abstellkammer, in der kann sie sich verbarrikadieren. Aber plötzlich ist Ake direkt hinter ihr, reißt sie herum. Er schlägt ihr mit der Faust ins Gesicht, zumindest versucht er es, aber er trifft nur ihr Ohr. Nona fällt hin, oder lässt sie sich fallen? Sie kommt sich da unten auf dem Boden sicherer vor, da kann er ihr nicht ins Gesicht schlagen. Nona hebt die Arme schützend über ihren Kopf.

Jetzt hört Nona die Klospülung. Sie schließt die Augen. Akes Schritte erklingen auf dem Parkett, er kommt leise aus dem Bad ins Schlafzimmer. Nona versucht, gleichmäßig zu atmen. Sie will auf keinen Fall mit ihm sprechen, sie hat Angst vor seiner Reue, davor, dass er sich entschuldigt und sie ihm dann verzeihen soll. Ake zieht sich sein Hemd und die Hose an, greift sich Schuhe und Socken und schleicht hinaus.

Erst als sie das Klicken der Schlafzimmertür hört, öffnet Nona die Augen. Sie schaut auf den Wecker. Fast acht.

Leise tritt sie in den Flur. Sie lehnt sich über das Treppengeländer und späht nach unten. Sie hört, wie Ake in der Küche herumläuft. Dann kommt er heraus und geht zum Telefon im Flur, wählt. Es ist kurz still.

«Hallo, Mutter? Ja, ich bin's, Akilein.»

Stille. Am anderen Ende wird gesprochen.

Nona ist verwirrt. Mutter? Seine Mutter ist seit Jahren tot, der einzige Mensch, den er so nennt, ist Agnes, aber warum zum Teufel sollte er ausgerechnet heute Agnes anrufen?

Dann hört sie wieder Akes Stimme.

«Ja, uns geht es gut. Alexa geht es sehr gut. Ja. Also, ich wollte dir nur sagen, Mutter, dass es mir sehr leidtut. Gestern ist etwas passiert. Wir haben uns gestritten, also, Nona und ich, und dann habe ich sie geschlagen. Mir tut es sehr leid, Mutter, das hätte nicht passieren dürfen. Es ist einfach … ja. Es tut mir so leid. Entschuldige bitte.»

Stille.

«Ja, wir hatten einen Streit. Und sie hat … Trotzdem, ich hätte es nicht tun dürfen.»

Am anderen Ende wird wieder geredet.

Warum zur Hölle entschuldigt er sich bei ihrer Mutter und nicht bei ihr?

«Ach ja, es gibt auch gute Nachrichten: Ich bin nach Bonn versetzt worden. Wir ziehen im Juni um.»

Stille.

«Ja, Nona freut sich sehr, wieder in deiner Nähe zu sein, liebe Mutter.»

Ake erzählt weiter, die Erleichterung ist ihm deutlich anzuhören, er hat gebeichtet, jetzt können sie über Erfreulicheres sprechen.

Nona spürt, wie auf einmal die Benommenheit aus ihrem Körper weicht, ihr Geist wird ganz klar, als hätte sie jemand angeknipst. Sie fühlt sich wach und entschlossen, zum ersten Mal seit langer Zeit.

Was bin ich für ein Idiot, ein Schaf! Nicht nur, dass ich mit einem Mann zusammenlebe, der mich verprügelt, sondern auch noch mit einem, der sich danach bei Agnes entschuldigt! Die ihn bestimmt weiterhin ‹sehr anständig› findet!

Sie dreht sich um und schleicht zurück.

Wie lange soll das eigentlich noch so gehen? Wie lange will sie diesen beiden Menschen so viel Macht über sich geben?

«Mami?», klingt Alexas Stimme durch die Kinderzimmertür. «Ich komme gleich», sagt Nona leise durch den Türspalt. «Bleib liegen, wir gehen heute nicht in den Kindergarten.»

Im Schlafzimmer zieht sie den Koffer unterm Bett hervor und beginnt zu packen.

Nona betritt leicht schwankend die Ankunftshalle des Flughafens Rom Fiumicino. Vor ihr begrüßt sich eine italienische Großfamilie überschwänglich, es ist voll, laut und heiß: Männer, Frauen und Großeltern liegen sich in den Armen, übernächtigte Kinder sitzen greinend auf Koffern und warten darauf, abgeholt zu werden.

Nona ist überwältigt von dem langen Flug und dem Tumult um sie herum, sie hat Angst, angerempelt zu werden, ihre Rippen schmerzen immer noch. Ihren rechten Arm hat sie in einer Schlinge, vor allem, um den Brustkorb zu schützen, eine Sonnenbrille verdeckt ihr geschwollenes Auge, das ständig tränt. Über der linken Schulter trägt sie zwei Taschen, die immer wieder herunterrutschen. Alexa trippelt ein paar Schritte hinter ihr her, Nona muss sie ständig ermahnen, nicht alle paar Meter stehen zu bleiben.

Unter der großen Anzeigetafel entdeckt sie Moritz, trotz seiner wie immer gebückten Körperhaltung überragt er fast alle um einen Kopf. Er sucht die Menge mit den Augen ab. Sie winkt ihm zu, doch sie sind noch zu weit weg, Moritz sieht sie nicht. Nona schiebt sich durch die Menschenmassen auf ihn zu, sie schwitzt, bleibt kurz stehen, um sich die Taschen wieder auf die Schulter zu hieven.

Sobald Ake das Haus verlassen hat, ist sie zum Telefon gestürzt. Die Nummer in Rom kennt sie auswendig, sie hätte sie auch mitten in der Nacht wählen können. Moritz ging sofort ans Telefon. Als sie sein tiefes «Kolberg» hörte, verlor sie kurz die Fassung, die sie bis dahin gewahrt hatte. Sie fing an zu heulen, bevor sie überhaupt alles geschildert hatte. «Pack deine Sachen, du kommst sofort her», sagte Moritz in seinem barschen Befehlston, noch bevor sie fertig war. «Ich schicke dir das Geld – heute noch. Und du schaust, dass du den nächstmöglichen Flieger erreichst, mit Alexa. Dann sehen wir weiter.»

Das ist gerade mal achtundvierzig Stunden her, doch es kommt Nona vor wie eine Szene aus einem anderen Leben. Sie ist früh am Morgen zum Reisebüro gefahren, das Kind im Arm. Die blauen Flecken im Gesicht hatte sie notdürftig abgedeckt und sich eine Sonnenbrille aufgesetzt. Ihre Rippen schmerzten, besonders wenn sie den rechten Arm bewegte, deshalb hängte sie ihn in eine selbstgebastelte Schlinge.

Vor dem Reisebüro wäre sie fast in die französische Botschaftergattin hineingerannt. Nona grüßte sie nur kurz und ging vorbei, ohne weitere Freundlichkeiten auszutauschen.

John hatte sie nicht mehr angerufen. Sie musste diese Sache alleine ausfechten. Außerdem wollte sie nicht, dass er sie so sah, mit blauem Auge, armselig und bemitleidenswert. Und John hatte seinerseits nie von einer gemeinsamen Zukunft gesprochen, im Gegenteil, er plante einen baldigen Heimaturlaub mit Carol. Sollte er doch bei dieser verbiesterten Kuh bleiben.

Doch während sie und Alexa am Check-in am Flughafen in Mexiko warteten, wurde Nona immer unruhiger. Schließlich stand sie auf und kaufte eine Postkarte, auf die sie einen verschlüsselten Text für John kritzelte, bevor sie sie einwarf. Später im Flugzeug bereute sie es schon. Vielleicht würde er ihren Text nicht entschlüsseln können, oder, noch schlimmer, er würde die Karte verstehen und sie unangebracht finden. Vielleicht will er nichts mehr von ihr wissen, und sie hat sich zum Idioten gemacht. Egal. Darüber kann sie jetzt nicht auch noch nachdenken.

Da vorne in der Menge steht ihr großer Bruder.

Sie nimmt Alexa an die Hand und kämpft sich durch die Massen. Ihr Herz rast, kalter Schweiß rinnt ihr über den Rücken, sie hat kaum geschlafen während des Fluges, sondern eine Zigarette nach der anderen geraucht. Zum Glück ist Alexa sofort eingeschlafen.

Dies ist eine Zäsur, das weiß sie. Endlich. Jahrelang hat sie darüber nachgedacht, Ake zu verlassen. Jetzt ist das eingetreten, was sie sich in ihren Tagträumen so oft ausgemalt hat. Nur, dass sie nicht wunderschön, unabhängig und glücklich von ihrem neuen Liebhaber am Flughafen empfangen wird. Nein, sie kommt ungewaschen und mit einem verquollenen Auge, die ahnungslose, verschlafene Alexa an der Hand – ohne irgendeine Vorstellung davon, wie die Zukunft aussehen soll, was sie jetzt machen wird.

Moritz umarmt sie. «Ach Nönnchen, was machst du denn für Sachen?», fragt er. Mit gerunzelter Stirn untersucht er ihr Gesicht. «Da hat dein Gatte ja ganze Arbeit geleistet.»

Jetzt erblickt Nona auch Isabella, die zart und elfenhaft hinter Moritz steht und ihr Puppengesicht emporreckt, um über Moritz' Schulter blicken zu können. Sie steht auf Zehenspitzen, es wirkt fast, als springe sie immer wieder in die Höhe wie ein eifriges, kleines Hündchen, das nicht vergessen werden möchte. Auch ihre Tochter Cosima ist dabei, sie läuft auf Alexa zu. Nona ist gerührt von der Begrüßung, ihre Augen füllen sich mit Tränen. Isabella drückt ihr einen Kuss auf die Wange. «Fang nicht an zu heulen, Nonni, wir reden später.»

Dann lacht sie ihr glucksendes, kehliges Lachen, schnappt sich eine der Taschen und trippelt auf hohen Plateausohlen vorweg. Alexa und Cosima schließen sich schnatternd an.

Das Haus in Aventino ist ein moderner, zweistöckiger Bau zwischen Pinien und Zypressen, zwei große, leicht versetzt aufeinandergestellte Betonquader. Es ist hell, schlicht, mit großen Fenstern – Isabella hat das Haus mit Hilfe eines renommierten Architekten entworfen, als Hommage an Mies van der Rohe, wie sie sagt. Innen gibt es keine Türen, die Wände reichen nicht bis an die Decke – auch das ist Teil des Konzepts. «Luft», betont Isabella immer. «Die Energie im Haus fließt so besser.»

Konnis Urteil fiel anders aus. «Das Haus passt in die römische Altstadt wie ein Arsch auf'n Eimer.»

Isabella ist an Schönheit interessiert, nicht an Praktischem. Die Möbel im Haus hat sie nach Energiefeldern platziert, immer wieder lässt sie Menschen kommen, die mit einer Wünschelrute beispielsweise die unterirdischen Wasseradern bestimmen, über deren Knotenpunkten man auf keinen Fall schlafen darf. Oder dort ganz besonders? Nona hat es nie verstanden, jedenfalls stehen deshalb die Betten direkt an der Tür, die Bücherregale blockieren Einbauschränke. Außerdem glaubt Isabella an die Kraft der Veränderung: Alle paar Monate werden die Zimmer neu gestrichen. Zurzeit sind sie blutrot, aber Nona sieht schon an den waldgrünen Flecken neben der Eingangstür, dass Isabella bereits ein neuer Farbwechsel vorschwebt. Auch Bilder, Vorhänge, Sofakissen – alles wird dann ausgetauscht, damit das Haus in einem Ton gehalten ist. Als Isabella nicht den richtigen Stoff finden konnte, hat sie die Sofakissen auch schon einmal mit Wandfarbe bestrichen. Es herrscht folglich immer eine unfertige Atmosphäre im Haus, alles ist im Wandel, im Fluss, wie Isabella sagen würde.

Für Nona könnte es nach den Jahren mit Ake und seinen rigiden Vorstellungen keinen perfekteren Ort geben. Sie stellt die Koffer im Wintergarten ab, in dem Isabella zwei Betten aufgestellt hat. Die beiden Mädchen rennen nach oben. Nona lässt sich auf eine Matratze fallen.

«Hat jemand für mich angerufen?»

«Wen meinst du – Ake?»

«Nein. Ich dachte, vielleicht jemand anderes. Ein Amerikaner.»

# Im Garten des Kardinals

*Köln, 1980*

Nona zieht den Rauch tief in die Lunge und hält die Luft an. Ein paar Sekunden schafft sie es, dann stößt sie den Qualm, begleitet von einem massiven Hustenanfall, wieder aus. Ihre Augen tränen.

«Und? Spürst du was?»

Nona blinzelt und schüttelt den Kopf. Sie hustet noch einmal und reicht Niko den Joint zurück.

«Mir ist etwas übel. Aber sonst merke ich gar nichts.»

«Das ist beim ersten Mal immer so», sagt Niko fachmännisch. Es riecht nach Räucherstäbchen, aus dem Wohnzimmer klingt Zither-Musik. Niko ist bei Nona zu Besuch, er ist zwanzig und Bobbys ältester Sohn. Seit zwei Jahren lebt er in Berlin, um nicht zum Bund zu müssen. Er hat die Schule geschmissen, isst kein Fleisch und war schon zweimal in Indien. Für Bobby ist das alles ein Albtraum.

Nona hingegen ist bekannt dafür, dass sie keine Regeln aufstellt. Vor allem, seit sie sich von Ake getrennt hat. Niko besucht seine Tante gern, und diesmal hat er sogar ein paar seiner Berliner WG-Mitbewohner mitgebracht, vier oder fünf, sie heißen Wolle und Kalle und Didi oder so, genau kann Nona sich das nicht merken. Sie haben direkt am ersten Tag Nonas Wohnzimmer in Beschlag genommen und sich mit ihren Gitarren und schmutzigen Klamotten ausgebreitet. Das war vor drei Wochen. Seitdem schläft Nona unten in Alexas Etagenbett.

Alexa ist nicht begeistert von dem Besuch. «Wie lange bleiben die noch?», raunt sie ihrer Mutter jeden Morgen zu, wenn sie sich einen Weg durch die Wäscheberge und dreckigen Tellertürme zur Küche bahnen.

Doch Nona stört sich nicht an dem Besuch, im Gegenteil, sie liebt das Chaos, das Niko und seine Freunde mitgebracht haben. Klar, sie scheinen nicht besonders daran interessiert, vor zwölf aufzustehen, mal den Abwasch zu machen oder zu duschen. Aber sie sind nett, sie kochen aufwendige indische Gerichte, abends spielen sie mit Alexa Mikado oder Gitarre. Es ist mehr Leben im Haus, so, wie sie es sich immer erträumt hat. Und wenn sie schon allein leben muss – und danach sieht es aus, denn seit sie aus Mexiko vor Ake geflohen ist, hat John nichts mehr von sich hören lassen –, dann möchte sie das Leben wenigstens in vollen Zügen genießen.

Seit vier Jahren lebt sie mit Alexa in Köln. Die Wohnung ist eigentlich zu klein, fünfzig Quadratmeter, und ziemlich schäbig. Nona schläft auf dem Sofa im Wohnzimmer, damit Alexa ihr eigenes Zimmer hat. Sie halten sich mit dem Geld, das Moritz und Konrad ihr monatlich überweisen, gerade über Wasser, da will sie nicht verschwenderisch sein. Ake weigert sich, ihr Unterhalt zu zahlen, schließlich habe sie ja die Scheidung gewollt. Obwohl sie klein und abgewohnt ist, liebt Nona die Wohnung, sie hat jedes Zimmer in einem anderen Ton gestrichen, eines nur bis zur Hälfte, weil die Farbe ausging. Jetzt, wo sie die Hoffnung auf eine bürgerliche Existenz mit Kind und Ehemann und vorzeigbarem Haus aufgegeben hat, fühlt sie sich merkwürdig befreit. Sie studiert, geht zu Demos, schreibt Unterstützerbriefe an die RAF.

Ab und zu trifft sie Menschen aus ihrem alten Leben:

Adelige, Bekannte ihrer Mutter, die ihr den Hof machen, sie zum Essen einladen. Agnes hat ein paarmal versucht, sie zu verkuppeln, mit dem Sohn der Alvenslebens oder anderen Nachbarn aus Ostpreußen. «Kind!», hat sie gesagt, als sie sie zum ersten Mal in ihrer Wohnung besuchte. «So kannst du nicht weiterleben, das ist doch kein Zustand!» Aber Nona hat sich auf keinen der standesgemäßen Verehrer eingelassen. Sie hat sich damals geschworen: Sie will John, und wenn sie ihn nicht haben kann, will sie keinen.

Manchmal denkt sie an die Monate mit ihm, und die Zeit kommt ihr vor wie ein Traum. Ist es überhaupt passiert? Hat sie sich alles nur eingebildet? Warum hat er sich nie wieder bei ihr gemeldet? Vor allem im März denkt sie an ihn, am St. Patrick's Day.

«Wie geht es denn deiner Mutter?», fragt Nona.

Niko reicht ihr den Joint zurück. «Ach, wie immer. Sie meckert an mir rum. Ich soll endlich eine Ausbildung machen, arbeiten, heiraten, eine Familie gründen, ein Haus bauen, all diese Spießer-Kriterien erfüllen, damit sie auch mal etwas hat, womit sie bei Frau Strobl angeben kann.»

Nona lächelt. «Sie könnte sich mit Agnes zusammentun, die ist auch besorgt um meinen Lebenswandel.»

Die Tür wird aufgerissen, und Alexa erscheint mit verweintem Gesicht. Nona drückt Niko schnell den Joint in die Hand.

«Jemand hat mein Fenster offen gelassen, und jetzt ist Fanny weggeflogen!»

Sie laufen zum Balkon. Fanny, Alexas blau-gelber Wellensittich, sitzt in einer Baumkrone auf der anderen Straßenseite, im Park des Kardinals.

Alexa schnalzt mit der Zunge, sie pfeift und ruft nach Fanny, doch der eigentlich zahme Vogel macht keine Anstalten, seine gerade gewonnene Freiheit wieder aufzugeben.

Wolle oder Kalle, einer der rastagelockten WG-Typen, kommt dazu.

«Was'n hier für 'ne Aufregung?» Er schiebt sich ein paar Haarwürste aus der Stirn.

Alexa wirft ihm einen wütenden Blick zu, für sie steht fest, dass der ungeliebte Besuch das Fenster offen gelassen hat.

Wolle oder Kalle schaut in die Baumkrone.

«Soll ich deinen Vogel holen?»

«Das geht nicht», schluchzt Alexa, «wir dürfen nicht in den Garten vom Kardinal.»

Der Park ist für die Nachbarskinder tabu. «Zutritt verboten», steht auf gelben Schildern am Eingang. Ein Ball, der beim Spielen auf der Straße über die Mauer fliegt, ist für immer verloren.

Kalle oder Wolle lacht, er hat nette Augen. Er schiebt seine Haarwülste hinter die Ohren, greift sich den Vogelbauer und nickt Niko zu. «Das wollen wir doch mal sehen.»

Eine halbe Stunde später sind sie zurück – mit dem Vogel im Käfig. Betont cool drückt Niko ihn Alexa in die Hand.

«Der Sklave vom Popen hat uns total angeschissen, von wegen, was wir in seinem wunderschönen Bonzen-Park machen würden und so. Na, der kann noch was erleben.»

«Wieso?», fragt Alexa.

«Wirst du noch sehen.»

Niko setzt sich zufrieden ins offene Wohnzimmerfenster und dreht sich einen Joint. Langsam wird es dunkel draußen. Ein Motor heult unten auf der Straße auf.

«Gibt's eigentlich noch Abendessen?», fragt Alexa.

Es klingelt.

«Mist, das ist Konni, der wollte vorbeikommen!» Nona springt auf, rennt ins Bad und spritzt sich kaltes Wasser ins Gesicht.

Konrad steht im Flur und beäugt die Besucher im Wohnzimmer. Niko sitzt immer noch im Fensterrahmen und raucht, einer seiner WG-Mitbewohner spielt Gitarre, ein anderer hat seine Bongo-Trommeln herausgeholt. Es riecht nach Haschisch. Sein Neffe winkt ihm durch die Dunstschwaden zu. «Hallo, Onkel Konni!»

Nona kommt aus dem Bad und trocknet sich das Gesicht ab. Ihre Augen sind rot umrandet. Konrad steht in seinem italienischen Maßanzug verwirrt zwischen den Kleiderhaufen und halbvollen Weinflaschen. Jemand hat eine Krishna-Postkarte an die Wand geheftet. Konrad hebt mit spitzen Fingern eine dreckige Unterhose vom Telefontischchen und lässt sie angeekelt auf den Boden fallen.

«Ähm, darf ich fragen, was mit deiner Wohnung passiert ist?», fragt er.

Nona muss auf einmal unheimlich lachen. Sie kriegt sich gar nicht mehr ein, sie prustet, Tränen laufen ihr übers Gesicht.

«Was ist denn mit dir los? Und warum liegen hier dreckige Unterhosen rum?»

Ohne zu antworten, zieht Nona Konrad in die Küche. Auf dem Tisch liegen Briefe und Papiere, ungeordnet. Sie setzen sich.

«Nona, ist alles in Ordnung?»

Nona wischt sich kichernd die Tränen weg und nickt.

«Was ist los, bist du betrunken?»

Nona gluckst. «Nein, ich hab nur ... mit Niko eben einen durchgezogen.»

«Einen was?»

Nona stellt zwei Weingläser auf den Tisch und setzt sich. «Einen Joint geraucht, 'ne Tüte, du weißt schon.»

Konrad schaut sie verständnislos an.

«Gekifft. Ich habe mit Niko, meinem kaum volljährigen Neffen, gekifft. Arm, oder? Aber ich wollte es mal ausprobieren.»

Konrad lacht. «Alles klar. Jetzt also, wo du vierzig, alleinerziehend und arbeitslos bist, fängst du mit Drogen an.» Er schüttelt den Kopf. «Und nimmst zusätzlich noch einen Haufen ungewaschener Kriegsdienstverweigerer bei dir auf.»

Nona gießt ihnen zwei Gläser Wein ein. «Einen Moment. Vierzig und alleinerziehend – geschenkt. Aber: Erstens bin ich nicht arbeitslos, ich habe nur meine Stelle gekündigt, um Psychologie zu studieren. Weil ich nicht mein Leben lang Volksschullehrerin sein will. Und um die menschliche Psyche besser zu verstehen. Täte dir auch mal ganz gut.»

Sie lächelt und schiebt das Weinglas über den Tisch. «Und zweitens: Die Kriegsdienstverweigerer bleiben hoffentlich nicht mehr allzu lange.»

Konrad greift nach seinem Glas.

«Wenn du meinst. Die scheinen sich aber bei dir ganz wohlzufühlen.»

Sie stoßen an.

Nona zieht einen Brief aus dem Stapel auf dem Küchentisch. «Das wollte ich dir zeigen. Dieser Brief kam von Akes Anwalt. Er will das alleinige Sorgerecht für Alexa einklagen.»

Sie wartet kurz, während Konrad liest, dann spricht sie weiter: «Dabei hat er sich fast nie um sie gekümmert! Es wäre absurd, sie bei ihm aufwachsen zu lassen! Nicht *ein-*

mal hat er sie allein ins Bett gebracht oder in die Schule, oder ihr ein Geschenk gekauft. Das war immer ich!»

Nona zündet sich eine Zigarette an.

«Er macht das nur, um mich unter Druck zu setzen. Zahlt keinen Unterhalt, nicht für Alexa und nicht für mich, und wenn ich mich bei ihm beschwere, antwortet er nur: Dann kommt sie eben zu mir, wenn du sie dir nicht leisten kannst!»

Konrad liest den Brief und schüttelt den Kopf.

Nona gießt sich noch ein Glas Wasser ein, ihre Albernheit ist völlig verflogen.

«Und – fällt dir noch etwas auf?», fragt sie ihn.

«An dem Brief?» Konrad hält ihn hoch.

«Ja. Das Beste nämlich. Das Aller-, Allerbeste an dieser schönen Epistel ist dir entgangen.»

Sie beugt sich über das Dokument und zeigt auf den Absender.

Konrad liest: «Friedrich von Rosen.» Er schaut hoch. «Das ist doch unser Anwalt. Hat Ake sich *den* genommen?»

«Nicht genommen. Das kann man so nicht sagen. Er wurde ihm gestellt.»

«Gestellt? Ich kapier es nicht.»

Nona beugt sich zu ihm vor. «Tja, das ist auch nicht so leicht zu kapieren. Ich habe es am Anfang auch nicht verstanden. Aber Ake hat es mir erklärt.» Sie nimmt einen letzten Zug von der Zigarette und drückt sie aus. Konrad blickt Nona erwartungsvoll an.

«Agnes von Kolberg hat Rosen für Ake engagiert, und sie zahlt ihn auch. Damit Ake mich verklagen kann.»

Als Konrad spricht, flüstert er fast. «Ist das dein Ernst?»

Nona nickt. Konrad sieht aus wie ein verwundetes Kind,

sie kennt diesen Blick so gut von ihm, wenn er verletzt ist oder sich ungerecht behandelt fühlt. Ihre Wut, ihre selbstgerechte Aufregung, ist wie weggeblasen. Sie schlägt sich die Hände vors Gesicht und bricht in Tränen aus.

«Ich bin ihr Kind!», schluchzt sie. «Wie kann sie das nur machen? Ich bin ihr Kind!»

Sie nimmt sich eine Stoffserviette vom Tisch und schnäuzt lautstark hinein. «Sie hat es mir nie verziehen, dass ich ihn verlassen habe! Ihr Akilein! So ein netter junger Mann, aus so einer guten Familie. Sie! Sie selbst *durfte* sich scheiden lassen für ihre große Liebe, *wissen Sie, mein erster Mann war leider homosexuell.* Das war natürlich etwas anderes. Aber ich, ich soll schön bei Akilein bleiben, egal, ob er mich ab und zu vermöbelt!»

Nona hält kurz inne und trocknet ihre Tränen. «Als ich ihr erzählt habe von der Episode in Mexiko, weißt du, was sie da gesagt hat? ‹Frau von Bismarck hatte neulich auch ein blaues Auge.› Und damit war es für sie erledigt.»

Nona putzt sich die Nase. «Sie hat mir nicht verziehen, dass ich eine Affäre hatte. Mit einem Bürgerlichen! Einem Amerikaner! Sie hat es mir einfach nicht gegönnt, dass ich mich verliebt habe.»

Konrad steht auf. Nona blickt erstaunt zu ihm auf.

Ohne ein Wort zu sagen, geht er mit großen Schritten zur Haustür. Nona läuft hinterher.

«Was machst du?»

Er schließt wortlos die Tür zu den kiffenden Hippies im Wohnzimmer, geht zum Telefon, nimmt den Hörer ab und wählt. Nona stellt sich neben ihn und wartet. Es klingelt in der Leitung, drei Mal, dann hört sie Agnes' Stimme am anderen Ende. Sie schaut Konrad erschrocken an.

«Spinnst du?», flüstert sie. «Leg auf!»

Konrad legt ihr den Finger auf den Mund.

«Ich bin's, Konni. Ich bin gerade bei Nona. Agnes, Nona hat mir erzählt, dass du den Rosen für Ake angeheuert hast. Du stellst Ake den Familienanwalt, um gegen Nona zu prozessieren.»

Konrad spricht laut und bestimmt, Nona beginnt, an ihren Fingern herumzuknibbeln. Sie horcht am Hörer. Agnes muss sich am anderen Ende der Leitung offenbar kurz sammeln, dann legt sie los.

«Konni, ich glaube wirklich nicht, dass du dich da einmischen solltest ...»

«Und wie ich mich einmische!», brüllt Konrad so unvermittelt, dass Nona zusammenzuckt. Alexa steckt den Kopf erschrocken in den Flur, Nona scheucht sie zurück ins Zimmer.

«Ich sage dir etwas, Agnes, du entziehst jetzt sofort, *sofort!*, dem Rosen das Mandat ...»

Agnes erwidert etwas, Nona kann es nicht hören, weil Konrad so schreit.

«Da gibt es wirklich nichts zu besprechen, Agnes! Es ist die Höhe, dass ich dir das überhaupt sagen muss! Diese Scheidung geht außer Nona und Ake niemanden etwas an. Und entweder du hältst dich da raus, oder du siehst mich nie wieder!»

Jetzt wird auch Agnes laut, aber Konrad spricht sofort weiter.

«Du hast die Wahl, Agnes! Du kannst es dir aussuchen!»

Er knallt den Hörer auf die Gabel.

Nona schaut Konrad voller Bewunderung an, ihr Puls rast, sie ist völlig durchgeschwitzt. Als sie gerade etwas sagen will, geht die Tür zum Wohnzimmer auf. Niko steht vor ihr, dicht gefolgt von dem Typ mit den Rastalocken.

Beide tragen verwaschene, schwarze Jeans und schwarze Rollkragenpullover.

Niko schaut seine Tante prüfend an. «Ist alles okay hier draußen?»

Einer nach dem anderen kommen alle Berliner zum Vorschein, sie watscheln in einer Reihe hinter Niko her wie Entenküken hinter ihrer Mutter. Alle sind schwarz angezogen.

«Was habt ihr vor?»

«Wir gehen noch mal rüber», sagt Niko und deutet mit dem Kopf zum Park. «Dem Popen einen Besuch abstatten. Ich habe da vorhin eine Fahnenstange gesehen ...» Er greift nach der Unterhose, die Konni auf den Boden geworfen hat – «darf ich?» –, und stopft sie in seine Manteltasche. Er strahlt. «Die ist bestimmt seit Monaten nicht mehr gewaschen worden.»

«Ja, und was wollt ihr im Park machen?»

«Die Unterhose hissen. An der Fahnenstange. Als Zeichen des Widerstands.»

Niko geht an Konrad und Nona vorbei.

Als die Gruppe schon aus der Wohnung ist, dreht sich der Rastalocken-Typ noch einmal um.

«Ach so ... heute Mittag ist so ein Brief gekommen, per Einschreiben. Ich hab ihn entgegengenommen. Sorry, wollt ich dir noch sagen. Ich hab ihn irgendwo da rübergelegt ...»

Er macht eine unbestimmte Handbewegung Richtung Telefontisch. Dann führt er zwei Finger an die Stirn und salutiert zum Abschied.

Konrad dreht sich zu Nona um.

«Ich kann nur sagen, wenn das hier das Umfeld ist, in dem du deine Tochter großziehst, kann ich nur hoffen, dass Ake mit seiner Klage durchkommt.»

Aber Nona antwortet nicht, sie steht am Telefontisch und zieht den Brief unter dem Telefonbuch hervor.

Ihre Adresse darauf ist in einer schwungvollen, ausladenden Handschrift geschrieben. Der Brief ist ohne Absender.

Sie schaut hoch. «Er ist von John.»

# DIE GESCHWISTER

# Ihres Lebens würdig

*Bonn, 1988*

Das schmiedeeiserne Gartentor quietscht laut. Alexa zögert kurz, dann schiebt sie es weiter auf. Es ist schwergängig, als sei es in letzter Zeit nicht oft benutzt worden, doch die Hecken und Brombeersträucher in Agnes' Garten sind gepflegt, jemand hat das Obst geerntet und die Äste zurückgeschnitten. Alexa geht zwischen den Blumenrabatten hindurch zur Haustür und klopft vorsichtig an, sie will nicht klingeln, vielleicht schläft Agnes.

Leni öffnet ihr die Tür mit verweintem Gesicht und wirrem Haar. Sie lächelt ihre Nichte an und bedeutet ihr wortlos, mitzukommen. Im Salon sitzen Tobias und Ferdinand auf zwei Stühlen wie im Wartezimmer einer Arztpraxis. Sie nicken Alexa zu, die direkt zu ihrer Großmutter durchgeschleust wird. Eine feierliche, bedrückte Stimmung herrscht im Haus, es ist still, obwohl bestimmt sechs Töchter und mehrere Enkel da sind, doch kaum jemand spricht, sie alle schleichen durch die Gänge, als wäre Agnes bereits gestorben.

Die Vorhänge des Herseler Wohnzimmers sind zugezogen, es ist duster, nur ein schmaler Lichtstreifen fällt in den Raum, in dessen Mitte nun ein Krankenhausbett steht, daneben ein Stuhl für Besucher. Auf dem Nachttisch stapeln sich Medikamentenschachteln, Taschentücher, unangetastete Wassergläser. Der Geruch von Putzmitteln hängt in der Luft.

Agnes liegt zwischen frischgestärkten, hellen Laken auf einem strahlend weißen Kissen, das Kopfende des Bettes ist leicht hochgestellt. Sie trägt Perlenohrringe, ihr Gesicht ist schmal und gelblich, doch auf ihren Wangen und Lippen befinden sich etwas Rouge und Lippenstift, als habe sie sich für ihren Besuch schön gemacht. Ihre robusten Gärtnerinnen-Hände ruhen gefaltet auf der Decke, ein Tropf führt in ihren schmalen Arm. Sie lächelt milde zur Begrüßung.

Leni beugt sich zu ihr hinunter.

«Alexa ist jetzt da. Nonas Tochter.»

Agnes nickt.

Alexa will gerade gegen die förmliche Vorstellung protestieren, schließlich weiß ihre Großmutter ja wohl, wer sie ist, da sieht sie an Agnes' zufriedenem Lächeln, dass es genau richtig so ist, dass dies Teil des Programms, des Rituals ist: Jeder Besuch wird angekündigt wie bei Hofe, die sterbende Königin empfängt.

Sie setzt sich auf den Stuhl, streckt ihre Arme über den Metallrahmen des Bettes und streichelt Agnes' Hände. Ihre Großmutter schließt die Augen, ihre Lider flattern, ihr Kopf sackt etwas zur Seite.

Leni justiert den Tropf nach. «Sie ist müde», sagt sie entschuldigend.

Seit ein paar Tagen werden Enkel, Geschwister, Kinder und Cousinen bei Agnes durchgeschleust, seitdem alle wissen, dass ihr Tod nun unmittelbar bevorsteht. Sie isst und trinkt kaum noch, sie hat beschlossen, dass der Zeitpunkt gekommen ist. Es gibt in der Familie kein anderes Thema mehr als Agnes' Tod, der generalstabsmäßig durchgeplant werden muss. Die großen Schwestern überbieten sich geradezu darin, ihr einen würdigen Abschied zu organisieren. Einen, der ihrem Leben gerecht wird.

Agnes selbst fing vor ein paar Monaten damit an. Als sie immer kränker und schwächer wurde und es irgendwann klar war, dass ihr nicht mehr viel Zeit bleiben würde, bestellte sie die gesamte Familie in ihr Herseler Wohnzimmer ein, wo sie einen Gottesdienst abhielt. Agnes fungierte dabei als ihr eigener Pastor. Die Gäste bekamen bei ihrer Ankunft kleine Zettel mit der Liturgie, die Agnes an ihrer Schreibmaschine getippt und von Marga hatte vervielfältigen lassen. Dann nahm sie in einem langen schwarzen Kleid vorne in einem samtbezogenen Sessel neben einer brennenden Kerze Platz, las Bibelverse vor und sprach ein paar passende Worte über ihren bevorstehenden Tod. Zum Schluss wurde gemeinsam gesungen, wenn auch verhalten. Niemand wusste so recht, was diese vorgezogene Trauerfeier zu bedeuten hatte. Agnes jedenfalls segnete zum Schluss die ‹Gemeinde› und entschwand in ihr Schlafzimmer.

Als sie zwei Wochen später immer noch nicht gestorben war, wiederholte sie die Zeremonie, wenn auch mit anderen Bibelzitaten und Gebeten. Nona und Leni, die beim ersten Mal noch ernsthaft und andächtig in den hinteren Reihen gesessen hatten, tauschten bei diesem zweiten Trauergottesdienst schon leicht ironische Blicke aus. «Sie lässt an Drama wirklich nichts aus», flüsterte Nona.

Doch das ist inzwischen einen Monat her. Jetzt ist Agnes zu schwach, um aufzustehen, geschweige denn jemandem etwas vorzulesen. Ihr Brustkorb hebt und senkt sich kaum merklich unter der Decke. Alexa ist verunsichert.

«Soll ich vielleicht später wiederkommen?»

Leni schüttelt den Kopf. «Nein, das ist manchmal so, sie ist erschöpft. Sie ist immer nur ein paar Stunden wach, dann muss sie wieder schlafen. Es ist ja viel Besuch, aber sie möchte eben jeden Einzelnen sehen.»

Alexa nickt. Sie will unbedingt alles richtig machen in diesen letzten Stunden. Ihr Blick fällt auf ihren Großvater, das Krankenbett steht direkt unter seinem Bild. Seine Augen scheinen auf ihr zu ruhen. So war es immer, egal wo sie sich im Raum befand, ob sie auf dem Sofa lag und las oder mit Agnes am Tisch Karten spielte, Kuno schien nur sie anzulächeln. Auch jetzt.

Als Kind verbrachte Alexa viele Wochenenden bei Agnes, wenn Nona andere Pläne hatte oder wieder einmal mit John alleine sein wollte. Dann wurde Alexa im Garten eingesetzt, wo sie mit Agnes Unkraut jätete und Beete umgrub. Immer musste dringend etwas erledigt werden. Agnes arbeitete mindestens genauso hart wie ihre Enkelin, sie stand in Latzhosen, einem fleckigen Männerhemd und einem Tuch im Haar in den Gemüsebeeten und schichtete den Kompost um oder stach Spargel. Am Ende des Tages zog sie die dicken Handschuhe aus und bewunderte ihr Werk. Nichts ging für Agnes über Arbeit.

Die Beeren, die sie körbeweise ernteten, flogen bei Nona übrigens schon während der Rückfahrt aus dem Auto. «Seit meiner Kindheit habe ich nicht eine einzige Brombeere mehr gegessen, und das wird sich auch jetzt nicht ändern.»

Abends schlug Agnes dann Alexas Nachtlager im Wohnzimmer unter dem Ölgemälde auf und legte sich zu ihr. Oft las sie ihr vor, aus dem *Struwwelpeter* oder dem Alten Testament. Je blutrünstiger, desto besser. Alexa gruselte es bei dem Bild des Schneiders, der mit seinen langen Armen und Beinen auf den kleinen Konrad zustürzte, weil er wieder gelutscht hatte – *Und die Daumen schneidet er / Ab, als ob Papier es wär.* Einmal machte sie den Fehler, Nona von ihren Albträumen zu erzählen, die daraufhin Agnes die abendliche Lektüre mit ihrer Tochter verbot. «Ich will nicht, dass du dem Kind diesen autoritären Mist voller schwarzer Pädagogik eintrichterst!» Doch Agnes lächelte nur und wechselte über zu einem schwedischen Roman, der von gestorbenen Kindern handelte, deren Geister nachts Blutspuren im Schnee hinterließen.

Danach behielt Alexa ihre Ängste für sich. Um nichts in der Welt wollte sie ihre wertvolle Zeit mit Agnes gefährden. Für sie war es ein Erlebnis, ihrer Großmutter so nah zu sein. Sie schmiegte sich beim Vorlesen ganz eng an ihren langen, knochigen Körper, sie sog ihren seifigen Duft ein und drückte auf den bläulichen Adern an Agnes' Arm herum. Wenn sie sich allzu sehr gruselte, war es vor allem der traurige Blick ihres Großvaters, der sie beruhigte.

Agnes öffnet kurz die Augen, Alexa beugt sich vor, aber ihre Großmutter reagiert nicht. Leni kommt wieder herein – oder war sie die ganze Zeit hier? Sie sammelt halbleere Gläser und Tassen von den verschiedenen Tischen ein.

«Ich glaube, ich gehe besser wieder.»

Leni zeigt auf das Klavier, das neben der Tür steht. «Spiel ihr doch etwas vor.»

Alexa zögert, sie hat keine Noten dabei, und Agnes schläft immer noch.

«Stört es sie nicht?»

«Bestimmt nicht, sie freut sich.»

Alexa setzt sich auf die Bank. Sie hat Agnes schon oft vorgespielt, sie gilt in der Familie als besonders begabt, was ihr bei ihrer Großmutter Pluspunkte einbrachte. Sie denkt kurz nach und entscheidet sich dann für Chopin, das

*Fantaisie-Impromptu*, es ist ein schweres Stück, sie übt es seit mehreren Monaten. Sie freut sich schon lange darauf, es Agnes vorspielen zu können.

Sie schlägt die ersten Noten an, die Tasten sind noch schwergängiger, als sie sie in Erinnerung hatte.

Schon nach den ersten Takten macht sie einen Fehler. Sie hält inne, schaut schuldbewusst zu Agnes hinüber. «Ich fange noch mal an, ja?», sagt sie leise.

Agnes liegt regungslos in ihrem Bett. Alexa setzt noch mal einen Takt vorher ein, doch ihre Hände gehorchen ihr nicht, ständig verspielt sie sich und muss neu beginnen.

Nach ein paar Minuten gibt sie auf. Das Stück ist zu schwer. Das Bach-Präludium ist besser, es ist schlicht und schön, sie spielt es seit Jahren, alle lieben es. Da kann sie nichts falsch machen. Alexa versucht, sich zu sammeln. Ihre Hände zittern ein wenig, als sie anfängt. Die ersten Takte meistert sie noch, doch schon im dritten Satz verspielt sie sich. Jetzt geht sie über die Fehler einfach hinweg, doch es klingt grauenvoll, stümperhaft. Was ist nur los mit ihr?

Konzentrier dich!

Sie schaut hinüber zu Agnes, die so schmal und gelb und doch so würdevoll auf dem Bett liegt. Ist das der letzte Eindruck, den ihre Großmutter von ihr haben soll? Sie schließt kurz die Augen, Tränen der Enttäuschung laufen über ihre Wangen.

Jetzt geht sie nahtlos zur Mondscheinsonate über, sie könnte sie im Schlaf spielen. Alexa spreizt die Finger über den schwarzen Tasten, doch auch hier vertut sie sich laufend, nicht ein Griff stimmt. Alexa spürt die Scham, sie steigt heiß ihren Rücken hinauf, Schweißperlen treten ihr auf die Stirn, konzentrier dich!

Die Tür geht auf, und Leni kommt mit den großen Halbschwestern hinein. Sie legt Alexa die Hand auf die Schulter. Ihre Zeit ist abgelaufen.

«Lass uns bitte kurz allein mit ihr.»

Alexa steht auf. Als sie hinausgeht, dreht sie sich um, sie will Agnes ein letztes Mal sehen, doch ihre Großmutter ist verdeckt von den vier großgewachsenen Figuren, die wie Wächterinnen um ihr Bett herumstehen, dunkel und gebeugt, keine spricht, nur ein leises Schniefen und Schluchzen durchbricht die Stille.

Dann wird die Tür geschlossen.

# Die Glücksformel

*Leipzig, 1993*

Konrad wacht auf, als die Haustür ins Schloss fällt. Wahrscheinlich ist es nur Heike, die pinkeln muss – das Klo seiner Leipziger Wohnung liegt auf halber Treppe. Es ist der einzige Nachteil der Wohnung, ansonsten ist sie ein Traum – einhundertzwanzig Quadratmeter, hell, Fischgrätparkett, Stuck, Flügeltüren.

Er wirft einen Blick auf seine Armbanduhr, die auf dem Nachttisch liegt – kurz nach acht. Um zehn muss er sich ein Grundstück bei Jena ansehen, einen möglichen Ort für einen großen Truckerhof, den *Final* bauen möchte, am Nachmittag hat er einen Termin in Berlin bei der Treuhand. Er gähnt, streckt sich und angelt sich eine Zigarette vom Nachttisch, die er anzündet. Dabei fällt sein Blick auf eine Schachtel, die neben den Pall Mall liegt: Fluctin. Routiniert drückt er eine Tablette aus dem Plastikgehäuse und spült sie mit einem Schluck Wasser aus der Flasche neben dem Bett hinunter.

Während er raucht, wendet er die Packung in der Hand.

Ein Wundermittel, hat Dr. Roth ihm versprochen. «Es ist ganz neu auf dem Markt – das Wirksamste, was die Pharmaindustrie gegen Depressionen aufzubieten hat. Und so gut wie keine Nebenwirkungen!» Anfangs hat Konrad sich noch dagegen gesträubt. Er wusste ja, dass er Tiefs hatte, seine Einigel-Phasen im Keller, in denen er kaum aufstehen konnte. Aber Depressionen?

Nona hörte nicht auf, ihm damit in den Ohren zu liegen. «Noch so ein Schub wie in Bonn, Konrad, und du baumelst am nächsten Ast! Ich kann und will das nicht mehr mitansehen.»

Er hat es ausprobiert, aber er war skeptisch. Wie sollte so ein kleines, weißes Ding aus Zellulose sein Leben verändern? Doch schon nach drei Wochen fühlte er sich merklich besser, vor allem am Morgen. Es war, als wäre der anstrengende Teil seines Gehirns einfach ausgeschaltet: keine negativen Gedanken mehr, eigentlich überhaupt keine Gedanken.

Zunächst hatte er Angst davor, stumpf und stupide durchs Leben zu gehen wie ein ferngesteuerter Roboter, doch so fühlt es sich nicht an. Er ist nicht stumpf. Die Sorgen und Ängste von früher haben nur keine Macht mehr über ihn. Er muss sich Mühe geben, um sich daran zu erinnern, was ihn in seinen dunklen Zeiten so gelähmt hat.

Jetzt denkt er morgens nur noch an den Tag, der vor ihm liegt. Aufstehen, anziehen, arbeiten. Nicht mehr an das große Ganze. Er fragt nicht mehr nach dem Sinn.

Er genießt das Leben, umso mehr, da es immer weniger in Bonn stattfindet. Er ist eigentlich nur noch einmal im Monat da, und dann ist meistens Ira weg – mit Freundinnen zum Wellness-Wochenende oder in Südfrankreich auf einem Turnier.

Offiziell sind sie natürlich gar nicht getrennt, das würde viel zu viele Fragen aufwerfen und ihm eine richtige Entscheidung abverlangen – nein, er ist nur unter der Woche in den «neuen Ländern», aber Tatsache ist, dass er die meiste Zeit über in Leipzig lebt und nur ab und zu zurückfährt, um die Jungs zu sehen. Ira und er kommunizieren über kleine, freundliche Zettel, die sie sich in Bonn neben der Garderobe hinterlegen. Vom Fluctin weiß sie gar nichts. Wie von so vielen Dingen in seinem Leben.

Er hat seine Glücksformel gefunden.

«Wenn ich das früher gewusst hätte», hat er zu Nona gesagt, als er mit ihr telefonierte. «Ich hätte mir Jahre des Unglücks ersparen können.»

Und dann ist da Heike.

Er hört, wie die Haustür aufgeht.

«Ach, guten Mohhgn. Ist der Herr auch schon aufgewocht?»

Heike kommt aus einem kleinen Ort bei Ziesar, sie sächselt stark und steht mit dem R auf Kriegsfuß. Konni zieht sie oft auf damit.

«Guten Morrrgen», sagt er grinsend und setzt sich auf. «Wiederholen Sie bitte: Liebe am Morrrgen vertreibt Kummer und Sorrrgen.» Heike wirft ein Kissen nach ihm.

«Ach, du denkst also schon an Liebe am Mohgn?»

Insgeheim liebt er ihr Sächsisch.

Heike kommt mit zwei Tassen Kaffee ins Schlafzimmer. Sie trägt nur ihren Slip und eines seiner vielen blau-weiß gestreiften Hemden. Ihr braunes Haar hat sie mit einem Gummi zu einem unordentlichen Zopf zusammengebunden. Sie ist ungeschminkt, natürlich, unaffektiert. «Ostig». Konrad liebt diesen Mangel an Eitelkeit. Ira würde nie ungeschminkt oder unfrisiert das Haus verlassen.

Heike reicht ihm seinen Kaffee und setzt sich auf den Bettrand. Konrad nimmt die Tasse entgegen, stellt sie auf dem Nachttisch ab und fängt an, Heikes Hemd aufzuknöpfen. Sie trägt keinen BH.

«Wann musst du weg?», fragt er.

Sie lächelt und beugt sich vor, sodass er ihre Brüste sehen

kann. Sie sind groß und rund, weich und vollkommen weiß wie ein Glas Milch, mit hellen Brustwarzen. Große Brüste sind eigentlich nicht sein Ding, zumindest ist er immer dieser Auffassung gewesen. Bisher hatten seine Geliebten immer einen kleinen Busen, auch Ira ist mit ihrer sportlichen Drahtigkeit so ganz anders als Heike, die zwar schlank und groß ist, aber weich und gänzlich unmuskulös.

Heike stellt ihre Tasse neben das Bett auf den Boden und setzt sich auf ihn.

«Isch muss überhaupt nie möhr wög.»

Sie küsst ihn. Früher, im Studium und dann in Bonn, als er und Ira schon verheiratet waren, hatte Konrad andauernd Frauen nebenher. Falls Ira davon etwas bemerkte, zeigte sie es nie. Es waren immer kurze Geschichten – mit einer Tennispartnerin, einer Kundin bei Porsche, Tobias' Grundschullehrerin. Einmal hatte er ein längeres Techtelmechtel mit Inès, der Frau seines Cousins Viktor. Die Sache war natürlich aufgeflogen, es hatte riesigen Ärger gegeben und sich überhaupt nicht gelohnt, Inès war zwar wunderschön, aber anstrengend und überkandidelt. Er hatte sie nicht abschütteln können, stattdessen steigerte sie sich immer weiter in diese Affäre hinein, die Konrad, wenn er ehrlich mit sich war, nur begonnen hatte, um sich auf armselige Weise an Viktor zu rächen. Diese Geschichte hatte dann auch tatsächlich Viktors Ehe zerstört und für ein kleines Erdbeben in der Verwandtschaft gesorgt.

Bei der überwiegenden Mehrheit seiner Affären handelte es sich jedoch um Spielereien, ein paar Abendessen und aufregende Nächte in Hotelbetten, dann hatte es sich jedes Mal erledigt. Er hatte nie wirklich Interesse an einer anderen Beziehung, er suchte nicht nach einer Partnerin, sondern nach der Befriedigung seines Jagd- und Spieltriebs. Als die Jungs älter wurden, hatte er ohnehin kaum mehr Zeit für solche Sperenzien – und wenn er Zeit hatte, weil er nämlich wieder arbeitslos war, war er zu depressiv für irgendwelche Seitensprünge.

Nein, es waren immer die Hochphasen in seinem Leben, die von diversen Frauen begleitet wurden. Die jetzige hält schon recht lange an – auch wegen der kleinen weißen Tablette, die er jeden Morgen nimmt. Aber nicht nur deshalb. Da ist auch Heike, und da ist Altenstein. Heute Nachmittag hat er einen Termin bei der Treuhand, die Sache rückt langsam in greifbare Nähe, selbst wenn es mit der Rückerstattung nichts wird, dann werden sie eben zu guten Konditionen kaufen.

Er hat noch Ziele.

Heike schiebt den Bund seiner Unterhose nach unten, sie setzt sich wieder auf ihn und lehnt sich nach vorne, sodass ihre Haare in sein Gesicht fallen. Konrad schließt die Augen. Er wird zu spät kommen zu seinem Termin, aber das ist jetzt nicht so wichtig. Er spürt ihre Haarspitzen auf seiner Stirn. Langsam fängt sie an, sich auf ihm zu bewegen.

# Entfernte Verwandte

*Berlin–Rom, 1993*

Moritz besteigt die kleine Propeller-Maschine der Alitalia. Er stößt sich den Kopf an der niedrigen Eingangstür und flucht. Eigentlich hat er sich darüber gefreut, ab Berlin-Tempelhof zu fliegen. Er liebt es, hier zu starten, mitten in der Stadt, er genießt den abenteuerlichen Abflug tief über die Häuser hinweg. Doch die Maschine ist ziemlich klein, das hat er nicht bedacht. Klar, Jumbos können in Tempelhof nicht landen. Nun wird er mit dieser mickrigen Schleuder zurück nach Rom fliegen müssen.

Er geht den schmalen Gang entlang und sucht seinen Platz, 16 A, am Fenster. Daneben sitzt schon ein Mann, Typ Investor, aber eher halbseiden, mit gegeltem Haar, einer dicken Uhr am Handgelenk und wichtigen Akten auf dem Klapptischchen vor ihm. Er steht umständlich auf, um Moritz vorbeizulassen. Beim Aufstehen entpuppt er sich als erstaunlich klein und erstaunlich dick, macht ein großes Gewese um seine Akten und seinen Koffer.

Schließlich sitzt Moritz, nickt dem Nachbarn kurz zu und ist im nächsten Moment eingeschlafen. Als er aufwacht, blickt er auf eine dicke, weiße Wolkendecke, in den ersten Reihen serviert die Stewardess bereits die Getränke. Der Motor des Flugzeugs brummt laut.

Seinem Nachbarn ist nicht verborgen geblieben, dass Moritz aufgewacht ist. «Na, was hat Sie denn in die neue deutsche Hauptstadt verschlagen?»

Moritz räuspert sich. «Beruflich. Ich war beruflich hier.»

Er schaut gleich wieder angestrengt aus dem Fenster, in der Hoffnung, das Gespräch im Keim zu ersticken.

«Tja, da gibt es jetzt viel zu tun. Schön ist Berlin ja nicht gerade, aber – ich sag mal so – viel Potenzial.» Der Mann spricht mit niederländischem Akzent, mit dunklem «a» und kehligem «ch».

Moritz schenkt ihm ein, wie er hofft, unverbindliches Lächeln und öffnet das *Handelsblatt*.

Ohne Erfolg.

«In welchem Metier arbeiten Sie denn, wenn ich fragen darf?»

«UNO», presst Moritz zwischen den Zähnen hervor. Er starrt dabei weiter in die Zeitung.

Der Nachbar beugt sich zu ihm herüber. «Entschuldigen Sie, die Propeller sind so laut.»

«Ich arbeite bei der UNO.»

«Ah. In New York?»

«Rom. Ich bin bei der Ernährungs- und Landwirtschaftsorganisation», sagt Moritz deutlicher.

«Aha, ein Landwirt! Dann sind Sie ja genau der Richtige für die neuen Bundesländer!» Der Mann lacht gönnerhaft. «Dann ist es für Sie natürlich besonders interessant. Die LPGs, die alten Güter …»

Die Stewardess hat sie erreicht. Der Nachbar bestellt eine Bloody Mary und lockert seinen Schlips. «Nun, die UN, das ist nicht so schlecht, oder? Gar nicht so schlecht.»

Er nimmt seinen Drink entgegen.

Die Stewardess beugt sich zu Moritz herüber. «Darf es für Sie etwas sein?»

Moritz schüttelt den Kopf und hebt die Zeitung vor sich noch ein Stück höher.

Sein Nachbar denkt weiter laut nach. «Ein bisschen viel Theorie vielleicht, bei den UN? Mein Job ist ganz praktisch: Ich verstreue einfach mein Geld und hoffe, dass daraus blühende Landschaften entstehen.» *Hehehe*, lacht er über seinen Witz. «Karel de Bleeck.» Moritz' Nachbar streckt die Hand aus. «Ich bin Holländer.»

Moritz faltet resigniert das *Handelsblatt* zusammen und schüttelt sie. «Kolberg.»

Der Nachbar hüpft fast aus seinem Economy-Sitz.

«Ah – ich wusste es! Irgendwoher kam Ihr Gesicht mir bekannt vor!» Er wackelt mit seinem Zeigefinger vor Moritz' Nase herum. «Den kennst du, habe ich mir sofort gesagt.» Er nimmt einen Schluck von seinem Drink. «Sind Sie verwandt mit dem Grafen von Kolberg, wenn ich fragen darf? Konrad Graf Kolberg?»

«Warum?»

«Sind Sie's?»

«Nein, also, ja, entfernt. Es ist eine große Familie.»

«Also, was ist er, ihr Cousin? Neffe? Onkel? Schwippschwager? Diese Adelsfamilien sind immer so riesig, ich weiß das. Stellen Sie sich vor, Konrad hat mir erzählt, er hat zehn Geschwister!» Der Drink hat offenbar seine Zunge gelockert. «Zehn Geschwister!», wiederholt er mit seinem niederländischen Akzent und schlägt sich mit der flachen Hand an die Stirn.

Neun, denkt Moritz grimmig.

«Jedenfalls habe ich mit Konrad gerade geschäftlich zu tun. Er ist ein feiner Kerl. Wir investieren zusammen und sind da an einer größeren Sache dran.»

«Hmm.»

«Wissen Sie, Ihr Cousin, oder was auch immer – Konrad – er ist so eine Art Experte, was die neuen Bundesländer betrifft. Er hat vorzügliche Kontakte zur Treuhand. Es gibt da ein Stück Land – etwa eine Stunde nördlich von Berlin. Ein sehr interessantes Objekt. Ein riesiges Grundstück, mehrere tausend Hektar. Wunderschöner Wald. Das wäre bestimmt eine gute Investition für Sie, da Sie sich ja auch für Landwirtschaft interessieren.»

Moritz fängt an zu schwitzen. Er knöpft seinen obersten Hemdknopf auf und macht der Stewardess ein Zeichen.

De Bleeck redet weiter. «Altenburg. Da ist momentan noch nichts, sehen Sie, ein heruntergekommenes Dorf, Unmengen von Arbeitslosen» – er lehnt sich verschwörerisch zu Moritz herüber –, «Unmengen von Jammerossis, ja, Sie verstehen, was ich meine. Und endloser Wald.» Er schüttet sich den letzten Schluck Bloody Mary in den Hals. «Sehen Sie – Berlin ist jetzt noch kaputt, ja? Eine Baustelle. Noch kann man es sich nicht vorstellen. Aber warten Sie ab: Hier wird nach und nach das Geld hinziehen.»

Die Stewardess ist mit ihrem Wagen noch mal zu den beiden zurückgekommen. Moritz bestellt einen Gin Tonic.

«Ah, Sie trinken doch etwas? Richtig so. Ich nehme auch noch eine Bloody Mary!»

De Bleeck wartet, bis die Stewardess ihnen die Getränke gereicht hat, dann fährt er fort. «Und was wollen luxusverwöhnte Großstädter? Sie wollen am Wochenende aufs Land fahren. Golfen. Segeln. Vielleicht einen kleinen Vergnügungspark für die Kinder besuchen. Verstehen Sie? München, Hamburg, das sind Städte mit Lebensqualität, aber Berlin, da ist noch nicht viel. Da ist das Potenzial noch lange nicht ausgeschöpft.»

De Bleeck kramt in seiner Tasche, zieht seine Visitenkarte hervor und legt sie auf das Tischchen vor Moritz. Daneben legt er die von Konrad.

Moritz greift danach. Das Kolberg'sche Familienwappen prangt darauf, in Hochprägung, darunter steht in geschwungenen Lettern «Graf von Kolberg Immobilien». Und eine Zeile darunter: Konrad Graf von Kolberg. Moritz betrachtet die Karte. Er dreht sie um, vielleicht hat sein Bruder es ja geschafft, das Wort «Graf» noch ein drittes Mal unterzubringen.

De Bleeck schaut ihn von der Seite an. «Sind Sie sicher, dass Sie nicht enger verwandt sind mit Konrad? Sie sehen sich verdammt ähnlich, wenn ich das mal sagen darf.»

Moritz schüttelt den Kopf. «Es ist ein ganz anderer Zweig.»

«Aha.» De Bleeck fischt das Zitronenscheibchen aus seinem Drink.

«Altenburg. Oder Altenberg? Egal, das wird etwas ganz Großes, wenn es mal fertig ist. Sprechen Sie doch mal mit Ihrem ‹entfernten Verwandten›. Er sucht noch Investoren.»

Moritz schaut aus dem Fenster. Der Pilot hat mit dem Landeanflug begonnen, durch die Wolken kann Moritz die ockerfarbenen Felder und Dächer der Trabantenstädte um Rom erkennen.

# Offene Vermögensfragen

*Bonn, 1993*

Es klingelt an der Tür. Ira steht in BH und Unterrock im Badezimmer vor dem Spiegel, ihr Kopf ist voller Lockenwickler, sie hat die Föhnhaube aufgesetzt und ist dabei, sich zu schminken. Sie tuscht sich die Wimpern, formt die Lippen zu einem O und trägt mit einem dicken Pinsel Rouge auf die Wangen auf. Die Haube dröhnt wie ein Staubsauger. Es klingelt noch mal.

«Tobias! Machst du auf?», brüllt Ira aus der Badezimmertür. «Ich bin oben!» Bestimmt ist es der Caterer. Egal, sollen sich die Jungs kümmern. Die Party ist ja erst in zwei Stunden.

«Tobias!»

Ira hört keine Antwort. Sie macht die Föhnhaube aus und horcht. Es klingelt erneut.

«Tobias, Ferdinand!»

Fluchend reißt sie sich die Haube vom Kopf und stürzt mit Lockenwicklern die Treppe hinunter.

«Ferdinand, Tobias! Warum macht ihr denn nicht auf!» Ira reißt die Haustür auf. Vor ihr stehen Isabella und Moritz mit Cosima.

«Scusa, Iralein! Wir sind zu früh!»

Isabella strahlt sie an. Sie trägt einen schwarzen Pelzmantel, ihre hellen Locken umrahmen ihr blasses Puppengesicht, sie hat dunkle Schatten unter den Augen. Sie sieht etwas müde aus, aber hinreißend. Sie streckt Ira ein großes

Geschenk entgegen. «Du Arme, wir stören ganz schrecklich! Das Häschen hat so einen frühen Flug gebucht, weißt du. Hier, lass uns nur das Geschenk auf den Gabentisch legen …»

Moritz ragt hinter ihr auf, wie immer in leicht gebückter Körperhaltung, um den Größenunterschied zwischen ihnen auszugleichen. Er lächelt milde, er hat es aufgegeben, seiner Frau den Spitznamen abzugewöhnen.

Ira reagiert nicht.

Isabella dreht sich schon auf ihren hohen Plateau-Sohlen um. «Wir fahren noch mal, Bellissima, und kommen später wieder, si?»

«Ja! Nein! Natürlich nicht!» Ira lacht. Sie schaut an sich herunter, jetzt erst fällt ihr auf, dass sie im BH dasteht. «Meine Güte, wie sehe ich aus!» Sie lacht noch mehr, greift sich einen von Tobias' Parkas, der an der Garderobe hängt. Errötend sieht sie Moritz an und fasst sich an die Lockenwickler. Sie war schon immer etwas verliebt in ihn. «Seid ihr wahnsinnig! Natürlich fahrt ihr nicht wieder. Kommt rein, kommt rein! Meine Söhne sind faule Säcke. Nicht wie euer Goldstück!» Ira umarmt Cosima und zieht sie gleichzeitig mit ins Haus. «Kommt rein. Zieht euch aus, und ich ziehe mich an! Konrad habe ich weggeschickt, es soll ja eine Überraschung sein. Ihr habt doch hoffentlich nichts gesagt?»

«Still-Schutz!» Margarethe lacht wiehernd auf, sodass einige Gäste im Raum zusammenzucken. Es gibt Sekt und Häppchen. Die Verwandten drängen sich in Wohnzimmer und Eingangshalle, durch das Panoramafenster sind die Umrisse des Siebengebirges erkennbar, die langsam in der Abenddämmerung versinken.

Drei festlich geschmückte Tafeln sind im Wohnzimmer aufgebaut, mit weißen Tischdecken, edlen Silberleuchtern und langen Kerzen. Ira hüpft aufgeregt von rechts nach links, bisher klappt alles, in einer halben Stunde kommt Konrad, dann müssen sie schnell das Licht löschen. Sie ist nervös und angetan, vor allem von sich und ihrer genialen Idee mit der Überraschungsparty. An der Tür läutet es unablässig.

Margarethe steht mit Alexa und Dorothee im Wohnzimmer. Alexa sieht sich peinlich berührt im Raum um, aber es scheint sich keiner an Tante Margas pferdeähnlichem Gewieher zu stören. Dorothee, eine Cousine zweiten Grades, schaukelt von einem Bein aufs andere, sie hat einen Säugling vor den Bauch geschnallt, den sie zum Einschlafen bekommen will. Ihre Haare sind zu einem strähnigen Zopf zusammengebunden, unter ihrer befleckten Bluse wölbt sich ihr Bauch. Tränen sammeln sich in Dorothees Augenwinkeln, sie wischt sie schnell mit ihrem Handrücken weg.

«Wer hat denn jemals an so was Beklopptes wie Still-Schutz geglaubt?», legt Tante Marga nach.

Dorothee schluchzt jetzt laut auf. «Aber das wird einem immer gesagt! Auch meine Hebamme meinte, wenn ich die ersten Monate voll stille, kann ich nicht schwanger werden.» Sie heult los. «So eine Scheiße! Ich habe seit Monaten nicht geschlafen, ich weiß gar nicht, wer sich in einem halben Jahr um das nächste Blag kümmern soll.» Sie schnieft in ein zerfleddertes Taschentuch.

Margarethe angelt sich ein Häppchen vom Tablett und reicht Dorothee die dazu gehörende Serviette. Obwohl Marga die unattraktivste der älteren Halbschwestern ist – groß und breit wie ein Schrank, mit einem langen, ungeschminkten Gesicht, das dünne, graue Haar zu einem ewigen Dutt gedreht –, ist sie mit sich im Reinen. Sie hat gut geheiratet und lebt auf einem ansehnlichen Gestüt mit ihrem Mann Richard, einem frankophilen Landwirt, der trotz urdeutscher Vorfahren darauf besteht, dass man seinen Namen französisch ausspricht: *Ri-schaaar.*

«Auf solche Ammenmärchen habe ich mich nie verlassen. Ich hatte immer Cristo.»

«Wer ist Cristo?»

«Cristo war ein Hengst bei uns auf dem Hof.» Marga wirft ein weiteres Lachs-Pumpernickel-Häppchen ein. «Ein wunderbares Tier», sagt sie schmatzend. «Dunkelbraun, mit einer weißen Blesse. Mein Lieblingspferd.»

Als der nächste Kellner vorbeikommt, schnappt sie sich zwei russische Eier von seinem Tablett.

«Und?», fragt Alexa.

«Und auf Cristo», sagt Marga kauend und gibt dabei den Blick auf die gelbliche Eimasse in ihrem Mund frei, «bin ich immer ausgeritten, wenn es notwendig wurde.»

Alexa und Dorothee schauen ihre Tante verständnislos an. «Wie, wenn es notwendig wurde?»

Margarethe lächelt süffisant, hebt eine Augenbraue. «Na ja, nach amourösen Nächten mit Richard.» *Ri-schaaaar.* «Ein langer Ausritt, und das Ganze hatte keinerlei Konsequenzen.»

Ihr Mann hört seinen Namen durch den Raum und kommt herübergeeilt. «Was für amouröse Näschte, mein Liebling?»

Alexa starrt ihre Tante voller Bewunderung an. Inzwischen hängt ein Stück Dill zwischen deren Schneidezähnen. Marga lacht und wedelt mit den Händen, als wolle sie ihren Mann verscheuchen, der sich zu ihnen gesellt hat.

«Das ist nichts für deine Ohren! Ich will nur den jungen Nichten ein paar Tipps fürs Leben mitgeben. Schau, Dorolein ist schon wieder guter Hoffnung.»

Dorothee schaut ihren Onkel bedröppelt an, ihr Bauch der traurige Beweis für ihre Unfähigkeit, zu verhüten.

«Ach so, und du verteilst wieder Cristo-Ratschläge.» Rischaar nimmt seine Brille ab und rührt mit einem der Bügel in seinem Sektglas. «Dann erklär doch mal den jungen Cousinen, wie es zu den Zwillingen gekommen ist.»

Margarethe schüttelt energisch den Kopf. «Dafür kann ich nichts!»

«Jaaa», sagt Richard gedehnt. Er rührt noch mal seinen Sekt um. «Es war nämlich so, dass die Cristo-Methode einwandfrei funktionierte, solange Cristo funktionierte. Der wurde aber auch mal krank. Tja, und dann hatten wir plötzlich die Zwillinge.»

Margarethe wiehert und nickt, während ihr Mann weitererzählt.

«Und so hat Marga die Zwillinge dann auch überall vorgestellt: ‹Cristo hatte Husten. Das sind unsere Zwillinge. Cristo hatte leider Husten.›»

Helene und Friedrich stehen in der Tür, Ira umarmt die beiden überschwänglich und ignoriert seine ausgestreckte Hand. Friedrich war schon immer sehr förmlich. Helene lächelt ihre Schwägerin warm an. «Liebste! Was für eine herrliche Idee mit dem Fest! Konni wird begeistert sein.»

Doch Ira täuscht sie nicht. Helene hasst Konni, noch nie konnte sie Agnes' Liebling ausstehen, ihren kleinen Bruder, der ihr spielend immer den Rang ablief, ohne sich dabei sonderlich Mühe zu geben. Ira hat früh gelernt, sich vor Helene in Acht zu nehmen. «Glaub ja nicht, dass er dich liebt», sagte Helene ihr am Tag vor der Hochzeit mit Konrad. «Er braucht dich, aber er liebt dich nicht.»

Seitdem herrscht eine dauerhafte Eiszeit zwischen den beiden Paaren, eine aufgesetzte Herzlichkeit, mehr nicht.

Nona und John treffen ein.

«Iralein, wie schön!» Nona umarmt die Gastgeberin. Sie flüstert ihr ins Ohr: «Wir haben etwas dabei für euch, etwas ganz Tolles!»

Ira hebt eine Augenbraue.

«Interessant!»

«Später!»

«Später!»

Alexa winkt ihrer Mutter und ihrem Stiefvater zu, ohne zu ihnen hinüberzugehen. Isabella stößt Moritz an. «Da ist Nona!», raunt sie ihm zu. «Mit ihrem Göttergatten.» Instinktiv schaut sie zu Cosima hinüber, ihrer Tochter. Sie ist neunzehn Jahre alt und hinreißend schön, so schön, dass Isabella das Gefühl hat, sie nicht mehr aus den Augen lassen zu können. Vor allem im Hinblick auf John haben bei ihr von Anfang an die Alarmglocken geläutet. Immer schwänzelt er um ihre Tochter herum, erzählt ihr von seiner Zeit in Harvard, macht ihr Komplimente, wie begabt sie am Klavier sei. Aber Isabella sieht, wie er ihre Tochter ansieht, wie er sich überhaupt vielen ihrer Nichten gegenüber benimmt. Die Einzige, die es nicht sieht, ist Nona.

Ira steht an der offenen Haustür und kreischt. Alle drehen sich erstaunt um – ist Konrad doch schon da?

«Das ist ja eine Überraschung!», ruft Ira.

Es ist Bobby.

Bobby, ganz Familienoberhaupt, schreitet in einer weißen Bluse und einem langen schwarzen Samtrock ins

Haus und sieht sich um. Ihre kinnlangen Haare hat sie mit einem Perlmutt-Kämmchen nach hinten gesteckt. Marga eilt zu ihr, und die Schwestern umarmen sich. «Das ist aber schön, dass nicht nur die Kleinen hier sind», sagt Bobby.

Sie inspiziert die langen Tafeln im Wohnzimmer und das Silber.

«Na, Ira hat ja ganz schön aufgefahren. Konrad scheint es beruflich wohl wieder besser zu gehen.»

Margarethe versucht, mit der Zunge etwas zwischen ihren Schneidezähnen herauszuholen. «Ja, ich glaube schon. Er macht Geschäfte in den neuen Bundesländern. Dieser verdammte Dill!»

«Wie, auf Papis Gut? Was will er denn da?»

Marga schüttelt den Kopf. Sie winkt einen Kellner mit einem Tablett herbei und nimmt sich einen Zahnstocher.

«Du musst unbedingt von dem Roastbeef probieren!» Sie angelt sich drei Schnittchen vom Tablett und reicht Bobby eins, die es sofort in ihrer Serviette verschwinden lässt. Marga kaut und spricht. «Nicht in Altenstein, er hat sich ja um eine Rückerstattung bemüht, aber das ist wohl vom Tisch. Nein, er ist vor allem in Leipzig unterwegs.» Sie beugt sich verschwörerisch zu ihrer Schwester vor. «Da lässt er allerdings nichts anbrennen, wie ich höre.»

Bobby lächelt verschwörerisch.

«Dann klingt es ja so, als sei alles beim Alten. Wer ist denn noch alles hier?» Sie inspiziert die Namensschilder.

«Dorothee mit ihrem Baby. Hast du die Kleine gesehen?»

«Ja, sie ist … süß», sagt Bobby ohne rechte Überzeugung. «Allerdings: Von uns hat sie nichts.»

Marga schaut ihre Schwester spöttisch an, dann fährt sie sich mit dem Zeigefinger und Daumen über die Mundwinkel. «Ein richtiges Bauernkind, würde ich sagen.» Bobby grinst. «Apropros Agnes ...»

Ira kommt in den Raum und bedeutet allen mit hektischen Gesten, leise zu sein. Sie dimmt das Licht, sodass nur noch hier und da die Glut einer Zigarette zu sehen ist. Der Motor des Porsches heult draußen auf. Dann knallt eine Tür. Ein paar Gäste flüstern weiter.

«Psst», zischt Ira.

Rischaaar sagt halblaut: «Dreh wieder um, Konni!»

Einige lachen.

Sie hören den Schlüssel in der Tür.

Es ist spät geworden, fast halb eins. Die meisten Geburtstagsgäste sind gegangen, nur noch der harte Kern sitzt mit Ira und Konrad im Wohnzimmer: Nona und John, Isabella und Moritz, Helene. Die Kinder schauen oben einen Film.

Isabella und Nona haben ihre hochhackigen Schuhe ausgezogen und sich vor dem Kamin niedergelassen. Isabella massiert Nonas Schultern. Nona schiebt genießerisch die Träger ihres Kleides zur Seite, lässt den Kopf nach vorne hängen. Isabellas Hände hinterlassen rote Striemen auf Nonas Haut. «Aua-Aua-Aua», sagt Nona leise vor sich hin, Isabella lacht, nimmt noch einen Schluck Rotwein und gräbt sich noch etwas tiefer in Nonas Nacken.

Auch Ira streift jetzt ihre Schuhe ab, zieht die Ohrringe aus und lässt sich aufs Sofa fallen. Sie gähnt, streckt sich und legt die Füße hoch.

«Gib es zu, Konni, du hast nicht damit gerechnet.»

Konrad stochert im Feuer herum, legt noch zwei Holzstücke hinein. Eine brennende Zigarette baumelt zwischen seinen Lippen.

«Ich habe nicht damit gerechnet, Herzelein.»

Konrad geht an die Bar und schenkt drei Gläser Whiskey ein. Dann schiebt er die Füße seiner Frau sanft beiseite, setzt sich zu ihr aufs Sofa und reicht zwei Gläser an John und Moritz weiter.

«Und? Was macht der wilde Osten?», fragt John. Er spricht gut deutsch, nur die leicht gedehnten Vokale verraten eine Andeutung von amerikanischem Akzent. «Warst du noch mal in Altenstein?»

«Wieso in Altenstein?», fragt Moritz.

Nona und Konrad tauschen kurze Blicke aus.

Konrad gibt sich einen Ruck und schaut in die Runde.

«Tja, darüber wollte ich schon länger mit euch reden, und jetzt ist ja eigentlich eine gute Gelegenheit.»

Konrad zieht an seiner Zigarette. Alle schauen ihn gespannt an.

«Wie ihr wisst, habe ich ja schon vor drei Jahren versucht, unsere vermögensrechtlichen Ansprüche beim Amt in Neuruppin anzumelden. Aber letztendlich ohne Erfolg.» Er bläst den Rauch aus. «Es handelt sich im Fall von Altenstein um eine Enteignung durch die DDR. Nicht einen Kriegsverlust. Deswegen – so ist es ja inzwischen entschieden worden – soll es nicht zurückerstattet werden. Erst einmal. Das muss man wohl akzeptieren, obwohl ich es für einen Skandal halte. Wie dem auch sei» – er trinkt einen tiefen Schluck –, «ich möchte trotzdem daran arbeiten, dass wir Altenstein irgendwie zurückbekommen. Nicht das Gutshaus – das hat ja schon der Sohn vom Schmied gekauft und, wie ich höre, abgerissen.»

Er macht noch mal eine Pause und starrt ins Feuer. «Mir geht es vor allem um Papis Wald. Wir alle haben ja Berechtigungsscheine bekommen. Man könnte also zusammenlegen und zu guten Konditionen kaufen. Natürlich kann auch jeder einzeln Land erwerben.»

Er nimmt einen Schluck und schaut in sein Glas. «Allerdings wäre es nicht sinnvoll. Mit siebzig Hektar kann man kaum etwas anfangen, also, es weder an einen Förster verpachten noch selber darin jagen. Wenn ihr also vorhabt, keinen Gebrauch von euren Anteilsscheinen zu machen, würde ich sie euch gern abkaufen.» Er drückt seine Zigarette aus. «Oder jeder kauft seinen eigenen Teil, und wir machen eine Besitzergemeinschaft.»

Er blickt auf. Moritz sieht ihn ausdruckslos an. Für einen Moment schweigen alle. Dann meldet sich Helene zu Wort.

«Und was hast du dann damit vor?»

«Na ja, erst mal ist mir wichtig, dass uns Altenstein wieder gehört. Dass die Wälder unserer Väter und Großväter wieder in unserer Hand sind.»

Helene hebt ganz leicht eine Augenbraue, ein spöttisches Lächeln umspielt ihre Lippen. Ihr Blick fährt Konrad in die Knochen. Warum hasst sie mich so? *Von ihr zu mir war nie ein warmer Wind* – er muss an das Rilke-Gedicht denken, das Zwirn ihm während der Schulzeit gegen allen Widerstand eingebläut hat.

Helene hat ihn immer als unseriösen Hallodri dargestellt. Sie hat ihn immer angeschwärzt, erst bei Agnes, später hat sie es auch bei Ira versucht. Jetzt schaut Helene Konrad an, als wäre er heute fünf und nicht fünfzig geworden. Sie legt nach.

«Und dann? Was hast du denn vor mit dem ganzen Land? Sagen wir mal, ich würde meinen Berechtigungsschein tatsächlich an dich abtreten», sagt sie spöttisch, «woher soll ich wissen, was du dann mit meinem Anteil machst?»

«Was meinst du?», fragt Konrad.

«Vielleicht setzt du ja eine Chemiefabrik dorthin, lässt Giftgas produzieren.»

Konrad starrt sie mit geöffnetem Mund an. «Also, wenn du mir das zutraust», poltert er los, «wenn du mir das zutraust, Helene, dann, glaube ich, wäre es das Beste …»

Helene rudert sofort zurück, sie ahnt, dass sie zu weit gegangen ist. «Ich *weiß* es ja nicht, Konrad! Aber ich sage nur – woher soll ich wissen, was du vorhast? Was ist, wenn du etwas damit machst, was nicht in meinem Sinn wäre?»

Moritz steht auf. Er schenkt sich etwas Whiskey an der Bar nach. Alle Augen ruhen auf ihm, er kostet den Moment aus. «Oder was ist», sagt er bedächtig, während er sich zu seinem kleinen Bruder umdreht, «was ist, lieber Konrad, wenn du vorhast, dort einen Golfplatz zu errichten? Oder einen Vergnügungspark? Tankstellen vielleicht?»

Moritz lässt ein paar Eiswürfel in den Whiskey fallen.

Konrad schaut ihn verdutzt an. «Was meinst du damit?»

«Ich sag dir, was ich damit meine.» Moritz geht langsam zu seinem Sessel zurück und setzt sich hinein. Er schaut Konrad in die Augen. «Ich habe letztens zufällig deinen Investor kennengelernt. Auf einem Flug nach Rom. De Bleeck, so ein windiger, halbseidener Lackaffe. Der hat mir das alles schon in den schönsten Farben ausgemalt. ‹Blühende Landschaften im Osten›.» Moritz malt Anführungszeichen in die Luft. «Der Wald – gerodet für irgendwelche Tankstellen! Vergnügungsparks! Golfplätze! Was ihr alles vorhabt! Ob ich investieren möchte!»

Moritz lacht verächtlich. «Dabei hast du keinen von uns jemals gefragt, was wir davon halten. Keinen! Du hast ja noch nicht mal annähernd die Berechtigungsscheine zusammen. Vom Geld ganz zu schweigen.»

Konrad starrt seinen Bruder mit offenem Mund an.

Moritz ist noch nicht fertig. «‹Der Wald unserer Väter und Großväter›, dass ich nicht lache, Konrad! Bring bitte nicht Papi oder die Familienehre ins Spiel! Es geht um Geschäftemacherei und sonst nichts. Das musst du nicht sentimental verbrämen.» Er nimmt einen Schluck Whiskey, dann schüttelt er ungläubig den Kopf. «Du schreitest heimlich Altenstein ab nach Gutsherrenart, ohne vorher je mit einem von uns gesprochen zu haben!»

Jetzt ist Konrad aus seiner Starre erwacht. «Das ist doch nicht wahr! Nichts davon ist geheim! Ich war außerdem mit Nona dort, nicht heimlich!»

Er schaut Nona an, die die Träger ihres Kleides wieder nach oben schiebt und in die Runde nickt. «Ja, das stimmt. Wir wollten euch noch nichts sagen, weil, weil ...»

Konrad springt wieder ein. «Weil noch nichts feststeht. Das ist doch alles nicht in trockenen Tüchern. Ich will ja gerade mit euch darüber reden.»

«So klang es bei diesem Holländer aber nicht, dass nichts feststeht.»

Nona springt ein. «Ach, das will ich euch schon den ganzen Abend erzählen. Es gibt noch andere Neuigkeiten, was den Kauf oder die Rückübertragung betrifft.» Sie schaut John an. «Erzähl doch mal.»

Typisch Nona, denkt Konrad. Bloß um jeden Preis den Konflikt vermeiden. Und auch typisch, dass John nicht von selbst spricht, sondern immer von seiner Frau anmoderiert werden muss. Eigentlich würde er diese Sache gerne mit Moritz weiter ausfechten. Lieber jetzt ein reinigendes Gewitter als dieses beleidigte, arrogante Schweigen aus Rom. Aber Nona ist schon losgeprescht mit ihrem Ablenkungsmanöver.

«Nun ja. So.» John ist klug, aber behäbig. Es dauert lange, bis er zum Punkt kommt.

«So, das Thema *reunification* – also die Umstände der deutschen Wiedervereinigung, das ist zurzeit auch ein großes Thema bei uns an der Botschaft.» Er schwenkt den Whiskey in seinem Glas. «Wir sind ja schließlich involviert. Weil, nun ja, es müssen ja die Verträge aufgelöst werden, oder zumindest neue aufgesetzt werden. So. Wir hatten auch ein Treffen mit Kohl dazu.» *Cole.*

Nona wird ungeduldig. Sie wirft den Kopf nach hinten, sodass Isabella die Massage einstellt. «Ich sage euch – da braut sich etwas zusammen. Kohl hat gelogen! Laut interner Papiere hat es von sowjetischer Seite nie eine Vorbedingung für die Wiedervereinigung gegeben.»

Moritz herrscht Nona an: «Nun lass ihn doch mal ausreden, Herrgott! Was hat Kohl denn gesagt?»

«Nun, wir – also, die USA – waren ja nicht ganz zufrieden mit den eigentumsrechtlichen Regelungen bei den Zwei-plus-vier-Verträgen. Weil ja damals festgesetzt wurde, dass gewisse Güter nicht zurückgegeben werden sollen. Es gibt viele amerikanische Staatsbürger – auch Juden –, die das betrifft. Für die haben wir jetzt nachverhandelt. Mit Erfolg.»

«Die waren in der gleichen Situation wie wir?»

«Nicht ganz, meistens waren sie schon vorher enteignet worden. Aber ... sie haben für ihre Sache gekämpft, und sie haben etwas erreicht.»

«Und was hat Kohl gesagt?», fragt Moritz noch mal.

«Nun, er ist ausgewichen. Er will darüber nicht mehr sprechen. Aber wir haben es von Gorbatschow und seinen Leuten ganz klar gehört: Es hat bei der Wiedervereinigung keinerlei Junktim oder Ähnliches gegeben.»

Ira schaltet sich ein. «Was heißt das, keinerlei Junktim?» Sie klimpert mit den Augendeckeln.

«Nun, die Sowjets sagen, es hat kein Restitutionsverbot im Gegenzug für eine Zustimmung zum Einigungsvertrag gegeben.»

Als er Iras fragendes Gesicht sieht, versucht er es noch mal anders. Er spricht langsam. «Kohl hat immer gesagt, dass die Sowjets es zur Bedingung für die Wiedervereinigung gemacht hätten, dass die damalige Bodenreform bestehen bleibt. Dass man das nicht alles rückgängig macht. Gorbatschow hat uns gegenüber aber betont, dass eine mögliche Rückgabe der Ländereien niemals auf höchster Führungsebene besprochen worden sei. Gorbatschow selber hat nur aus Zeitungen von Kohls Aussagen erfahren! Er nannte sie absurd. So ... wenn das an die Öffentlichkeit kommt, *things may change.*»

Konrad schenkt sich und John Whiskey nach. Als er die Flasche über Moritz' Glas hält, legt dieser seine Hand darüber.

«Tja», sagt Konrad, «das ändert alles. Dann hätte sich die Sache mit den Berechtigungsscheinen auch erledigt. Dann müsste man nicht investieren, weil uns Altenstein ganz einfach gehören würde.»

Moritz ist genervt. «Das glaubst du doch wohl selbst nicht, dass das noch mal rückgängig gemacht wird. Und dass jüdische Eigentümer da einen anderen Stand haben, liegt ja wohl auf der Hand.»

Konrad ignoriert seinen Bruder und wendet sich an John. «Habt ihr das schwarz auf weiß?»

John schüttelt den Kopf. «Nein, wie ich sagte, das sind *Background Meetings*, wir dürfen keine *Notes* machen oder so. Es ist informell.»

Nona greift nach ihrer Handtasche. Sie zieht ein paar getippte, getackerte Seiten hervor. «Exposé Altenstein» steht darüber. «John hat ein paar Stichpunkte aufgeschrieben. Wie man jetzt vorgehen könnte. Hier.» Sie hat fünf Kopien mitgebracht, die sie verteilt.

Isabella blättert durch ihr Exemplar. Sie hat sich vom Feuer und von Nona weggesetzt in einen Sessel. Ihre Wangen sind immer noch gerötet von dem Wein und den Flammen. Sie schaut kurz auf die letzte Seite, Johns Stichpunkte, und lässt die Blätter dann in ihren Schoss sinken.

Ira schenkt sich nach. «Ich finde, darauf kann man doch anstoßen, oder?»

Nona hebt ihr Glas, doch Isabella, Moritz und Helene rühren sich nicht.

Isabella gießt sich etwas Wasser ein, trinkt einen Schluck und hält das Glas dann an ihr heißes Gesicht. «Keiner sollte etwas zurückbekommen», sagt sie leise.

Alle schauen Isabella an. Sie hat bisher keinen Ton gesagt.

«Schon aus sozialen Gründen nicht. Was glaubt ihr, wäre in Deutschland los? Niemand hat ein Interesse daran, zu den alten Verhältnissen vor dem Krieg zurückzukehren, mit Junkern und Großgrundbesitzern. Wollt ihr das etwa? Wollt ihr zurück nach Altenstein ziehen, den Schmied aus dem Dorf wieder einstellen, den Förster?»

Sie hält kurz inne. «Außerdem: Jeder musste in irgendeiner Form für das Dritte Reich büßen. Und es ist ja nicht so, als hätten die Junker sich mit Ruhm bekleckert. Das ist eben jetzt so, diese Güter sind enteignet. Jetzt kann Deutschland neu zusammenwachsen.»

Konrad schaut Isabella mit offenem Mund an.

«Was ist denn das für ein hirnrissiger Stuss, Isabella?

Das ist doch nicht dein Ernst.» Er lacht auf und schaut Moritz an. «Ist das die Art der Volkswirtschaft, die bei der FAO –»

«Es ist mein völliger Ernst.» Isabella blickt Konrad herausfordernd an. «Wie ihr lebt, was ihr macht», sie deutet mit einer Kopfbewegung auf Konrad und Ira, «das ist natürlich eure Sache. Aber das Häschen und ich wollen damit nichts zu tun haben.» Isabella wendet sich an Nona und John. «Und John, ich frage mich auch, was dein Interesse an Altenstein ist. Es ist doch schließlich nicht dein Gut.»

«Und nicht deins!», donnert Konrad dazwischen.

Er steht auf und geht in die Küche, um mehr Eiswürfel zu holen. Dabei versucht er sich zu sammeln, doch die Wut lodert in ihm. Er kommt mit einer Schale und dem Eis zurück.

«Isabella», sagt er in ruhigem Tonfall, «du scheinst allgemein ein Problem mit dieser Sache zu haben. ‹Das Häschen›, wie du deinen Gatten nennst, musste ja auch seinen Titel abgeben. Ist das auch wichtig, damit Deutschland zusammenwächst?»

Moritz schaut ihn an, er öffnet den Mund, aber Konrad ist noch nicht fertig. Er redet sich wieder in Rage.

«Das ist doch verlogen! Ich kann mich nicht daran erinnern, dass ihr das Geld für den Lastenausgleich zurückgewiesen hättet. Dreißigtausend Mark – ihr habt euch bei mir bedankt, dass ich es für alle organisiert habe. Aber das Geld solltet ihr dann vielleicht lieber dem Staat zurückgeben, für den Aufbau Ost. Das wäre doch sozialer, oder?»

Jetzt geht Moritz dazwischen.

«Der Lastenausgleich ist doch etwas völlig anderes, Konrad. Aber dieses Grafengehabe, damit wollen wir nichts zu tun haben. Du kannst ja gerne einen auf doppelten Graf machen und in Altenstein schon einmal dein Fähnchen in den Boden rammen.» Moritz schüttelt verächtlich den Kopf. «Dieser de Bleeck hat mir deine Visitenkarte gezeigt. ‹Graf von Kolberg Immobilien. Konrad Graf von Kolberg.›»

Nona schaltet sich ein. Sie wendet sich ausschließlich an Isabella. «Es geht hier nicht um sozial gerecht oder ungerecht, Isabella. Das Gut gehört uns! Und vielen anderen Menschen in Deutschland – übrigens nicht nur Junkern – gehört auch Land in der ehemaligen DDR. Wir nehmen es niemandem weg – es hat denen nie gehört!»

Moritz stellt sein Glas auf den Couchtisch. Seine Hand zittert leicht, doch seine Stimme klingt fest. Er spricht deutlich und langsam, so als habe er die Worte lange in sich bewegt und spreche sie nun zum ersten Mal laut aus.

«Wenn ihr schon so argumentiert, wem hier *eigentlich* Land gehört, dann möchte ich euch ALLE darauf aufmerksam machen, dass Altenstein nur einem zusteht, und zwar mir. Wir alle wissen, dass Papi mich allein in seinem Testament als Erben eingesetzt hatte. Nach diesem Testament wärt ihr Mädchen» – er zeigt auf Nona und Helene – «überhaupt nicht bedacht worden. Nicht mit einem Wort! Also, wenn ihr schon das Fell des Bären zerteilt – der übrigens noch lange nicht erlegt ist! –, dann denkt bitte auch daran, wem dieses Fell eigentlich zusteht.»

Konrad lässt sich nicht einschüchtern. «Aber Moritz, dieses Testament von Papi hat doch keiner ernst genommen. Du weißt doch, unter welchen seelischen Umständen er es verfasst hat. Agnes hat es nicht ohne Grund verschwinden lassen und ein anderes genommen. Eines, in dem wir alle gleichermaßen bedacht werden.»

«Ich bin mir nicht so sicher. Ich weiß nicht, ob er die

Aufteilung gewollt hätte. Aber schließlich bist du es, der hier vom Wald der Väter faselt und davon, ‹was Papi gewollt hätte›, und da wollte ich dich nur mal darauf hinweisen – der Wille DEINES Vaters war, dass nicht du den Wald bekommst, sondern ich. Moralisch gesehen kann ich also bestimmen, was mit Altenstein passiert.» Moritz macht eine Pause, in der er sein Glas leert. «Und ich will, dass ihr euch da raushaltet.»

Zum ersten Mal herrscht Stille. Konrad, Ira und Nona schauen Moritz überrascht an, nur Helene lächelt leicht. Keiner spricht. Dann hören sie die Kinder oben trampeln, der Film ist zu Ende, sie toben, kreischen und lachen, irgendetwas fällt krachend um und geht zu Bruch.

## Das dunkle Erbe

*Rom, 1994*

Isabella betrachtet ihre Fußnägel. Sie sitzt auf der untersten Stufe der freischwebenden Treppe in ihrer Villa in Rom, sie trägt Cosimas Jogginghose, die Beine musste sie mehrfach umkrempeln, ihre Tochter ist viel größer als sie. Sie spreizt ihre nackten Zehen, doch es geht kaum, sie sind gekrümmt und deformiert vom jahrelangen Tragen hochhackiger Schuhe. Auf manchen Nägeln befindet sich etwas Nagellack, ein helles Violett wie der Flieder in ihrem Garten. Anfangs fand sie die Farbe schön, sie hat sogar Wände im Haus damit neu streichen lassen. Doch irgendwann fiel ihr auf, dass der Lack an ihren Zehen tot aussah, ihre Füße wie die einer Wasserleiche. Weißgrünliche Haut, hellviolette Nägel, Äste im Haar, ein paar Blätter zwischen den grauen Lippen. Es gruselte sie.

Der Lack sollte weg.

Sie hat keinen Nagellackentferner im Haus gefunden und deshalb begonnen, den Lack mit dem Daumennagel abzukratzen. Aber die Farbe ist hartnäckig, beim großen Zeh hat sie sie nur zur Hälfte abbekommen. Beim zweiten Zeh ließ sich der Lack in einem dicken breiten Streifen abziehen, ganz leicht eigentlich, sie war erstaunt, bis sie sah, dass sie den gesamten Nagel mit abgerissen hatte, ohne es zu merken. Das Fleisch darunter war hellrosa und empfindlich. Isabella drückte ein paarmal mit dem Fingernagel hinein, jedes Mal hinterließ sie einen weißen Streifen, irgendwann trat Blut aus. Sie wickelte ein Pflaster darum.

Jetzt zieht sie ihre Zehen auseinander. Wie soll sie nur in ihre winzigen Plateau-Pumps kommen? Eigentlich hat sie überhaupt keine Lust mehr auf ihre Schuhe, sie sind wahnsinnig unbequem. Sie hat seit Bonn gar keine mehr angezogen. Seit dem Fest bei Ira und Konrad hat sie das Haus nicht verlassen. Seitdem ist diese innere Unruhe zurück.

Sie fühlt sich elend, aber auch auf schreckliche Art bestätigt. Sie hat es gespürt, schon vor der Party. Zuerst waren da die Männer. Sie standen überall an der Via Santa Croce, manche mit kleinen Hunden, manche mit einer Zeitung unterm Arm. Dann sind plötzlich die Baustellen aufgetaucht. Eines Morgens im Herbst hat sie sie bemerkt, als sie einkaufen fuhr. Wenige Meter von ihrem Haus entfernt war der Asphalt aufgerissen worden, zwei bis drei Bauarbeiter machten sich mit schwerem Gerät scheinbar daran zu schaffen, aber wer weiß, was sie da wirklich taten. Sie beobachteten Isabella ständig, schauten ihrem Wagen hinterher, wenn sie vorbeifuhr.

Und das war nicht alles. Zwei Mal ist ihr Auto im September in der Innenstadt abgeschleppt worden – zwei Mal! Das ist ihr noch nie passiert, in Rom parkte sie immer so, wie sie Lust hatte.

Dann, im Oktober, am Tag der Deutschen Einheit, hat sie gemerkt, wie ein weißer Golf mit deutschem Kennzeichen sie verfolgte, nachdem sie Cosima zur Schule gebracht hatte. Sie hatte ihn schon ein paarmal gesehen in ihrer Gegend, aber an diesem Tag fuhr er ihr offen hinterher. Jedes Mal, wenn sie abbog, bog er auch ab. Sie konnte den Fahrer nicht gut sehen. Sie bekam Herzklopfen. Schließlich fuhr sie an ihrem Haus vorbei, immer weiter die Via Santa Croce entlang, und hielt vor einem *Alimentari*, in dem sie sich versteckte. Erst eine Stunde später wagte sie sich wieder heraus.

Auch Moritz merkt allmählich, dass sie unter Beobachtung stehen. Zum einen ist da der ständige berufliche Druck – nichts Neues, natürlich. Aber dann dies: Der Aufsichtsrat der FAO hat die Frühjahrstagung nach Kolberg gelegt. Nach Polen! Ohne richtige Begründung. «Wegen der Ost-Öffnung», heißt es lapidar, aber die ist ja nun schon ein paar Jahre her. Warum gerade jetzt? Und warum gerade Kolberg?

Seit dem Geburtstag in Bonn ist auch Moritz extrem angespannt. Was für ein Interesse hat Konrad auf einmal an Altenstein? Und John, wieso kommt der plötzlich mit diesen angeblichen Geheiminformationen um die Ecke?

Da stimmt etwas nicht, sie sind sich einig.

Eigentlich ist es ganz einfach. Woher soll John solche Dinge wissen, wenn nicht von der Stasi? Isabella hat John seit jeher misstraut. Schon immer hat sie gespürt, dass mit ihm etwas nicht in Ordnung ist. Sie hat ihn genau beobachtet, wie er Cosima hinterherstierte, auch Alexa beäugt er ständig – ekelhaft! Er ist ein widerlicher Lüstling, den man nicht aus den Augen lassen darf.

Und Nona! Ist sie wirklich so naiv, wie sie immer tut? Eigentlich sind sie engste Freundinnen gewesen. Früher. Nona ist zu ihnen nach Rom geflohen, als sie Ake verließ. Vier Monate lang hat sie bei ihnen gewohnt. Immer sind sie für sie da gewesen, immer haben sie zu ihr gehalten. Moritz hat sie und Alexa jahrelang finanziell unterstützt.

Doch dann, eines Tages, hat sie ihnen John präsentiert. Nona war stolz, dass sie mit Kind und fast vierzig noch so einen Mann abbekommen hat: Einen amerikanischen Diplomaten! Er hat in Harvard studiert, spricht fünf Sprachen! Doch Isabella hat ihm nie über den Weg getraut. Zum einen läuft er jeder Frau unter zwanzig hinterher. Und dann dieses gesteigerte Interesse an Altenstein, warum stachelt er sie jetzt alle an, aktiv zu werden? Er hat sogar ein eigenes Exposé zu Altenstein verfasst!

Kommt das den anderen nicht komisch vor?

Nona himmelt ihn an, da ist kein Durchkommen. Und jetzt scheint sie außerdem auch auf Konrads Seite zu sein. Ob sie weiß, dass es noch eine andere Ebene gibt, dass auch andere Mächte Interesse an dieser Sache haben? Konrad geht ja schon im Osten ein und aus, das ist ohne die nötigen Beziehungen zur Stasi gar nicht denkbar. Vielleicht hat John ihn in diesen Kreisen überhaupt erst eingeführt.

Isabellas Mund ist ausgetrocknet. Seit Tagen eigentlich. Ihre Zunge fühlt sich pelzig an, sie hat schon lange nichts mehr getrunken, sie meidet das Wasser aus dem Wasserhahn. Entschlossen greift sie sich ihre Tasche. Sie will schnell zu dem kleinen *Alimentari* gehen, er ist nur ein paar Minuten entfernt. Als sie in der Haustür steht, zögert sie und schaut auf ihre Füße. Am liebsten würde sie ohne Schuhe rausgehen. Es ist fast März, da wird sie doch wohl keine Schuhe mehr brauchen. Außerdem ist sie ohne Schuhe schneller.

Sie öffnet die Haustür – die Sonne blendet sie, sie kann das Licht nicht ertragen, schon seit einiger Zeit stechen ihr die Augen vom Licht. Sie macht einen Schritt zurück ins dunkle Innere des Hauses. Ihr Herz rast, sie zieht eine kleine silberne Dose aus der Handtasche und schüttet ein paar weiße Globuli auf ihre Handfläche. Cosima hat sie ihr besorgt. Gegen Herzrhythmusstörungen, zur Beruhigung. Sie legt sich zwei unter die Zunge.

Letztes Jahr haben sie am ganzen Haus Rollläden anbringen lassen. «Bitte, Moritz», hat sie ihren Mann angefleht. «Das Licht tut mir nicht gut.» In Wahrheit sind es die Blicke, vor denen sie sich fürchtet. Sie hat eine hohe Hecke direkt vor das Panoramafenster im Wohnzimmer pflanzen lassen.

Seitdem kann sie besser schlafen, sie schläft jetzt überhaupt unheimlich lang, merkt gar nicht, wie Moritz morgens um halb neun das Haus verlässt.

Isabella greift sich ihre Sonnenbrille und geht los, aus dem Haus und links die Via Santa Croce hinunter. Das Auto lässt sie stehen, es wäre ohnehin nur eine Falle, wenn es hart auf hart kommt. Zu Fuß fällt sie vielleicht weniger auf. Sie muss etwas zu trinken kaufen.

Der kalte Asphalt ist angenehm an ihren Fußsohlen. Ab und zu piekst sie sich an den Nadeln der Pinien, die auf dem Boden liegen, aber das ist nicht weiter schlimm. Der Weg ist nicht weit, Hauptsache, sie läuft nicht einem der Männer in die Arme. Die Straße ist leer. Jetzt an der Baustelle vorbei. Einer der Arbeiter macht Pause, er raucht eine Zigarette.

*«Buon giorno, Signora»*, sagt er und fasst sich vorne an den Helm. Er lächelt sie an, sein Blick gleitet an ihr herunter und bleibt dort hängen, wo ihre nackten Füße sind.

*«Tutto bene, Signora?»*, murmelt er, als sie schon fast vorbei ist. Neben ihm, auf einer seiner Straßenbaumaschinen, liegt ein Walkie-Talkie. Wahrscheinlich wird er gleich durchgeben, wo sie ist. *«Subjekt nähert sich der Hauptstraße von Westen.»* Isabella kann es sich lebhaft vorstellen. Sie geht schneller.

Ein Auto kommt ihr entgegen, Isabella starrt vor sich

auf die Erde, fahr weiter, fahr weiter. Ihre Füße schlagen auf den Asphalt, pitsch, patsch, sie spürt an den Fußsohlen die kleinen Steinchen, die Unebenheiten der Straße. Langsam zieht ihr die Kälte die Beine hinauf. Trotzdem besser als diese ewigen Plateauschuhe, mit denen sie allenfalls trippeln konnte. Sie geht schneller. In ihren Ohren hört sie ein leichtes Rauschen, oder ist es der Verkehr? Der Rasen am Straßenrand ist braun, hier und da liegt noch Schnee. Ist denn nicht schon März?

Hinter ihr kommen jetzt mehr Autos, sie fahren langsam, Isabella weicht aus auf den Rasen.

Das Rauschen wird lauter.

Noch zwei Querstraßen, dann kann sie rechts abbiegen. Endlich sieht sie das *Alimentari*-Schild.

Plötzlich merkt Isabella, dass ihr jemand folgt, ein Mann mit Halbglatze geht mit einem Abstand von etwa zwanzig Metern hinter ihr auf dem Bürgersteig. Er trägt eine helle Jacke und hat einen kleinen, weißen Hund an der Leine. Könnte es der Mann aus dem weißen Golf sein? Nein, der hatte mehr Haare, er sah anders aus, und doch spürt sie, dass zwischen den beiden eine Verbindung besteht. Sie sieht den Supermarkt, endlich, die Automatiktür öffnet sich mit einem lauten *Wuuusch*. Die kalten Fliesen sind angenehm glatt an den Fußsohlen, doch auf einmal tut ihr linker Fuß weh. Sie hebt ihn hoch und inspiziert die Ferse, sie ist dunkelgrau von der Straße. Sie scheint in eine Scherbe getreten zu sein, an der Seite klebt Blut. Das Rauschen wird noch lauter, ihr ist etwas schwindelig. Egal, der glatte Fußboden des Supermarkts ist erst mal wohltuend, sie nimmt sich einen Einkaufswagen und geht eine Reihe hinunter. Ihr linker Fuß hinterlässt eine Blutspur.

Irgendwie wird sie nach Hause kommen müssen damit. Aber erst mal braucht sie Wasser, sie möchte viel kaufen, damit sie das Leitungswasser in den nächsten Tagen ganz vermeiden kann.

Isabella geht die Gänge ab. Haben sie den *Alimentari* umgeräumt? Alles ist anders, die Regale ... Wasser, wo ist das Wasser? Isabella läuft schneller, irgendwie fühlt sie sich wieder beklommen, die Angst steigt erneut in ihr auf, warum findet sie das Wasser nicht?

Im nächsten Gang sind Konserven, ein Angestellter räumt sie ein. War hier nicht vorher das Wasser? Der Angestellte schaut sie kurz an. Was ist los? Hat man vielleicht schon das ganze Wasser weggeschafft aus Rom, und sie wird keine Wahl mehr haben, als das Wasser aus dem Hahn zu trinken? Sie läuft weiter, zum nächsten Gang, da muss es sein. Immer noch das Rauschen im Ohr, aber sie hält es noch aus, es ist noch nicht so schlimm, nur ein Hintergrundgeräusch. Sie ist sich sicher, dass sie jetzt richtig ist. Sie biegt um die Ecke – da steht er plötzlich direkt vor ihr, der Mann mit dem weißen Hund. Isabella dreht sich hastig um, jetzt weiß sie, dass es eine Verbindung gibt zu dem Mann im Auto, sie reißt den Einkaufswagen mit sich, doch die Räder sperren sich gegen das abrupte Wendemanöver, sie muss ihre ganze Kraft einsetzen, die Vorderreifen stoßen gegen eine Pyramide aus Coladosen, ein paar gehen scheppernd zu Boden. Isabella geht weiter, egal jetzt, die werden sich schon drum kümmern.

Endlich sieht sie das Wasserregal. Es ist fast leer. Eine Supermarktangestellte steht davor, will sie gerade die letzten Flaschen Wasser wegräumen? Isabella schiebt den Einkaufswagen vor das Regal, es stehen nur noch etwa fünf oder zehn Flaschen Wasser da, die muss sie bekommen.

Isabella reißt eine Flasche aus dem Regal und wirft sie in den Wagen, jetzt muss es schnell gehen. Das Rauschen in ihren Ohren ist lauter geworden, es ist jetzt richtig laut, sie kennt das schon, sie muss sich jetzt beeilen, denn wenn das Rauschen einen bestimmten Punkt erreicht hat, ist alles aus.

Die Angestellte dreht sich zu ihr um. Es ist eine ältere Dame, ihre grauen, lockigen Haare stecken in einem Dutt. «Signora», sagt sie und lächelt. Erst jetzt sieht Isabella ihr Gesicht. Es ist ihre Mutter.

Isabella hat es gewusst. Sie hat gespürt, dass ihre Mutter nie gestorben ist, dass sie immer bei ihr war, ganz nah, und über sie gewacht hat. Bislang hat sie sie nur nicht finden können. Isabella hat sich immer Vorwürfe gemacht, warum bleibt sie mir verborgen, bestimmt ist sie einsam und will mich sehen, bestimmt will sie mir erklären, warum sie damals ihren Tod vortäuschen musste.

Manchmal hat Isabella sie gesucht, im Park der Villa Borghese. Oder auf dem Schulgelände der Deutschen Schule. Sie hatte manchmal Ahnungen, Intuitionen, wo ihre Mutter sein könnte. Manchmal hat die Mutter ihr kleine Zeichen gegeben, die Isabella dann fand – eine Schleife im Baum, einen Kinderhandschuh auf der Bank.

Aber sie ist immer zu spät gewesen.

Jetzt steht sie vor ihr. Sie sieht etwas anders aus als früher, älter, natürlich, sie haben sich ja seit dreißig Jahren nicht gesehen. Sie ist ganz grau geworden, ein bisschen rundlich im Gesicht, aber Isabella erkennt sie eindeutig wieder, ihre lachenden blauen Augen.

«Signora», sagt Isabellas Mutter und streckt einen Arm nach ihr aus. «Bitte nehmen Sie noch nicht …»

«Mamma.» Isabella greift nach ihrem Arm. Ihre Mutter schaut sie erstaunt an, dann greift sie mit der anderen Hand nach der Flasche, die im Wagen liegt.

Isabella schreit auf, was tut sie da, sie darf nicht ihr Wasser nehmen. Ihr letztes Wasser. Sie reißt an der Flasche, doch ihre Mutter hält sie fest, auf einmal ist Isabella sich nicht mehr sicher, ob es wirklich ihre Mutter ist, warum sollte sie ihr das Wasser wegnehmen? «Nein, ich muss trinken, ich muss trinken», sagt sie wieder und wieder. Sie will auch mit der anderen Hand nach der Wasserflasche greifen, aber sie kann beide Arme nicht mehr bewegen, das Rauschen in ihren Ohren wird immer lauter, es wummert geradezu, und plötzlich wird es ganz hell.

Nona schüttet gerade Kaffeepulver in den Filter, als es mehrfach an der Tür klingelt. Bestimmt ist es Wilhelm, denkt sie – schließlich ist es Sonntag früh, wer sollte sonst um diese Zeit vorbeikommen? Wilhelm ist ein Verehrer ihrer Mutter, er hat mehrfach vergeblich um Agnes' Hand angehalten, als sie schon achtzig war. Nun steht er jeden zweiten Sonntag unangemeldet an dem Gartentor des Hauses, in das Nona und John vor ein paar Jahren in Bonn gezogen sind. Obwohl seine Angebetete längst verstorben ist.

Nona schiebt den Filter in die Maschine, schaltet sie ein und geht nach vorne, wo sie einen Blick auf die Straße hat. Es ist nicht Wilhelm, der da steht. Es ist Moritz.

Er sieht müde aus, sein Hemd ist zerknittert. Mit der rechten Hand streicht er seine Haare aus dem Gesicht, er wirkt, als hätte er nicht geschlafen. Sein dunkelbrauner Mercedes steht schräg auf dem Bürgersteig, als hätte er keine Zeit zum Einparken gehabt.

«Moritz! Was machst du hier?»

«Ich bin gerade hergefahren. Aus Rom.»

Nona schaut auf die Uhr. Es ist kurz nach neun. «Aus Rom? Wie, heute früh? Wann bist du denn aufgestanden?»

Sie gehen in die Küche. Nona zieht die Kanne aus der Maschine, ein paar Tropfen fallen auf die Wärmeplatte und zischen. Sie gießt den heißen Kaffee in eine Tasse und reicht sie Moritz. Moritz trinkt einen Schluck.

«Ich bin die Nacht durchgefahren.»

Nona schaut ihn fragend an. «Es ist … Es ist Isabella. Könntest du mitkommen?»

«Jetzt gleich? Nach Rom?»

Er seufzt. «Bitte. Es geht ihr nicht gut.»

«Was ist denn los?»

«Sie ist festgenommen worden. Sie hat …» Er atmet tief durch. «Sie ist im Supermarkt in Aventino festgenommen worden.»

Nona und Moritz sitzen am Frühstückstisch. Moritz erzählt. Freitag Morgen ist er ins Büro gegangen. Isabella hat schon seit Tagen fast nur geschlafen. Er hat es als gutes Zeichen gedeutet – sie hat wochenlang Angst gehabt, sich überhaupt hinzulegen. Sie fühlte sich verfolgt und konnte nur manchmal stundenweise im Sessel im Wohnzimmer dösen. Mit den neuen Rollläden ist es ihr besser gegangen. Und Cosima hat ihr Globuli gegen die Anspannung besorgt, die Isabella auch zu helfen schienen. Er dachte, sie brauche jetzt Ruhe, der viele Schlaf tue ihr vielleicht gut.

Als er dann Freitag Abend nach Hause kam, stand die Haustür offen. Das Auto, ihre Handtasche, alles war da, nur Isabella nicht. Er rief Cosima an. Dann telefonierte er alle Krankenhäuser und Polizeiwachen im Umkreis ab. Schließlich fand er sie. Sie war bei der Polizei, doch als der Wachtmeister ihr den Hörer hinhielt, sagte sie nichts.

«Signor Kolberg, sie möchte leider nicht sprechen», sagte der Polizist höflich, «aber die Dame sieht aus, wie Sie sagen.»

Moritz gießt sich Kaffee nach. Er schmiert sich ein Brot, dabei hat er keinen Appetit. Mit seinem Finger transportiert er die Krümel, die er dabei auf der Tischdecke verstreut hat, alle einzeln auf seinen Teller.

«Sie ist zum Supermarkt gegangen. Warum, weiß ich auch nicht. Aber sie muss einen verwirrten Eindruck gemacht haben. Sie war barfuß. Im Supermarkt hat sie dann randaliert und eine Angestellte angegriffen. Als die Polizei eintraf, wollte sie weder ihren Namen preisgeben, noch sich ausweisen. Deswegen hat die Polizei sie erst mal festgehalten, in einer Zelle.»

Nona reißt die Augen auf. «In einer Zelle?»

«Ja. Ich konnte sie überreden, mit nach Hause zu kommen. Ich habe ihr ein Beruhigungsmittel eingeflößt, Cosima ist gekommen. Sie ist immer noch da, aber sie muss zur Uni, ich kann ihr unmöglich zumuten, weiter Tag und Nacht auf Isabella aufzupassen. Sie hat schon viel zu viele schlimme Szenen miterlebt.» Moritz' Augen füllen sich mit Tränen. «Das war nicht das erste Mal.» Er schüttelt den Kopf. «Fast jede Woche ist irgendwas. Sie hört Stimmen, sie unternimmt rastlose, verwirrte Streifzüge durch Parks, durch unsere Nachbarschaft. Dabei hat sie große Angst – Angst vor den Nachbarn, vor den Blicken von Fremden. Sie glaubt, dass man uns abhört, ausspioniert. Wir haben schon Kameras an der Tür und am Gartentor angebracht. Überall will sie Hecken pflanzen.»

Er beißt in sein Brot und kaut eine Weile.

«Das Absurde ist, dass sie ja immer in einem Glaskasten leben wollte. Modern. Hell. Jetzt macht es sie verrückt.»

Er legt sein Brot auf den Teller. «Cosima kommt oft an den Wochenenden zu uns, weil ich Isabella nicht mehr allein lassen kann. Sie traut ja keinem außer uns. In der letzten Zeit dachte ich aber, dass es ihr besser geht. Sie ist wieder Auto gefahren. Tja, und dann das.»

Nona nimmt sich ebenfalls ein Brot. «Wie gut, dass du sie gefunden hast.»

«Ja, aber die Sache ist natürlich längst nicht ausgestanden. Die Supermarktangestellte will Anzeige erstatten.»

«Warum?»

Moritz schaut auf die Tischplatte. «Sie hat sie gebissen.»

«Sie führt ständig Selbstgespräche. Sie ist wie in einer eigenen Welt. Wenn ich nicht zu Hause bin, streift sie oft ziellos in Rom umher.» Moritz fährt die Autobahnauffahrt hinauf, er blinkt und beschleunigt. Nona greift nach der Tür. Er wirft ihr einen genervten Blick zu.

«Ich fahre langsam, Nona, aber ich kann nicht mit vierzig auf die Autobahn, ja?»

Nona nickt. Sie wartet ab, bis er sich zwischen den LKWs rechts eingefädelt hat und der Tacho konstant neunzig zeigt.

«Wahrscheinlich hast du damit gerechnet, dass das irgendwann passieren würde, oder?»

«Was soll das jetzt heißen?»

«Moritz, das kommt ja nicht alles aus heiterem Himmel. Das wissen wir doch alle. Wenn ich dir helfen soll, wenn ich euch helfen soll, dann musst du auch ein paar … unangenehmen Tatsachen ins Auge blicken.»

Es ist Nona gewesen, die Isabella kennengelernt hat, auf einem Fest der Preußen, einer schlagenden Verbindung in Bonn. Einem «Fest» und keiner «Party»: Die Preußen waren eine der konservativsten Studentenverbindungen überhaupt.

Es war wahnsinnig fad, überall *Standesgenossen*, Männer, die Agnes gutgeheißen hätte, langweilige Juristen *aus guten Familien* mit hässlichen Schmissen im Gesicht. Ekelhafte Wunden, in die der Legende nach auch noch Salz gerieben wurde, damit sie nicht verheilten. Nona ödeten diese Typen an, lächerlich waren sie, nichts hatten sie zu erzählen außer von den Jagden auf dem Familiengut oder ihren bescheuerten Abenden mit den *alten Herren*, und ab Mitternacht musste man sie dezidiert abwimmeln. Nona kannte das schon.

Eine beschwipste Studentin kam vorbei und hielt Nona einen großen Korb hin. «Schuhwahl», flötete sie. Nona streifte genervt ihren linken Schuh ab und warf ihn hinein. Später würden die Männer einen der Schuhe ziehen und mit der glücklichen Besitzerin tanzen. Zum Kotzen, dachte Nona, gibt es etwas Rückständigeres?

Um sie herum hoppelten alle Frauen auf einem Bein und schienen das höchst amüsant zu finden.

Sie blickte in den Korb. Ganz oben, zwischen all den schwarzen, absatzlosen Ballerinas, war ein Schuh, der herausstach.

Im Wohnzimmer sah sie Isabella sofort. Sie saß auf der Sofalehne, die Beine übereinandergeschlagen, ihre nackten Füße hatte sie auf ein Seidenkissen drapiert. In ihrer rechten Hand hielt sie ihr Sektglas und den Absatz ihrer anderen hochhackigen, silbernen Riemchen-Sandalette. Isabella rauchte und lachte kehlig, dabei wippten ihre blonden, hochgesteckten Locken um ihr Gesicht. Statt eines Kleides hatte sie sich in ein silbernes Tuch gewickelt, das sie mit ein paar Sicherheitsnadeln zusammenhielt. Sie wischte sich die Tränen aus den Augenwinkeln, ihre Schminke war etwas verlaufen.

Nona war fasziniert von dieser Person, die auf einem Bonner Adelsball wie eine Außerirdische wirkte, glamourös wie ein eingeflogener Engel zwischen all den praktischen, aschblonden höheren Töchtern mit ihren Pagenköpfen, Twinsets und Perlenohrringen. Sie ist originell, schwärmte Nona später Agnes und ihren Geschwistern vor, irgendwie anders. Sie näht alle ihre Kleider selbst, sie studiert Kunstgeschichte in Rom und ist für ein Jahr hier. Sie ist sehr gebildet und lacht ständig.

Kurze Zeit später brachte sie Isabella zum Essen mit nach Hause. Sogar Agnes war angetan, von Isabella selbst, aber natürlich auch davon, dass sie aus einer norditalienischen Adelsfamilie stammte. Die Marenzis besaßen zahlreiche Güter, seit Jahrhunderten stellten sie Goldschmuck und Uhren in Mailand her. Isabella war also in fast jeder Hinsicht eine gute Partie.

Bis auf eine.

Agnes nannte es eine genetische Belastung, Isabella selber bezeichnete es als ihr «dunkles Erbe», über das sie nicht gerne sprach: Paranoide Schizophrenie. Ihre Mutter hatte jahrelang darunter gelitten, bis sie sich eines Tages, als Isabella kaum zwanzig war, in einem Waldstück nahe ihres Ferienhauses erhängt hatte. Ein geliebter Cousin hatte sich als Jugendlicher umgebracht. *Häufiges Symptom ist das sogenannte Stimmenhören sowie der Wahn, verfolgt, ausspioniert oder kontrolliert zu werden.* Nona hatte damals die Bedeutung des Begriffs in der Uni-Bibliothek nachgeschlagen und sie Moritz vorgelesen. *Weiterhin kann es zum Gedankenlautwerden, Gedankenentzug oder zu Gedankeneingebung kommen. Anhaltende Halluzinationen jeder Sinnesmodalität sind möglich.*

Es schien ihn nicht zu beeindrucken.

Als Moritz ihre Verlobung ankündigte, hatte Agnes ihn ins Gebet genommen. Sie war sehr ernst, sprach von *genetischem Schicksal*, das auch ihre gemeinsamen Kinder ereilen würde. «Moritz, ich kann dich gut verstehen, wir alle können das. Isabella ist entzückend. Aber sie zu heiraten wäre ein kapitaler Fehler.»

Drei Monate später waren sie verlobt.

Moritz hält die beiden Pässe hoch, der Grenzbeamte winkt sie durch, sie sind in der Schweiz.

«Wollen wir eine Pause machen?», fragt er.

«Nein», sagt Nona, «lass uns lieber durchfahren.»

Er schweigt kurz. «Ich habe manchmal das Gefühl, dass es meine Schuld ist. Eine Zeitlang wurden wir beobachtet, ich habe es ihr damals erzählt. Das hat es vielleicht erst ausgelöst ... Sie ist da ja so empfänglich.»

«Wie, beobachtet? Von wem?»

«Na ja, bei der FAO. Da werden alle Mitarbeiter genau beobachtet. Es ist ein sehr geheimnistuerisches Bündnis, und viele Dinge, mit denen ich mich beschäftige, sind geheim.» Es ist ein Kuriosum. Moritz hat immer alles richtig gemacht – ganz im Gegensatz zu Konrad. Er hat erst sein Abitur und dann sein Forstwirtschaftsstudium tadellos abgeschlossen. Er sieht gut aus, aber er ist kein Schönling, er ist klug, aber bescheiden, nicht besserwisserisch. Überall, wo er hinkam, fand er Gönner, Förderer, Bewunderer – Männer und Frauen verliebten sich geradezu scharenweise in ihn. Sein Name machte Eindruck. Doch irgendwie startete er nie richtig durch, war nie wirklich erfolgreich.

Natürlich hielt Isabella ihn zurück. Sie weigerte sich umzuziehen, auch nach New York, zum UNO-Hauptquartier. Ohne New York konnte man seine Karriere eigentlich vergessen. Aber Isabella weigerte sich.

«Was soll ich da?»

Vor allem scheint es so, als habe Moritz selber keinen Drang zum Erfolg. Als sei etwas in ihm erloschen. Ist es seine trübe Grundstimmung oder die ewig auf ihm lastende Erfolgserwartung? Ist es seine Art der Rebellion gegen Agnes, die Kanonenschüsse damals anlässlich seiner Geburt?

Moritz fährt ruhig, er hält den Mercedes in der rechten Spur. Er wirft einen Blick hinüber zu Nona. «Hältst du mich jetzt auch für verrückt?»

Nona schüttelt den Kopf. Sie möchte nicht zu viel sagen, weil sie ihre Skepsis nicht preisgeben will. Sie will nicht, dass Moritz sie in die lange Liste seiner Feinde einreiht.

«Nein, natürlich nicht. Aber ... bist du dir sicher?»

«Es gab jedenfalls eine Zeit, in der ich unter Beobachtung stand. Und dann im März letzten Jahres – die FAO-Jahresversammlung. Die habe ich vorbereitet. Sie sollte in Rom stattfinden, wie jedes Jahr.»

«Und dann?»

«Dann hat man sie kurzfristig umverlegt.» Moritz schaut Nona ernst an. «Nach Kolberg.» Er schweigt kurz. «Da wusste ich natürlich, dass es um mich geht, dass ich gemeint war.»

«Wieso das denn?»

«Muss ich dir das noch erklären?»

Nona schaut aus dem Fenster. Sie fahren durch Schluchten, links und rechts erheben sich Berge, sie haben bestimmt noch fünf Stunden Autofahrt vor sich. Sie denkt an

Isabella, die bekannt dafür ist, dass sie sich in ihrer eigenen Heimatstadt verfährt.

Moritz redet weiter. «Da wusste ich, was los ist. Es sollte ein Zeichen sein, ein Signal an mich. Ich habe mir nichts anmerken lassen, aber ich bin nicht gefahren.»

Nona schaut ihn entgeistert an. «Aber du hattest doch die Konferenz vorbereitet!»

«Ich bin abgetaucht. Danach wurde es wieder ruhiger, und sie ließen von mir ab.»

Isabella wacht auf. Sie ist zu Hause, in ihrem Bett. Neben ihr sitzt Cosima. Sie lächelt. Sie ist so hübsch, wie hat sie eine so unbeschreiblich schöne Tochter bekommen können? Cosima hat ein Engelsgesicht, ihr Haar schimmert golden.

«Mami! Du bist ja wach. Willst du etwas trinken?»

Isabella setzt sich auf. «Wo ist dein Vater?»

Cosima nimmt eine Tasse vom Nachttisch und schüttet Tee aus einer Thermoskanne hinein. «Der musste noch mal weg. Heute Nachmittag ist er wieder da. Bis dahin kannst du dich noch etwas ausruhen.»

Isabella trinkt einen Schluck. Der Tee schmeckt bitter, irgendwie seifig. Sie verzieht das Gesicht. «Was ist da drin?»

«Nichts, Mami. Salbeitee.» Cosima nimmt einen Schluck aus Isabellas Tasse, um ihre Mutter zu beruhigen. «Ja, Salbei. Der schmeckt immer so.»

Isabella lächelt entschuldigend. «Es ist nur ... ich fühle mich so rammdösig.»

«Du hast vor ein paar Stunden eine Spritze bekommen. Es ging dir nicht gut. Dann hast du ganz lang geschlafen. Vielleicht wirkt die Spritze noch nach.»

Isabella dreht sich zur Seite.

Langsam fällt ihr alles wieder ein, der Supermarkt, ihre Mutter, die Polizeiwache. Sie ist verfolgt worden, das muss sie Moritz erzählen! Immerhin hat er sie nicht einweisen lassen, sie ist erleichtert.

«Ist sonst noch jemand im Haus?» Sie merkt, dass ihre Kräfte schwinden.

«Nein, Mami.» Cosima streichelt ihren Kopf. «Papi wollte gern, dass du nach Hause kommst, weil er wusste, dass du dich hier besser fühlst. Er ist bestimmt heute Abend wieder da.»

Sie muss ihn warnen, muss ihm sagen, dass ihr jetzt alles klar geworden ist, mit Ira und Konrad, aber vor allem mit Nona und John. Dass er sich in Acht nehmen muss, vor beiden. Vor allen. Hoffentlich ist es noch nicht zu spät.

Isabella schläft ein. Sie schläft nicht tief und wälzt sich oft hin und her. Sie träumt von Konrads Geburtstag in Bonn, von Nona und Ira. Nona spricht mit ihr, sie kann nicht hören, was sie sagt, aber etwas Bedrohliches geht von ihr aus. Isabella versucht aufzuwachen, sie schlägt die Augen auf, oder träumt sie das nur? Schläft sie noch? Sie ist so müde, sie will aufwachen, lässt sich aber wieder in diesen dämmrigen Zustand hinabgleiten.

Als sie später aufwacht, ist es ganz still im Haus. Ihr Zimmer ist leer. Isabella ist völlig verschwitzt, ihr ist heiß, sie schlägt die Decke zurück. Ihr Nachthemd ist nass und klebt an mehreren Stellen an ihrem Bauch. Ihre Füße sind einbandagiert. Sie denkt nach, was ist passiert? Hat sie sich an den Füßen verletzt?

Sie kann sich nicht daran erinnern. Sie hat hämmernde Kopfschmerzen, deswegen hat sie bestimmt so schlecht geschlafen. Sie steht auf, humpelt im Nachthemd zum Fenster und zieht das Rollo ein Stück auf. Es muss Nachmittag sein.

Kein Auto steht in der Auffahrt. Moritz ist weg, fällt ihr ein. Sie muss ihn warnen, muss ihm sagen, dass er die Familie meiden muss, aber sie kann ihn nicht erreichen. Sie hat eine böse Vorahnung, dass etwas Schlimmes passieren wird. Isabella öffnet die Tür zum Flur. «Cosima?»

Vielleicht hat sie nicht laut genug gerufen. Sie legt sich wieder hin. Sie will schlafen, aber ihr Herz rast, und sie schwitzt. Sie versucht, tief einzuatmen. Bei jedem Atemzug zählt sie: eins, zwei, drei, ein, eins, zwei, drei aus.

Plötzlich hört sie Stimmen. Eine Autotür wird zugeschlagen, dann noch eine. Vielleicht ist Cosima wieder da? Isabella humpelt zum Fenster. Sie erkennt den dunkelbraunen Mercedes, Moritz steht da und eine Frau, wer ist das denn? Isabella kneift die Augen zusammen, sie weiß nicht, wo ihre Brille liegt. Die Frau sagt etwas, sie lacht und wirft dabei den Kopf zurück. Nona! Isabella macht einen Schritt weg vom Fenster.

Was will Nona hier?

Hat Moritz sie etwa geholt?

Er weiß doch eigentlich, dass sie Nona nicht trauen können. Dass Nona und John ein doppeltes Spiel spielen. Vorsichtig schaut Isabella wieder aus dem Fenster. Moritz holt eine Tasche aus dem Kofferraum und schlägt den Deckel wieder zu.

Was haben die beiden vor?

Angst steigt in Isabella auf.

Sie schaut sich um, aber sie findet nichts, wo sie sich verstecken könnte. Also humpelt sie vorsichtig zum Flur. Sie hört, wie die Haustür aufgeschlossen wird, Moritz' Stimme, die beiden kommen herein.

«Erst mal kannst du in Cosimas Zimmer schlafen, dann wärst du auch bei uns im ersten Stock. Oder aber hier unten im Gästezimmer? Das kannst du dir noch überlegen.»

Nona sagt etwas, aber sie spricht leise, Isabella kann sie kaum hören.

Sie weicht zurück und schleicht an ihrem Zimmer vorbei, wo kann sie sich verstecken? Im Bad? Das Schloss geht seit letztem Jahr nicht mehr. Und Cosimas Zimmer – da will Moritz Nona ja gleich unterbringen. Geradeaus ist der große Balkon.

Isabella hört, wie die beiden die Treppe hochkommen. «Am besten, wir schauen erst mal nach ihr.» Moritz spricht jetzt ein bisschen leiser.

Isabella wird panisch, die Balkontür ist schwer, sie merkt, wie wenig Kraft sie hat. Mit Anlauf schiebt sie sie einen Spalt auf, noch ein Stück, dann steht sie draußen. Es ist kalt, ihr Nachthemd ist immer noch feucht, der Wind peitscht ihr die Haare ins Gesicht, sie drückt sich links an die Wand, damit die beiden sie nicht sehen können.

Was soll sie nun tun?

Isabella schaut in den Garten, es kommt ein Windstoß, die Bäume rauschen so laut. Bald wird Moritz auffallen, dass die Schiebetür offen steht. Sie hat sich selbst in eine Falle begeben, als sie auf den Balkon getreten ist, wohin soll sie jetzt?

Isabella sucht die Wand ab, da sieht sie die Sprossen zum Dach. Sie sind eigentlich für den Schornsteinfeger. Schnell geht sie hin, greift mit einer Hand danach und zieht sich hoch, es geht erstaunlich einfach. Sie muss nur fünf, sechs Sprossen hinaufklettern, schon steht sie auf dem Flachdach ihres Hauses.

Der Wind weht immer stärker und bauscht ihr Nachthemd auf, kann sie jemand sehen? Aus einem Hubschrauber? Wie sie wohl aussieht, wie ein Geist auf ihrem Dach, mit fliegenden Haaren, umgeben von wehendem, weißem Stoff.

Isabella geht zum Dachfirst und schaut hinab. Sie lehnt sich nach vorne.

Unter ihr sind die neugepflanzte Hecke, ein paar Sträucher, ein Blumenbeet.

Jetzt weiß sie, wie sie fliehen kann.

# BOBBY

## Genetische Schwächen

*Michlbach, 2000*

Bobby schaut fern, der Berliner Tatort läuft. Er taugt wieder mal nichts, aber das wusste sie schon vorher. Nach zehn Minuten ist ihr klar, wer den Bankier und seine Gattin in ihrer Vorstadtvilla umgebracht hat. Doch sie mag die Berliner Kommissare, den einen vor allem, er erinnert sie an Franz, er hat ein ähnlich scharfes Profil mit großer Nase und markantem Kinn und ebenso üppige graue Locken wie ihr verstorbener Mann. Insgesamt zieht sie trotzdem die Tatorte aus Bayern vor.

Das Telefon klingelt. Im ganzen Haus bimmeln die verschiedenen Apparate, antike Telefone mit Wählscheibe, skurrile Einzelstücke in Form eines Damenschuhs oder einer quakenden Ente. Franz hat sie gesammelt. Fast jedes Zimmer verfügt über einen eigenen Anschluss, überall schrillt ein anderer Ton. Es ist einer der vielen Franz-Ticks, mit denen das Haus in Michlbach auch sechzehn Jahre nach seinem Tod noch vollgestopft ist. Bobby geht nicht dran, sie geht nie dran, wenn ihr Fernsehprogramm läuft. Die meisten aus der Familie wissen, dass sie ab neunzehn Uhr nicht mehr erreichbar ist. Leo kann ja abheben.

Bobby schenkt sich Wein nach.

Endlich verstummt das Gebimmel. Bobby stellt den Fernseher leiser und horcht. Leos Lachen dringt aus der Küche, es scheint für ihn zu sein, umso besser. Sie stellt den Ton wieder laut. Aber irgendetwas hat sich verschoben in ihrem Rücken, vielleicht sitzt sie anders in ihrem Sessel, oder sie hat sich eben zu ruckartig bewegt, jedenfalls spürt sie einen stechenden Schmerz. Wieder einmal. Vor fünf Jahren hatte sie einen Bandscheibenvorfall, seitdem ist ihre Wirbelsäule nie mehr in ihren ursprünglichen, unbeschwerten Zustand zurückgekehrt. Damals konnte sie ein halbes Jahr lang nicht sitzen, ihr Arm wurde taub. Der Arzt spritzte Kortison und verordnete Bettruhe, bis es besser wurde. Noch heute wird ihr Leben von den Rückenschmerzen bestimmt. Abends ist es am schlimmsten, oft kommt sie gar nicht mehr ohne Heizkissen und Tabletten aus, zum Gehen braucht sie einen Stock, und das, obwohl sie dreimal die Woche nach München fährt, um sich für viel Geld in Fango einwickeln oder durchkneten zu lassen.

Viel hat es nicht gebracht.

Bobby streicht sich mit beiden Händen über das Haar. Den namensgebenden Bob, den sie schon als Mädchen hatte, trägt sie immer noch, nur ist er seit ein paar Jahren weiß. Sie glättet ihn fast jeden Morgen, trotzdem beginnt er an feuchten Tagen schnell, sich zu kräuseln. Manchmal steckt sie einen Perlmuttkamm hinein, den sie von Agnes geerbt hat. Sie ist sehr mädchenhaft geblieben, schlank, nur ihre Taille hat sich ein klein wenig ausgedehnt mit den Jahren. Weiß der Himmel, warum sie den Bandscheibenvorfall hatte. Sie hat sich gut gehalten, auch wenn sie auf die achtzig zugeht. Nichts, was sie tut, belastet ihren Körper. Im Gegenteil, sie wandert regelmäßig und schwimmt jeden Morgen im See, sie hält mit strengster Disziplin ihr Gewicht, so, wie sie es von Agnes gelernt hat.

Vor drei Jahren schließlich hat sie Nona von ihren Rückenproblemen erzählt, natürlich unter dem Siegel der Verschwiegenheit. Sie möchte als Familienälteste nicht als krank oder gebrechlich gelten. Nona ist zwar Psychologin und keine richtige Ärztin, aber vielleicht, dachte Bobby, hatte sie einen Tipp? Lag es vielleicht am Stress mit Leo, mit Niko? Nona ist ihr die Liebste von allen «Kleinen», sie hat sie schon oft als Klagemauer benutzt. Bobby wollte sich über ihre Schmerzen ausheulen und von Nona hören, dass diese bestimmt mit der Untüchtigkeit ihrer Söhne zusammenhingen, aus denen so gar nichts zu werden schien. Doch sie hatte ihre Rechnung ohne Nona gemacht.

«Bandscheibenvorfall, das ist ja interessant», sagte Nona gedehnt, so als mache sie sich am anderen Ende der Leitung Notizen. «Nun, zum einen hast du ganz klar eine genetische Schwäche. Du weißt ja, dass Papis Mutter ihr Leben lang an Rückenschmerzen litt? Aber solche Krankheiten haben ja auch eine starke psychosomatische Komponente.»

«Du meinst, weil ich so viel Stress habe?»

«Stress? Ach so, ja, vielleicht. Aber es hat auch mit der eigenen Aufrichtigkeit zu tun. Man sagt ja zum Beispiel, ‹der hat kein Rückgrat›. Die Wirbelsäule, Bobbilein, ist ja Symbol unserer inneren Stärke, und wenn die gebrochen ist –»

«Ich habe mir nicht das Rückgrat gebrochen. Ich hatte einen Bandscheibenvorfall», unterbrach Bobby sie scharf.

Es entstand eine kurze Pause.

«Was meinst du, warum du diese Symptome gerade jetzt entwickelt hast?»

Bobby dachte kurz daran, aufzulegen. Der Anruf war ein Fehler gewesen. Diese didaktischen Fragen waren typisch für Nona und gingen Bobby krachend auf die Nerven. Es war verletzend, direkt und offensichtlich in die Kategorie «Patient» eingestuft zu werden und dann noch eine ungebetene Analyse zu bekommen.

Verärgert wechselte sie das Thema. Sie hätte es besser wissen müssen. Ihre Schwester hatte die Angewohnheit, ihr Umfeld ständig zu interpretieren. Ein Schnupfen wurde mit «Du scheinst die Nase von etwas voll zu haben» quittiert, Menschen mit Krebs besaßen eine unterwürfige, passive Persönlichkeit, eine Blasenentzündung bedeutete, dass man sich ausgenutzt fühlte.

Es machte Bobby rasend. Hätte sie nur mit Agnes reden können!

Zwei Tage später traf ein Brief von Nona ein. Bobby öffnete ihn mit einer bösen Vorahnung. «Geliebtes Bobbilein, was macht der Rücken?», stand auf einem kleinen Notizzettel. Nona war immer sehr zärtlich mit Bobby, sie schrieb noch kurz von Alexas Erfolgen, ihren eigenen Geldsorgen, sie fragte, wann sie wieder zu Besuch kommen dürfe. Außerdem hatte sie ihrem Brief ein paar Kopien beigelegt, in denen sie einige Passagen mit Textmarker hervorgehoben hatte.

*Psychosomatische Rückenschmerzen – Die Probleme dieser Menschen spielen sich oft «Hinter ihrem Rücken» ab, sie werden nicht angegangen ... Die mit dem Rücken verbundenen seelischen Themen sind oft ins Abseits verdrängte Gefühle. Für die Betroffenen ist es besonders schwierig, sich diese einzugestehen. Rückenprobleme haben auch mit «Haltung», mit «Aufrichtung» und «Aufrichtigkeit» zu tun. Oft haben diese Patienten Schwierigkeiten damit, «ein Rückgrat» zu beweisen, sich aufrichtig zu verhalten. Im Extremfall mag manchen Menschen in der Kindheit ihr Rückgrat «gebrochen» worden sein.* «Metaphorisch gemeint!!!», stand daneben in Nonas bauchiger Handschrift.

Bobby knüllte die Seiten sofort zusammen und schmiss

sie weg. Was sollte das denn heißen, gebrochenes Rückgrat? Verdrängte seelische Probleme? Nonas ewiges Psycho-Gefasel ging ihr ohnehin schon auf die Nerven, aber das war nun wirklich unverschämt! Hätte sie es bloß nie erwähnt! Und was sollte die Deutung? Nicht nur, dass sie diese stechenden Schmerzen immerzu ertragen musste, für deren vermeintliche Linderung sie Tausende ausgab, nein – jetzt war es auch noch ihre eigene Persönlichkeit, die alles verursacht hatte. Sie war selbst schuld! Weil sie keine innere Stärke hatte, nicht aufrichtig war, Probleme verdrängte! Sie hatte anscheinend die Rücken-Persönlichkeit!

Wütend stapfte sie auf die Veranda, wo sie sich ihre vorhin nur zur Hälfte gerauchte Marlboro Light wieder anzündete. Die kalte Luft war nicht unbedingt das Beste für ihren Rücken, aber sei's drum. Sie zog den Rauch tief in die Lunge, atmete aus und schaute hinab auf den Michlberger See, dessen Ausläufer ihr Grundstück begrenzte.

Es war einfach so typisch für Nona! Dabei beschwerte Nona sich bei Bobby immer über die anderen Schwestern: Sie alle hätten eine Art, ihr ständig zu nahe zu treten mit indiskreten Bemerkungen über John oder Erkundigungen nach Ake, den sie verlassen hatte. «Ständig greifen sie mir in die Unterhose mit ihren Fragen!»

Was war denn dann solch ein Brief, wenn nicht ein Griff in *ihre* Unterhose?

Natürlich, Bobby wusste, dass es Dinge in ihrem Leben gab, denen sie gern auswich. In ihrer langen Ehe mit Franz war sie eine Meisterin des Verdrängens geworden. War das so schlimm?

Franz hatte ihr schließlich genügend Gründe gegeben, wegsehen zu müssen. Er war ein Macher gewesen, voller Ideen, geradezu genial, nicht zu bremsen – sie hatte sich verliebt in diese Energie. Er hatte nie studiert, doch nach dem Krieg kaufte er Oldtimer und stattete sie mit neuen Motoren aus: die Geburtsstunde der Michlbacher Motorenwerke. Bald schon besaß er eine Werkstatt mit Ausstellungsräumen und vielen Angestellten, seine Autos wurden Kultobjekte. Nachdem er seinen Flugschein gemacht hatte, weitete er das Unternehmen aus, er kaufte auch alte Flugzeuge und transportierte sie durch ganz Europa, um sie in Michlbach neu auszurüsten. Er gründete einen eigenen Sportflugplatz. Sie hatte noch das Foto: Franz mit seinem breiten Grinsen unter dem Schild, das er selbst gemalt hatte: Michlbach International Airport.

Es gab kein Hobby, kein Interesse, das Franz nicht zu einem weiteren Einkommenszweig umgemünzt hätte.

Nebenbei allerdings zeugte er ein paar uneheliche Kinder, was auf einem anderen Blatt stand. Einem, das Bobby verdrängte. Sie liebte ihr Leben mit Franz, die Kinder, das Geld. Ihr wunderbares Anwesen direkt am Michlbacher See.

Manchmal blieb Franz eben tagelang weg. Ein paarmal kamen andere Frauen sogar her und machten Szenen – in ihrem Haus! Vor ihren Angestellten! Das waren die Tiefpunkte.

Doch sie war über diese Demütigungen immer hinweggekommen. Das Geld, das Franz anhäufte, half dabei. Und irgendwann starb Franz dann. Nun regiert sie allein in Michlbach, so, wie sie es sich immer vorgestellt hat. Ihre erwachsenen Söhne gehen nach wie vor bei ihr ein und aus. Sie kümmern sich um sie, besuchen sie und halten ab und zu auch die Hand auf. Weder Leo noch Niko haben finanziell jemals auf eigenen Beinen gestanden. «Das ist das Problem mit Geld, wenn es vorhanden ist», klagt Bobby manchmal spätabends Nona ihr Leid, «es entwickelt sich zu einem Tropf, von dem die Kinder nicht loskommen.» Niko und Leo hatten alle Möglichkeiten, Bobby hat immer wieder neue Ausbildungen bezahlt, vor allem für Niko. Was hat der Junge nicht alles schon werden wollen, nachdem er die Schule geschmissen hatte – Masseur, Tierarzt, Sternekoch, Reiseleiter. Nie hielt sein Ehrgeiz länger als ein paar Monate.

Bei Leo ist es anders. Er ist hauptberuflich Sohn. Er wollte nie etwas anderes, als bei den Michlbacher Motorenwerken einzusteigen. Dagegen ist eigentlich nichts einzuwenden. Alle mögen Leo, er sieht gut aus, hat Charme und ist nicht dumm. Aber er stellt nie etwas Eigenes auf die Beine, er zeigt keinerlei Initiative. Selbst jetzt, wo er schon Frau und Kind hat, ist er finanziell völlig abhängig. Jeden Morgen kommt er aus München-Bogenhausen angefahren, ihr vierzig Jahre alter Sohn, um Besuchern aus aller Welt die neuesten Michlbach-Modelle zu zeigen. Die auch heute noch nach Franz' Zeichnungen angefertigt werden. Ein eigenes Modell hat Leo nie entwickelt.

Und auch wenn nach außen hin alles seine Ordnung hat – der älteste Sohn übernimmt den väterlichen Betrieb –, so empfindet Bobby doch insgeheim eine gewisse Verachtung für seine Bequemlichkeit. Würdelos findet sie es, unter seinem Niveau, es enttäuscht sie, dass Leo anscheinend nur das Werk des Vaters ausführen kann. Außerdem macht es sie nervös, dass Leo so um sie kreist und ganz offensichtlich darauf wartet, Michlbach zu erben. Was sicherlich auch mit seiner Frau zu tun hat. Mit Julia verbindet Bobby eine herzliche Abneigung, auch wenn die beiden immer ausgesprochen freundlich zueinander sind. Schon bei ihrem ersten Besuch in Michlbach schritt Julia mit kaum verhohlener Verachtung das Haus ihrer Schwiegermutter ab, als mache sie innerlich schon Umbau-Pläne.

«Nun, wie gefällt dir mein Häuschen?», fragte Bobby sie mit geheuchelter Bescheidenheit.

«Weißt du, Isolde» – Julia ist der einzige Mensch auf der Welt, der Bobby von Anfang an bei ihrem Taufnamen genannt hat, und das wird wohl auch so bleiben –, «dieses enge, bayerische Häusl – das ist ja sehr gemütlich, aber nichts für mich. Ich brauche Weite, Luft, Raum.» Julia machte eine ausschweifende Geste. Dann trat sie auf die Terrasse. «Aber das Grundstück, direkt am See, damit ließe sich etwas anfangen!»

Bobby hat es ihr nie verziehen.

Immerhin ist Bobby kaum je allein. Nichten, Neffen, auch ihre Schwestern kommen sie oft in ihrem Haus am See besuchen. Der Reichtum, den Franz angehäuft hat, ist wie ein Quell, aus dem die ganze Familie trinkt. Wichtig ist nur, und das hat sie von Franz gelernt, das Angebot stets unterhalb der Nachfrage zu halten. So hat Franz es mit den Oldtimern gemacht, auch in den schlechtesten Zeiten. Wenn jemand einen Michlbach wollte, musste er mindestens zwei Jahre warten. Auf besondere Modelle wie den Überschaller erst recht. Diese künstliche Verknappung hat aus dem Überschaller ein Kultobjekt gemacht, ein Statussymbol.

So hält Bobby es auch mit dem Geld. Für ihre Söhne, klar, gibt es immer wieder ein paar tausend Mark, ein Auto, eine Wohnung, Tauchurlaube. Und auch anderen Familienmitgliedern steckt sie gerne etwas Geld zu. Vor allem Nona, die seit ihrer Trennung von Ake ständig pleite zu sein scheint. Es sind keine Kleckerbeträge, sie ist ja nicht geizig. Doch niemand bekommt regelmäßigen Unterhalt überwiesen, man muss ihn sich schon selbst bei ihr abholen. Sie ist ja nicht naiv.

Leo kommt ins Wohnzimmer, als die Kommissare kurz davor sind, endlich den Doppelmörder zu überführen. Er hält ihr das schnurlose Telefon hin. «Onkel Konni.»

Bobby verdreht die Augen. «Was will der denn schon wieder», sagt sie leise.

«Bobbilein!», hört sie Konrads Bass aus dem Telefon donnern.

Bobby muss lächeln. Sie weiß schon, was er will. Seit einem Jahr liegt er ihr damit in den Ohren, dass sie das Gut des Vaters kaufen soll: Altenstein. Konrad hat gute Kontakte, sie das Geld. Es wäre eine einmalige Gelegenheit. «Richte ihm bitte aus, dass ich grundsätzlich nicht zu sprechen bin, während der Tatort läuft», sagt sie laut, doch sie greift bereits nach dem Hörer. Vielleicht ist diese Altenstein-Sache doch wert, überdacht zu werden? Altenstein ist immerhin siebenhundert Kilometer von Michlbach entfernt. Es könnte das perfekte Projekt sein, um Leo anderswo einzubinden. Vielleicht könnte er umziehen und Julia gleich mitnehmen? Und noch etwas anderes lässt Bobby diesmal zuhören. Es ist ein Satz, der nach wie vor in ihrem Kopf herumspukt. *Die Probleme werden nicht angegangen, sondern spielen sich «hinter dem Rücken» ab.*

Wenn sie ihre Lebensumstände doch mal ändert, muss sie vielleicht nicht so viel in diese ewigen Fangopackungen investieren.

Nona, diese Kuh!

Sie schaltet den Fernseher aus und nimmt den Hörer entgegen.

# Ein Christkind
*Mohrungen, 1943*

Als Bobby die Augen aufschlägt, steht Agnes am Fußende ihres Bettes. Sie trägt einen Morgenmantel, ihre Haare stehen in alle Richtungen ab, sie hat einen merkwürdig entrückten Gesichtsausdruck. Bobby setzt sich auf.

«Was ist? Müssen wir schon zur Kirche?»

Agnes hält sich am Bettgestell fest, die Knochen an ihrer Hand treten weiß hervor. Sie antwortet nicht, stattdessen umschließt sie den Messingknauf noch etwas fester, sie hebt einen Finger, so als wolle sie Bobby sagen, warte kurz, schließt die Augen und stöhnt.

Bobby schaut auf die Uhr: kurz nach vier. Draußen ist es noch dunkel. Es ist Heiligabend, sie und Agnes haben gestern bis nach Mitternacht den Baum im Wohnzimmer geschmückt. Bobby ist todmüde, am liebsten würde sie den Gottesdienst heute sausen lassen, doch das wäre mit ihrer Stiefmutter niemals zu machen. Einige Dinge sind bei Agnes unumstößlich – der Gottesdienst am Sonntag und der zu Heiligabend erst recht.

«Agnes?»

Agnes richtet sich wieder auf, was immer sie gerade geschüttelt hat, scheint von ihr gewichen. Sie lässt den Bettknauf los, streicht sich mit beiden Händen das Haar glatt und richtet dann ihren Morgenmantel. Erst als sie die für sie typische Contenance wiedererlangt hat, räuspert sie sich.

«Bobby. Könntest du. Bitte die Hebamme rufen lassen.»

«Aber ist es nicht viel zu früh?», fragt Bobby und schaut auf Agnes' gewölbten Bauch. Das Kind soll erst im Februar kommen.

«Nein, ich habe eher die Befürchtung, dass es schon zu spät ist.»

Bobby eilt zur Haustür. Hoffentlich ist es kein schlechtes Zeichen, dass das Baby sich so früh schon rührt. Nach dem letzten Mal wäre es eine Katastrophe für Agnes, wenn wieder etwas passierte.

*Bitte lass das Kind nicht sterben.*

Bobby hat Angst, sie hat Tränen in den Augen, reißt die Haustür auf, doch sie merkt sofort, dass das keine gute Idee war. Seit Tagen schneit es, die Schneedecke vor dem Haus ist so tief, dass die Treppenstufen zum Eingang herauf kaum noch auszumachen sind. Auch jetzt fallen dicke Flocken vom Himmel. Bobby zieht sich hastig die Stiefel ihres Vaters über ihre dicken Wollsocken, in der Garderobe kann sie nur einen großen Männermantel finden, es muss schnell gehen, sie muss schnell Heinrich Bescheid sagen, damit er zur Hebamme im Nachbarort reiten kann.

Schnell, schnell, sie darf Agnes nicht im Stich lassen.

Als sie hinaus in die Dunkelheit stapft, bleibt ihr Fuß direkt in den tiefen Schneewehen stecken. Die Stiefel sind viel zu groß und rutschen ihr von den Füßen. Sie verflucht sich, weil sie unter dem Mantel nur ihr Nachthemd an hat. Ihr Nacken ist nass und kalt, der Schnee rieselt ihr in den Kragen. Sie stellt ihn auf, wickelt den Mantel noch fester um sich und kämpft sich weiter vor. Schnell, schnell! Agnes liegt in den Wehen, sie muss zum Stall hinüber, es ist nicht weit.

Bobby hätte eine Laterne mitbringen sollen, daran hat sie natürlich nicht gedacht. Es geht auch so, sie kann hinten den dunkelblauen Umriss der Ställe ausmachen, dort wird es ein Licht geben. Gleich ist sie da. Inzwischen ist ihr Rücken eisig und nass, aber sie kann nicht umkehren, sie kann Agnes jetzt nicht im Stich lassen.

Kurze Zeit später tritt Bobby mit heißem Wasser und frischen Handtüchern in Agnes' Schlafzimmer. Vorsichtig zieht sie die Tür hinter sich zu. Ihre Stiefmutter geht vor der Fensterfront auf und ab, dabei streicht sie sich mit beiden Händen über den Bauch und atmet stoßartig aus. Wie in Trance fixiert sie einen Punkt vor sich auf dem Fußboden, immer wieder läuft sie dieselbe Strecke ab, als erfordere diese Übung höchste Konzentration.

«Und?», fragt sie Bobby, ohne dabei den Kopf zu wenden.

«Es ist alles in Ordnung. Heinrich ist schon unterwegs und holt die Hebamme, sie ist bestimmt bald da.» Agnes nickt und atmet laut durch den Mund ein und aus. Bobby schaut aus dem Fenster, draußen kann sie langsam den Stall erkennen. «Mach dir keine Sorgen, Agnes, es wird alles gut. Ich bin da, ich werde dir helfen. Wir bereiten schon einmal alles vor. Es wird alles gut.»

Agnes schaut ihre Stieftochter dankbar an. Sie greift nach ihrer Hand.

«Es ist so gut, dass du da bist, Bobbilein.»

Bobby ist einundzwanzig, sie hat in Königsberg ein Praktikum als Krankenschwester gemacht und schon bei ein paar Geburten zugesehen. Doch einem Kind ganz allein auf die Welt zu helfen – das traut sie sich nicht zu. Was ist, wenn das Baby stecken bleibt oder Agnes in Ohnmacht fällt? Was ist, wenn sie die Blutungen nicht stillen kann? Nach der Totgeburt vor zwei Jahren könnten Komplikationen auftreten. Bobby versucht nicht daran zu denken – auch nicht daran, wie Heinrich eben reagiert hat, als sie an seine Zimmertür über dem Stall hämmerte.

«Wie soll ich denn bei dem Schnee in den Nachbarort reiten? Das wird Stunden dauern.»

«Wir haben keine Stunden, es muss schnell gehen. Die Hebamme muss so schnell wie möglich kommen!»

Er schüttelte den Kopf. «Das ist aussichtslos. Das wird nicht klappen!»

Aber Bobby ließ sich nicht abschütteln. Sie krallte sich in seinen Arm fest. «Wir müssen alles versuchen, und zwar jetzt, sofort, Heinrich!»

Erstaunt sah er sie an, dann zog er Mantel und Stiefel über und ging los.

Bobby wäscht ihre Hände. Sie taucht die Arme in das dampfende Wasser, seift sie ein und spült sie wieder ab. Sie muss die Nerven behalten, sie muss Agnes eine Stütze sein.

Ihre Stiefmutter liegt inzwischen, nachdem sie mehr als eine Stunde auf und ab gelaufen ist, seitlich auf dem Bett. Sie schwitzt und stöhnt, ihre kurzen Haare kleben in großen, nassen Kringeln an ihrer Stirn. Bobby trocknet sich die Hände, dann nimmt sie einen frischen Lappen und tupft damit über Agnes' Gesicht. Sie streicht ihr die Locken zurück, sie massiert vorsichtig ihren Bauch.

Als die nächste Wehe kommt, drückt Agnes ihre Hand. Bobby zählt die Abstände.

Sieben Minuten. Agnes öffnet kurz die Augen.

«Es ist alles in Ordnung», sagt Bobby. «Ich bin hier.

Wir machen einfach weiter. Gleich kommt die Hebamme. Versuche, auch bei den Wehen weiterzuatmen, ganz regelmäßig. Wir machen es zusammen, ja? Tief einatmen – und dann aus – aus – aus.»

Die Tür wird einen Spalt geöffnet, ihr Vater schaut kurz herein. Er nickt Bobby zu. Wenn er zu jemandem Vertrauen hat, dann zu ihr. Bobby nickt zurück, schon wird die Tür wieder zugezogen. Sie hätte eigentlich frisches Wasser gebraucht. Sie schaut auf die Uhr: kurz nach sechs.

Die nächste Wehe kommt, und Bobbys Angst wächst. Sie weiß, dass Agnes nicht so seitlich liegen bleiben kann. Wenn gleich die Presswehen einsetzen, hat sie in dieser Position gar keine Kraft. Sie hockt sich neben sie.

«Agnes, ich drehe dich gleich auf den Rücken, ja? Du musst etwas aufrechter sein. Ich helfe dir.» Bobby legt von hinten die Arme um ihre Stiefmutter und zieht sie vorsichtig hoch. Sie türmt Kissen hinter ihr auf, damit Agnes sich dagegenlehnen kann. Agnes' Augen sind geschlossen, ihr Kopf ist ganz heiß, sie wirkt seltsam apathisch, hat sie Fieber?

Die Wehen kommen alle drei Minuten.

Inbrünstig sehnt Bobby die Hebamme herbei. Was ist, wenn etwas schiefgeht? Wenn sich das Kind in der Nabelschnur verfängt?

Sie würde gerne in die Küche gehen und frische Lappen holen, sie wünschte, sie könnte lediglich Agnes' Stirn kühlen, sie beruhigen, ihr sanfte Worte ins Ohr flüstern. Jemand anderes soll die Aufgabe übernehmen, sich um die Geburt zu kümmern. Doch so, wie die Dinge liegen, sind sie ganz allein.

«Agnes?» Ihre Stiefmutter reagiert nicht.

Was würde Agnes an ihrer Stelle tun? *Vater unser im*

*Himmel*, denkt Bobby. *Geheiligt werde Dein Name. Dein Reich komme. Dein Wille geschehe. Wie im Himmel, so –*
Auf einmal packt Agnes Bobbys Hand ganz fest, wirft den Kopf nach hinten und gibt ein seltsames, animalisches Geräusch von sich.

«Das Kind, das Kind! Ich spüre, dass es kommt, Bobby, ich kann es nicht mehr halten.»

Kleine Schweißperlen säumen ihre Oberlippe. Sie schließt die Augen, ihr Gesicht ist verzerrt.

Bobbys Herz hämmert in ihrer Brust. «Warte noch, warte. Atme, bitte! Noch nicht pressen!»

Gleich, gleich wird die Hebamme da sein, es kann nicht mehr lange dauern, lieber Gott, wo bleibt sie, wo bleibt sie, es ist doch schon acht Uhr durch. Bobby stellt sich zwischen Agnes' Beine, um dort das Blut aufzuwischen, da sieht sie aus den Augenwinkeln schon den schwarzen Haarschopf des Babys, den Kopf, der sich nach vorne schiebt.

Agnes stöhnt und sackt zurück in die Kissen. Bobby greift nach ihrer Hand. Agnes wirkt jetzt apathisch, als habe sie mit dem ganzen Vorgang nichts mehr zu tun. Bobby fängt an, sie zu rütteln.

«Agnes, Agnes! Wach auf! Du musst weitermachen!»

Doch Agnes antwortet nicht.

*Vater unser im Himmel.*

«Agnes! Es ist fast da. Jetzt musst du doch pressen, ganz fest, du musst mitmachen, bitte, Agnes, noch einmal ganz fest …»

Im selben Moment fliegt die Tür auf, und die breiten Schultern der Hebamme erscheinen im hellen Lichtkegel. «Ein Christkind!»

Die Hebamme wirft ihren Mantel und den kleinen Koffer auf den Boden, wäscht sich die Arme in der Schüssel und positioniert sich zwischen Agnes' Beinen. Ihre geschäftige Zuversicht füllt den Raum, als hätte jemand das Fenster geöffnet. Auch Agnes ist wieder zum Leben erwacht und schlägt die Augen auf. Bobby holt das Hörrohr aus dem Koffer und reicht es der Hebamme.

«Ein ganz eiliges Christkind!», sagt diese vor sich hin. Sie streicht Agnes über den Bauch, dann wendet sie sich in freudigem Singsang an Bobby. «Frische Handtücher und noch einmal warmes Wasser, bitte.»

Bobby ist erleichtert, wieder in die Rolle der Assistentin zu schlüpfen, Anweisungen ausführen zu können. Als sie die Tür hinter sich zuzieht und die Treppenstufen hinabgeht, hat sie das Gefühl, als falle eine riesige Last von ihr ab. Ihr Nacken schmerzt, doch langsam löst sich die Verspannung. Es wird alles gut, jetzt muss wirklich alles gut werden. Vorsichtig setzt sie Fuß um Fuß auf die Stufen, sie will das dreckige Wasser nicht verschütten. Als sie auf der Hälfte der Treppe ist, tut sich oben im Schlafzimmer etwas, sie hört die aufmunternden Rufe der Hebamme und dann einen kleinen, krächzenden Schrei. Tränen schießen ihr in die Augen, und sie muss sich kurz setzen.

## Es bleibt in der Familie

*Michlbach, 2000*

Konrad betrachtet die Kackhaufen, mit denen die Wildgänse den gesamten Michlbacher Garten überzogen haben. Schwarze, walnussgroße Hügel liegen in Abständen von etwa einem Meter voneinander auf dem Rasen. Immerhin arbeiten die Biester schön gleichmäßig.

Eigentlich wäre Konrad gerne die leicht abschüssige Wiese zum See hinuntergegangen, in dem Bobby jeden Morgen ihr rituelles Nacktbad nimmt. Aber er hat keine Lust, in Gänsescheiße zu treten.

Die Sonne steht tief, es muss nach sechs sein, langsam wird es kühl. Auf dem Tisch hat Frau Strobl eine Kaffeetafel angerichtet: Rhabarberkuchen, Sahne, das gute Service. In Michlbach hat alles noch seine Ordnung.

Er zündet sich eine Zigarette an.

Bobby ist kurz ins Haus gegangen, um ihr Heizkissen zu holen. Konrad weiß nicht, was er empfinden soll. Freude darüber, dass Bobby nun doch in Altenstein investieren will? Doch woher kommt ihr plötzliches Interesse? Sie war die letzten Jahre über immer skeptisch, wenn er ihr davon erzählte.

«Du weißt ja, Konnilein, dass ich nichts lieber tue, als Franz' Vermögen aus dem Fenster zu werfen, aber für eine Steppe in Brandenburg?»

«Wald, liebste Bobby, mehrere hundert Hektar großer, bester deutscher Mischwald, wirklich eins a.»

Ewig hat er versucht, ihr Altenstein schmackhaft zu machen, und nur Gelächter geerntet. Sie hing nicht an der Idee, das alte Gut zurückzukaufen. Brandenburg war ihr fremd: sandiger Boden, karge Landschaft. Unattraktive Menschen. Weniger herrschaftlich als Ostpreußen, nicht so saftig und grün wie Bayern. Dazu noch die ungeklärte rechtliche Lage.

Doch das Telefongespräch gestern ist anders verlaufen. «Gut, komm her mit deinem deutschen Mischwald! Bring alle Unterlagen mit, ich schaue es mir mal an.»

Konrad jubelte innerlich. Der Fisch war am Haken!

Heute früh ist er dann in einem Zustand vorsichtiger Euphorie in seinen silbernen Fünfer-BMW gestiegen, um von Berlin nach Michlbach zu fahren. Während sein Wagen ihn mit zweihundertfünfzig Kilometern pro Stunde in Richtung Süddeutschland katapultierte, malte er sich seine Zukunft in Altenstein aus. Vielleicht würde ja alles so eintreten, wie er es sich erhoffte. Bobby würde das Land kaufen und er als ihr Verwalter in Brandenburg arbeiten, ungestört, dort jagen, den Wald instand halten, ein schönes Forsthäuschen mitten hineinsetzen, während sich seine große Schwester alle paar Tage im beschaulichen Michlbach auf dem Laufenden halten ließe. Sie selber würde kaum je vorbeikommen, sie hätte eigentlich kein Interesse, weder an der Landwirtschaft noch am Wald. Sie wäre eine reine Geldgeberin: ideale Voraussetzungen.

Er hat ja bereits alles für de Bleeck vorbereitet, die Berechtigungsscheine besorgt, alle Kolbergs abgeklappert. Ohne ihn hätten die Ossis den Altensteiner Wald doch längst unter der Hand aufgeteilt. Oder, noch schlimmer, ihn einfach von der Treuhand verscherbeln lassen.

Wenn alles gut lief, würde Bobby zum Schluss ein

schönes Stück Land beisammenhaben. Er würde alles in die Wege leiten. Bobby würde nur noch ihre Gabel in den Braten stechen müssen.

Bobby zerteilt den Rhabarberkuchen auf ihrem Teller, den sie natürlich ohne Schlagsahne isst. «Untersteh dich», hat sie gedroht, als Konrad einen gehäuften Löffel davon über ihren Teller hielt.

«Wie geht es euch in Berlin?», fragt sie.

«Bestens. Ira hat sich gut eingelebt, sie arbeitet jetzt in einem Antiquariat, ich bin ja die meiste Zeit immer noch in Leipzig.»

«Und zwischen euch? Ist da alles im Lot?»

Konni zuckt mit den Schultern. «Du kennst ja meinen alten Spruch: An Scheidung haben wir nie gedacht. An Mord – täglich.»

Bobby grinst. «Also, Konnilein.» Bobby isst etwas Rhabarberkuchen und kippt einen Schluck von Frau Strobls starkem Filterkaffee hinterher. «Ich habe darüber nachgedacht, und womöglich ist die Idee nicht so schlecht.»

Sie stellt den Kuchenteller weg. Ein halbes Stück, das muss reichen.

«Es klingt gar nicht so uninteressant, dein Brandenburg. Ich habe etwas nachgelesen. Die Holzpreise sind im Keller, es ist vielleicht ein günstiger Zeitpunkt, um zu investieren. Der Preis ist ja auch gut.» Sie streicht ihm übers Knie. «Und Papi würde sich freuen.»

Konrad nickt und spießt mit seiner Gabel ein Stück Kuchen auf, das er dann genüsslich durch die Schlagsahne zieht. «Solche Konditionen wirst du nie wieder bekommen. Das ist einmalig.» Er schiebt sich den Kuchen in den Mund. «Überleg mal.» Während er kaut, deutet Konni mit der Gabel auf die Bäume hinter dem Michlbacher See. «Wie viel würdest du hier für einen Hektar Wald zahlen?»

Bobby nickt. «Ganz genau. Und Leo liebt den Wald, weißt du?»

Konrad schluckt den Bissen hinunter und lässt die Gabel sinken. «Leo?»

Bobby nickt. «Klar, Leo. Der wird das Ganze verwalten.»

Konrad ist sprachlos. Was weiß Leo schon vom Wald, vom Jagen, von Brandenburg? In München kennt er sich vielleicht aus, er kann bei den Türstehern vom P1 Eindruck schinden, einen Sportwagen steuern, reichen Japanern Michlbacher Oldtimer andrehen. Aber morgens um fünf im Forst stehen und den Wildbestand zählen?

«Bist du dir sicher, dass das sein Ding ist?»

«Natürlich, das ist genau das Richtige für ihn!», ruft Bobby. «Du weißt doch, Leo liebt die Natur, der wird sich in Papis Wäldern bestimmt zurechtfinden. Der kann sich in alles schnell einarbeiten.»

Der Schachzug, Leo in Altenstein einzusetzen, leuchtet auch Konrad ein. Bobby schlägt damit zwei Fliegen mit einer Klappe: Sie schafft für Leo eine Aufgabe und lockt ihn damit weit weg von Michlbach. Für sie ist es eine gute Lösung. Konrad hätte selbst darauf kommen können.

Doch was bleibt dann für ihn?

Konrad greift nach seiner Zigarettenschachtel.

«Jetzt müssen wir erst mal feiern.» Bobby steht auf und geht ins Haus.

Konrad zündet sich eine Zigarette an und schaut hinaus auf den See. Er ist und bleibt ein Idiot. Bobby hat ihre eigene Agenda, natürlich hat sie die, und in ihrem Plan kommt ihr kleiner Bruder nicht vor. Hoffentlich war es kein Fehler, ihr Altenstein so schmackhaft zu machen. Die Schallers sind unberechenbar, Bobby ist ein Machtmensch, Ira hat ihn immer gewarnt.

Drei Graugänse laufen über die Wiese, sie schnattern und scheißen und scheißen und schnattern. Sind Graugänse nicht die einzigen monogamen Tiere, die es gibt? Hat nicht dieser Nazi-Lorenz herausgefunden, dass Gänse ihr Leben lang nur einen Partner haben?

Und das auf diesem Grundstück, denkt Konrad höhnisch.

Bobby kehrt mit einer Sektflasche und zwei Gläsern zurück. Frau Strobl hat wohl schon Feierabend. Das Tragen fällt ihr sichtlich schwer, sie stöhnt leicht. Konrad springt auf und nimmt ihr das Tablett ab. Hat sie Schmerzen? Er hat am Eingang einen Stock gesehen. Konrad lässt den Korken knallen und füllt die Sektgläser. Sie stoßen an.

«Richtig trinken wir erst, wenn der Vertrag unterzeichnet ist. Dann setzen wir uns mit Leo zusammen», sagt Bobby.

«Weiß er denn schon von der Idee?» Konrad versucht, weiterhin gut gelaunt zu klingen, doch etwas steckt in seinem Hals.

Bobby nickt. «Er ist begeistert.»

Konrad hebt ganz leicht eine Augenbraue.

«Und du, Konnilein», Bobby legt ihm die Hand auf das Knie und schaut ihm in die Augen, als hätte sie seine Gedanken gelesen. «Du wirst natürlich mein zweiter Mann dort sein. Leo wird dich brauchen! Ohne dich geht gar nichts. Du musst ihm alles zeigen. Er hat ja nicht mal einen Jagdschein. Aber das lässt sich alles ändern. Und du wirst immer dort jagen können, das weißt du hoffentlich auch. Mit deinen Söhnen und meinen Söhnen. Es soll ja schließlich ein Familiengrundstück sein.»

«Bobbilein, es freut mich sehr, dass du das so siehst. Als Familiengrundstück. Ich hatte das immer gehofft.»

Sie stoßen noch mal an. Konrad leert sein Glas in einem Zug und füllt sich nach. Er spürt, wie ihm der Alkohol ins Blut steigt, es fühlt sich gut an. Vielleicht kann er auch mit dieser Lösung leben. Er wird sich für Leo unverzichtbar machen.

Ira hält natürlich nichts von dem Plan.

«Konni, sei nicht naiv», sagt sie, als Konrad sie abends vom Gästezimmer aus anruft. «Du lässt dich ausnutzen! Leo schnappt dir den Job weg, und du hilfst ihm noch dabei, besorgst ihnen das Land, stellst ihn allen vor, machst den Jagdschein mit ihm. Du bildest quasi deinen eigenen Ersatz aus.»

«Das sehe ich ja genauso.» Konrad muss flüstern, die Wände sind dünn in Michlbach. Die Schlafzimmer unter dem Dach liegen alle direkt nebeneinander, er hört Bobby nebenan im Bad. Er hält seine Hand vor die Sprechmuschel.

«Was glaubst du, wie ich das finde? Meine Idee war es auch nicht.»

Er setzt sich auf das Bett und fängt an, seine Socken auszuziehen. «Trotz allem halte ich es für die bessere Option. Wenn de Bleeck in Altenstein investiert, dann ist es ein reines Geschäft. Und wenn wir uns überwerfen – und ganz ehrlich, du weißt, wie oft so etwas vorkommt –, bin ich raus aus der Nummer. Der wird kein Interesse daran haben, mir in ein paar Jahren einen Teil zu verkaufen. Bei Bobby ist das anders – Altenstein bleibt dann in der Familie!»

Er knüllt seine Socken zusammen und wirft sie in seinen Koffer.

«Wenn du dich da mal nicht täuschst, Konni. Deine Schwester kann härter sein als jeder Geschäftsmann. Und dass sie jetzt Leo da reindrückt! Das ist doch ein schlechtes Zeichen.»

«Ach, Ira. Das Gefühl habe ich bei dieser Sache wirklich nicht. *Ich* musste *sie* doch überzeugen. Sie hatte ja eigentlich gar kein Interesse.» Er legt sich auf Nikos schmales Bett unter der Dachschräge, es hat einen blau-weißen Vorhang wie eine bajuwarische Schiffskoje. Konrad gähnt. «Ich glaube, sie will Leo endlich loswerden. Und Leo wird mich doch in Altenstein brauchen, der kommt da niemals allein zurecht. Und ich darf mit den Jungs dort jagen, überall und so oft ich will. Bobby ist weit weg, und, wenn wir ehrlich sind, ist Leo keine wirkliche Konkurrenz.»

Es hört sich gut an, wenn er das so sagt.

Aber Ira ist nicht überzeugt. «Mach dir bloß nicht vor, du wärst der heimliche Besitzer von Altenstein. Dafür kennst du deine Schwester hoffentlich zu gut.»

## Der Einbruch

*Altenstein, 1945*

Später versuchen sie zu rekonstruieren, wie es passieren konnte. Vielleicht hat Agnes die Haustür nicht richtig hinter sich zugezogen, als sie morgens vom Viehfüttern kam? Oder sie hat eines der Fenster im Erdgeschoss offen gelassen?

Bobby hat eine andere Theorie. «Bestimmt ist es schon gestern Abend passiert – sie sind in den Keller eingebrochen und haben hier übernachtet.» Das, so sind sich Agnes, Bobby und die Kinder einig, ist die gruseligste Variante.

Jedenfalls steht Agnes eines Morgens vor Bobby in der Küche, hinter ihr zwei fremde, dreckige Männer. Der eine ist fast so groß und breit wie ein Türrahmen, der andere kleiner, aber auch kräftig. Sie sehen aus wie Landstreicher, doch Agnes weiß, was sie wirklich sind: Fahnenflüchtige, die sich in den letzten Wochen im Wald versteckt haben müssen. Sie sind unrasiert und riechen scharf, nach Alkohol und Schweiß. *Sie waren plötzlich einfach da. Wie aus dem Nichts sind sie in der Eingangshalle aufgetaucht.* Den Satz wiederholt Agnes später immer wieder: *Wie aus dem Nichts.*

Der Große hat ein Messer in der Hand.

Bobby erschrickt, sie ist gerade dabei, den Frühstückstisch für die Kinder zu decken, und lässt ein Glas fallen, das mit lautem Klirren auf dem Steinboden zerbricht. Sie schaut hinunter auf die Scherben.

«Entschuldige bitte, Agnes.»

«Guten Morgen, Bobby.» Agnes geht nicht weiter auf das zerbrochene Glas ein. «Mach doch bitte Frühstück für die beiden Herren.»

Agnes spricht mit bestimmter, freundlicher Stimme und gibt ihre Anweisungen so selbstverständlich, als handele es sich um einen lang angekündigten Besuch und nicht einen Überfall. Sie greift sich den Besen hinter der Tür und beginnt, die Scherben aufzufegen. Doch als Bobby ihr helfen will, zischt sie: «Ich mache das. Hol jetzt das Essen.»

Die Kleinen sitzen aufgereiht am Tisch und beobachten die Szene mit weitaufgerissenen Augen. Die beiden Männer lassen sich krachend neben ihnen auf der Bank nieder. Konrad starrt auf das Messer, das der Große in der Hand hält. Nona fängt an zu weinen.

«So, jetzt aber hopp, hopp, Mädel! Bring alles raus, was ihr habt. Kaffee, Butter, Brot, so was. Und keine Scherereien!»

Bobby holt das Brot aus dem Keramiktopf, sie haben nur noch den einen Laib, aber sie traut sich nicht, Agnes zu fragen, sondern legt es in die gusseiserne Schneidemaschine. Während sie die Kurbel dreht, schaut sie auf das Rundmesser mit den scharfen Zacken – es ist das schärfste, was sie im Haus haben, doch wie kann sie es aus der Maschine lösen? Sie legt die Brotscheiben zusammen mit dem letzten Stück Käse, das sie so lange schon aufgespart haben, auf einen Teller, dann kocht sie Kaffee. Dabei geht sie in Gedanken ihre Möglichkeiten durch, doch ihr fällt nichts ein. Sie und Agnes sind mit den Kindern allein in Altenstein, nicht mal Frieda ist da.

Agnes hat die Glasscherben entfernt. «Nona, hör bitte auf zu weinen, wir haben Besuch. Geh und hol Teller und

Besteck.» Ihre Stimme klingt wie immer, vielleicht ist sie etwas brüchiger. Nona schaut ihre Mutter fragend an, sie öffnet den Mund, doch Agnes wirft ihr einen Blick zu, der sie verstummen lässt. Also holt Nona zwei Teller aus dem Regal, zwei Tassen und, nach kurzem Zögern, zwei Messer.

Als alles auf dem Tisch steht, herrscht der Große sie an: «Setzen! Und die da auch!» Er zeigt mit der Messerspitze auf Bobby.

Die Kleinen schauen zu, wie die Männer schmatzend die Vorräte vertilgen, von denen sie selbst in den letzten Wochen nur sparsam essen durften. Ihre Mägen knurren. Bobby und Agnes sitzen stumm auf den Stühlen gegenüber. Der Dicke schaufelt Brot, Butter und Käse in sich hinein, er isst schnell, verschluckt sich ein paarmal und hustet laut. Der Große hält immer noch das Messer in der Hand, er hat bereits drei Brote vertilgt, jetzt stippt er etwas übriggebliebene Rinde in den Kaffee, dabei mustert er Bobby, die sich leicht zur Seite dreht. Er trinkt seinen Kaffee aus, ohne seine Augen von ihr abzuwenden.

Bobby bekommt langsam Angst. Wenn die Männer sie nur ausrauben wollen, ist das schon schlimm genug. Aber was, wenn sie etwas Schlimmeres vorhaben? Wenn sie sich nach dem Essen Agnes und Bobby vorknöpfen, vor den Augen der Kinder? Bobby spürt einen Kloß in ihrem Hals, sie wirft ihrer Stiefmutter einen ängstlichen Blick zu. Agnes lächelt nicht, sie schaut Bobby ernst an und schüttelt ganz leicht den Kopf.

«Die da! Das junge, hübsche Ding», sagt der Große auf einmal. Er lacht, seine Zähne sind gelb, sein Kumpel lacht auch. Er fuchtelt mit dem Messer herum und zeigt damit auf Bobby. «Genau, dich meine ich! Mehr Kaffee!»

Agnes steht auf. Sie hat denselben Gesichtsausdruck,

den sie immer bekommt, wenn ihr mit den Kindern der Geduldsfaden reißt. «In diesem Haus wird nicht mit Messern auf Menschen gezeigt. Wir werden Ihnen alles bringen, was Sie möchten, aber legen Sie das Messer hin! Es ist wirklich nicht notwendig, dass Sie mit diesem Ding in dem Gesicht meiner Tochter herumfuchteln!»

Der Mann starrt sie mit offenem Mund an. Ein unzerkauter, grauer Klumpen liegt auf seiner Zunge. Es ist kurz ganz still, weder die Kinder noch die beiden Männer rühren sich. Dann legt er in Zeitlupe das Messer neben seinen Teller. Die beiden Männer schauen Agnes noch einen Moment verdutzt an, dann isst der Dicke schmatzend weiter. Agnes füllt den Kaffee nach.

Plötzlich klingelt das Telefon. Der Große greift wieder nach dem Messer.

«Sitzen bleiben!»

Es klingelt noch mal.

«Keiner geht ran!»

«Das wird mein Mann sein, er wird sich wundern, wenn niemand abhebt. Dann wird er sich beeilen, er wollte ohnehin schon längst zurück sein.»

Agnes Stimme zittert ganz leicht bei dieser Lüge. Sie schaut die Kinder nicht an und hofft, dass keines von ihnen sie korrigiert. Alle schweigen. Das Telefon schrillt weiter.

Der Dicke zeigt auf Bobby. «Die! Die soll rangehen.»

Bobby zögert, doch Agnes nickt ihr zu.

«Kolberg?»

Bobby horcht. «Ja, guten Tag, Herr Obersturmbannführer!»

Die Männer tauschen einen Blick.

«Ja, bei uns ist alles bestens.» Bobby sieht die beiden Männer an, während sie spricht. Falls sie Angst hat, ist es ihr nicht anzumerken, ihre Stimme klingt fest, ihr Blick ist es auch.

«Nein, leider ist meine Mutter gerade nicht zu sprechen. Nein, es ist alles in Ordnung, Herr Obersturmbannführer. Sie wird bald wieder hier sein, dann können Sie vorbeikommen. Ja, in einer halben Stunde, sicher, ich werde es ihr ausrichten.»

Bobby drückt den Hörer fest an ihr Ohr, damit die beiden Männer nicht Friedas verwunderte Stimme in der Leitung hören können.

«Natürlich, Herr Obersturmbannführer. Bis gleich.»

Sie legt auf. Der Dicke wird hektisch, er springt auf und stopft sich sein Brot in den Mund. «Pack das restliche Zeug zusammen! Schnell!»

Bobby legt das letzte Stück Brot in die Tasche, dazu den Käse und eine Milchflasche. Der Große bleibt sitzen, er beobachtet Bobby mit zusammengekniffenen Augen, nachdenklich, als ahne er etwas. Sein Kompagnon reißt die Schubladen auf, greift sich noch ein paar Messer und Gabeln und wirft sie in die Tasche.

«Komm, lass uns abhauen!»

Langsam erhebt sich der Große von der Bank. Er schlurft mit schweren Schritten aus der Küche, dabei drückt er sich ganz dicht an Bobby vorbei, die die Augen schließt. Agnes steht mit ihrem strengen Blick daneben, sie rührt sich nicht. Als die beiden endlich aus der Haustür sind, geht Agnes langsam hinterher, schließt die Tür von innen ab und dreht sich dann zu Bobby um.

«Wer war das am Telefon?», flüstert sie.

«Frieda. Sie wollte eigentlich nur sagen, dass sie in der Stadt aufgehalten wurde und erst heute Nachmittag ankommt. Sie hat ein paar Kartoffeln ergattert.» Bobby grinst. «Ich glaube, sie hat sich gewundert, dass ich sie mit Herr Obersturmbannführer angesprochen habe.»

Agnes wirft lachend die Arme um die Taille ihrer Stieftochter. «Bobby, du bist genial, genial!!» Sie dreht sich mit ihr im Kreis. «Bobby, Bobby, du hast uns gerettet! Uns alle! Wer weiß, was passiert wäre!» Agnes hält an und streicht ihr über das Haar. «Das war ein echtes Meisterstück von dir! Was wäre ich nur ohne dich? Papi wäre sehr stolz, wieder einmal.»

Für einen kurzen Moment herrscht Hochstimmung auf Altenstein. Als Frieda kommt, erzählen ihr die Kinder von dem Abenteuer, das jetzt allen schon vorkommt wie ein fremder Traum. Sie spielen die Handlung nach, mit Nona und Moritz in den Rollen der beiden Eindringlinge. Nona nimmt einen Stock als Messer und fuchtelt damit dramatisch herum. Bobby wird noch einmal von allen gefeiert, und sie ist sichtlich stolz darauf, dass sie so geistesgegenwärtig reagiert hat.

Nur Agnes ist still geworden. Sie geht nachdenklich von Zimmer zu Zimmer, sie schließt die Fenster, sie schiebt eine Kommode vor den Hintereingang.

Als die Kinder gerade dabei sind, den Telefonanruf nachzuerzählen, kommt Agnes zur Küche herein.

«Die Kinder müssen weg, Frieda.»

Alle schauen sie bestürzt an.

«Noch diese Woche. Ich fange morgen an zu packen. Wir hatten noch einmal Glück. Aber ich will nicht das Leben aller aufs Spiel setzen für ein Haus. Frieda, du und Bobby, ihr müsst die Kinder begleiten.»

## Eine Tochter

*Michlbach, 2000*

Die Sonne ist schon aufgegangen, doch ein hellblauer Dunst liegt noch über dem Michlbacher See, ein paar Enten ziehen quakend in seiner Mitte ihre Kreise. Der Ort liegt noch in seinem morgendlichen Dornröschenschlaf. In wenigen Stunden werden hier im Strandbad Kinder planschen und Segelbötchen über das Wasser schippern.

Es ist morgens um halb acht. Bobby steht am Ende ihres Stegs, sie steigt aus den Badelatschen, lockert den Knoten des Gürtels und will gerade ihren Morgenmantel abstreifen, als sich am Rande ihres Blickfelds etwas bewegt. Ein junger Angler steht zwei Stege weiter und winkt ihr zu.

«Grüß Gott, Frau Gräfin!»

Bobby wickelt sich schnell wieder ein und hält sich den Stoff am Hals zu. Sie hebt die Hand schützend über die Augen, um besser sehen zu können, und mustert den Eindringling. Der junge Mann winkt freundlich weiter. «I woit Sie net erschrecka.»

Bobby hat ihn schon einmal gesehen, es ist wohl einer der Söhne des Schusters im Dorf. Heißt er Toni? Sie ist verstimmt. Eigentlich wissen alle im Dorf, dass sie morgens hier nackt badet und nicht gestört werden will.

«Wissen Sie», ruft Bobby mit der ganzen ihr zur Verfügung stehenden Überheblichkeit. «Ich pflege hier jeden Morgen mein Bad zu nehmen. Das ist eigentlich bekannt im Dorf.»

«Geht kloar, Frau Gräfin. I dreh mi um!»

Tatsächlich kehrt er ihr den Rücken zu und wirft seine Angel in die andere Richtung aus. Bobby wartet kurz, um sicherzugehen, dass er auch wirklich Wort hält, dann streift sie ihren Bademantel ab und steigt vorsichtig die Holzleiter am Steg hinunter. Als sie etwa hüfttief in dem eiskalten Wasser steht, lässt sie sich mit einem Schwung hineinfallen. Sie keucht ein bisschen, die Kälte schnürt ihr immer kurz den Atem ab, dann schwimmt sie ein paar Züge, wobei sie darauf achtet, den Kopf mit ihrem geglätteten Bob immer über Wasser zu halten.

Der feuchte Morgenmantel klebt an ihrer Haut, als Bobby zurück zum Haus geht. Ihr ganzer Körper prickelt, sie fühlt sich gut, belebt. Trotz aller Vorsicht werden ihre Haarspitzen immer etwas nass, aber was soll's. Ihr rituelles Nacktbad am Morgen ist für sie der beste Teil des Tages. Erfrischt von der Kälte des Sees, schreitet sie den Hügel hinauf, wo auf der Terrasse ihr Kaffee auf sie wartet. Plötzlich spürt sie etwas Weiches unter ihrem rechten Fuß. Diese vermaledeiten Gänse! Sie wird mit Leo noch mal darüber sprechen müssen. Sie untersucht die Unterseite ihrer Badelatschen.

Als sie hochschaut, bemerkt Bobby jemanden an der Haustür, rötlich braunes Haar und ein hellblaues Kleid. Sie zieht den Gürtel ihres Bademantels etwas fester. Was ist denn heute hier los? Sie versucht sich unauffällig Richtung Hintereingang zu stehlen. Frau Strobl wird jetzt da sein, sie kann öffnen. Das junge Mädchen an der Tür streckt seine Hand aus, um zu klingeln. Bobby bleibt kurz stehen, etwas hält ihre Aufmerksamkeit. Sie gibt sich einen Ruck und macht ein paar Schritte auf das Mädchen zu.

«Suchst du jemanden?»

Ruckartig zieht sie die Hand zurück. Bei näherem Hinsehen ist sie doch etwas älter als gedacht, vielleicht zwanzig. Eine Freundin von Niko? Dafür sieht sie eigentlich zu adrett aus, mit ihrem gebügelten Kleid und dem hohen Pferdeschwanz. Sie ist attraktiv, nicht unbedingt hübsch, aber sie hat ein außergewöhnliches Gesicht, mit einer gebogenen, römischen Nase, hohen Wangenknochen und schmalen graublauen Augen. Ein markantes Kinn.

«Grüß Gott, Frau Schaller.» Das Mädchen hat sich von dem Schrecken, die Hausherrin selbst und dann noch im Bademantel anzutreffen, offenbar erholt, es lächelt gewinnend, sein «R» rollt bayerisch aus dem Mund. Es macht einen Schritt auf Bobby zu und streckt die Hand aus. «Mein Name ist Charlotte Lehmann. Ich bin …»

Bobby mustert sie, ihren Mund, ihr Kinn, ihre hellen Augen, all das nimmt sie in Sekundenschnelle auf. Eine Erkenntnis macht sich in ihr breit, eine Klarheit. Ihr wird etwas übel. Charlotte steht immer noch da mit ausgestreckter Hand, doch die beiden sehen sich nur an, ohne sich zu rühren. Ein paar kalte Wassertropfen fallen aus Bobbys Haaren in ihren Ausschnitt.

«Ja», sagt Bobby schließlich langsam und greift nach Charlottes Hand. «Ich weiß, wer du bist.»

«Ich habe kurz gezögert», wird Bobby später Leo erzählen, «vielleicht war es dumm von mir, ich hätte ja so tun können, als wisse ich von nichts.» Sie wird den Kopf schütteln. «Aber sie sah genau aus wie Franz, gespuckt wie Franz!»

Bobby weiß schon lange, dass es dieses Mädchen gibt. Anfang der achtziger Jahre, kurz vor Weihnachten, hat Franz es ihr gebeichtet. Er brachte ihr an diesem Morgen den Kaffee und die *Süddeutsche* ans Bett, das war neu. Bobby freute sich über den Service, bei dem sie sich nichts dachte, trank ihren Kaffee und fing an, die Zeitung zu lesen. Irgendwann fiel ihr auf, dass Franz nicht wegging, er stand am Fenster und rührte sich nicht – es war ganz untypisch für ihn, meistens hatte er viel zu tun, gerade morgens war er nicht zu bremsen, Frühsport, ein eiskaltes Bad im See, dann eine Stippvisite in der Werkstatt, auf dem Flugplatz.

«Was ist mit dir?» Bobby war leicht amüsiert, er schien ihr etwas sagen zu wollen.

Vielleicht hing es mit Weihnachten zusammen, vielleicht hatte er wieder etwas Revolutionäres erfunden.

Franz antwortete zunächst nicht, er schaute weiter auf den See. Schließlich setzte er sich auf den Bettrand und legte seine Hand auf ihren Arm. «Kennst du eine Frau Lehmann aus dem Dorf? Doris Lehmann?»

«Die manchmal in der Gärtnerei aushilft? Ich kenne sie. Hat sie nicht zwei Kinder?»

Franz nickte. Dann sagte er ernst: «Jetzt bekommt sie noch eins. Und zwar von mir.»

Bobby sagte nichts, sie starrte ihn an.

Franz sprach weiter. «Im Juni hat sie mir gesagt, dass sie schwanger ist. Wir haben uns getroffen. Wir hatten uns darauf geeinigt, dass sie es nicht bekommt.»

Franz seufzte und schüttelte den Kopf, so als könne er selbst kaum glauben, wie er hintergangen worden war. «Und nun ... nun bekommt sie es wohl doch, auf eigene Faust. Es tut mir wahnsinnig leid, Bobby.» Erneut seufzte er und schüttelte den Kopf, so als sei die eigentliche Krux an der Geschichte nicht seine Untreue, sein Verrat an Bobby, sondern Frau Lehmanns Weigerung, das Kind abtreiben zu lassen. Obwohl sie es doch im Juni ganz anders abgesprochen hatten.

Bobby brauchte ein paar Sekunden, um sich zu sammeln. Dann nahm sie den Bayernteil der *Süddeutschen* und schlug damit auf Franz ein. «Wie kannst du nur, seit wann läuft das, wie kannst du mir das antun.» Sie fing an zu heulen. Die Schande! «Franz, du bist sechzig! Hört das denn irgendwann mal auf?»

Bobby schlug die Decke zurück und lief hinaus, barfuß, im Nachthemd. Es hatte viel geschneit in den letzten Tagen. Die Erde war mit Neuschnee bedeckt, fast fünf Zentimeter hoch. Bobbys nackte Füße hinterließen die ersten Spuren in der jungfräulichen weißen Decke. Die Kälte stieg sofort in ihren Beinen hoch. Ihre Füße waren rot und weiß gefleckt, der Schnee hatte sie betäubt, aber ihre Knochen schienen weh zu tun, es waren beißende Schmerzen, und sie musste an die kleine Meerjungfrau denken, die ihren Fischschwanz für Beine eingetauscht hatte, doch bei jedem Schritt ein Gefühl hatte, als ob sie auf scharfe Messer träte.

Am liebsten wäre sie zurück ins Haus gegangen, was sollte so eine dramatische Geste auch bringen, doch schon hatte sie den Steg erreicht. Jetzt war es wichtig, hier ein bisschen durchzuhalten. Franz sollte sich erschrecken, er sollte wissen, dass es schlimmer war als sonst. Alles andere hatte sie ertragen. Sie war nicht verklemmt oder spießig. Sie kannte Franz, sie wusste, als sie ihn heiratete, worauf sie sich bei ihm einließ: Er war kein Kind von Traurigkeit, nichts hatte er ausgelassen. Vor ihrer Ehe hatte er zwei Söhne mit irgendwelchen Bekanntschaften gezeugt, die er aber nie anerkannt hatte und zu denen er keinen Kontakt pflegte.

Bobby stand noch eine Weile auf dem Steg, sie schob den

Schnee mit den Füßen in den See, um auf den Holzplanken stehen zu können, so war es erträglich. Es war Leo, der schließlich mit Hausschuhen und einem Bademantel seiner Mutter zu Hilfe kam. Ihr Sohn legte den Arm um sie, holte sie ins Haus und machte ihr einen Tee.

Nur ein Jahr später starb Franz an Herzversagen. Es geschah auf dem Flugplatz, er hatte sich gerade in eine seiner neuen Errungenschaften gesetzt, einen uralten Zweisitzer mit Propeller. Anders als sonst war Franz allein, normalerweise war immer noch ein Mitarbeiter dabei, doch an dem Tag waren alle in der Autowerkstatt beschäftigt, es hatte viele neue Bestellungen gegeben. Franz schaffte es anscheinend nicht mehr aus seinem Sitz heraus, sein Kopf lag von innen am Rahmen des Flugzeugs, so als wäre er beim Fliegen einfach entschlafen. Ein Mitarbeiter fand ihn.

Bei der Beerdigung waren einige fremde Frauen schluchzend am Grab aufgetaucht. Für Bobby eine weitere Demütigung, die die Trauer erträglicher machte. Es gibt wohl im Dorf kein Haus, in das Papi nicht in irgendeiner Form sexuellen Kontakt hatte, bemerkte Leo später bitter und fing sich dafür eine Ohrfeige ein.

Nun also, fast zwanzig Jahre später, steht Charlotte vor ihr. Bobby hat sich manchmal dabei ertappt, wie dieses unbekannte Lehmann-Mädchen sie beschäftigte. Sie wusste nicht mal ihren Namen. Aber sie dachte manchmal an sie, besonders wenn es mit Niko wieder schwierig war. Sie malte sich aus, wie es wohl wäre, eine Tochter zu haben. Ein Mädchen, das ihr ähnlich war, ernsthaft, fleißig, diszipliniert, für das sie sich nicht zu schämen brauchte, das einem Beruf nachging oder einer Lehre, das einen Freund hatte, mit dem es sonntags zum Essen kam, statt ständig wechselnder Bettgeschichten. Dessen Biographie sie nicht für Freunde und Verwandte schönen musste.

Dieses Mädchen betritt jetzt hinter ihr das Haus.

Frau Strobl hat gerade in der Küche das frische Brot aufgeschnitten, sie topft zwei Frühstückseier in ihre Becher um. Leo sitzt mit einer Tasse Kaffee am Küchentisch, er hat die Zeitung vor sich aufgeschlagen. Er blickt auf, stutzt kurz, mustert den Besuch und schaut fragend Bobby an. Ein schelmisches Grinsen macht sich in seinem Gesicht breit. Er faltet die Zeitung zusammen.

«Na, Mami, wen hast du denn da zum Frühstück mitgebracht?»

«Ich möchte gern Medizin studieren», sagt Charlotte und schaut auf ihre Hände, die in ihrem Schoß liegen. Die Frühstücksteller und Eierbecher sind abgetragen, Charlotte, Bobby und Leo sitzen noch mit ihren Kaffeetassen am Tisch. Bobby raucht. Leo kann sich nicht daran erinnern, wann seine Mutter das letzte Mal im Haus geraucht hat. Aber als sie sich eine Marlboro Light anzündete, hat er ihr kommentarlos den Aschenbecher von der Veranda geholt.

«Ich habe auch einen Studienplatz bekommen, in Tübingen.» Ein kleines, stolzes Lächeln blitzt in Charlottes Gesicht auf. Sie ist ehrgeizig, denkt Bobby. Zielstrebig. Es gefällt ihr.

«Aber jetzt weiß ich eben nicht, wie ich es anstellen soll, das Studieren. Also, finanziell. Letzten März ist mein Vater verstorben, also, natürlich nicht …»

Charlotte schaut kurz zu Bobby, sie hat Tränen in den Augen. «Der Herr Lehmann, er hat mich großgezogen, als wäre ich seine Tochter. Er ist gestorben.»

Bobby nickt und legt ihr die Hand auf den Arm.

«Und jetzt weißt du nicht, ob du das Geld fürs Studium hast», ermuntert Bobby sie zum Weitersprechen.

Leo springt ein. «Ein Studienplatz für Medizin – sauber! Du hast bestimmt ein Spitzen-Abi gemacht?»

«Eins Komma drei.» Charlotte errötet etwas.

«Eins Komma drei?» Bobby hebt eine Augenbraue. «Wo warst du denn auf der Schule, hier in Michlbach?»

Charlotte schüttelt den Kopf. «Nein, in München, auf dem Maximilianeum.»

Leo lacht auf. «Und du bist ganz sicher, dass wir denselben Vater haben?»

Charlotte lächelt.

Bobby wirft Leo einen strengen Blick zu und wendet sich an das Mädchen. «Mach dir wegen des Studiums keine Sorgen, wir kriegen das schon hin. Du suchst dir erst mal ein Zimmer in Tübingen, und dann kannst du mir ja sagen, was es kostet. Das wäre doch ein Jammer, wenn du nicht studieren könntest bei solchen Noten. Wegen dem bisschen Geld.»

Charlotte strahlt. «Das ist unheimlich großzügig, Frau Schaller, wirklich, ich bin Ihnen sehr –»

«Nenn mich bitte Bobby!»

Charlotte errötet noch mehr. «Ja, also, ich wäre sehr, sehr dankbar, wenn du, wenn ihr … das machen, mir helfen könntet. Das wäre ganz toll.»

Sie schaut erst Bobby an, dann Leo, der sie mit breitem Grinsen betrachtet.

«Wie wäre es mit mehr Kaffee? Wer bei der dritten Tasse Kaffee von Frau Strobl keinen Herzinfarkt bekommt, kann alles durchstehen.»

Charlotte nickt, Leo schenkt ihr ein. Dann nimmt sie ihre Tasse, gießt Milch hinein und leert sie in einem Zug.

# DER WALD

## Das Revier markieren

*Altenstein, 2000*

Konrad bückt sich und fährt mit seiner Hand über die Baumrinde.

«Siehst du diese Schrammen, Leo? Das waren alles Wildschweine. Man kann ihre Spuren hier im Wald überall sehen. Wie nennt der Jäger das Wildschwein noch?»

Konrad wartet in seiner gebückten Haltung auf Antwort, die Hand am Baumstamm. Stille.

«Leo? Wie nennt der Jäger das männliche Wildschwein?»

Er richtet sich auf und sieht noch, wie Leo sein Handy in der Tasche verschwinden lässt. «Ähm, wie war noch gleich die Frage?» Er grinst sein breites Leo-Grinsen.

«Keiler, du faules Aas.» Konrad bückt sich wieder zur Baumwurzel. «Die Keiler stoßen mit ihren Eckzähnen gegen den Stamm, um ihr Revier zu markieren.» Er reißt ein Stück von der herunterhängenden Rinde ab. Dann wischt er mit seiner Hand gedankenverloren darüber, als würde er den Baum streicheln.

Seit den frühen Morgenstunden sind sie im Altensteiner Wald unterwegs. Es war Konrads Idee, seinem Neffen den Stoff für die Jagdprüfung hier beizubringen, um ihn anschaulicher zu machen. Er hat ihn in verschiedene Lerneinheiten unterteilt, gerade sind sie beim Thema *Wildschäden*. Leo hat erst gemurrt, als sein Onkel ihm die Uhrzeit für ihr Treffen mitteilte. Aber das Wild ist nun mal vor allem vor Sonnenaufgang unterwegs.

Trotz der Nachhilfe ist Leo letzte Woche mit Pauken und Trompeten durch den Jagdschein gerasselt. Konrad hatte gedacht, dass nichts mehr schiefgehen könne, sie waren alles durchgegangen: Baumarten, Wildsorten, waidgerechtes Erlegen und so weiter. Er hatte ihm alles im Wald selbst gezeigt. Zur Vertiefung hatte er ihm ein paar Bücher nach Michlbach mitgegeben, die relevanten Kapitel waren markiert. Es hatte nichts geholfen.

«Schau mal hier.» Konrad zeigt auf ein hüfthohes Bäumchen neben sich, das aussieht, als habe ein Rasenmäher die oberen Blätter geschreddert. «Verbissschäden.» Er nimmt die Blattreste zwischen die Finger. «Das wäre mal eine Buche geworden. Aber der Leittrieb und die Seitentriebe – alles abgenagt.» Er seufzt. «In diesem Wald gibt es eindeutig zu viele Rehe. Und zu viele Wildschweine. Buchen, Fichten, Tannen – alles wird schon im Keim zerstört. Der Wald kann sich dann nicht verjüngen.» Er schlägt Leo auf die Schulter. «Wir müssen hier einfach mal ein paar zünftige Jagden ausrichten.»

Plötzlich sieht er etwas vor ihnen auf einer Lichtung, eine Eiche, an deren Rinde etwas Graues, Pelziges klebt. Konrad macht ein paar Schritte auf den Baum zu, er nimmt seine Brille ab und inspiziert ihn.

«Ach schau mal, das ist auch ein interessantes Phänomen, ein ganz seltener Schädling, aber der hat es in sich.» Konrad steht leicht nach unten gebeugt davor, er reißt etwas Baumrinde ab und untersucht damit die haarige Masse. «Das sind Raupen, und zwar vom Eichenprozessionsspinner. Hast du davon schon mal gehört? Die Härchen darf man nicht berühren, sie können zu unangenehmen Quaddeln auf der Haut führen. Leo?»

Sein Neffe antwortet nicht.

Konrad dreht sich um. Leo steht immer noch neben dem abgenagten Keimling, er hat wieder sein Handy in der Hand und tippt etwas hinein.

«Leo!»

Sein Neffe schaut von seinem Display hoch. «Warte, bin gleich da, Konni.»

Konrad dreht sich wieder zu dem Baumstamm um und seufzt. *Leo liebt die Natur!* – von wegen! Immer wenn er mit ihm zusammen im Wald unterwegs ist, worauf Konrad jetzt schon vier oder fünf Mal bestanden hat, wirkt Leo extrem gelangweilt. Meist schaut er verstohlen auf die Uhr, gähnt oder spielt mit seinem Handy. Der Wald ist einfach nicht Leos Ding. Nur, was ist eigentlich sein Ding? Als Leo durch die Jagdschein-Prüfung gerasselt ist, hat er es ziemlich gelassen genommen, wie er überhaupt alles sehr gelassen nimmt. Aber ohne Jagdschein kann er es hier oben vergessen.

Eigentlich funktioniert es gut zwischen ihnen. Leo ist bescheiden, er hat zwar keine Ambitionen, viel zu lernen, aber er fragt Konrad oft um Rat und bezieht ihn in alle Entscheidungen mit ein. Die Försterei interessiert ihn nur nicht. Dass er Altenstein verwaltet, scheint gänzlich auf Bobbys Mist gewachsen zu sein.

Konrad mag Leo. Er selber ist ja auch kein Streber, der im stillen Kämmerlein Vokabeln gepaukt oder jahrelang in irgendeinem Büro gebuckelt hätte. Wie Leo gilt er in der Familie als *Blender* – viele Ideen, wenig Durchhaltevermögen. Immer etwas großspurig, immer etwas faul. Doch selbst für seine Verhältnisse legt Leo erstaunlich wenig Eigeninitiative an den Tag.

Andererseits, wie sollte Leo auch werden, bei dem Vater. Neben allen anderen Scherereien, die Franz seiner Familie hinterlassen hat, ist die Regelung des Erbes denkbar ungut: Leo hat Michlbach geerbt, aber Bobby hat Bleiberecht auf Lebenszeit. Es ist ein Konstrukt, das die Dynamik zwischen Leo und seiner Mutter maßgeblich prägt. Seit fünfzehn Jahren wartet Leo auf das Haus, das eigentlich ihm gehört, das Bobby aber nicht hergeben will. Stattdessen behandelt sie ihren Sohn wie einen Lakaien: *Leochen, hol doch mal eben meine Medikamente aus dem Dorf, Leochen, könntest du mir das Videogerät einstellen, kümmere dich doch bitte um die Kunden im Laden.*

Bobby regiert in Michlbach ungerührt weiter, und Leo kreist über ihr wie ein wartender Bussard.

Und so ist Leo der Sohn-Rolle nie entwachsen. Erst mit Ende dreißig hat er geheiratet, vorher hat er nicht gewagt, seiner Mutter eine Konkurrentin gegenüberzustellen. Seine Frau Julia hat Bobby von Anfang an als das erkannt, was sie ist: ihre Feindin. Nicht eine Sekunde lang ist sie auf Bobbys schleimige Avancen hereingefallen («Leo hat mir erzählt, dass du dein Studium so fabelhaft abgeschlossen hast!»). Im Gegenteil, Julia lässt sich höchst selten in Michlbach blicken, und wenn, stolziert sie mit einem amüsiert-angeekelten Gesicht durch Bobbys Schlösschen und erzählt jedem aus der Familie, wie sie alles umbauen wird, wenn es dann endlich mal so weit ist.

Konrad wartet, bis Leo fertiggetippt hat. Sein Neffe steckt das Handy in seinen Janker – ein Janker in Brandenburg! – und schlendert lächelnd auf Konrad zu.

«Also, erzähl mal von diesem sagenumwobenen Eichenprozessionsspinner.»

Konrad schmunzelt. «Korrekt gemerkt. Den sieht man hier ab und zu. Vor den Biestern musst du dich in Acht nehmen.»

Eigentlich ist Leo ganz in Ordnung. Es macht Spaß, mit ihm unterwegs zu sein. Und durch den Jagdschein wird er ihn schon irgendwie prügeln.

Vier Wochen später sitzt Konrad im *Kastanienhof*, der einzigen Gaststätte in Altenstein, und bestellt bei Karin ein Bier. Im Gegensatz zu dem romantisch klingenden Namen ist der *Kastanienhof* eine deprimierende Kaschemme, dunkel, mit niedrigen Decken und billigen Holzmöbeln. Reinhard und seine Frau Karin bieten hier seit zwanzig Jahren gutbürgerliche Küche an – Wildbraten, Bockwurst, Putenleber «Berliner Art», dazu Kartoffelstampf. Sie sind inzwischen so etwas wie Freunde geworden, Reinhards Bruder Horst ist der Förster. Dienstags trifft sich hier der Altensteiner Skat-Club.

Konrad ist zu früh dran, er ist erst in einer Stunde mit Bobby und Leo verabredet, später soll Horst noch vorbeikommen. Konrad will die Michlbacher in Altenstein vorstellen, schließlich werden Leo und Bobby hier mit allen klarkommen müssen. Außerdem gibt es etwas zu feiern: Leo hat seinen Jagdschein bestanden, endlich!

Konrad sieht sich in dem dunklen, tristen Raum um. Eigentlich der perfekte Ort, um Leo abzuschrecken, denkt er hämisch. Da kann er direkt mal sehen, was ihn hier in Brandenburg erwartet. Hoffentlich legt Leo nicht wieder so einen peinlichen Auftritt hin und lässt den verwöhnten bayerischen Sprössling heraushängen, der pikiert durch den Wald stakst und Angst hat, sich seinen Janker irgendwo aufzureißen. Und Bobby … die kann Konrad sich hier auch nicht wirklich vorstellen.

Reinhard bringt Konrads Bier an den Tisch.

«Na, haste was für mich?»

Konrad verkauft dem Kastanienhof ab und zu sein erlegtes Wild, das Karin dann als Braten anbietet. Sie ist sehr stolz auf ihren Wildschweinrücken in brauner Soße, der für Konrads Geschmack eigentlich immer etwas zu durch ist.

«Nee, heute nicht, Reinhard, ich bin zurzeit ja mehr mit meinem Neffen unterwegs als auf der Jagd.»

«Ah, der Neffe! Tja, den berühmten Neffen, den haben wir ja ...»

Karin ruft ihn aus der Küche.

Reinhard deutet nach hinten. «Die Regierung verlangt nach mir. Komme gleich noch mal.»

Konrad holt die Flurkarte aus seiner Tasche und breitet sie aus, streicht die Ecken glatt. Altenstein. Mit Bleistift zeichnet Konrad die Grenzen des Grundstücks ein und schraffiert außerdem die angrenzenden Flurstücke, die wohl in ein paar Jahren zum Verkauf angeboten werden. Er markiert die Stelle, an der früher das Gutshaus stand. Die Monstrosität, die Pauls Sohn hier gebaut hat, wird er Bobby noch zeigen müssen: eine Art Neckermann-Fertighaus mit billiger Platten-Verkleidung und einem glänzenden schwarzen Dach, an Hässlichkeit und Phantasielosigkeit kaum zu überbieten, dabei allerdings mit genau demselben Grundriss wie das alte Gut. Es war wie ein Gruß von Pauls Sohn, als wollte er den Kolbergs etwas beweisen.

Konni zeichnet den *«Kastanienhof»* ein, nur zur Orientierung, bisher haben die beiden in dieser Gegend ja gar keine Anhaltspunkte, es ist völliges Neuland für sie.

In dem Moment geht die Tür auf, und Leo und Bobby kommen herein. Konrad hebt die Hand und will ihnen etwas zurufen, doch die beiden sehen ihn gar nicht. Sie gehen, ohne ihre Mäntel auszuziehen, zum Tresen.

Konrad stutzt.

Reinhards Frau kommt aus der Küche. «Na, ihr beiden, das ist aber eine Überraschung!»

«Karin, mein Herzblatt!», ruft Leo.

Karin zieht sich die Schürze aus und kommt hinter dem Tresen hervor. «Dass wir alle so jung noch mal zusammenkommen!» Die drei lachen und umarmen sich.

Konrad, der aufgestanden ist, um alle einander vorzustellen, ist baff. «Kennt ihr euch?»

«Hallo, Konnilein.» Bobby befreit sich gerade aus Karins deftiger Umarmung. «Na ja, so richtig lange kennen wir uns noch nicht.» Die drei kichern.

Konrad schaut von Bobby zu Leo zu Karin, die seinem Neffen gerade etwas aus dem Haar zupft.

«Also, genau genommen kennen wir uns seit gestern.» Bobby lacht. «Leochen und ich waren schon mal hier, zum Vorfeiern sozusagen. Und um Karins wunderbaren Wildbraten zu probieren.»

Karin strahlt sie an. «Irgendwie haben wir uns dann die halbe Nacht um die Ohren geschlagen. Ich glaube, ich bin erst um halb drei ins Bett! Ich wusste gar nicht, dass du so eine nette Familie hast!»

«Ach so! Ich wollte euch heute allen vorstellen.»

«Dafür ist es zu spät!», sagt Karin neckisch. Leo hat seinen Arm um die Schultern der Wirtin gelegt, Karin ist zart errötet. Konrad kennt sie gar nicht so, sonst ist Karin oft eher mürrisch und schwerfällig.

Jetzt kommt auch Reinhard aus dem Büro und haut Leo kräftig auf die Schulter. «Das ist ja eine Überraschung! Euch wird man ja gar nicht wieder los!»

«Allerdings!», ruft Bobby.

Konrad schaut erstaunt vom einen zum anderen. Er wendet sich an Leo. «Und woher wusstest du …?»

«Na ja, Onkel Konrad, du hast mir doch immer von Reinhard erzählt, dass er dir das Wild abkauft, und da dachten wir, fahren wir schon mal hin, stellen uns vor und so weiter. Weil ich ja auch einiges hier im Wald erlegen werde. Mit meinem neuen Jagdschein!» Er boxt Reinhard spielerisch gegen den Arm. «Und dann machen wir noch ein paar weitere Kastanienhöfe auf, wir beide. Ich sehe schon die Restaurantkritiken vor mir: *Brandenburger Wild in bayerischem Ambiente!* Damit werden wir zusammen reich!»

Sie lachen.

Konrad steht etwas unschlüssig herum. «Tja, Bobby, also, wenn ihr euch schon kennengelernt habt, dann können wir ja als Nächstes die Grundstücksfläche zusammen ansehen. Ich habe die Grenzen eingezeichnet ...» Er deutet auf seinen Tisch in der Ecke, auf dem immer noch die Karte liegt. «Dann könnt ihr sehen, was jetzt direkt zum Verkauf steht und was später noch dazukommt. Wenn wir irgendwann die Grundstücksteilung vornehmen.»

Konrad blickt in vier verdutzte Gesichter.

«Wir treffen ja morgen den Anwalt, deshalb dachte ich ...»

Aber Bobby winkt ab. «Ach, mein Bruder denkt wieder nur ans Geschäft. Kommt, lasst uns erst mal etwas essen!»

Karin tätschelt Leos Bauch. «Darf's denn wieder so ein Wildbraten sein?»

«Karin, bei deinem herrlichen Braten kann ich nicht nein sagen!»

«Ach, du Charmeur! Na, dann setzt euch mal.»

Leo und Bobby legen ihre Mäntel über einen Barhocker und nehmen wie selbstverständlich am Tresen Platz wie alte Bekannte. Dabei machen Leo und Reinhard weiter

Pläne für ihre Restaurantkette. Karin zapft Bier für die beiden, sie stellt es ihnen hin und sagt etwas, die drei lachen. Konrad geht mit langsamen Schritten zurück zu seinem Tisch. Er hält kurz inne, dann sammelt er die Stifte und Zettelchen ein, rollt die Karte zusammen, steckt sie wieder in seine Tasche und geht zu den anderen.

## Unter Artenschutz

*Berlin, 2002*

Alexa trinkt einen Espresso macchiato, ihren dritten, doch so richtig wach fühlt sie sich immer noch nicht. Sie sitzt in einem Straßencafé am Zionskirchplatz. Eigentlich muss sie längst zurück an den Schreibtisch, wo ihre Magisterarbeit auf sie wartet. Vor ihr stapeln sich abgegessene Frühstücksteller, ihre letzten zwei Tassen, ein Glas mit Orangensaftrest, in das gerade eine Wespe fliegt. Die Sonne scheint, das Café ist voll, überall winken Gäste, sie wollen bestellen, zahlen, die Kellnerin kommt kaum hinterher. Sie rennt überfordert von Tisch zu Tisch.

Zwei Typen setzen sich auf die Bank neben ihr. Den einen kennt Alexa, er ist ein Mediziner mit Halbglatze, sie hatten vor zwei Jahren ein kurzes Techtelmechtel, aus dem nichts wurde. Es war eine Art Rohrkrepierer. «Bis bald mal?», hatte er ihr nach der dritten gemeinsamen Nacht gesimst. Selbst für sie, die sich sonst auf jede quälerische Affäre einließ in der Hoffnung, dass mehr daraus würde, war das zu lieblos gewesen, und sie hatte nicht geantwortet. Der Mediziner wirft einen Blick in ihre Richtung, doch er scheint sie nicht zu erkennen. Umso besser, das erspart ihr den peinlichen Smalltalk.

Alexa legt einen Bierdeckel auf das Glas mit der Wespe und sieht sich nach der Bedienung um. Plötzlich durchbricht lautes Motorengeheul die Sonntagsidylle. Ein neuer, silberner BMW schleudert mit quietschenden Reifen um den Platz und fährt in einem Zug in die Parklücke direkt vor dem Café. Fast alle Gäste schauen hinüber zu dem protzigen Auto. Der Typ, den sie näher kannte, schüttelt den Kopf. «In Mitte sind auch nur noch peinliche Investoren-Typen unterwegs.»

Die Kellnerin kommt, Alexa zahlt, steht auf und will gehen.

«ALI!», donnert eine Stimme hinter ihr.

Sie dreht sich um. Es ist Konrad. Er steht mit Ferdinand und Tobias neben dem BMW, alle drei winken ihr freudig zu. Alexa wird rot. Es ist so typisch für ihren Onkel, dass er mit dieser aufgemotzten Karre hier vorfährt. Aber sie freut sich auch, ihn zu sehen, außerdem ist die Frage ihrer Magisterarbeit damit für heute Vormittag vom Tisch. Falls Konrad merkt, dass sich seine Nichte seinetwegen schämt, ignoriert er es gekonnt.

«Komm an mein Herz, Ali!»

Er umarmt sie und mustert sie dann von oben bis unten. «Der Abklatsch von Nona.»

Alexa will das Thema wechseln. «Wo kommt ihr her?»

«Na, schau ins Auto.»

Alexa späht durch das hintere Fenster auf die Rückbank.

«Oh, wie schön, Gewehre. Wart ihr jagen? In Altenstein?»

Alexa ist in der Familie als Vegetarierin und naive Tierschützerin verschrien.

Konrad zündet sich eine Zigarette an und hält dabei drei Finger hoch. Er wirkt immer noch unter Strom. «Drei Rehe haben wir geschossen. Und ein paar Wildschweine.» Er boxt Ferdinand gegen den Oberarm. «Und eine trächtige Ricke hat dieser Experte hier auch noch erledigt.» Ferdinand bedeckt seinen Arm schützend mit einer Hand, er schaut seinen Vater beschämt an, aber er wehrt sich nicht.

«Eine trächtige Ricke? Was ist das?»

«Ein schwangeres Reh», antwortet Ferdinand. Er macht einen zerknirschten Eindruck. «Die darf man eigentlich nicht schießen. Die stehen unter Artenschutz. Das kann eine fette Geldstrafe geben», fügt er niedergeschlagen hinzu. «Oder man bekommt den Jagdschein entzogen.»

«Ach Gott, Ferdi, der Wald ist voll von Rehen!», donnert Konrad dazwischen. «Mach dir deswegen nicht solche Sorgen! Es war keine tolle Aktion, aber wir werden schon zusehen, dass das nicht an die große Glocke gehängt wird.»

«Und was ist mit den Kitzen?», fragt Alexa.

Konrad ahmt ihre entsetzte Stimme nach. «Zwei niedliche kleine Kitze, die weinend aus ihrer toten Mutter herauskrochen, mit ganz großen Augen wie Bambi, und riefen: Mamaaa, Mamaaa ...»

Alexa lacht. Konrad zieht an seiner Zigarette. Er wird ernst.

«Na ja. Ferdi hat sich da nicht mit Ruhm bekleckert. Sag's bitte nicht Bobby. Oder Leo.» Konrad bläst den Rauch aus.

Ferdinand grinst. «Die Frau Gräfin muss ja nicht alles erfahren, was sich in ihrem Wald abspielt.»

«Ihr Wald!», sagt Konrad höhnisch. «Das ist ebenso unser Wald.»

«Ja? Weiß Bobby das auch?» Ferdinand schaut seinen Vater skeptisch an. «Ich wäre mir da nicht so sicher, Papi. Du solltest mal mit ihr darüber sprechen oder ihr schreiben.»

Konrad schüttelt den Kopf. Er wirft seine Zigarette auf

den Boden und tritt sie aus. «Gut. Ich schreibe ihr.» Er wendet sich an Alexa. «Und? Kommst du mit uns essen?»

«Ich würde so gerne, aber die Uni ...»

«Die Uni, die Uni! Die ist morgen auch noch da. Komm, Schätzchen, erzähl deinem alten Onkel aus deinem Leben.» Er legt den Arm um sie.

## Ein ganzes Drittel

*Michlbach, 2002*

Bobby blättert durch das Exposé, das Niko ihr reicht. *Ein bayerisches Kleinod*, steht darüber und auf der nächsten Seite: *Dreihundert Quadratmeter Idylle*. Dazu hat der Makler noch ein paar Archivbilder von bayerischen Bergen und grasenden Kühen hineinkopiert. Die sind sich echt für nichts zu blöd, denkt Bobby.

«Schau mal, Mami. Es ist ein richtig schönes Häuschen. Unten könnte ich mir ein Reiki-Zentrum einrichten. Und oben ist Platz. Und das Beste ist – es ist keine zwanzig Autominuten von hier entfernt!»

Bobby legt den Prospekt auf den Tisch und holt Weingläser aus dem Regal. Was war denn jetzt noch mal dieses Reiki? Sie denkt wehmütig an den Tatort. Aber Niko hat sich am Vortag angekündigt, er möchte mit seiner Mutter «reden», das bedeutet immer, dass er etwas von ihr will.

«Und? Was meinst du?», fragt Niko. «Ich hasse die Mietwohnung, ich hasse Schwabing. Das ist so verspießt. Diese ganzen Brüter mit ihren Kindern. Tag und Nacht das Geplärr. Wenn ich einmal Musik mache, stehen die sofort vor meiner Tür.»

Niko nimmt den Silberkorken aus dem Weißwein.

«Ich glaube, das Ländliche passt eher zu mir. Ich wäre viel näher bei dir. Und jeden Monat Miete aus dem Fenster zu werfen ist doch sinnlos.»

Bobby schaut in das Feuer im Kamin. Gelbe und blaue Flammen züngeln gleichmäßig an den beiden Holzscheiten, es hat etwas Hypnotisches.

«Findest du nicht, Mami?», hakt Niko nach.

«Was?» Bobby war völlig versunken. «Ach so, ja, die Miete, das stimmt, die ist sinnlos.»

Sie seufzt und angelt sich ihr Heizkissen, stellt es an und schiebt es sich unter den Hintern.

«Außerdem ...», Niko knibbelt etwas an der Haut an seinem Daumen, «... brauche ich auch langsam etwas Größeres. Ich überlege ... also, Susi möchte eventuell bei mir einziehen. Erst einmal.»

«Susi? Die Kirmes-Susi?»

Bobby ist entsetzt. Sie hat Niko wohl ein paarmal mit diesem Mädchen gesehen, es hat blauschwarz gefärbte Haare, einen Nasenring und geht ihres Wissens keiner geregelten Arbeit nach, außer dass es beim Reuler Oktoberfest, einer besonders räudigen Veranstaltung, am Autoscooter die Marken aushändigt.

Niko und Frauen sind ein schmerzhaftes Thema für Bobby. Mit Ende dreißig hat er noch nicht eine ernsthafte Beziehung gehabt. Und was für Frauen er sich auch immer aussucht! Mal hatte er eine Affäre mit einer Afrikanerin, die in einem Nachtclub in München arbeitete, mal mit irgendwelchen tätowierten Zwanzigjährigen aus dem Dorf. Es war immer «nichts Ernstes, Mami». Selten wurden diese Mädchen ihr vorgestellt. Nach ein paar Wochen war es meistens wieder vorbei. Ehe oder gar Familie scheinen für Niko so greifbar wie ein gesichertes Einkommen.

Wobei Bobby auch selber manchmal ein Machtwort gesprochen hat, wenn ihr diese Mädchen allzu unpassend vorkamen. Wie bei Rosi, deren eine Kopfhälfte ausrasiert war und die mit ihrer Ratte auf der Schulter beim Michlbacher Sonntagsessen erschienen war. «Niko, ab jetzt möchte ich deine Freundinnen nur noch kennenlernen, wenn sie keine Seuchenüberträger mit sich herumschleppen!»

Bobby ist nicht intolerant. Franz ist ja nun auch kein biederer Schwiegersohn-Typ gewesen. Aber eine gewisse Ernsthaftigkeit und finanzielle Sicherheit erwartet sie schon, sonst muss sie bald für diese Exemplare auch noch aufkommen. Bei Susi, die Niko auf besagter Kirmes kennengelernt hat, wird es also bald so sein. Niko schwärmt ihr zwar dauernd vor, was für eine liebe Mutter Susi sei – sie hat schon zwei Kinder von zwei verschiedenen Männern, die allerdings bei der Oma aufwachsen.

Bobby trinkt einen Schluck Wein.

«Schätzchen, über das Haus können wir reden. Es sieht hübsch aus. Mach doch einen Besichtigungstermin für uns aus. Aber ich will nicht, dass Susi bei dir einzieht. Für die kaufe ich kein Haus und habe das auch nicht in Zukunft vor.»

Niko öffnet gerade den Mund, um zu antworten, da kommt Leo ins Wohnzimmer. Er grinst und wedelt mit einem Blatt Papier in der Luft herum.

Bobby freut sich, das Thema wechseln zu können. «Was ist das?»

«Von BMW. Wir sind ja schon länger in Verhandlungen mit denen, weil sie bei den Michlbacher Motorenwerken einsteigen wollen.»

«Und?»

«Es scheint alles zu klappen. Nächsten Monat sollen wir kommen, dann wird der Vertrag unterzeichnet.»

«Wie großartig!», sagt Bobby. Sie fischt ohne aufzustehen noch ein Weinglas aus dem Schrank.

«Darauf hast du ja schon seit Jahren hingearbeitet. Herzlichen Glückwunsch!»

«Ja, das wird einen schönen Batzen Geld geben.»

Leo nimmt den Korken aus dem Weißwein und gießt sich ein Glas ein.

Niko wacht auf. «Wie viel?» Bisher hat er geschwiegen und ins Feuer gestarrt, es liegt ihm nicht, Leo zu seinen Erfolgen zu gratulieren.

«Ein paar Millionen. Zweieinhalb, vielleicht drei.» Er reicht seinem Bruder den Brief.

«Super», lacht Niko, «immer her damit. Dann hätte ich mein Problem gelöst.»

«Die Sache ist nur ...», setzt Leo an.

«Was?», fragt Niko.

Leo lächelt. «Na ja, prinzipiell ist alles gut. Ich arbeite ja schon länger daran, dass die Lizenz endlich verkauft wird und wir ausbezahlt werden. Das war eine Menge Arbeit.» Er schaut Niko bedeutungsschwanger an. «Aber jetzt fragt sich natürlich, da es Papis Erbe ist, was wir da verkaufen ...»

Niko versteht nicht. «Was meinst du?»

Bobby hat ihn verstanden. «Er meint, ob Charlotte auch etwas davon haben sollte, wenn das Geld in einem halben Jahr ausbezahlt wird.»

«Wieso Charlotte? Was hat das mit Charlotte zu tun? Mami hilft ihr doch schon beim Studium. Das wird ja wohl reichen. Was will sie denn noch alles?»

Niko hat Charlotte von Anfang an nicht leiden können. Sie war ihm suspekt, wie sie auf einmal in Michlbach aufgetaucht ist und sich alle vor Begeisterung nicht mehr halten konnten. Besonders Leo schwärmte unaufhörlich von ihr. *Charlotte und ich waren Ski fahren, wusstest du, dass Charlotte segeln kann? Wir wollen zusammen auf die Wies'n, magst du mitkommen?* Leo hat wochenlang von niemand anderem gesprochen. Es war so, als hätte Leo seinen weiblichen Doppelgänger gefunden, einen, der ihm mehr zu liegen schien als sein eigener Bruder. Eine jüngere, klügere und zielstrebigere Version von sich.

Niko redet sich in Rage. «Das wäre ja noch schöner! Die schneit hier rein, hält die Hand auf, lässt sich das Studium finanzieren, und jetzt soll sie auch noch ein Drittel von Papis Erbe bekommen?» Niko funkelt Leo kämpferisch an. «Sie bekommt das Zimmer in Tübingen bezahlt, mehr nicht.»

Leo muss lächeln. «Das Geld steht ihr zu, Niko.»

«Ach, es steht ihr zu? Wir kennen sie seit einem halben Jahr, und jetzt steht ihr ein Drittel unseres Vermögens zu? Und du, du willst ihr einfach eine Million schenken?»

«Nein, das will ich nicht.» Leo runzelt die Stirn. «Du tust geradezu so, als würdest *du* ihr das Studium finanzieren. Mami macht das, es war ihr eigener Vorschlag, ihre Großzügigkeit!»

Leo schaut zu seiner Mutter hinüber, die das Heizkissen etwas höher zieht und schmerzlich das Gesicht verzieht. Er steht auf, nimmt die Voltaren-Packung vom Kaminsims, drückt zwei Tabletten heraus und reicht sie seiner Mutter.

«Ich finde es ja auch schwierig», sagt Leo etwas versöhnlicher. «Soll sie wirklich ein ganzes Drittel bekommen? Aber was sollen wir machen? Sie ist Papis Tochter. Das ist unstrittig, und das haben wir auch offiziell anerkannt. Theoretisch ... steht es ihr also zu.» Leo legt die Packung zurück. «Die Sache ist die – dieses Vermögen wird durch den Verkauf noch mal enorm wachsen, die ganzen Verträge sind ja noch in Papis Namen.»

Bobby spült die Pillen hinunter. Sie denkt nach. «Man müsste also vorher zu irgendeiner Einigung kommen. Sie überzeugen, dass sie auf ihre Ansprüche verzichtet.»

«Aber warum sollte sie das tun?», fragt Leo.

Bobby schiebt ihm das Weinglas hinüber. «Wir bieten ihr einfach eine Summe an, die ihr wie viel vorkommt. Zwanzigtausend Euro. Meinetwegen fünfundzwanzig. Natürlich als einmalige Zahlung.»

Niko schaut seine Mutter an und nickt.

Bobby fährt fort: «Und wir können es ihr ja schmackhaft machen – ihr sagen, dass sie sich dann nicht mehr wie eine Bittstellerin vorkommen müsse, dass ihr das Geld zustünde und sie selber entscheiden könne, wie sie es nutzen möchte.»

«Super!» Niko hebt sein Glas. «Tolle Idee, Mami!» Die beiden stoßen an.

Leo trinkt nachdenklich einen Schluck Wein, ohne den beiden zuzuprosten. Er schaut seine Mutter an. «Meinst du, das klappt?»

«Warum denn nicht? Wie gesagt, für sie wäre das durchaus viel Geld. Sie kann sich davon einen Teil des Studiums finanzieren. Und dass ihr eigentlich mehr zugestanden hätte – das wird sie ja nie wissen. Allerdings …»

«Was?»

«Allerdings glaube ich, du solltest ihr das Angebot machen. Dir vertraut sie am meisten.»

Leo leert sein Glas in einem Zug, dann nickt er und steht auf.

# Das Fest

*Altenstein, 2002*

Wir werden zu spät kommen, denkt Nona verzweifelt. Bobby wird achtzig, und wir kommen zu spät. Das gibt Ärger! Bobby nimmt Geburtstage sehr ernst, besonders ihre eigenen. Außerdem will sie allen das neue Alte Forsthaus präsentieren, das Leo umgebaut hat. Nona versucht gleichzeitig, die buckelige Waldpiste zu navigieren und Bobbys krakelige Wegbeschreibung zu entziffern. Das Blatt flattert in ihrer Hand, sie haben die Fenster heruntergekurbelt, es ist heiß.

Alexa schraubt an der Lüftung. «Hat diese Schrottkarre denn keine Klimaanlage? Ich zerfließe.» Sie schaut auf das Thermometer. «Dreiunddreißig Grad!» Sie bindet ihre Haare oben auf dem Kopf zu einem Dutt zusammen und hält einen Arm aus dem Fenster. Nona wirft ihr Bobbys Gekrakel in den Schoß. «Mach dich bitte mal nützlich, du Gans! Was steht da – durch Altenstein durch und dann? Wann kommt das Schild? Ich kann es nicht lesen.»

Alexa greift nach dem Zettel. «Sag mal, warst du nicht schon einmal hier?»

Nona legt den Rückwärtsgang ein und wendet auf dem schmalen Waldweg.

«Das ist Jahre her! Und wir hatten damals schon Schwierigkeiten, das Gut zu finden. Beim Alten Forsthaus waren wir gar nicht.»

Sie fahren noch einmal auf den Ort Altenstein zu.

Nona schaut auf die Uhr. «Scheiße, wir hätten schon vor zehn Minuten da sein sollen.»

Bobby und Leo haben das Alte Forsthaus im letzten Jahr umgebaut. Es war der einzige Wermutstropfen gewesen: Den Wald hatten sie erwerben können, aber das Gutshaus war weg, verkauft an Pauls Sohn, der es abgerissen hatte. «Dass ausgerechnet dieser grobschlächtige Prolet Papis Gutshaus kaufen musste», beschwerte sich Bobby.

Schließlich hatte Leo ein verfallenes altes Forsthaus im Wald gefunden. Bobby war mit der Lösung immer noch nicht zufrieden und wetterte gegen Paul und seinen Sohn, sobald das Thema zur Sprache kam. Doch Leo winkte ab – das Gutshaus wäre ohnehin nicht zu retten gewesen.

Als sie am Friedhof vorbeifahren, haben sie den Ort Altenstein erneut durchquert. Alexa schaut auf den Zettel. «Hinter dem Ort direkt in den Wald abbiegen und dann immer den Schildern Richtung Forsthaus folgen.» Sie zögert. «Allerdings weiß ich nicht: Meint sie jetzt hinter Altenstein im Süden oder im Norden?»

«Siehst du hier irgendwo ein Schild?»

Alexa kramt das Handy hervor. «Ich rufe Konrad an, die sind doch sicher schon da.» Nona winkt ab. «Lass das lieber. Ich weiß gar nicht, ob er kommt. Ich glaube, die sind zerstritten. Irgendwas mit Jagdverbot.»

In dem Moment sehen sie rechts eine Abzweigung in den Wald und ein winziges, handgemaltes Schild: *Altes Forsthaus.*

Das Alte Forsthaus ist ein strahlend neuer bayerischer Fachwerkbau, mit schwarzen Zierbalken, mehreren Balkons aus dunklem Holz und einem rotem Dach, Geranien vor jedem Fenster. Der Rasen ist perfekt gepflegt, jeder Grashalm sitzt. Ein schmaler, heller Kiesweg führt von einem Parkhafen zur Haustür, über der ein Wappen hängt.

«Wahnsinn!», staunt Alexa. «Das ist ja … riesig. Und … irgendwie so süddeutsch?»

Neureich, denkt Nona. Großkotzig.

Sie parken.

Leo tritt aus dem Haus und öffnet Nona die Wagentür. «Ach, ihr kommt auch noch?» Er grinst.

Die beiden steigen aus und umarmen ihn, Nona unter einem Schwall von Entschuldigungen. «Hasst Bobby uns schon?»

Bobby sitzt im Garten im Schatten einer herrschaftlichen Linde auf einer weiß lackierten Holzbank und unterhält sich mit einem rothaarigen Mädchen, das Alexa nicht kennt. Dunkle Flecken haben sich auf Bobbys roter Seidenbluse ausgebreitet, sie wedelt sich mit einem Fächer Luft zu. Sie hat sich die vorderen Haarsträhnen mit ihrem Perlmuttkamm nach hinten gesteckt, an den Schläfen und im Nacken kräuseln sich ihre Haare, ab und zu wischt sie sich mit einem Tuch über die Stirn.

Als Bobby Nona und Alexa erblickt, strahlt sie, steht auf und breitet die Arme aus. «Schaut her, was sagt ihr dazu, ich bin wieder Gutsbesitzerin!»

Der Garten ist festlich geschmückt, jemand hat bunte Laternenketten zwischen die Eichen und Trauerweiden gespannt. In der Mitte der Rasenfläche ist eine lange, weiße Tafel aufgebaut, auf der große Margeritensträuße stehen.

Leo drückt Nona und Alexa Wassergläser in die Hand. «Kommt, ich zeige euch meine neueste Errungenschaft.»

Hinten im Garten steht ein kleines, fensterloses Häuschen, so groß wie eine Garage oder ein Geräteschuppen. Es sieht aus wie eine Miniaturversion des Haupthauses – auf rustikal gemacht, aber makellos und strahlend weiß. Auf der kleinen Tür prangt wieder das Wappen: ein Marder vor einem Baum.

«Was ist das?», fragt Alexa.

«Das Familienwappen», antwortet Leo verblüfft. «Kennst du es gar nicht?»

Nona verdreht hinter seinem Rücken die Augen und steckt sich den Finger in den Hals. «Na ja, weißt du, Nona hat ja immer einen auf Anti-Adel gemacht», sagt Alexa entschuldigend. «In solchen Dingen bin ich nicht bewandert.»

Leo zieht einen schweren Schlüsselbund hervor und schließt auf. Der Innenraum ist angenehm kühl nach der Hitze draußen, kalt sogar. Das digitale Thermometer an der Wand zeigt vier Grad an. Der Boden ist gefliest, an den weißen Wänden stehen Metallregale, in denen die Köpfe von mindestens fünfzehn Rehen liegen. Ein stechender Geruch schwebt in der Luft, ist es das Reinigungsmittel oder doch das kalte Blut der Tiere?

Nona weicht sofort einen Schritt zurück. «Die Tour setze ich aus.»

Alexa hingegen folgt ihrem Cousin hinein, die Tierköpfe faszinieren sie, wie sie da perfekt aufgereiht nebeneinanderliegen, in einem Abstand von dreißig Zentimetern zueinander, wie Kunstwerke in einem Museum. Kein Tropfen Blut ist zu sehen, keine klaffende Wunde, man hat die Köpfe direkt unter dem Unterkieferknochen abgetrennt. Der Raum ist fast antiseptisch in seiner Reinheit. Halogenlampen, die in die Decke eingelassen sind, strahlen die Köpfe an und verleihen ihnen etwas Heiliges, Anbetungswürdiges.

Alexa beugt sich vor, sie betrachtet die feine Zeichnung der Gesichter, die Maserung des Fells, die weichen Ohren, die geschlossenen Augen, die kleinen Mäuler. Bei einigen hängt die Zunge heraus, winzig wie ein Daumennagel. Manche scheinen zu lächeln, als wären sie glücklich in den Tod gegangen, inmitten eines Spiels vielleicht. Jedes Reh wirkt perfekt, zart, anmutig. Im Nebenraum hängen die dazu gehörenden Körper, aufgereiht auf mehreren breiten Haken.

Alexa schreitet die Haken ab, langsam wird ihr kalt, sie nimmt ihre Strickjacke von den Schultern und zieht sie an, ohne den Blick abzuwenden.

«Und? Schicker Kühlschrank, oder?»

Leo steht im Türrahmen, er hat die Hände in die Hüften gestützt und ist eindeutig stolz auf sein Werk. «Einen schönen Batzen Geld hat mich dieses Baby gekostet.»

Die Tür hinter ihm geht auf, feuchtwarme Luft schlägt ihnen entgegen, und das rothaarige Mädchen, das eben neben Bobby auf der Bank saß, kommt herein. Leo dreht sich zu ihr um.

«Ach, kennt ihr euch überhaupt schon? Das ist Charlotte, meine Schwester.»

Große, dampfende Platten werden aufgetragen, Karin aus dem *Kastanienhof* hat gekocht, sie tischt Wild mit Preiselbeersoße auf, dazu Kartoffelklöße und Rotkohl. Winteressen. Den Gästen rinnt der Schweiß die Schläfen hinab. Leo läuft um den Tisch und schenkt immer wieder Wasser nach.

Bobby thront am Tischende, flankiert von ihren Söhnen. Daneben hat sie Konni und seine Familie platziert, ein paar der großen Geschwister. Alexa, Charlotte und Nona sind die Zaungäste am Ende des Tisches. Bobby erhebt sich von ihrem Platz.

«Ihr Lieben! Wir freuen uns, endlich gemeinsam in Altenstein mit euch feiern zu können. Wir haben das Menü im April geplant, als noch eisiger brandenburgischer Winter geherrscht hat, keine Sahara-Hitze wie heute. Trotzdem hoffe ich, dass es euch schmeckt. Langt zu! Leo hat das Reh selbst geschossen.»

Die Gäste murmeln Anerkennendes, ein paar *Ahhs* und *Ohhs* erklingen am Tisch, doch dann bleibt es merkwürdig still. Die Schüsseln werden herumgereicht, es herrscht Schweigen an der langen Tafel, nur das gedämpfte Geklapper des Bestecks ist zu hören und ab und zu eine höfliche Frage nach etwas Wasser oder dem Salat.

Konrad und Leo sitzen sich gegenüber, sie sind freundlich-distanziert wie zwei Fremde in einem ICE-Bordrestaurant, reichen sich Schüsseln und Teller, schauen zu Bobby, würdigen sich aber keines Blickes.

Alexa dreht sich mit der Fleischplatte zu Charlotte. «Möchtest du?»

Charlotte nickt, nimmt sich und sagt leise: «Dicke Luft, oder?»

Alexa verdreht die Augen. «Allerdings.» Sie schiebt ihr Essen auf dem Teller hin und her, dann legt sie die Gabel ab und verscheucht ein paar Fliegen. «Und?», fragt sie. «Lebst du in München?»

Charlotte schüttelt den Kopf. «In Tübingen. Ich studiere Medizin. Aber ich würde gerne nach Berlin wechseln.»

Alexa grinst. «Dazu kann ich dir nur raten. Zum Studieren kommt man allerdings kaum.»

Charlotte blickt auf ihren Teller. «Nur ... bisher traue ich mich nicht. Ich kenne da gar keinen.»

Konrad hebt sein Glas, alle Köpfe schnellen hoch. Hoffentlich macht er keine Szene, denkt Alexa. Hoffentlich gibt es nicht noch einen riesigen Streit heute.

«Liebste Bobby», sagt er, als alle ihre Gabeln hingelegt haben. «Herzlichen Glückwunsch zu deinem Geburtstag und viele wunderschöne weitere Jahre! Ich gratuliere dir» – er deutet mit seinem Glas auf den Garten, auf das Haus – «zu all dem, was du hier aufgebaut und geleistet hast! Ohne dich und deinen Einsatz gäbe es kein Altenstein, das ja ...», er macht eine kurze Pause, «... für uns alle eine Art Familiengrundstück geworden ist. Also: auf dich!»

Alexa schaut kurz zu Leo hinüber, ist er von der Hitze so rot? Oder ist er wütend darüber, dass Konrad ihn nicht erwähnt hat? Wenn ja, lässt er es sich nicht anmerken. Wie alle anderen am Tisch hebt auch er vorsichtig sein Glas und murmelt: «Auf dich, Bobby!»

Sie trinken, doch die Stimmung bleibt gedämpft. Nach wenigen Minuten hält Alexa das Schweigen nicht mehr aus.

«Habt ihr Leos Kühlschrank gesehen?» Sie muss laut sprechen, damit der ganze Tisch sie hört. Alle Köpfe drehen sich zu ihr. Ein Wagnis, aber so, wie es jetzt ist, kann es nicht bleiben.

«Was meinst du mit Kühlschrank?», fragt Konrad.

Leo räuspert sich und zeigt in den Garten. «Mein Kühlhaus, habe ich gerade fertiggestellt.»

Konrad dreht sich um, inspiziert das Gebäude kurz, hebt kaum merklich eine Augenbraue und wendet sich wieder zum Tisch. «Schick.» Er spießt noch etwas Fleisch auf und isst weiter. «Tja, du scheinst ja viel zu erlegen. Ganz allein.»

Leo hat einen angespannten Zug um den Mund. Er legt seine Serviette neben den Teller. «Ja, in der Tat, ist ja viel Wild unterwegs. In unserem Wald.»

Konrad kaut. «Soso», sagt er gedehnt. Er zieht die Platte mit dem Wild zu sich, schneidet sich ein weiteres Stück ab, spießt es auf und lässt es auf seinen Teller fallen. «Dann bin ich mal gespannt, wie lange dir das Kühlhaus überhaupt reicht.»

Leo beobachtet jede Bewegung seines Onkels. Er denkt kurz nach. Als er spricht, ist sein Tonfall ruhig. «Konrad, was ihr gemacht habt, war einfach nicht in Ordnung. Deswegen habe ich dir geschrieben. Ich möchte das nicht hier diskutieren, an Mamis Geburtstag. Ich bitte dich einfach, unsere Entscheidung zu respektie-»

«Es war meine Schuld!» Ferdinand muss laut sprechen, da seine Worte vor allem Bobby am anderen Ende der Tafel gelten. «Es war ja meine Schuld, ich war das mit der Ricke. Es tut mir wirklich leid, Leo, Tante Bobby. Ich wollte nicht –»

«Darum geht es doch nicht, Ferdinand», fällt Leo seinem Cousin ins Wort. «Was dir passiert ist, kann jedem mal passieren.» Er wendet sich an Konrad. «Was Mami und ich dir übelnehmen, ist, dass du uns hintergangen hast. Hintergehen *wolltest*! ‹Sag es nicht der Frau Gräfin!› Wenn du meinst, die Leute hier hätten mehr Loyalität zu dir als zu uns, hast du dich geschnitten. Die wissen, wem der Wald gehört.»

«Jetzt spiel dich mal –»

Aber Leo schneidet ihm das Wort ab. «Nicht hier, bitte.»

In Konrad flammt Wut auf. Leo hat einen Ton, der ihn zur Weißglut bringt. Wie kann es dieser verzogene Nichtsnutz wagen, ihm den Mund zu verbieten? Konrad steht auf. «Wieso nicht hier? ‹Weil Mami Geburtstag hat›? Du, Leo, darfst alles gegen mich vorbringen, aber wenn ich das Wort ergreife, ziemt sich das plötzlich nicht, wir feiern doch gerade so schön?»

Bobby legt ihre Serviette neben den Teller. «Ich glaube, du, Leo und ich nehmen mal einen Sherry im Haus ein, was meint ihr?»

Leo setzt sich an das Kopfende des langen Nussbaumtisches, der im Wohnzimmer steht, unter einem riesigen Hirschgeweih an der Wand. Er hat eine Kristallkaraffe mit Sherry und drei Gläser geholt, die er füllt und dann über den Tisch schiebt. Er klopft Konrad jovial auf die Schulter. Es ist eine Ansage, die Konrad sofort versteht. Dennoch will er sich das Zepter nicht aus der Hand nehmen lassen. Er beschließt, sich in dieser Sache erst mal an seine Schwester zu wenden.

«Bobby, die Sache mit der trächtigen Ricke, die tut uns sehr leid.»

Bobby schaut auf die Tischplatte, sie nickt leicht.

«Habt ihr denn meinen Brief bekommen? Und die Blumen? Ich habe nie etwas von euch gehört, nur irgendwann den förmlichen Schrieb, wir hätten keine Berechtigung mehr, hier zu jagen.»

Als keiner von beiden spricht, fährt Konrad fort. «Ich wollte damit ganz bestimmt nicht für Verstimmung sorgen, besonders nicht an deinem Geburtstag, Bobby. Aber ich glaube, wir sollten einfach mal ein paar grundsätzliche Dinge klären, was Altenstein betrifft.»

Konrad trinkt einen Schluck, dann schaut er von Bobby zu Leo. Beide schweigen. Haben sie sich abgesprochen? Konrad ist erstaunt über diese Taktik, sie wollen anscheinend, dass er als Erster die Karten auf den Tisch legt. Die Stimmung ist plötzlich sehr ernst.

Weder Leo noch Bobby sagen weiterhin etwas. Auch gut. Konrad holt aus.

Charlotte schaut den dreien nach, wie sie ins Haus gehen. Am Tisch herrscht betretenes Schweigen. Charlotte legt ihre Gabel hin und wendet sich an Alexa. «Hast du Lust, einen Spaziergang zu machen?»

Der Wald ist kühl und schattig, sie laufen einen schmalen Pfad entlang. Charlotte geht in ihrem zitronengelben, ärmellosen Kleid zügig vorweg, sie ist sportlich und schnell, Alexa kommt mit ihren Riemchensandalen kaum hinterher. Ab und zu bleibt Charlotte stehen und biegt ein paar Äste zur Seite, damit sie Alexa nicht ins Gesicht peitschen.

«Kennst du dich hier aus?», fragt Alexa leicht außer Atem.

«Ich war einmal schon hier, mit Leo. Er hat mir den Weg zum Altensteiner See gezeigt.»

Der Pfad macht eine Biegung, dann geht es einen leichten Abhang hinunter. Beide schweigen kurz, der Weg ist steinig, sie müssen sich darauf konzentrieren, in ihren festlichen Schuhen nicht auszurutschen. Charlotte hat ihren Schritt verlangsamt, um Alexa nicht abzuhängen.

«Was meinst du, wie das ausgeht?», fragt sie.

«Bobby und Konrad?» Alexa stolpert und muss sich kurz an Charlottes Schulter festhalten. «Das stand schon länger an. Die beiden haben unterschiedliche Vorstellungen, wem das Gut überhaupt gehört.»

Die Lücken zwischen den Bäumen werden größer, schließlich stehen sie an einer Lichtung. Vor ihnen liegt der Altensteiner See. Er ist klein, eher ein Teich, dichtes hohes

Schilf wächst rundherum an seinem Ufer. Jemand hat eine Schneise zu einem kleinen, morschen Steg geschlagen, der in die Mitte des Sees ragt.

Charlotte stemmt ihre Hände in die Hüften und blickt hinaus auf das Wasser. Ohne den Schatten der Bäume ist es wieder heiß, sie schiebt sich eine Haarsträhne aus der Stirn. Ihre Haut ist übersät mit Sommersprossen.

«Hast du einen Badeanzug dabei?», fragt Alexa, als sie sie erreicht, doch Charlotte schaut weiter geradeaus und antwortet nicht.

«Aber wer liegt denn da im Streit mit wem?», fragt sie schließlich. «Wer hat unterschiedliche Vorstellungen? Dein Onkel und Leo oder dein Onkel und Bobby?»

Alexa lächelt. «Kann man das trennen – Leo und Bobby?» Sie streift ihre Sandalen ab, das hohe Gras fühlt sich gut an unter ihren Füßen. «Ich denke, was Bobby und Leo betrifft, hast du ja auch deine eigenen Erfahrungen gemacht.»

Charlotte hat sich gebückt, um ihre Ballerinas ordentlich zur Seite zu stellen. Sie kommt hoch und schaut Alexa mit weitaufgerissenen Augen an. «Du weißt es.»

Alexa nickt. «Ich wundere mich ehrlich gesagt, dass du hier bist.»

Sie betreten vorsichtig den Steg, dessen dunkle, morsche Holzplanken schon an einigen Stellen durchgebrochen sind. Charlotte geht wieder voraus.

«Leo sagt, auf der linken Seite ist das Holz noch in Ordnung.»

Eine Entenmutter kommt mit ihren Küken schnatternd unter dem Gebälk hervorgeschwommen, aufgescheucht durch den seltenen Besuch.

Charlotte spricht weiter. «Ja, ich habe auch allmählich

ein schlechtes Gefühl. Ich dachte immer, dass Leo und ich ... dass wir uns gut verstehen. Er war so nett zu mir. Ich habe mich richtig willkommen gefühlt. Und jetzt ... bin ich mir nicht mehr so sicher.»

Am Ende des Stegs beugen sie sich vor. Das Wasser ist nicht so dunkel, wie es von weitem ausgesehen hat, im Gegenteil, sie haben eine klare Sicht bis auf den Sandboden, wo sich die Stängel der Seerosen ranken und ein paar große, hellbraune Fische träge vorüberschwimmen.

«Ich bin jedenfalls sehr froh, dass du heute gekommen bist und wir uns kennengelernt haben.» Alexa streift ihr Kleid über den Kopf. Sie steht da in BH und Unterhose und grinst Charlotte an. Dann springt sie kopfüber ins Wasser, und als sie hochkommt, prustet sie und jauchzt vor Kälte. Sie dreht sich auf den Rücken und macht ein paar Kraulbewegungen, während sie Charlotte ansieht. «Komm nach Berlin, jetzt kennst du ja jemanden – mich!»

Konrad wendet das leere Sherryglas in der Hand, ein letzter Tropfen schwappt noch darin. Er stellt es auf den Tisch und atmet tief durch. «Seht ihr, jahrelang habe ich daran gearbeitet, Papis Wald zu bekommen. Herrgott, wir sind nach Berlin gezogen, um von hier aus besseren Zugang zu Altenstein zu haben. Alle Gesetze, alle politischen Entwicklungen der letzten Jahre habe ich genau verfolgt.»

Er schaut von Leo zu Bobby. Er versucht, in ihren Gesichtern zu lesen, aber es ist nicht möglich. Beide sehen ihn mit abwartenden Mienen an. Kann er sie überhaupt noch erreichen?

«Als klar war, dass wir das Land nicht zurückbekommen, aber stattdessen zu einem günstigen Preis kaufen konnten, habe ich schnell gehandelt. Ich habe Kontakte zu den Behörden geknüpft. Es gab ja viele Bewerber um Altenstein.»

Konrad trinkt nicht mehr, und auch Leo und Bobby haben ihre Gläser in die Mitte des Tisches geschoben. Es wird wohl keine gesellige Runde werden. Im Krieg muss man einen klaren Kopf behalten.

«Einen Investor habe ich ausgeschlagen, schließlich wollte ich, dass es in der Familie bleibt. Bobby, wie oft habe ich dir diese Idee unterbreitet?»

Bobby schaut kurz zu Leo hinüber, schließlich nickt sie. Sie spricht nur widerwillig, anscheinend haben die beiden sich vorher über eine Rollenaufteilung verständigt.

«Ja, ich gebe zu, du hast es mir oft angeboten. Du sahst ja irgendeinen Vorteil für dich darin, wenn ich es kaufe.»

«Natürlich sah ich einen Vorteil darin! Für uns alle! Ich wollte, dass es in der Familie bleibt!»

Bobby schüttelt den Kopf.

«Und ich wollte Zeit gewinnen, damit wir den Besitz irgendwann aufteilen –» Bobby schüttelt noch vehementer den Kopf. Konrad redet lauter und deutlicher, als müsse er ihr Kopfschütteln übertrumpfen. «Wenn mein finanzieller Engpass überwunden ist, Bobby, wollte ich mich an dem Eigentum zur Hälfte beteiligen.»

«Davon, lieber Konrad, war nie die Rede.»

«Natürlich war davon die Rede, sowohl in Michlbach als auch im *Kastanienhof* haben wir darüber gesprochen! Wir haben es genau so vereinbart! Und jetzt habe ich das Geld.»

Er hält inne. Bobby ergreift das Wort. «Also, lieber Konrad, ich bin dir sehr dankbar für deine offenen Worte. Ich finde nichts schlimmer bei so einer Zusammenarbeit als Missverständnisse.»

Konrad nickt.

«Unser Gespräch im *Kastanienhof* habe ich ganz anders in Erinnerung. Anfangs war es doch so, dass du dich zur Hälfte beteiligen wolltest an dem Kauf, dann fehlten dir aber die Mittel. Daraufhin habe ich alles gekauft. Und daran möchte ich jetzt auch nichts mehr ändern.»

Leo springt ein. Er scheint der *Good Cop* in diesem Szenario zu sein.

«Wenn du etwas kaufen willst, warum kaufst du dann nicht die Arrondierungsflächen an der Autobahn? Und Blankenburg? Beides steht bald zum Verkauf an. Wir würden es kaufen, aber wenn du es haben möchtest, lassen wir dir selbstverständlich den Vortritt. Das sind wir dir schuldig.»

«Aber das sind doch zwei getrennte Flächen, Leo. Für euch wäre es an beiden Rändern eine Erweiterung, für mich zwei schmale, nicht zusammenhängende Streifen. Fast zwei Kilometer auseinander! Ihr wisst genau, dass sie damit zur Bewirtschaftung oder zur Jagd nicht zu gebrauchen sind. Es wäre sinnlos für mich, sie zu kaufen. Es sei denn ...»

«Es sei denn, was?» Leo scheint jetzt Wortführer für die Schaller-Partei zu sein.

«Ich kaufe die beiden Flächen, und wir vereinbaren einen Tausch.»

«Wie meinst du, einen Tausch?»

«Einen Flächentausch.»

«Aha», sagt Leo und grinst. «Jetzt kommen wir der Sache schon näher. Welches Filetstück aus dem Altensteiner Wald schwebt dir denn vor?»

Konrad ignoriert die Häme seines Neffen. Am liebsten würde er Leo eine reinschlagen, ihm sein breites Grinsen aus der Fresse polieren. Aber stattdessen zieht er eine Karte aus seinem Jackett, es ist die Flurkarte des Waldes um Altenstein. Er breitet sie auf dem Tisch aus.

«Ihr nehmt das Autobahnstück, das Forsthaus, den See und den halben Wald. Ihr hättet damit tausend Hektar.» Er zieht seinen Kugelschreiber aus der Brusttasche, kreist das Gebiet ein und schraffiert es. «Ich nehme die andere Hälfte des Waldes und die große Wiese dazu. Dann hätte ich sechshundert Hektar zusammenhängende Fläche. Ihr hättet immer noch den weitaus größeren Teil. Ihr würdet keinen Quadratmeter verlieren, es würde sich nur verschieben.»

Leo und Bobby beugen sich über die Karte.

Leo legt seinen Finger auf die Schraffur in der Mitte.

«Du willst unseren Wald halbieren? Und dafür bekommen wir ein Flurstück an der Autobahn?»

«Was heißt unseren Wald?»

Leo lehnt sich vor. «Ich habe aber schon enorme Arbeit in den Wald gesteckt, nicht nur in die Hälfte, sondern überall. Und überhaupt, warum sollten wir mit dir Flächen tauschen? Warum? Du und deine Söhne, ihr habt euch doch gerade als äußerst unzuverlässig in der Zusammenarbeit bewiesen.»

«Aber das ist doch nicht wahr, Leo! Ihr nutzt jetzt Ferdinands Fehler als Vorwand gegen uns.» Konrad wendet sich an Bobby. «Bobby, ich habe euch von meiner Arbeit profitieren lassen. Und ich habe es gerne getan. Jetzt wäre es nur fair, wenn ich nicht bloß zwei schmale, unverbundene Streifen am Rand von Altenstein erwerben könnte.»

Doch Bobby reagiert nicht. Stattdessen antwortet Leo. «Fair? Wieso wäre das fair? Aus familiärem Pflichtgefühl? Das lasse ich mir von dir nicht einreden. Geschäft ist nun mal Geschäft, dabei hat die Familie nichts zu suchen.»

Konrad schaut seinen Neffen nicht mehr an, er spricht ausschließlich an Bobby gerichtet. «Bitte, Bobby, versetz dich in meine Lage.»

Bobby lehnt sich im Stuhl nach hinten. «Ach, zuerst war die Abmachung angeblich halbe-halbe, und jetzt soll ich mich in deine Lage versetzen? Du wendest wirklich minütlich eine andere Taktik an.»

Bobby streicht mit den Händen über den Tisch. Ihre Stimme klingt fest. «Ich bin nie davon ausgegangen, dass du mir mal etwas würdest abkaufen können oder einen Anspruch hättest, Land einzutauschen. Das widerspricht meiner inneren Überzeugung. Dem hätte ich nie zugestimmt.» Jetzt schaut Bobby ihn an. «Konrad, das Ganze ist Geschichtsklitterei. Du wolltest Altenstein alleine kaufen, schon immer. Dann ist das Geld weggebrochen, als es drauf ankam, wie so oft, aber das nur am Rande. Und dann hast du es uns angeboten. Vielleicht hast du dir langfristig etwas davon erhofft, wer weiß, was du für Hintergedanken hattest. Ihr habt den Wald ja in den letzten Jahren auch nutzen können.»

«Ja, aber ihr habt erheblich davon profitiert! Als du zugesagt hast, Bobby, sah alles so einfach aus. Du hast dir kurz den Wald angesehen und dann den Notartermin vereinbart. Alles hatte ich vorbereitet und in die Wege geleitet.» Er nimmt den letzten Schluck, um sich zu beruhigen. Dann fährt er fort. «Und natürlich, Bobby, haben wir in der Zeit immer von halbe-halbe gesprochen. Der eine hat eine tolle Idee und macht die Arbeit, und der andere zahlt. Die Konditionen waren damals ja einfach großartig. Schon jetzt sind diese beiden schmalen Streifen, die ihr mir überlassen wollt, nicht mehr zu diesem Preis zu haben, wie ihr ja wisst.» Konrad schließt kurz die Augen und drückt seine

Finger gegen die Schläfen. «Am meisten ärgert es mich, dass es alles so einfach aussah und ihr euch nie dafür erkenntlich gezeigt oder auch nur anerkannt habt, wie viel Arbeit ich da hineingesteckt habe. Das alles, meine Ideen, mein Einsatz, dass ich Leo ausgebildet habe, wurde von euch als selbstverständlich angesehen.»

Konrad nimmt noch einmal Anlauf.

«Bobby, die Tatsache ist doch: Wenn ich nicht so gedrängt und nicht alles in die Wege geleitet hätte, hättet ihr dieses Geschäft niemals machen können. Ihr hättet Altenstein nicht gekauft. Und nun, wo ich euch darum bitte, mich teilhaben zu lassen, werden mir zwei winzige Streifen am Rand angeboten?»

Bobby seufzt. Leo schüttelt den Kopf.

«Onkel Konrad, ich kann mich wirklich beim besten Willen nicht daran erinnern, dass wir dir jemals etwas anderes zugesagt hätten.»

Es herrscht kurz Stille im Raum.

Konrad hakt nach. «So ist es, und so bleibt es also? Ihr seid nicht bereit, mir im Geringsten entgegenzukommen?»

«Weißt du, Onkel Konrad» – schon wieder nennt er ihn «Onkel Konrad», das ist neu –, «wir verstehen ja, dass du Zeit für uns investiert hast. Arbeit. Du hast es nun oft genug erwähnt. Und wenn du eine Maklercourtage haben willst für deine Mühen, gerne.» Leo greift in seine Tasche, zieht sein Scheckbuch heraus und beginnt es auszufüllen.

«Fünftausend Euro, das ist, glaube ich, angemessen als Maklercourtage.» Er reißt den Scheck heraus und hält ihn Konrad entgegen.

Konrad dreht sich zu Bobby um. Er zittert. «Ist das euer Ernst?»

Als er keine Antwort erhält, steht er auf.

«Weißt du, Bobby, ich kann verstehen, dass du eine Aufgabe für Leo brauchtest, damit er dir nicht mehr nur als nichtsnutziger Erbe das Leben in Michlbach schwer macht.» Jetzt ist alles verloren, Konrad weiß es. Leo zu beleidigen ist die Strategie von einem, der untergeht. «Aber was ihr hier macht, ist Betrug.»

Er nimmt den Scheck und zerknüllt ihn.

Leo lächelt nur. «Gut, wenn du nicht willst. Wir haben es dir angeboten.»

«Bobby, ich hätte nie für möglich gehalten, dass alles so kommen würde.» Er dreht sich zu Leo um. «Man kann sich nicht alles erkaufen, Leo. Auch wenn euer Leben darauf aufgebaut ist.» Konrad steht auf und verlässt den Raum, ohne sich umzudrehen.

In der Nacht wälzt Konrad sich im Bett hin und her. Schließlich richtet er sich auf und macht das Licht an. Er setzt die Brille auf und schaut auf den Wecker. Halb drei. Er flucht leise.

Ira blinzelt. «Was ist denn? Warum machst du das Licht an?» Sie dreht sich weg und zieht sich das Kissen über den Kopf.

«Ich kann nicht schlafen.»

«Wie spät ist es?»

«Halb drei.»

Ira stöhnt. «Geh bitte raus, wenn du nicht schlafen kannst. Leg dich doch ins Wohnzimmer oder ins Gästezimmer. Aber mach das Licht aus.»

Konrad löscht lediglich die Lampe. «Der Brief war ein Fehler.»

«Was? Wieso? Welcher Brief?»

Konrad schnaubt ungeduldig. «Na, der Brief an Bobby. In dem ich sie gefragt habe, wie denn langfristig die Aufteilung von Altenstein aussehen soll. Der Auslöser dieses Streits. Falls du davon mitbekommen hast.»

Er weiß, dass Ira schlafen will, aber er kann nicht anders, er muss darüber reden.

«Vorher konnte ich wenigstens den Wald benutzen und dort mit den Jungs jagen. Aber jetzt … Nachdem wir diese Auseinandersetzung hatten, wird nichts mehr so sein wie vorher.» Er seufzt. «Ich bereue den Streit nicht. Die beiden haben mich unmöglich behandelt. Der Scheck mit der Maklercourtage! Ich musste unser Verhältnis beenden! Aber jetzt denke ich irgendwie … wenn ich nie um Aufklärung gebeten hätte … wer weiß, dann hätten wir dort vielleicht noch eine Weile jagen können. So, wie es jetzt ist, habe ich nichts, nicht mal mehr die Illusion, dass sich noch etwas aus Altenstein ergeben könnte.»

«Quatsch.» Ira dreht sich zu ihm um. Jetzt ist sie es, die ihre Nachttischlampe anmacht. «Konrad, sei froh, dass sie dir diese Illusion endlich genommen hat. Es ist schlimm, wie die Schallers dich übers Ohr gehauen haben, aber besser, du weißt es jetzt. Ohne dich gäbe es gar kein Altenstein, du hast alles gemacht. Wie lange wolltest du dich denn noch ausnutzen lassen?»

«Ja, aber jetzt stehe ich mit leeren Händen da. Ich werde nichts von Altenstein bekommen, und dort jagen kann ich auch nicht mehr. Ich habe mich ausnutzen lassen, klar, aber immerhin konnte ich dort sein.»

Ira dreht sich zur Seite, stützt sich auf ihren Ellenbogen und schaut Konrad an. Sie streicht ihm die Haare aus der Stirn. «Konni, ich schwöre dir, das wäre nicht mehr lange gutgegangen. Du bist da einer Illusion nachgehangen, aus

Gutmütigkeit und weil du es unbedingt wahrhaben wolltest.»

Ira gähnt.

«Das ist ein hintertriebenes Pack. Sei froh, dass wir nicht deren Probleme haben, Geld hin oder her.»

Damit ist das Thema für sie erledigt. Ira löscht das Licht und dreht sich zur anderen Seite, an ihrem leisen Schnarchen wenige Sekunden später merkt Konrad, dass seine Frau wieder eingeschlafen ist.

# KONRAD II

# Die Schneekönigin

*Zwischen Königsberg und Altenstein, 1945*

Über Nacht haben sich kleine Blumen am Fenster gebildet, vielgezackte, winzige Kronen, feingezeichnete Figuren, dazwischen lange, scharfe Dolche, die sich über die gesamte Länge der Scheibe erstrecken. Konni fährt mit seinem Finger die Muster entlang. Dort, wo er das Glas berührt, wird das Eis durchsichtiger. Er will aus dem Fenster schauen, vielleicht steht seine Mutter noch davor, vielleicht winkt sie noch. Eben war sie noch da. Aber er kann nichts sehen.

Er berührt das Glas mit dem Finger, wieder und wieder, es ist eiskalt. Irgendwann lösen die Bilder sich auf, schon hat er ein kleines Loch geschaffen. Schließlich haucht er dagegen, bis er einen Blick auf die Welt hat. Draußen ist es noch dunkel, er sieht nur ein schneebedecktes Feld, weit hinten ein ausgebranntes Haus. Am Horizont einen hellen Streifen.

Seine Mutter ist nicht da.

Das gleichmäßige Rattern der Schienen ist verstummt, hinter dem Fenster sind keine vorbeisausenden Dörfer und Wälder, Fabriken und Schornsteine, es ist ganz ruhig. Der Zug steht. Alle schlafen im Abteil, Emma und die fremde Frau, der die Mutter die Milchflasche gegeben hat, die Kinder, sie alle liegen über die Sitze verteilt und schnarchen leise, ab und zu wimmert das Baby im Korb. Die fremde Frau hat einen Fuß auf den Sessel gegenüber gelegt, damit niemand mehr reinkommen kann ins Abteil, sie trägt rote Wollsocken, ihr Bein ist wie eine Schranke, die immer unten ist.

Emmas Kopf liegt auf seinem zusammengerollten Schal, ein bisschen Spucke fließt aus ihrem Mund. Sie dreht sich zur anderen Seite, macht ein schmatzendes Geräusch und schläft dann weiter.

Es ist kalt.

Wenn Konni haucht, sieht er seinen Atem.

Wann steht die Mutter wieder vor dem Fenster?

Plötzlich hört er Stimmen, Rufe, Schreie, sie kommen aus dem Zug und werden immer lauter. Emma und die Frau werden wach, sie setzen sich auf und schauen sich verwundert um, Emma reibt sich die Augen, wo sind wir, sagt sie, dann springt sie plötzlich auf, sodass Konni erschrickt, wir stehen ja, ruft sie, wir stehen ja, wie lange stehen wir schon! Die Frau und die Kinder antworten nicht, aber das Baby fängt wieder an zu weinen, schhhh macht die Frau und ruckelt an dem Korb, schhhhh.

Emma hebt Konni hoch auf ihren Schoß.

Sie hören einen Knall von nebenan, Türen werden auf- und zugeschoben, Stimmen sind im Gang, plötzlich kommen mehrere Menschen an ihrem Abteil vorbei, zwei junge Männer, die einen Alten tragen, der eine hält ihn unter den Knien, der andere an den Schultern. Konni sieht zuerst einen weißen Haarschopf. Das Gesicht des Mannes ist alt, älter als das von seinem Vater, sein Gesicht ist ganz grau, der Kopf ist zur Seite gefallen, wackelt mit jedem Schritt hin und her, seine Augen sind nicht ganz geschlossen. Warum macht niemand seine Augen zu?

Hinter ihnen läuft eine alte Frau her, sie hält ein zerknülltes Taschentuch in der Hand, sie jammert laut und schreit.

Dann sind sie weg.

Die Frau mit der Milchflasche schaut der kleinen Prozession hinterher, als sie Konnis Blick sieht, reißt sie mit einer ruckartigen Bewegung den Vorhang zum Gang zu.

Eine Tür wird geöffnet und dann wieder zugeschlagen. «Die Toilette ist geschlossen!», rufen die Männer, als sie durch den Wagen zurücklaufen. «Toilette geschlossen!»

Durch die Wände des Abteils kann Konni immer noch das Heulen der alten Frau hören.

Draußen wird es langsam hell.

Sein Bauch tut weh.

Emma öffnet ihren roten Koffer und holt ein Stück Brot heraus, das sie in kleine Stücke reißt, dann gibt sie ihm seine Milchflasche, er trinkt schnell, sein Bauch schmerzt immer noch, aber es wird langsam besser, langsam, Konni, langsam, sagt Emma, komm, wir heben noch etwas auf. Sie nimmt ihm die Flasche weg, er schreit und greift danach, sie gibt ihm ein Stück Brot, hier, iss das eben, gleich bekommst du wieder die Milch. Das Brot ist hart. Emma redet auf ihn ein, sie wiegt ihn auf dem Schoß und gibt ihm noch etwas Milch, ihr Mantel ist offen, sie wickelt ihn ein, ihre Haut riecht scharf, anders als seine Mutter. Als er die Milch trinkt, legt er seine Hand auf ihre Brust wie bei seiner Mutter. Emma singt und erzählt Geschichten, von einer strengen, schönen Königin, die im Wald wohnt und mit den Tieren sprechen kann, alle lieben die Königin, doch sie kann nie lange bleiben, sie kommt in ihrem großen Schlitten und muss bald wieder fort. Er versteht das Märchen nicht, er lauscht ihrem Singsang, der Melodie ihrer Worte.

Als die Milch leer ist, fängt er an zu weinen, immer lauter und lauter weint er, schließlich seufzt die Frau mit den roten Wollsocken tief, ganz langsam greift sie in ihren Mantel, zieht aus der Innentasche die Milchflasche der Mutter hervor, sie öffnet sie und hält sie Emma hin, zeichnet aber außen am Glas mit ihrem Finger eine Linie: nur bis hierhin. Oh, *Spassibo, Spassibo*, sagt Emma, sie nickt eifrig, nur die Hälfte, Konni, wir dürfen die Hälfte haben. Sie füllt die Milch um, nur die Hälfte, sagt sie noch mal, kein Tropfen geht daneben, die Milch ist warm vom Körper der Frau, Konni trinkt sie fast in einem Zug leer, diesmal sagt Emma nichts.

Sein Bauch tut nicht mehr weh.

Die Eisenbahnräder quietschen laut, der Zug rollt nach vorne, dann nach hinten, dann quietscht es noch mal, und der Zug fängt an, sich zu bewegen, sie fahren wieder. Ein Glück, sagt Emma, sie lacht wieder, bald sind wir da, Konni. Sie wickelt ihren Mantel fest um ihn, sie streichelt seinen Kopf, er schließt die Augen, bald sind wir da, flüstert sie ihm ins Ohr. Dann holt uns die Königin mit ihrem großen Schlitten ab. Er schläft ein.

Er hört ein Geräusch, ein tiefes Wimmern, das zu einem lauten Geheul anschwillt, es klingt wie ein Tier auf dem Hof oder wie eine Sirene, die lauter und lauter wird. Er öffnet die Augen, die Frau in den roten Strümpfen steht groß und breit im Abteil, sie schreit und hält dabei den Korb, sie rüttelt an ihm und weint. Die Kinder sind wach, sie schauen die Frau mit aufgerissenen Augen an. Sie hebt das Baby in der Decke heraus und hält es fest an sich gedrückt. Sie sieht aus wie eine Riesin, die eine kleine Flickerpuppe im Arm hält.

Emma nimmt Konni auf den Schoß. Schhh, schh, beruhigt sie ihn, dabei weint er gar nicht. Er schaut die Frau weiter aus den Augenwinkeln an, obwohl Emma seinen

Kopf wegdreht, komm, Konni, schau nach draußen, schau nach draußen, sagt sie. Siehst du die Krähen?

Zwei große, schwarze Vögel sitzen auf einem Baum, sie glotzen ihn mit ihren glänzenden Augen an.

Der Zug steht.

## Drei mal drei

*Berlin, 2005*

Konrad wacht mit einem Ruck auf. Etwas von seinem Traum hallt nach wie ein dumpfer Schlag. Er fühlt sich, als sei er gerade an die Oberfläche von etwas geschleudert worden, als habe ihn ein starker Sog zunächst in die Tiefe gezogen und dann doch im letzten Moment zurück in die Gegenwart katapultiert. Er öffnet die Augen und blinzelt ein paar Mal, um das Gefühl abzuschütteln.

Er ist im Krankenhaus. Die kahlen Äste werfen ihre Schatten auf das Stoffrollo vor seinem Fenster. Sie zittern leicht im Wind. Es muss kalt sein draußen, die Konturen der Bäume sind scharf. Er ist so müde, dabei ist es Vormittag. Hat er nicht gerade erst gefrühstückt? Die Rückenlehne ist hochgestellt, er sitzt fast senkrecht im Bett.

Er spürt den Rest des Morphiums in seinen Adern, das die Schwester ihm verabreicht hat. Langsam klingt es ab, die Schmerzen machen sich im ganzen Körper wieder bemerkbar. Noch ist es nur ein leises Gefühl, eine Ahnung davon, wie sie bald wieder von ihm Besitz ergreifen werden. Deswegen ist er wohl aufgewacht, oder lag es an seinem Traum?

Sein Handy vibriert. Er weiß ohne nachzusehen, von wem die SMS ist. Heike hat schon ein Dutzend Mal geschrieben, seitdem er sie kurz vor Weihnachten angerufen hat. Konrad seufzt und drückt auf den mittleren Knopf. Mitteilung löschen. Ungelesen. Er hat die letzten vier oder fünf Nachrichten schon nicht angesehen. Heikes Fragen, ihre Sorge um ihn, die rührende, aufrichtige Zärtlichkeit, mit der sie immer noch schreibt, die Tatsache, dass sie nicht wütend auf ihn ist – das alles ist zu viel. Es ist einfacher, es nicht zu lesen. Nicht darüber nachzudenken.

Nur wenige Stunden, nachdem Dr. Moreno ihm empfohlen hatte, die Medikamente abzusetzen, weil alles sinnlos sei, weil die wochenlange Quälerei nicht die gewünschten Resultate gebracht hatte, weil nichts mehr die gewünschten Resultate bringen würde, wenige Stunden darauf hatte er sie angerufen. Vielleicht aus Hilflosigkeit: Er musste etwas tun, er musste handeln, in irgendeiner Form musste dieses Todesurteil, das er bekommen hatte, Konsequenzen haben.

Und so hatte er Heike angerufen.

«Huch, Könnie, ein Anruf von dir und das an einem ganz *noomalen* Freitag, wie kömm ich denn zu der Ehre?», hatte sie gescherzt. Er rief eigentlich nie von Berlin aus an, in der Zeit von Donnerstag bis Sonntag war jede Form von Kontakt untersagt, das war die Abmachung. Er schwieg. Er konnte das Radio im Hintergrund hören.

«Du, Sabine und Jürgen wollen uns Sonntagabend einladen, zum Glühweintrinken. Hast du Lust? Sie möchten dich so gerne mol kennenlernen. Aber ich will dich damit nicht überfallen, wir können auch mohgn …»

Ihr starkes Sächsisch, die Art, wie sie *mohgn* statt «morgen» sagte, ihre unbekümmerte Natürlichkeit, das alles versetzte ihm einen Stich. Er musste kurz um Fassung ringen. Eigentlich hatte er sie angerufen, um ihr von der Diagnose zu erzählen. Dass es fast aussichtslos war, dass er eine Chemotherapie würde machen müssen. Aber wo sollte er anfangen? Seine Schmerzen hatte er nie erwähnt, auch nicht die Übelkeit, den Durchfall. Das alles war unappetitlich und passte nicht zu ihrer Beziehung, nicht zu dem Bild, das er über mehrere Jahre hatte vor ihr aufrechterhalten können. Heike war der einzige Mensch, vor dem er nicht wie ein Verlierer dastand.

Konrad blieb still, während Heike unbefangen drauflosplapperte. Er hatte sie angerufen, um sich auszuheulen, und merkte auf einmal, wie völlig fehl am Platze das war. Sie hatte ihn noch nie schwach gesehen, und sie sollte ihn auch nie schwach sehen, dessen war er sich auf einmal sicher.

«Hallo, Konrad, sag mal, bist du noch dran? Ist alles in Ohdnung?»

«Ja, also weißt du – ich bin in den nächsten Wochen ziemlich beschäftigt, hier in Berlin. Ich komme vor Weihnachten nicht mehr nach Leipzig.»

Er machte noch einmal eine kurze Pause, damit sie seine Worte auch ganz sicher verstand. Dann sprach er langsam weiter. «Ich bin erst im nächsten Jahr wieder da. Und es wäre besser, wenn wir uns auch dann erst einmal nicht sehen.»

Jetzt war sie es, die schwieg.

«Bitte gib doch den Wohnungsschlüssel bei Frau Günther an der Tankstelle ab.»

Er wusste, sie würde es nicht hinnehmen, sie würde diskutieren, ihn sehen wollen, all die Dinge, zu denen er momentan keine Kraft hatte. Er musste kalt bleiben, neutral, sachlich, wenn er diese Sache überhaupt halbwegs über die Bühne bringen wollte.

«Bitte nimm es einfach hin, ich kann es dir nicht erklären, es geht einfach nicht mehr. Bitte ruf mich nicht an, Heike. Es ist besser so. Mach's gut.»

Heike sagte immer noch nichts. Konrad wartete noch eine Sekunde, vielleicht auf ein Schlusswort, das ihm nicht einfiel, dann drückte er die rote Taste auf seinem Handy. Fertig. Geschafft. Er schaute kurz auf das Display – Anruf beendet – und schmetterte das Telefon dann mit all seiner verbliebenen Kraft gegen die Wand.

*Scheiße, Scheiße, Scheiße.*

Sie hatte es nicht verdient, so abserviert zu werden, und er hatte es nicht verdient zu sterben, verdammt noch mal!

Er fing an zu heulen, laut, seit er ein Kind war, hatte er nicht mehr so geweint. Er schluchzte gekrümmt an seinem Esstisch, er konnte sich nicht daran erinnern, wann er das letzte Mal so verzweifelt gewesen war. Zum Glück war er allein zu Hause.

*Mach's gut*, was für ein gequirlter Blödsinn.

Er schluchzte noch ein paarmal laut auf, dann merkte er, wie es besser wurde. Ein Gefühl der Ruhe breitete sich in ihm aus. Es war die richtige Entscheidung. Er musste aufräumen, er konnte dieses Doppelleben jetzt nicht mehr weiterführen. Leipzig, Berlin und die Krankheit, das war zu viel. Zu viele Verpflichtungen, Ansprüche, Gedanken. Es würde alles auffliegen, und dafür hatte er keine Kraft. Er konnte sich in dieser Lage nicht auch noch um Heike kümmern. Jetzt ging es nur noch darum, sich auf den Kampf vorzubereiten.

Den Krebs zu besiegen.

*Drei mal drei* lautete die magische Formel, mit der Dr. Moreno die Krankheit bezwingen wollte: drei Infusionen, mit einem Abstand von jeweils einer Woche, zwei Wochen Pause, und dann das Ganze noch zweimal. Eine Runde hatte er hinter sich und jetzt schon die Hälfte der zweiten.

Bergfest.

Die ersten Infusionen hatte er noch ambulant bekommen. Er war zum Ku'damm in eine onkologische Praxis gefahren, wo ihm eine Krankenschwester den Venen-Cocktail verabreichte. Sie war hübsch, sonnengebräunt, mit kurzen, blonden Haaren. Konrad hatte sofort eine aufrechtere Haltung eingenommen, als er sie sah, er strich sich mit einer Hand den Seitenscheitel zurecht und legte sein ironisches Lächeln auf: Flirtmodus. «Vorsicht! Da steht so einiges Böses über mich drin!», sagte er, als er ihr seine Akte über den Tresen reichte. Die Krankenschwester schmunzelte, doch während sie in den Papieren blätterte, hoben sich ihre Augenbrauen mit jeder Seite ein Stück weiter, bis sie mit einem knappen und ganz und gar unflirtiven «Dann wollen wir mal!» die Unterlagen zuklappte.

So weit war es schon gekommen, dachte Konrad grimmig, als er ihr in ein herrschaftliches Altbauzimmer hinter den Untersuchungsräumen folgte, er war ein Scheintoter, mit dem sich selbst ein harmloser Flirt nicht mehr lohnte.

So lag er dann allein vor den riesigen Fenstern und wartete, bis das Gift in seinen Arm geflossen war. Er schaute den Russinnen zu, wie sie im Doppelpack mit riesigen Shoppingtüten den Ku'damm hinunterstaksten. Auf der anderen Straßenseite war ein Juwelier, er war im Sommer mit Heike einmal dort gewesen, es war das einzige Mal, dass sie sich in Berlin getroffen hatten – zu gefährlich. Er hatte ihr eine Perlenkette gekauft, sechs Stränge, Süßwasser, natürlich hatte er bar bezahlt, solche Anfängerfehler machte er nicht. Das war gerade mal sechs Monate her.

*Gestern noch auf stolzen Rossen,*
*Heute durch die Brust geschossen,*
*Morgen in das kühle Grab.*

Ein Paar blieb vor dem Schaufenster des Juwelierladens stehen. Konrad sah an seinem Tropf hoch: Die durchsichtige Flüssigkeit war fast durchgelaufen.

Er schloss kurz die Augen. Er versuchte, das Gift in seinem Körper zu begrüßen, er versuchte, locker zu sein und doch kampfbereit. Positiv. Es ist ja die innere Einstellung, die darüber entscheidet, ob man den Krebs besiegt, heißt es immer.

Doch sobald er mal nicht bewusst seine Gedanken steuerte, sobald er die künstlich-positive Haltung für einen Moment aufgab, weil es ihn anstrengte, weil es ihn müde machte, schlichen sich andere Sätze in seinen Kopf. Was soll das Ganze? Es ist zu spät, es ist zu spät. *Morgen in das kühle Grab*. Nachts träumte er von Särgen, von ausgedehnten, weißen Landschaften, von Agnes in einem schwarzen Pelzmantel, die ihm etwas zuruft, doch er versteht sie nicht.

Er spürte, dass all das, was ihm beim Kampf gegen den Krebs helfen sollte – die Chemo, die Koryphäen, bei denen er vorsprach, die Wunderheiler, die ihm von Freunden empfohlen wurden, die sündhaft teuren Vitamine, die Nona ihm besorgte, die umgestellte Ernährung –, er spürte tief in sich, dass all das nichts bringen würde. Dass es so hatte kommen müssen.

Er durchlief mechanisch alle Rituale, aber er tat es ohne Elan, ohne im Tiefsten wirklich daran zu glauben. Irgendwie schien die Erkrankung für ihn einen gewissen bitteren Sinn zu ergeben, gewisse Gesetze des Universums zu bestätigen. Als hätte er in seinem Leben gegen etwas verstoßen, und deswegen durfte er nicht alt werden. Er würde nicht wie die anderen siebzigsten Geburtstag feiern, von Zigaretten auf Pfeife umsteigen, an den Wochenenden jagen, mit Ira streiten, mit seinen Enkeln Fußball spielen.

Die ambulante Behandlung hielt er nicht lange durch. Wenn er sich vormittags sein Gift am Ku'damm abgeholt hatte, dämmerte er am Nachmittag auf dem Sofa in der Bleibtreustraße vor sich hin, er war schwach, hilfsbedürftig. Dazu seine Albträume und die Endzeitstimmung.

Doch Ira war nicht viel zu Hause. Das Antiquariat nahm sie ganz in Beschlag, nebenbei kümmerte sie sich um die Enkelkinder. Konrad machte da nur noch mehr Arbeit. Selbst die Putzfrau schien es zu stören, dass immer jemand zu Hause war, er war lästig. Die Medikamente raubten ihm die letzte Kraft, er war selbst erstaunt, mit welcher Wucht es ihn umhaute. Als hätte er einen Bleianzug an. Der ganze Körper schmerzte, sein Kopf fühlte sich an, als würde er in zwei Teile zersägt, dazu diese heftigen Brechanfälle, die ihn plötzlich und in demütigender Weise übermannten.

Und immer wieder neue SMS von Heike: «Bitte lass uns reden.» Oder: «Was ist nur passiert, Konrad? Bitte sprich mit mir, ich will wissen, was los ist.» Es war paradox: So sehr sich Heike um ihn bemühte, so sehr sie ihn bat, sich ihr mitzuteilen, ohne Vorwurf, ohne Drama, umso einsamer fühlte er sich. Einmal, während des ersten Chemozyklus, bat er Ira, ihm Schmerzmittel aus der Apotheke zu holen.

«Konnilein, das schaffe ich jetzt gar nicht, du weißt doch, dass ich gleich zu Hardenbergs gehe, davor muss ich noch zwei oder drei Telefonate führen. Kannst du nicht selber hin? Oder bitte Tobias, der kommt doch später vorbei, ruf ihn an, dass er dir von unterwegs etwas mitbringt.»

Früher hätte er ihr deshalb Szenen gemacht. Doch jetzt nicht mehr. Seine Kraft reichte nicht. Und so lag er auf dem Sofa, matt und wütend.

*Weißt du eigentlich, was ich für dich habe sausenlassen?*

So hatte er mehrere Wochen zu Hause verbracht, geschwächt und mit dem leise nagenden Gefühl, die falsche Entscheidung getroffen zu haben.

Jetzt also doch Krankenhaus. Damit ist es amtlich: Er ist krank. Aber es gefällt ihm erstaunlich gut ohne Ira und ihre lieblose Missachtung. Volle Konzentration auf den Kampf, jetzt werden seine Gedanken nicht abschweifen in die Gleichgültigkeit. Er wird noch mal einen Anlauf nehmen und alles geben. Aber er ist so müde. Auch seine Gedanken, die Gedanken, mit denen er sich gegen den Krebs stemmt, sind müde.

Ira ist in Bonn, beim Karneval. Die letzten sechs Tage war sie gar nicht in Berlin. «Ich muss mich auch mal wieder amüsieren, Konnilein. Du kommst doch allein zurecht. Und Nona ist ja auch noch da.»

Bisher ist es ihm hier gutgegangen. Am ersten Tag war er sogar kurz spazieren in dem kleinen Park hinter der Klinik. Er hat sich seine Schuhe angezogen und den Bademantel, in dessen Tasche er ein kleines Päckchen verschwinden ließ. Er lief zu einer Bank, sah sich um und fischte – als er sich unbeobachtet wähnte – die Zigaretten aus dem Bademantel. Es tat gut, den Rauch wieder tief einzuatmen, eine musste möglich sein, er hatte ja keinen Lungenkrebs. Vorne vor dem Eingang rauchten immerzu Patienten. Als er die Zigarette gerade auf dem Kiesweg ausdrückte, kam ihm Dr. Moreno entgegen.

«Rauchen während der Chemotherapie?»

«Na, ist das verboten?»

«Herr Kolberg, wir tun hier alles, damit Sie wieder gesund werden oder zumindest so lange wie möglich noch … gesund bleiben. Wenn Sie heimlich Zigaretten rauchen, machen Sie damit alles zunichte.»

Konrad fand das übertrieben, aber es war ihm peinlich, von einem so jungen Typen zurechtgewiesen zu werden. Und er wusste ja auch, dass etwas dran war. Er konnte sich genau vorstellen, was Agnes gesagt hätte. «Konnilein, du bist und bleibst undiszipliniert!»

Er spürt das Gift in seinen Adern, es ist ein Schmerz, den er vorher nicht kannte, von dem er keine Vorstellung hatte. Der ganze Körper ist wie aus Blei, aber Blei, das weh tut. Er stellt es sich vor, eine dunkelgraue langsame Masse, die durch seine Adern kriecht und alles lähmt. Er kann sich kaum bewegen.

«Das bisschen Chemo schaff ich doch mit links», hat er Nona noch im Januar großkotzig angekündigt. Aber jetzt spürt er, wie zusätzlich zu den Schmerzen im ganzen Körper auch noch eine leise Übelkeit in ihm aufsteigt. Konrad dreht sich erst auf die linke Seite, dann auf die rechte, sein Mageninhalt schwappt in ihm hin und her wie ein wütendes, saures Meer. Ein Ozean nach einem nuklearen Angriff. Speichel sammelt sich in seinem Mund. Er schaut sich im Zimmer um. Wo sind denn hier Eimer?

Zum Waschbecken wird er es nicht schaffen, das ist ausgeschlossen wegen der Geräte, an denen er hängt. Er will nach der Schwester klingeln, doch im selben Moment geht die Tür auf – Nona steht da, in Wintermantel, Schal und Mütze, den Arm voller Zeitungen für ihn. Sie sieht ihren Bruder, der sich die Hand vor den Mund hält, schaltet sofort, greift nach einem kleinen Nierenschälchen vom Teewagen im Gang und stürzt damit auf ihn zu, gerade rechtzeitig. Eine heiße, hellgelbe Brühe schießt aus ihm heraus. Das meiste landet in der Schale. Nona wirft ihren Mantel und die Tasche auf das Bettende, um Konrad ein Handtuch zu holen, da kommt schon der nächste Schwall. Sie schnappt sich eine der leeren Vasen auf dem Fenstersims, aber es ist zu spät.

Zehn Minuten später, als er in neuen Sachen in einem frisch gemachten Bett liegt, spricht Konrad zum ersten Mal. Er räuspert sich.

«Ich bin froh, dass Ira wenigstens mal dazu kommt, sich ein bisschen zu amüsieren.»

Nona ist dabei, ihren Mantel mit einem feuchten Lappen abzuwischen. Sie grinst. Konrad fährt fort. «Nein, wirklich, sie sollte sich nicht mit meiner Krankheit oder dem Tod belasten. Schließlich ist ja gerade die fünfte Jahreszeit.»

Nona hält den Mantel ins Licht und inspiziert ihn. «Immerhin musst du dir bei deiner Frau nie Sorgen machen, dass sie zu kurz kommt im Leben.»

Er lacht verächtlich. «Ja, weiß Gott nicht.» Dann wird Konrad ernst. «Von mir aus kann Ira ganz wegbleiben», sagt er grimmig, «diese blöde Kuh! Nicht einmal ist sie bisher zu Besuch gekommen. Abgeliefert hat sie mich, vorne am Eingang, um dann mit quietschenden Reifen davonzubrausen.»

Er hustet und greift nach dem Taschentuch, das Nona ihm hinhält. Konrad hustet weiter, er krümmt sich etwas, sodass Nona schon wieder nach dem nächsten Schälchen greift. Konrad winkt ab.

«Keine Sorge, ich glaube, ich bin fürs Erste entleert.»

Er schnäuzt ins Taschentuch, dreht sich zur Wand und ist im nächsten Moment eingeschlafen.

## Die letzten Tage

*Mohrungen, 1945*

Als Agnes Konni aus seinem Kinderbettchen hebt, fällt ihr Blick auf den alten Apfelbaum vor dem Fenster. Schwarze, von Schneehauben bedeckte, knorrige Äste, darunter ein paar Krähen. *Seit du begraben liegst auf dem Hügel.* Agnes ist nicht mehr traurig. Sie hat verstanden, dass sie einen Jungen verlieren musste, um Konni zu bekommen, dass dies eben eine der unergründlichen, brutalen Gesetzmäßigkeiten des Lebens war.

Der Junge ist bereits tot gewesen, als sie ihn auf die Welt gebracht hat. Er muss schon ein paar Tage vor der Geburt gestorben sein, sagte die Hebamme, man weiß die Gründe hierfür nicht, es passiert einfach. Agnes war nicht überrascht, im Gegenteil, sie hatte ein dunkles Gefühl gehabt, keine Kindsbewegung mehr gespürt und plötzlich ein seltsames Ziehen. Agnes hat ihn nur kurz gesehen, er sah aus wie eine kleine Puppe, helle Haare, feine, ineinander verschlungene Finger, dann hat man ihn weggebracht, in Tücher gewickelt, getauft und gleich begraben. Agnes ging es ein paar Tage lang ganz gut, sie stand bald auf und arbeitete wieder, doch eines Nachts wurde sie plötzlich von dieser überwältigenden Trauer gepackt. Es schüttelte sie geradezu, sie lag zitternd im Bett und wusste nicht, wie sie ihren Zustand ändern konnte. Deshalb tigerte sie im Haus umher, ging nach unten in die Bibliothek und sah sich zum ersten Mal Emilies alte

Gedichtbände an. Sie merkte sich keine Namen, die interessierten sie auch nicht, sie griff sich einfach das erstbeste Buch. Ihre Augen streiften immer nur die ersten Zeilen, doch bei einem Gedicht blieb sie hängen.

*Seit du begraben liegst auf dem Hügel / Ist die Erde süß. Wo ich hingehe nun auf Zehen / Wandele ich über reine Wege. O, deines Blutes Rosen / Durchtränken sanft den Tod. Ich habe keine Furcht mehr / Vor dem Sterben.*

Sie nahm das Buch mit in ihr Bett. Immer wieder las sie es, wenn sie sich schlaflos herumwälzte. Sie spürte auf einmal eine tiefe Verbundenheit mit ihrer Cousine, eine Dankbarkeit für diese Zeilen, fast hatte sie das Bedürfnis, ihr zu schreiben – wer hätte gedacht, dass Emilie ihr zur Rettung kommen würde.

Jetzt schaut Agnes hinaus, einige Schneeflocken rieseln vom Himmel. Sie denkt noch ab und zu an ihr totes Kind da draußen. Ist ihm nicht kalt? Wer wird sich um ihn kümmern, wenn ich weg bin?

«Da!», sagt Konni und zeigt auf sein leeres Fläschchen neben dem Bett. «Da!»

Agnes wacht aus ihren Gedanken auf. Konni hat Hunger, sie wird ihm etwas zubereiten müssen.

Plötzlich sieht Agnes eine Bewegung hinter dem Haus. Ein fremder Mann steigt vorsichtig die schneebedeckten Stufen zur Terrasse hinauf. Jetzt zögert er. Agnes erschrickt. Wer ist das? Er ist hager, hat dunkle Haare und einen Bart, er trägt einen schwarzen Pelzmantel. Sie kann ihn nicht gut erkennen, die Scheiben sind beschlagen. Nach einem kurzen Moment greift er zur Klinke der hinteren Eingangstür. Was will er hier? Warum klingelt er nicht vorne?

Agnes ist allein mit Konni. Es ist gespenstisch leer auf

dem Gut, fast alle Angestellten sind geflohen. Frieda und die größeren Kinder sind schon vor ein paar Monaten mit dem Zug nach Altenstein gefahren. Agnes stürzt mit Konni auf dem Arm die Treppe hinunter. Als sie am hinteren Eingang ankommen, bläst ihnen ein kalter Wind entgegen, die Tür steht offen. Agnes legt schützend den Arm um das Baby in seinem dünnen Nachthemd. Vor ihr steht der fremde Mann und klopft sich den Schnee von den Schuhsohlen. Es ist Kuno.

«Kuno! Ich hatte erst in ein paar Wochen mit dir gerechnet.»

Er ist dünner geworden, er trägt einen Bart. Den Mantel hat Agnes noch nie gesehen. Kuno antwortet nicht, er lächelt nur leicht, dabei wirken seine Augen müde und erloschen. Dann reicht er ihr die Hand zum Gruß, auch das ist neu.

Agnes zieht ihn zu sich, um die förmliche, distanzierte Geste zu überspielen.

«Kuno, Kunolein! Hast du gar kein Gepäck? Sag mal, bist du ganz allein gekommen?»

Kuno lächelt weiter, er streicht Konni über den Kopf, dann schreitet er ohne ein Wort in sein Arbeitszimmer und schließt die Flügeltür hinter sich. Agnes steht noch kurz perplex im Flur und schaut ihm nach, dann geht sie mit Konni nach oben und zieht sich an.

Die nächsten Tage bekommt Agnes ihren Mann nicht mehr zu sehen, es ist so, als wäre er gar nicht nach Hause gekommen. Kuno schließt sich morgens, bevor sie aufsteht, in sein Arbeitszimmer ein und verlässt es erst, wenn sie zu Bett gegangen ist. Einmal, als sie aus Königsberg zurückkehrt, sitzt Kuno gerade auf Caspar auf, sein heißgeliebtes Pferd.

Agnes will mit ihm sprechen, doch Kuno winkt ihr nur zu und reitet davon, bevor sie etwas sagen kann.

Es gibt nicht mehr viel zu tun auf Mohrungen, der Betrieb ist stark heruntergefahren. Agnes kümmert sich um die Pferde, viele mussten sie abgeben, doch zwei sind ihnen geblieben. Ab und zu kommen Flüchtlinge zu ihnen, auf der Durchreise, sie bleiben eine Nacht und ziehen dann weiter. Menschen mit anderen Schicksalen, Menschen, mit denen Agnes sich nicht vergleicht. Ihre Situation ist anders, sie haben ja ein Gut!

Sie ist oft einsam.

So vieles würde sie gerne mit Kuno besprechen. Selbst Agnes macht sich inzwischen Sorgen, wie alles weitergehen soll. Es müssen ein paar wichtige Entscheidungen getroffen werden. Was soll sie mit Konni machen, wenn die Front näher rückt? Wie lange sollen sie noch auf Mohrungen bleiben? Früher haben sie immer zusammen zu Abend gegessen, es war ein tägliches Ritual, bei dem sie alle Belange ihres gemeinsamen Lebens durchgingen. Doch dieses gemeinsame Leben scheint es nicht mehr zu geben, jedenfalls nicht mehr für ihn. Kuno ist abgetaucht.

Agnes schaltet das Radio ein, sie versucht, an Informationen zu kommen, wo verläuft die Front, wie nah sind die russischen Truppen bereits? Doch es gibt kaum noch brauchbare Informationen, ständig werden Walzer gespielt, Lieder und Chansons. Kein Wort vom Krieg. Sie wird nach Königsberg fahren müssen.

Am nächsten Morgen nehmen sie den ersten Zug. Agnes ist unruhig, nervös, sie kann kaum sitzen bleiben, immer wieder springt sie auf und läuft im Gang auf und ab. Was soll sie nur mit Konni machen? Wer kann ihn wegbringen?

Schon nach einer halben Stunde bleibt der Zug auf freier Strecke stehen. Herrenloses Vieh steht auf den Schienen, sagt der Schaffner, er muss aussteigen und es verscheuchen. Als sie langsam weiterrollen, sieht Agnes ein paar ausgemergelte Kühe vor dem Fenster, eigentlich edle Tiere, sie müssen aus einer guten Zucht stammen. Doch ihre Rippen treten überall hervor, das Rückgrat steht hoch, sie schauen sie mit ausgehöhlten Augen an. Hätte der Zug sie doch nur erfasst, denkt Agnes.

Als sie am Bahnhof ankommen, erkennt sie die Stadt kaum wieder. Auf dem Bahnsteig herrschen chaotische Zustände, überall laufen Menschen herum, die an Informationen kommen wollen wie sie, doch Züge scheinen nicht zu fahren, zumindest nicht nach irgendeinem Plan. Keines der Schaffnerhäuschen ist besetzt. Es ist, als habe man den Betrieb völlig aufgegeben.

Agnes setzt sich Konni auf die Schultern und geht mit ihm in Richtung Parkhotel. Hier hat sie oft Informationen bekommen, es sind nur etwa zweihundert Meter dorthin. Viele Straßenzüge sind kaum wiederzuerkennen. Große Löcher klaffen in den Häusern, einige sind abgedeckt, die Fensterscheiben eingeschlagen. Dort, wo vorher ein Haus war, liegt oft nur noch eine Pyramide aus Schutt und Steinen, säuberlich aufgetürmt, als hätte jemand die Überreste des Hauses zusammengefegt. Die Kirche jedoch steht noch, Agnes liebt den schlanken, hohen Glockenturm. Als sie näher kommen, hört sie Musik. Sie bleibt kurz stehen, sie kennt die Melodie, es ist der Choral von «Geh aus, mein Herz, und suche Freud». Agnes hat das Lied als Mädchen oft in der Kirche gesungen, kurz füllen sich ihre Augen mit Tränen, vielleicht ist es ein Zeichen, dass alles gut wird.

Vor dem Parkhotel trifft sie Trude, eine frühere Küchenhilfe aus Mohrungen, mit ihrer Tochter Emma. Sie sind auf der Suche nach Lebensmitteln. Trude ist aufgeregt.

«Übermorgen fährt ein Zug nach Berlin, es soll einer der letzten sein.»

«Und? Fahren Sie mit?»

Trude schüttelt den Kopf. «Ich überlege, ob ich Emma vielleicht mitfahren lasse. Hier ist es zu gefährlich. Aber ich weiß auch nicht, wohin das Kind dann in Berlin soll.»

«Wie alt bist du, Emma?»

«Dreizehn.»

Agnes schaut Trude an, dann mustert sie Emma. Sie kennt das Mädchen, im letzten Jahr hat es bei einem Fest in der Küche in Mohrungen ausgeholfen. Emma ist schüchtern, mit runden Wangen und heller Haut, die leicht errötet, aber sie hat sich klug angestellt damals, sie war tüchtig und zuverlässig.

«Kommen Sie morgen nach Mohrungen», sagt sie schließlich, «etwas Milch und Kartoffeln haben wir noch. Und dann überlegen wir, ob Emma nicht den Zug nach Westen nehmen sollte. Bei uns in Altenstein ist noch Platz.»

Konni greift nach einem von Emmas Zöpfen und zieht daran, das Mädchen lacht.

Als Trude und Emma am nächsten Abend Mohrungen verlassen, beschließt Agnes, dass sie mit Kuno reden muss. Er ist nun schon seit einer Woche zurück, und auch wenn er allein sein will, kann sie darauf jetzt keine Rücksicht mehr nehmen. Es ist zu wichtig, die Anspannung lastet auf ihr, sie muss mit ihm reden, sie kann so eine schwere Entscheidung nicht allein treffen. Sie geht in die Küche und macht ihm ein Tablett mit Tee und ein paar Brotscheiben fertig, viel ist es nicht, sie hat das meiste Essbare Trude mitgegeben. Gerade als sie an die Tür von Kunos Arbeitszimmer klopfen will, wird diese von innen aufgerissen.

Ihr Mann steht vor ihr, er hat eine Flasche Wein in der Hand.

«Agilein! Das muss Gedankenübertragung sein. Gerade dachte ich, dass wir heute Abend mal wieder gemeinsam essen sollten!»

Sie sitzen bei Kerzenschein an dem langen Esstisch im Salon, das Ganze hat etwas Feierliches, wie früher. Etwas scheint sich in Kuno gelöst zu haben, er wirkt weniger bedrückt, geradezu euphorisch.

Agnes isst nichts, aber sie trinkt etwas von Kunos Rotwein, er breitet eine Decke über ihre innere Unruhe. Ihre Angst vor dem, was in ein paar Stunden passieren soll, wird etwas leiser. Kuno ist gesprächig wie schon lange nicht mehr, während er sich Brote schmiert, redet er in einem fort.

«Weißt du, Agi, für mich war es das Schlimmste, in den letzten Wochen und Monaten mitansehen zu müssen, wie wir diesen Krieg verlieren. Wie alles zusammenstürzt. Ich habe mir wohl immer noch eingeredet, dass es noch zu retten wäre, aber dann … Als ich in Berlin war, haben mir alle gesagt, dass Ostpreußen verloren ist. Dass man uns schon aufgegeben hat.»

Er atmet tief durch und gießt ihnen beiden noch von dem Wein ein, den er in seinem Arbeitszimmer verstaut hielt. Er schaut Agnes traurig an.

«Du allein weißt, was Mohrungen mir bedeutet.»

Er nimmt einen Schluck.

Agnes hört ihm schweigend zu, sie will ihn nicht unterbrechen, so viel wie heute hat er schon seit Wochen nicht mehr gesprochen.

«Vor allem mache ich mir selbst Vorwürfe. Ich hätte es früher sehen müssen! Du, meine kluge, kluge Agi!» Kuno nimmt ihre Hand, fährt mit dem Daumen darüber, dann küsst er die Innenfläche. Seine zärtliche Geste rührt sie, der Wein steigt ihr langsam zu Kopf.

«Du hast mich ja oft gewarnt davor, in welche Richtung dieses Land steuert. Weißt du noch, als wir darüber gestritten haben in Altenstein? Ich habe es nicht kommen sehen, nicht für möglich gehalten, dass es so ausgehen würde.» Er schüttelt den Kopf. «Ich hätte handeln müssen! Ich hätte wacher sein müssen! Aber wir hatten ja hier immer eigene Sorgen. Das sind so die Gedanken, die ich mir in den letzten Tagen und Wochen gemacht habe. Deswegen war ich so schwermütig.»

Er streichelt ihre Hand.

«Isst du denn gar nichts? Hier», er legt ihr eine Scheibe Brot auf den Teller und schiebt die Butter zu ihr herüber, «du musst bei Kräften bleiben.»

Agnes ignoriert ihn. «Aber jetzt wirkst du ganz gelöst, Kuno, warum? Was ist passiert?»

Er lächelt breit und lehnt sich im Stuhl zurück. «Ja, das wollte ich dir eben heute Abend erzählen.» Seine Stimme wird feierlich. «Ich habe die Lösung gefunden, Agi. Ich weiß jetzt, was zu tun ist. Und seitdem ich mich entschieden habe, ist alles anders.» Seine Stimme wird unmerklich etwas leiser, als höre jemand mit. Er beugt sich zu Agnes vor. «Es werden keine Soldaten mehr nach Osten geschickt. Wir werden den Russen überlassen – obwohl die Bevölkerung nicht fliehen darf!» Er lehnt sich wieder zurück. «Deswegen habe ich beschlossen zu handeln. Es ist zwar spät, aber vielleicht noch nicht zu spät. Ich habe mein eigenes Bataillon zusammengestellt, Agi. Ich kenne ja viele gute Männer. Und ich kenne mich hier aus, weiß jeden Hügel, jeden Wald, jede Mulde in der Gegend!»

Agnes zieht ihre Hand zurück. «Bist du wahnsinnig, Kuno? Du hast zehn Kinder. Und überhaupt: Welche Chance kann eure Truppe gegen die Russen haben?»

Kuno nimmt sich noch eine Scheibe Brot.

«Ich weiß nicht, wie es ausgeht, Agi. Aber ich muss handeln. Ich muss es versuchen. Ich kann nicht einfach alles aufgeben.»

Agnes nickt. «Ich versuche dich zu verstehen, Kuno, aber es fällt mir schwer ...»

Beide schweigen.

In dieser Nacht wälzt Agnes sich hin und her. Sie schaut immer wieder in Konrads Bett, am liebsten möchte sie ihn zu sich nehmen, diese letzte Nacht gemeinsam mit ihm verbringen, noch einmal seinen Duft einatmen, seine weichen, flaumigen Hände spüren. Aber Konni schläft tief, ab und zu schnauft er leise, sie möchte nicht riskieren, dass er aufwacht, wenn sie ihn umbettet. Sie sieht ihn an, versucht sich sein Gesicht einzuprägen, den Schwung seiner Augenbrauen, die Wimpern, die Wangen. Wie soll sie ihn alleine wegschicken? Sie faltet die Hände und denkt an Konnis Taufspruch: *Denn er hat seinen Engeln befohlen über dir, dass sie dich behüten auf allen deinen Wegen, dass sie dich auf den Händen tragen und du deinen Fuß nicht an einen Stein stoßest.*

Leise legt sie seine Kleidung zurecht, seinen kleinen Mantel, seine Jacke, sein Mützchen, und schleicht sich nach unten.

In der Küche geht sie auf und ab. Sie hat mit Kuno nicht mehr über Konrads Reise gesprochen, es war ziemlich schnell klar, dass seine Gedanken woanders waren, dass er ihr keine Hilfe sein würde. Sie muss es allein entscheiden, wie so oft. Kuno hat seine eigenen Sorgen und scheint ihr auch nicht mehr zurechnungsfähig zu sein.

Ist es richtig, was sie tut? Hat sie eine Wahl?

Der Wind poltert in den Schornsteinen. Agnes stellt zwei Milchflaschen heraus. Sie schaut auf die Uhr: halb zwei. Es ist sinnlos, die ganze Nacht händeringend in der Küche auf und ab zu gehen. Sie weiß, dass sie sich noch mal hinlegen muss, es wäre gut, noch etwas zu schlafen. Doch ihr Herz rast, sie wird bestimmt nicht zur Ruhe kommen.

Als sie hinaufgehen will, sieht sie, dass die Tür zu Kunos Arbeitszimmer angelehnt ist. Leise drückt sie sie auf und tritt hinein. Kunos Schreibtisch ist leer, aufgeräumt, rechts liegen ordentlich ein paar Briefe, sein antiker Brieföffner, Korrespondenzen aus Berlin. Es sieht alles aus wie immer, nichts deutet auf seine Entscheidung hin oder darauf, mit wem er gesprochen hat.

Agnes zieht die schwere Schreibtischschublade auf. Sie klemmt ein bisschen, Agnes muss etwas daran ruckeln, weil sie so vollgestopft ist: Stapelweise Blätter liegen übereinander, kreuz und quer, unordentlich hineingeschoben, als habe er sie schnell verstecken wollen. Die Dokumente sind eng in Kunos Schrift beschrieben. Agnes schaut kurz zur Tür und vergewissert sich, dass niemand kommt. Dann greift sie hinein und hebt den ganzen Stapel auf den Schreibtisch.

Agnes liest die oberste Seite und muss sich setzen.

Sie liest weiter. Jedes Blatt, das sie zur Hand nimmt, hat die gleichen ersten Zeilen. *Im Falle meines Todes möchte ich, Kuno Graf Kolberg, meinen gesamten Besitz …*

Es ist Kunos Testament. Aber nicht nur eins, viele verschiedene Versionen liegen vor ihr, immer wieder ist der Text durchgestrichen und neu verfasst, umgeschrieben, verbessert, verändert. Dutzende Testamente liegen in ihrem Schoß. Die Datierungen reichen vom gestrigen Tag bis in den August. Seit Monaten feilt ihr Mann an seinem Testament, seit Monaten bereitet er seinen Tod vor.

Agnes vertieft sich in die verschiedenen Versionen, sie sitzt schon über eine Stunde lang in seinem Arbeitszimmer, als ihr einfällt, dass Kuno jederzeit herunterkommen könnte. Sie legt die Blätter übereinander, wobei sie versucht, die ursprüngliche Unordnung wiederherzustellen, verstaut den Stapel in der Schublade und schiebt sie vorsichtig zu.

Einen Moment lang bleibt sie noch an dem Schreibtisch sitzen und schaut aus dem Fenster. Sie ist wie betäubt. Was hat das zu bedeuten? Ihr Blick fällt auf den schneebedeckten Apfelbaum im Garten. Sie muss an Konni denken, der oben so ahnungslos und unschuldig in seiner Wiege liegt und den sie in wenigen Stunden alleine wegschicken wird. Und an das Baby unter dem Apfelbaum. *Seit du begraben liegst auf dem Hügel.* Wird sie hier jemals weggehen können? Leise löscht sie das Licht und schleicht sich aus dem Arbeitszimmer. Als über den schneebedeckten Feldern hinter dem Haus die Sonne aufgeht, steht alles zur Abfahrt bereit.

## Rote Bete

*Berlin, 2005*

Nona geht zum Fenster und zieht den Vorhang beiseite. Ein paar Sonnenstrahlen fallen herein, kleine Staubkörnchen tanzen im Licht. Sie schaut in den Klinik-Park. Konrad sitzt aufrecht in seinem Bett, er liest Zeitung.

«Erinnerst du dich noch an deinen fünfzigsten Geburtstag, in Bonn?»

«Wie könnte ich den vergessen.»

«Was hat Moritz eigentlich damit gemeint, Helene und ich seien im Testament gar nicht bedacht worden?»

Konrad seufzt. «Ja, das war auch herrlich, dass er das erwähnt hat. Dieses Arschloch.»

«Ist es wahr?» Sie schaut weiter nach draußen.

Konrad schlägt die Zeitung zu. «Die Aufteilung war: Altenstein für Moritz, Mohrungen für mich. Wobei Papi damals schon wusste, dass Mohrungen verloren war. Die Mädchen waren in seinem Testament alle nicht vorgesehen. Als er dann fiel, hat Agnes es kurzerhand geändert.»

Nona dreht sich zu Konrad um. «Sie hat sein Testament gefälscht?»

«Er hatte wohl viele Versionen in seinem Schreibtisch hinterlassen. Er muss in Panik kurz vor Kriegsende jeden Tag ein neues Testament aufgesetzt haben. Sie hat das genommen, in dem der Besitz gleichermaßen unter den Kindern aufgeteilt wurde. Die anderen hat sie verschwinden lassen.»

«Wahnsinn. Wir Mädchen waren einfach nichts wert.»

Konrad hasst es, wenn Nona diese selbstmitleidige Tour fährt, die wohl Teil ihrer ewigen Eigenanalyse ist. Er findet an der Geschichte eigentlich das Bemerkenswerte, dass Agnes geistesgegenwärtig genug war, das Testament auszutauschen. Aber für Nona zählt immer bloß die Kränkung, die Bestätigung, dass sich jemand ihr gegenüber wieder einmal falsch verhalten hat. Sie suhlt sich geradezu darin, ein Opfer zu sein.

«Ich glaube, er hatte einfach alles satt. Er war vollkommen überfordert», sagt er beschwichtigend.

«Ach komm, das hat nichts damit zu tun. Ihr Jungs wart immer mehr wert als wir. Ist dir mal aufgefallen, dass es kein einziges Foto von uns Mädchen mit Papi gibt? Agnes hat es mir später bestätigt, wenn der Fotograf kam, wurdet nur ihr neben ihn auf die Treppe gestellt.»

Sie setzt sich zu ihm ans Bett.

Konrad schließt kurz die Augen, er hat stechende Kopfschmerzen. Er will eigentlich nicht diese ganzen alten Geschichten noch einmal aufwärmen. «Ach, das ist doch Blödsinn, Nona! Das stimmt doch so nicht. Mein Leben lang war ich nur von Frauen umgeben. Acht Schwestern! Und Agnes als Mutter! Ich war immer bestimmt von Frauen, kontrolliert von Frauen. Und jetzt jammerst du mir vor, Jungs seien mehr wert gewesen.»

Er drückt mit Daumen und Zeigefinger zwischen seine Augen. «Lass uns über etwas anderes reden.»

Aber Nona hat heute kein Erbarmen. «Warum hast du sie eigentlich nie besucht? Agnes?»

Konrad seufzt. «Was soll denn das heißen – bist du verrückt? Natürlich habe ich sie besucht. Dauernd.»

«Nicht, als sie starb.»

Die Antwort kommt schnell, ihm schießen Tränen in die Augen, damit hat Konrad nicht gerechnet.

«Agnes hat wohl ein paarmal nach dir gefragt, in ihren letzten Tagen. Sie hat es, glaube ich, verstanden, sie war auch nicht böse, aber es war doch schwer für sie, sie hätte sich gerne verabschiedet.»

Er sieht seine Schwester an. «Es war ... ich war ... ich konnte nicht. Ich war nur einmal da, ich bin nach Hersel gefahren, aber dann ... konnte ich nicht aussteigen. Es war zu viel. Ich war zu feige, sie so zu sehen. Ich weiß, wie armselig das klingt. Schließlich musste *sie* alles aushalten, den Krebs, die Operationen, nicht *ich*. Ich dachte einfach – ich stehe das nicht durch.» Er schnäuzt in sein Taschentuch. «Für mich war es so schlimm, zu schlimm. Ich konnte nicht daran denken, was danach sein würde. Anfangs glaubte ich noch, es würde eine Erleichterung sein, in ihren Augen nicht mehr der ewige Versager sein zu müssen. Aber als dann ihr Tod näher rückte ...» Er schaut Nona direkt an. «Ich habe mich gefragt, wer werde ich sein, ohne Agnes? Wo stehe ich im Leben, wenn ich mich nicht gegen sie auflehnen kann?»

Konrad hat etwas vor sich hin gedämmert. Als er aufwacht, ist Nona immer noch da. Sie starrt auf einen Punkt in der Luft neben seinem Bett.

«Was war mein Essen?», fragt Konrad plötzlich.

Nona starrt immer noch geradeaus. Hat sie ihn gehört? Oft muss er seine Sätze wiederholen. *Sprich in mein gutes Ohr.* Er hat ab und zu den Verdacht, dass ihre Taubheit nur vorgeschoben ist, dass Nona gedanklich einfach oft in anderen Welten ist, aus denen sie nur langsam zurückfindet.

Nona räuspert sich. «Wie meinen?», fragt sie mit ironischem Lächeln und dreht den Kopf leicht zur Seite, um ihn besser zu hören.

Nona ist älter geworden in den letzten Monaten. Richtig alt kommt sie Konrad jetzt manchmal vor. Sie galt immer als die Schönheit der Familie. Von allen Geschwistern hat sie sich lange am besten gehalten – kaum Falten, dunkle Locken, diese schöne, olivfarbene Haut. Für jeden Spaß war sie zu haben, stets war sie bereit, sich von ihm amüsieren zu lassen. Jetzt aber schleichen sich langsam Fältchen um ihre Augen, die Gesichtskonturen wirken schwammiger, sie ist oft abwesend, fahrig. Alles ist kompliziert, jede Verabredung umständlich. Ihr Ängste und Zwänge – allein beim Autofahren, Himmel! – sind ausgeprägter geworden.

«Was war mein Essen? In Kletten, weißt du noch? Jedes Kind hatte ein Gericht, das es nicht essen musste. Deins war Lauch.»

Nona scheint darüber nachzudenken.

Die Maschinen neben Konrads Bett piepsen weiter. Seine Werte – Blutdruck, Sauerstoffsättigung und eine dritte Kurve, die er nicht deuten kann – sind gut, doch er spürt, dass die Schmerzen zurückkommen. Bald wird er eine weitere Morphiumdosis brauchen. Es ist fast so, als wäre sein Körper in seinen Funktionen unbeeindruckt von dem monströsen Etwas, das sich unaufhaltsam in ihm breitmacht.

Eine halbe Ewigkeit vergeht, während Nona nachdenkt.

«Stimmt», sagt sie schließlich. «Porree. Ekelhaft. Ich fand auch diese Mehlpampe widerlich, und die Beeren. Aber man durfte ja nur ein Essen ablehnen, und dieser schleimige Porree war das Schlimmste. Und Moritz, was war noch mal sein Essen … Ich glaube, Brotsuppe. Und

Helene ... ich glaube, bei ihr waren es Graupen.» Sie starrt wieder gedankenverloren in die Luft. «Nein, warte, Helenes war Lebertran. Ach nein, den Lebertran durfte man ja nicht verweigern ...»

Plötzlich entfährt Konrad ein Geräusch, ein lautes, tiefes Seufzen, es ist gänzlich ungesteuert, ein animalisches Stöhnen. Nona springt auf. «Was ist?»

«Wann kommt denn dieser Scheiß-Moreno? Er wollte doch längst hier sein. Er wollte mir noch eine Runde Morphium spendieren, zur Feier meiner Entlassung.» Konrad lächelt gequält, wie immer hat er zu lange gewartet, er wollte es möglichst lange ohne Schmerzmittel schaffen, doch jetzt geht es nicht mehr.

«Ich rufe die Schwester.» Nona steht auf und sucht den Schalter mit dem roten Knopf über Konrads Bett. Sie kann ihn nicht finden und tastet linkisch herum, schließlich findet sie einen weißen Apparat, merkt dann aber, dass es das Telefon ist.

«Wie schwer kann es denn sein, einen roten Knopf zu drücken?», schnauzt Konrad sie an. Es tut ihm sofort leid. «Es macht mich fertig. Die Scheiß-Chemo macht mich fertig. Und sie hat eh nichts gebracht, nur wahnsinnige Schmerzen. Heute ist die letzte Visite, und auch die bringt nichts mehr. Ich will nicht sterben, ich will leben, aber nicht so!»

Nona hält kurz inne. Sie hat Tränen in den Augen, lässt sich auf sein Bett sinken und nimmt seine Hand.

Ein markiges Klopfen an der Tür, dann tritt der Chefarzt ein, mit einer Gefolgschaft von fünf oder sechs Medizinstudenten. Dr. Moreno trägt eine randlose Brille, er ist ein südländischer Typ, sportlich, braun gebrannt. Höflich grüßt er Nona, seine Studenten scharen sich um ihn wie Entenküken um ihre Mutter. Zwei von ihnen haben Klemmbretter dabei und tragen eifrig etwas ein.

Dr. Moreno baut sich am Fußende von Konrads Bett auf und lässt sich die Akte reichen. Er blättert kurz darin herum und gibt sie dann zurück.

«Herr Kolberg. Entschuldigung, Herr *von* Kolberg.» Dr. Moreno lächelt, Konrad schaut ihn hasserfüllt an. Ist das ein spöttisches Lächeln auf seinen Lippen? *Mach nur so weiter, du Arschgeige.*

«Sie verlassen uns morgen, ja?»

Dr. Morenos linke Hand ruht auf dem Bettgestell. Er trägt einen breiten, rotgoldenen Ehering, ein hässliches Ding, ohne Eleganz. *Für dich immer noch Graf Kolberg, so viel Zeit muss sein.* Konrad hasst Dr. Moreno, er hasst diesen protzigen Ring, den Wagen, der unten vor der Klinik steht – ein silberner Jaguar, direkt neben der Notaufnahme-Rampe, «Chefarzt» steht auf dem Schild davor. Er hasst das rosa Hemd, das unter dem weißen Kittel hervorlugt. Vor allem hasst er es, dass die Rollen in diesem Spiel so verteilt sind: der Chefarzt vor dem Bett des Todkranken, und der Todkranke: er selbst.

Dr. Moreno lächelt. «Ab jetzt sind Sie dann wieder in den guten Händen von Dr. Roth. Er wird sich um Sie kümmern. Zu Hause haben Sie es sicher bequemer.» Die zwei mit den Klemmbrettchen hören auf zu schreiben, sobald Dr. Moreno spricht.

«Würden Sie mir noch etwas Morphium geben?»

Dr. Moreno lächelt immer noch. «Aber sicher. Ich rufe gleich die Schwester.»

Konrad nickt. Die Schmerzen sind unerträglich, er will das Gespräch nicht in die Länge ziehen, je länger sie jetzt sprechen, desto später kommt das Morphium, aber er will den Arzt dennoch nicht gehen lassen. Er hat noch eine Frage, auch wenn er wohl keine Antwort darauf bekommen wird.

«Wie viel ... ja, wie viel Zeit bleibt mir denn dann noch, zu Hause?»

«Nun ja, das ist von Fall zu Fall verschieden. So etwas kann man nie vorhersagen.»

Da ist es eben, das Arschlochmäßige. Das, was Konrad noch an Kraft in sich hat, flammt in ihm als Wut auf. Wäre Dr. Moreno allein gekommen, hätte er eine Prognose gewagt, da ist Konrad sich sicher. Aber so, als Chefarzt vor Publikum, da kann man sich natürlich nicht festlegen. Das muss der Patient schon verstehen.

«Sind es eher zwei Tage oder zwei Monate? Ist das so schwer zu sagen?»

Dr. Moreno seufzt und blättert in seinen Papieren. «Zwei Monate werden es wohl eher nicht mehr. Der Tumormarker ist wirklich sehr hoch. Da sollten wir keine Medikamente mehr geben. Gehen Sie nach Hause zu Ihrer Familie. Bringen Sie Ihre Angelegenheiten in Ordnung. Dr. Roth wird zusehen, dass die Schmerzen nicht so schlimm werden.»

Dr. Moreno zögert kurz, er will noch etwas sagen, da geht die Tür auf, und eine Krankenschwester tritt ein. Mit einer routinierten Bewegung zieht sie eine Kanüle aus dem Kittel, nimmt den Zugang zum Tropf heraus und drückt langsam das Morphium in Konrads Arm.

«Gut, dann ... wären wir so weit. Ich wünsche Ihnen alles Gute.» Dr. Moreno räuspert sich. «Auf Wiedersehen, Herr Kolberg», sagt er und wendet sich zum Gehen. Der Tross setzt sich in Bewegung.

«Wo?»

Dr. Moreno bleibt so abrupt stehen, dass zwei Studenten hinter ihm zusammenstoßen. Er schaut Konrad irritiert an.

«Ich sagte auf Wiedersehen, Herr Kolberg», wiederholt er etwas lauter.

Konrad lehnt sich zurück, er lächelt spöttisch. «Ich habe Sie gehört. Aber wo? Was glauben Sie denn, wo wir uns wiedersehen? Hier in Berlin oder in der Ewigkeit?»

Zwei der Studenten schauen einander an, beide grinsen verstohlen, der Rest sieht betreten zu Boden. Dr. Morenos Gesichtszüge entgleiten ihm kurz, es ist ein Moment der Fassungslosigkeit, der auch seiner Gefolgschaft nicht entgeht.

Konrad dreht sich erleichtert zum Fenster. Das Morphium beginnt endlich zu wirken. Langsam breitet sich eine Wärme in seinem Körper aus, es ist ein Gefühl, das immer in den Füßen beginnt und sich dann nach oben ausbreitet. Er stellt sich das Morphium wie eine silberne Flüssigkeit vor, wie Quecksilber, es steigt langsam in ihm empor wie in einem Thermometer und nimmt den Platz ein, an dem vorher der Schmerz war.

Das Zimmer hat sich geleert. Konrad atmet regelmäßig, seine Augen sind geschlossen. Nona zieht leise ihren Mantel an und nimmt ihre Tasche. Auf Zehenspitzen macht sie ein paar Schritte auf das Bett zu, um nach ihm zu sehen, sie will ihn nicht wecken. Als sie sich über ihn beugt, greift Konrad plötzlich nach ihrer Hand, seine Augen sind leicht geöffnet, aber er ist schon halb in anderen Sphären. Sein Griff ist erstaunlich fest, er zieht Nona ein Stück zu sich herunter.

«Rote Bete, du Gans», sagt er schließlich, seine Augenlider flattern. «Mein Essen war Rote Bete.»

## Das Pferd in den Dünen

*Mohrungen, Januar 1945*

Agnes sitzt auf und zieht den Sattelgurt nach. Ihre Bewegungen sind hektisch – sie muss sich beeilen, sie muss zurück nach Hause. Es ist schon später Nachmittag. Langsam wird es dunkel, doch über Königsberg ist der Himmel rot gefärbt, wie jeden Abend seit ein paar Tagen. Sie hört den fernen Donner der Kanonen. Es ist gefährlich, jetzt noch unterwegs zu sein.

Agnes war bei Bekannten, etwa eine halbe Stunde entfernt von Mohrungen. Sie wollte Rat. Es gibt immer noch keine offizielle Genehmigung für einen Treck nach Westen. Was macht ihr, was machen wir jetzt? Fliehen und eine Festnahme riskieren, oder bleiben und sich den Russen ausliefern? Und Kuno – soll sie auf ihn warten?

Jeden Tag rückt die Front näher.

Mitten in der Nacht hat ein gleichförmiges Dröhnen sie geweckt. Es war lauter als sonst. Die Fensterscheiben vibrierten, doch draußen war nichts zu sehen als der gleichbleibend rote Himmel. Hat sie geträumt? Als sie am nächsten Tag aufwachte, stellte sie erstaunt fest, dass alles so aussah wie immer, das Gut, die Ställe, der Garten, die Bäume.

In Agnes wächst die Unruhe. Kuno ist seit einem Monat an der Front. Anfangs hat er ihr noch geschrieben, doch jetzt hat sie schon zwei Wochen nichts mehr von ihm gehört. Sie ist hin- und hergerissen. Langsam kommt es einem

Selbstmord nah, zu bleiben. Eigentlich will sie Kuno nicht allein lassen, wenn er nach Mohrungen zurückkommt, muss er sie dort antreffen.

Als sie an eine Weggabelung kommt, hält sie kurz an. Sie hört Kanonendonner in der Ferne. Ihr Pferd kennt den Weg nach Hause, es tänzelt unruhig. Doch irgendetwas hält Agnes zurück, etwas zieht sie und bewegt sie dazu, noch mal abzubiegen. Sie reitet zum Wasser, zum Frischen Haff sind es nur ein paar Kilometer.

Als sie dort ankommt, ist sie ganz alleine am Strand. Sie reitet durch die Dünen, damit sie einen Blick auf das Meer hat. Der Wind peitscht die Wellen hoch, sie schlagen mit Wucht auf den Sand, es ist windig, kalt und grau. Die Sonne versinkt gerade hinter einer Wolkendecke.

Was wird aus uns? Wacht noch jemand über uns?

Sie hört ein dumpfes Grollen hinter sich, sie muss nach Hause. Gerade zieht sie am Zügel, um das Pferd zu wenden, da sieht sie aus den Augenwinkeln, wie sich etwas in den Dünen bewegt. Sie hält an, doch jetzt ist nichts mehr zu sehen.

Hat sie sich getäuscht? War da ein Tier, oder wird sie schon wahnsinnig?

Agnes steigt ab, sie bindet ihr Pferd an einem kleinen Bäumchen fest und macht ein paar Schritte in die hohen Dünengräser.

Da ist er wieder, der dunkle Schatten. Es ist ein Pferd, ein brauner Trakehner, mit Sattel und Trense, doch ohne Reiter. Es tänzelt nervös zwischen den Dünen. Als es Agnes sieht, wirft es den Kopf zurück, wiehert und kommt auf sie zugetrabt. Es gibt keinen Zweifel, es ist Caspar, Kunos Pferd. Als er bei ihr ankommt, drückt er seinen Kopf in ihre Armbeuge.

Sie streichelt ihn und sieht sich um, kein Zeichen von Kuno. Vorsichtig führt sie Caspar zu ihrem Pferd, sitzt auf und tritt den Heimweg an.

Ihre Gedanken rasen. Wie kommt Kunos Pferd an das Frische Haff? Ist er durchgegangen, hat er Kuno abgeworfen und ist in Richtung Heimat galoppiert?

Es wird dunkler, sie treibt die Pferde an.

Was kann passiert sein? Kuno ist verletzt, Caspar hat ihn abgeworfen. Caspar ist ausgebrochen, verschreckt von den Schüssen. Durch die Kanonenkugeln hat er die Orientierung verloren, vielleicht ist er nachts ausgebüxt?

Etwas legt sich um ihren Brustkorb wie ein Stahlreif, eine Erkenntnis. Es gibt nur eine plausible Erklärung, nur einen Grund, weshalb Kunos Pferd hier ist: Ihr Mann ist tot.

Doch warum hat man sie nicht benachrichtigt? Seit Tagen ist sie in Mohrungen, man hätte ihr doch Bescheid gegeben. Agnes schiebt den ungeheuerlichen Gedanken zur Seite. Es kann nicht sein. Es kann nicht sein!

Sie braucht über eine Stunde für die Strecke nach Mohrungen, als sie ankommt, ist es stockdunkel.

Sie reitet durch das Tor und sieht sofort, dass Licht brennt in den Ställen. Noch bevor ihr Pferd richtig zum Stehen gekommen ist, springt sie ab. In dem Moment tritt Heinrich heraus, der Stallbursche, den Kuno mit an die Front genommen hat. Er kommt auf sie zu, das Licht erhellt sein Gesicht, er hält seine Mütze in der Hand.

Heinrich öffnet den Mund und will etwas sagen, dann nickt er nur und wischt sich die Tränen aus den Augen.

Agnes ist völlig versteinert. Wie sage ich es seiner Mutter, was soll ich ihr nur sagen? Und Bobby? Sie umarmt Heinrich kurz, dann geht sie langsam ins Haus. Jetzt muss sie pragmatisch sein, klar denken. Es gibt keinen Grund mehr, hierzubleiben. Kuno ist tot, Mohrungen verloren, über Königsberg leuchtet glühend der Himmel.

Was soll sie mitnehmen? Agnes schaut auf die Uhr, es ist kurz nach acht. Sie gibt sich eine halbe Stunde. Bei jedem Zimmer, das sie betritt, flackert kurz der Gedanke auf: Das ist das letzte Mal, dass ich diese Schwelle überschreite. Doch nachdem sie in den letzten Monaten in Gedanken so oft Abschied genommen hat, gelingt es ihr jetzt nicht, traurig zu sein.

Sie rafft ihre Schmuckstücke zusammen, ein paar Pullover und Schals und stopft sie in eine Tasche, die sie nach unten trägt. Auch dort durchstreift sie zügig die Räume, was soll sie mitnehmen? Sie öffnet die Flügeltüren zur Veranda, eilt in den Garten zum Apfelbaum. Der handgroße, flache Stein ist nicht schwer, sie hebt ihn hoch und schiebt ihn in eine Außentasche, geht wieder ins Haus. Im Salon bleibt sie kurz nachdenklich stehen, schließlich steigt sie entschlossen auf einen Stuhl und hebt Kunos Ölporträt von der Wand. Es ist nicht ganz einfach, es abzuhängen und einzupacken, ohne das Bild selber anzusehen. Doch das möchte sie nicht. Sein Gesicht, sein Lächeln, würde jetzt ihre ganze Haltung, ihre Contenance zerstören. Sie will nicht an ihn denken.

Sie wickelt das Gemälde in Packpapier ein und verschnürt es. Dann nimmt sie ihre Tasche und das Bild und zieht die Tür fest hinter sich zu.

# Vor verschlossener Tür

*Berlin, 2005*

Als Nona das Krankenzimmer betritt, erschrickt sie. Konrad liegt in seinem dünnen Krankenhausnachthemd auf dem gemachten Bett, die Augen sind geschlossen, die Hände über der Brust gefaltet. Sein Mund ist leicht geöffnet.

Nona wird plötzlich wahnsinnig heiß. Ist es möglich, dass man sie nicht angerufen hat?

Sie macht einen Schritt auf ihn zu.

«Wo ist Ira?» Konrad spricht, ohne die Augen zu öffnen.

Nona atmet langsam aus. Sie versucht, beiläufig zu antworten. Nicht so, als habe sie ihn gerade für tot gehalten. «Sie musste heute ins Antiquariat, und danach hat sie noch Termine, aber ab vier ist sie zu Hause und wartet auf uns. Sie bereitet alles vor.»

«Ach so, sie bereitet alles vor. Das ist ja herzallerliebst. Und was hat sie für Termine, wenn ich fragen darf?» Konrad schaut Nona aus schmalen Augen an.

Nona seufzt. Gespräche mit ihm sind ein Eiertanz geworden. Und diese ewigen Scharmützel zwischen Ira und ihm gehen ihr auf die Nerven. Sie ist die Letzte, die Ira verteidigen möchte, aber sie will auch nicht, dass Konrad sich wieder in Rage redet.

«Sei nicht sauer auf sie, ich habe ihr angeboten, dass ich dich abhole. Aber wenn es dich stört …»

Konrad greift nach ihrer Hand. «Nein, verzeih. Es stört mich nicht.»

Der Krankenwagen hält in der Bleibtreustraße in der zweiten Reihe. Der Fahrer steigt aus. Er öffnet die beiden hinteren Türen, holt den Rollstuhl heraus und baut ihn auf dem Bürgersteig auf. Dann hebt er mit Nonas Hilfe Konrad hinein. Es ist kalt. Konrad zittert, er wiegt nur noch fünfundfünfzig Kilo, das Nachthemd ist dünn.

Nona trägt Konrads Tasche, sie legt ihm ihren Schal um. «Warte, ich schau mal, ob ich in deinen Sachen einen Pullover finde.»

Konrad winkt ab. «Lass, wir sind ja gleich drin.»

Nona schaut den Fahrer an, der Konrad die Bremsen des Rollstuhls erklärt. «Vielen Dank, dass Sie uns gebracht haben, ab jetzt kann ich ihn schieben. Drinnen ist ja ein Aufzug.»

«Na, ick warte noch, bisse drinne sind.»

Nona läuft vor und klingelt. Sie wartet, dann klingelt sie noch mal.

Niemand macht auf.

Nona kramt ihr Handy hervor wählt Iras Nummer. *Bitte, bitte geh dran.*

«Was ist los?», ruft Konrad.

«Nichts, sie kann die Klingel anscheinend nicht hören.»

Nona schaut auf die Uhr: Viertel nach vier. Vor fünfzehn Minuten waren sie hier verabredet.

Sie versucht es noch mal auf Iras Handy.

Konrad fängt an zu fluchen. «Das darf doch nicht wahr sein, das EINE Mal könnte sie wirklich zu Hause sein!»

Nona schaut hilflos die Bleibtreustraße hinunter. Sie öffnet seine Tasche und zerrt einen grünen Wollpullover hervor, den sie Konrad umständlich über Schoß und Beine legt. Es hilft kaum. «Und du hast ganz sicher keinen Schlüssel?», fragt Nona.

«Nein, weil Ira ihn brauchte! Irgendein Besuch, der kommen sollte, und dann hat sie ihn behalten.»

«Sind Sie sicher, dass Sie nicht schon fahren wollen?», fragt Nona den Fahrer, der sich gerade eine Zigarette anzündet. Er muss diesem Schauspiel nicht auch noch beiwohnen.

«Na, zehn Minuten hab ick noch. Wenn Se dann keenen Schlüssel haben, nehm wa Sie wieda mit. Hat ja keen Zweck, hier bei die Minusgrade draußen zu stehen.»

Halb fünf. Endlich sieht Nona den silbernen BMW von der Leibnizstraße abbiegen. Ira rast auf sie zu, sie hält in der zweiten Reihe, mit Warnblinker, direkt hinter dem Krankenwagen, an dem der Fahrer lehnt und raucht.

«Entschuldigung, Entschuldigung!», ruft sie beim Aussteigen.

Nona ist erleichtert, sie will gerade etwas Beschwichtigendes sagen, da brüllt Konrad los in einer Lautstärke, die sie seinem ausgemergelten Körper nicht mehr zugetraut hätte. «Was ist eigentlich los mit dir, Ira? Ich liege im Sterben! Ich komme nach Hause, um zu sterben. Ist dir das eigentlich klar? Und keiner macht die verdammte Tür auf!»

Konrad schüttelt den Kopf. «Ich komme nach Hause, um zu sterben», sagt er noch mal leiser, wie zu sich selbst.

Ira läuft zur Tür, den Schlüsselbund in der Hand.

Nona verstaut ihr Handy.

Der Fahrer beobachtet schweigend die Szene, er zieht ein letztes Mal an seiner Zigarette und wirft sie weg.

Tobias schiebt den Rollstuhl vorsichtig über die kaputten Bürgersteigplatten der Bleibtreustraße. Konrad ist in einen Mantel gehüllt. Seine Knie staksen dünn nach oben, der Hosenstoff hängt ärmlich daran hinunter. Es erfordert nicht sehr viel Kraft, ihn zu schieben, Konrad ist leicht geworden in diesen Monaten. Doch Tobias möchte nicht, dass sein Vater sich irgendwo anstößt oder vielleicht aus dem Rollstuhl fällt. Die Sonne scheint, es ist für Ende Februar beinahe warm, achtzehn Grad. Überall sieht man kleine Triebe an den Bäumen, es riecht nach Frühling.

Am Nachmittag ist Tobias gekommen. Er und Ferdinand schauen jeden Tag bei Konrad vorbei, sie wechseln sich ab. Sie wissen nicht, wie lange ihr Vater noch durchhält ohne Medikamente, bloß mit Schmerzmitteln.

Eigentlich war Ferdinand heute dran und er erst morgen, aber Tobias hat sich vertan, und auf einmal saßen sich Konrad und seine beide Söhne im Wohnzimmer gegenüber. Eine Seltenheit. Ira war weg, sie hatte Termine, aber etwas Essen hatte sie dagelassen. Irgendwie herrschte eine bedrückte Stimmung, keinem fiel so recht etwas ein, die Uhr an der Wand tickte laut. Schließlich stand Tobias auf, um in die Küche zu gehen. «Soll ich mal sehen, was es zum Abendessen gibt?»

«Nein», sagte Konrad mit plötzlicher Entschiedenheit. «Wisst ihr was? Ich muss raus. Wir gehen essen.»

«Wie soll denn das gehen?»

«Wir fahren zu Marco. Ich habe einen Rollstuhl.» Er zeigt auf den Tropf. «Und meinen Kumpel hier können wir mitnehmen.»

Jetzt also schiebt Tobias vorsichtig den Rollstuhl, während Konrad den Tropf auf dem Bürgersteig neben sich herzieht. Sie rattern langsam über die unebenen Betonplatten. Ferdinand wirft seinem Bruder einen genervten Blick zu.

«Alter, geht's noch langsamer?» Ferdinand ist ungeduldig, wie sein Vater.

Tobias lässt die Griffe los und bedeutet seinem Bruder mit einer Handbewegung, dass er übernehmen soll. Ferdinand stellt den Tropf zwischen Konrads Beine und legt seine Hände darum. «Kannst du ihn so halten?»

«Klar!»

Ferdinand fängt mit dem Rollstuhl an zu joggen.

«Sag mir, wenn ich zu schnell werde, Papa.»

«Keine Chance.»

Ferdinand wird immer schneller, er rennt, donnert mit dem Rollstuhl über den Bürgersteig, über die Risse und Spalten im Beton, über Baumwurzeln. Konrad jauchzt wie ein Kind, der Tropf schaukelt gefährlich in seinem schwachen Griff. Tobias läuft hinter den beiden her.

«Seid vorsichtig!»

Gleich werden sie bei einer Unebenheit hängen bleiben, und Konrad wird vornüber auf den Asphalt donnern. Doch nichts passiert. Nur Konrads Mütze fliegt herunter, Tobias hebt sie auf und joggt hinter ihnen her. Erst kurz vor der *Cantina Rustica* holt er sie ein. Ferdinand ist stehen geblieben, stützt sich vornübergebeugt mit den Händen auf den Oberschenkeln ab und atmet schwer von seinem Sprint, er und Konrad johlen und klatschen sich ab.

Tobias hebt den Rollstuhl über die Türschwelle.

Marco, der Besitzer, stürmt herbei. «Herr von Kolberg, wie schön, dass Sie uns wieder mal die Ehre geben!»

«Marco!», donnert Konrad. «Deinen besten Tisch für mich und meine Söhne!»

«Aber natürlich!» Marco nimmt diskret das «Riservato»-Schildchen von dem langen Tisch in der Mitte des Raumes und bedeutet ihnen, Platz zu nehmen. «Wie geht es?»

«Blendend!», ruft Konrad, und es stimmt irgendwie auch.

Marco bringt Wein und einen Korb mit duftendem Brot an den Tisch. «Wonach steht Ihnen der Sinn?»

«Habt ihr Wild?»

«Klar, gerade bekommen. Rehrücken mit Preiselbeeren.»

«Den nehmen wir drei Mal.» Konrad reißt ein Stück Brot ab, stopft es sich in den Mund und schüttet ein halbes Glas Wein hinterher.

«Herrlich!»

Die Gäste an den Nachbartischen schauen verstohlen herüber, sie mustern ihn, den abgemagerten Kranken im Rollstuhl mit dem Tropf und dem erhobenen Rotweinglas.

«Auf euch!», prostet Konrad seinen Söhnen zu.

«Auf dich!», sagen beide gleichzeitig.

Sie stoßen an und trinken.

«Ahhh.» Konrad setzt das Glas ab. «Ehrlich gesagt schmeckt alles scheußlich. Aber es ist wunderbar, mit euch beiden hier zu sein.» Er greift nach ihren Händen. «Wie lange schon habe ich mich danach gesehnt, etwas mit euch unternehmen zu können. Jetzt nach Altenstein zur Jagd, das wäre was, oder? Wenn sich nur diese Aasgeier nicht Altenstein unter den Nagel gerissen hätten ...»

«Bitte, Papa», sagt Tobias beschwichtigend, «fang nicht wieder damit an.»

«Womit?»

«Mit Altenstein, mit dieser ganzen alten Leier.»

«Was für eine Leier? Tobias. Ich befinde mich ... in den letzten Zügen. Und ich werde doch bei meinem letzten Essen mit meinen Söhnen noch selber bestimmen dürfen, worüber ich reden möchte!»

«Klar darfst du das, aber ... willst du es denn wirklich? Darüber jetzt noch reden? Ich habe manchmal das

Gefühl ...» Tobias schaut Ferdinand verunsichert an, dann seinen Vater. «Diese ganze Geschichte hat dich so unglücklich gemacht. Sie hat dich krank gemacht. Jetzt musst du irgendwann einen Schlussstrich ziehen, du musst aufhören, darüber nachzudenken, Papa.»

Konrad legt seine Hand auf Tobias' Arm und sagt nichts.

«Jetzt muss ich euch etwas sagen, und es ist ganz gut, dass eure Mutter nicht dabei ist.» Er räuspert sich. «Wenn ich sterbe, Jungs, dann ...» Sein Kinn zittert, er nimmt die Brille ab, um sich über die Augen zu wischen.

Tobias legt ihm die Hand auf den Arm. «Papa, wir müssen nicht darüber reden.»

«Nein, darüber wollte ich auch ...» Er räuspert sich und schnäuzt in ein Taschentuch. Als er sich wieder gesammelt hat, fährt Konrad fort. «Das ist es nicht. Ich habe keine Angst, es geht nicht um meinen Tod, nur ... danach wird einiges auf euch zukommen. Es gibt da viele Angelegenheiten, die noch offen sind.»

Jetzt muss er doch weinen. Tobias reicht ihm ein neues Taschentuch.

Marco kommt mit dem Rehrücken, er schaut kurz von Ferdinand zu Tobias, stellt die Teller diskret ab und geht, ohne etwas zu sagen.

Konrad schnäuzt sich wieder, ohne das Essen zu beachten. «Dinge, die ich nicht mehr regeln konnte.»

Ferdinand und Tobias tauschen besorgte Blicke aus.

«Was meinst du?»

«Ihr müsst mir einfach versprechen, dass ihr eure Mutter nicht allein lasst. Ihr müsst ihr dann helfen, hört ihr? Es wird einiges auf sie zukommen. Finanziell.» Er vergräbt sein Gesicht in den Händen.

Jetzt legt Ferdinand ihm den Arm um die Schultern.

«Papa, bitte! Mach dir keine Sorgen um Mami. Wir werden uns natürlich um sie kümmern, keine Frage.»

Tobias schaut Ferdinand an. «Natürlich, Papi. Es wird schon nicht so schlimm werden, darüber solltest du jetzt wirklich nicht nachdenken. Wir regeln das dann, später.»

Der Rehrücken dampft unbeachtet vor ihnen.

Konrad sagt einen Moment lang gar nichts, er atmet tief ein und wieder aus. Dann schüttelt er sich, lehnt sich im Rollstuhl zurück und strahlt durch die Tränen hindurch seine Söhne an. «Ihr seid großartig. Beide. Die Besten.»

Er leert sein Glas in einem Zug.

«Marco! Bring uns deinen besten Champagner!»

# DIE RÜCKKEHR

## Landschaftsmalerei

*Brügge, 2005*

Nona hat sich verlaufen. Eigentlich wollte sie zu den flämischen Kacheln aus dem achtzehnten Jahrhundert, doch sie ist irgendwie in dem Flügel mit englischen Stichen und Landschaften gelandet. Sie und Ira waren bei den Kacheln mittags verabredet, jetzt ist es bereits Viertel nach zwölf, und sie irrt immer noch umher. Jedes Jahr wird die Antiquitäten-Auktion in Brügge größer, sie weiß gar nicht, warum sie noch hinfährt, sie kann sich ohnehin keines der Kunstwerke leisten. Immer wieder schaut sie auf den Ausstellungsplan in ihrer Hand, wendet ihn nach links und nach rechts. Die mistigen Kacheln müssten doch hier irgendwo sein, warum bloß hat sie so einen miserablen Orientierungssinn?

Plötzlich sieht sie ein Schild: *Tiles, The Netherlands, 18th century*, mit einem Pfeil nach links. Nona biegt in den nächsten Raum, da steht er plötzlich vor ihr, als wären sie verabredet gewesen.

Moritz sieht aus wie immer. Seine Haare sind vielleicht ein bisschen grauer, seine Körperhaltung noch etwas gebückter, oder kommt ihr das nur so vor? Ansonsten ist er unverändert. Sie starren sich einen Moment lang erstaunt an. Moritz macht als Erster den Mund auf.

«Nona! Du hier inmitten der englischen Gärten!»

Nonas Augen werden feucht, sie umarmen sich.

«Was machst du hier? Wo ist Isabella?»

Sein Gesicht verdüstert sich.

«Zu Hause, in Rom.» Einen Augenblick hält er inne, als wolle er noch etwas hinzufügen. «Und du? Wo ist – bist du allein?»

Nona geht nicht auf die Frage ein, sie will ihn nicht mit Iras Anwesenheit verschrecken. «Wollen wir einen Kaffee trinken, hast du kurz Zeit? Am Eingang ist doch ein Bistro.»

Moritz' Hand ruht immer noch auf ihrer Schulter. Er lächelt, statt zu antworten.

«Ich müsste nur noch schnell telefonieren.»

Nona zieht ihr Handy aus der Tasche und wählt, während sie in Richtung Eingang gehen.

«Hallo, Iralein, ich bin's, Nona.» Sie schaut dabei ihren Bruder an, Moritz schüttelt leicht den Kopf. *Wimmel sie ab.* «Weißt du, ich schaffe es nicht, geh doch allein zu den flämischen Kacheln, ich wollte mich noch ein bisschen in der Landschaftsmalerei umsehen. Wir treffen uns später, in einer Stunde ungefähr, ja? Gut, gut, bis dann.» Nona legt auf und schiebt das Handy wieder in die Tasche.

Im Café steuert Moritz auf den Tisch in der hintersten Ecke zu. Sie setzen sich, Nona hat Herzklopfen. Es fühlt sich an wie ein heimliches Rendezvous.

«Wie geht es dir, Moritz?»

Er lächelt traurig. «Lass uns von etwas anderem sprechen.»

Nona legt ihre Hand auf seinen Arm. «Moritz, was ist nur zwischen uns gekommen?», bricht es aus ihr hervor. «Wir waren doch so eng, Moritz. Jetzt habe ich das Gefühl, du meidest mich. Ich höre gar nichts mehr von dir, von euch ... Ich habe Isabella geschrieben, zwei Mal. Sie hat nicht geantwortet.»

Nona kann nicht an sich halten, ihr schießen die Tränen in die Augen. Ein Kellner kommt, Nona wischt sich mit beiden Händen übers Gesicht und bestellt.

Moritz bleibt stumm. Er schaut auf den kleinen Bistrotisch zwischen ihnen. Nona zieht ein Taschentuch hervor, schnäuzt laut hinein und redet weiter. Tränen fließen ihr die Wangen hinunter.

«Na ja, es ist ja eigentlich auch egal, ihr habt euer Leben, ich will mich da nicht einmischen, und ich weiß ja nicht genau, was vorgefallen ist, vielleicht ist es auch einfach so, und ich muss mich damit abfinden, dass wir keinen Kontakt haben, ich denke nur so oft an dich und …»

«Sie ist nicht mehr ansprechbar.» Moritz spricht sehr leise, Nona kann ihn kaum hören. Sie lehnt sich nach vorne.

«Du weißt ja, dass es ihr vor einiger Zeit schon einmal so schlechtging. In den Neunzigern. Damals, als sie vom Dach gesprungen ist. Wir waren alle so erleichtert, dass sie nur ein paar Schrammen und einen gebrochenen Knöchel davongetragen hat. Dann ging es ihr ein paar Jahre besser. Mit Medikamenten natürlich.»

Der Cappuccino kommt, Moritz hält kurz inne, er wartet, bis der Kellner sich entfernt hat.

«Im letzten Herbst hatte sie einen neuen Schub. Da haben sie Kollegen im Park der Villa Borghese gefunden, völlig verwirrt und noch im Morgenmantel. Sie haben mich angerufen, ich habe sie sofort abgeholt. Der Arzt hat sie erst einmal ruhiggestellt. Jetzt kommt jeden Tag jemand, sie nimmt Medikamente, aber … Aber, Isabella, sie ist …» Moritz spricht immer leiser. «Sie ist nicht mehr sie selbst.»

Jetzt schaut er hoch.

«Sie ist nervös, sie steht immerzu, in einem abgedunkelten Raum. Tagelang. Sie will nur noch auf den Beinen sein. Als hätte sie nicht mehr die innere Ruhe, sich hinzusetzen. Immer wenn ich ins Zimmer komme, steht sie da und murmelt Dinge vor sich hin, sie spricht die ganze Zeit, immer im gleichen Tonfall, sie wiederholt und wiederholt dieselben Sätze, so als versuchte sie, sich selbst zu beruhigen. Es ist gespenstisch. Ich kann sie meistens nicht verstehen. Und das alles im Dunkeln! Sie will nicht gesehen werden von außen, und jede Art von Licht blendet sie.»

Moritz versagt die Stimme, er verbirgt sein Gesicht in den Händen. Nona reicht ihm ein Taschentuch. Er schnäuzt sich und trinkt einen Schluck Kaffee.

«Manchmal ist sie auch richtig aufgebracht, dann schreit sie herum. Sie redet mit ihren Verfolgern. Der Arzt sagt, dass es normal sei, einige wenige Wahnvorstellungen blieben immer, trotz der Medikamente ... aber so, so ist sie gar nicht lebensfähig! Und ich bin es auch kaum noch.»

Er reibt sich über die Stirn.

«Die letzten acht Monate war ich zu Hause und habe mich um sie gekümmert. Ich kann nicht arbeiten. Jetzt ist Cosima da und hat übernommen. Ich musste raus.»

Er schnäuzt sich wieder.

«Ich kann niemanden sehen, verstehst du? In dieser Situation. Ich fühle mich völlig allein, aber auch überfordert. Ich muss es allein durchstehen.»

«Aber ich könnte doch kommen, Moritz. Wie willst du das denn ganz alleine aushalten? Du hast doch uns und die anderen. Du hast doch deine Familie!»

Moritz lacht höhnisch auf.

«Hör mir auf mit der Familie!» Er winkt ab. «Das sind Halsabschneider, die nur auf Profit und Weiterkommen aus sind. Denkst du, ich könnte Konrad anrufen? Der ist doch bestimmt gerade auf der Jagd, der doppelte Graf! Der schreitet doch seine Ländereien in Altenstein ab. Oder Ira – meinst du, sie würde auch nur auf ein einziges Reitturnier in Südfrankreich verzichten, weil es uns schlechtgeht?»

«Ach komm, Moritz, das stimmt doch nicht. So sind die doch nicht.»

Moritz bekommt einen bitteren Zug um den Mund. Seine Stimme wird jetzt leise und schneidend. «Du hast recht, das stimmt so nicht – es sind in Wirklichkeit nämlich *meine* Ländereien, die er da abschreitet, nicht seine!»

Er trinkt einen Schluck und donnert seinen Cappuccino dann mit solcher Wucht auf die Untertasse, dass das Porzellan klirrt.

«Die können mir alle gestohlen bleiben. Soll er doch so weitermachen, mit seinem schnittigen Wagen und den Frauen und dem neureichen Landgrafen-Gehabe. Und wenn du das mitmachst, Nona ...»

Nona geht nicht auf seine Drohung ein.

Sie nimmt einen neuen Anlauf. «Moritz, Konrad ist sehr krank. Ich weiß nicht, wie lange er noch leben wird. Er hat mit Altenstein auch nichts mehr zu tun, das haben sich Bobby und Leo unter den Nagel ... das hat Bobby gekauft.»

Moritz nickt, Konrads Zustand scheint ihm nicht neu zu sein.

«Und ich, Moritz, ich war und bin immer für euch da. Das weißt du hoffentlich. Ich möchte euch so gerne helfen. Was kann ich tun?»

«So, wie die Dinge jetzt liegen, Nona, kannst du am allerwenigsten tun.»

Nona schaut ihn fragend an. «Ich könnte doch zumindest nach Rom ...»

Moritz schneidet ihr mit einer Geste das Wort ab. «Verlass ihn, Nona. Verlass ihn, und wir kommen ins Gespräch.»

Nona ist kurz verwirrt. «Wen meinst du? John? Aber was hat der denn mit der ganzen Sache zu tun?»

Moritz beugt sich vor. «Nona», sagt er eindringlich und ergreift ihre Hand. «Liebste Nona, wie kannst du nur so blind sein, immer noch. Was meinst du, warum John sich beim Thema Altenstein so auskannte und warum er ein solches Interesse hatte! Er hat uns doch alle geradezu genötigt, es zu kaufen.»

«Ja und? Was heißt das denn?»

Moritz schüttelt den Kopf. «Niemand ohne extrem gute Kontakte hätte all das gewusst, was er wusste. Ich sage dir – er hat Kontakte. Ich weiß nicht, ob er da im Auftrag der Amerikaner handelt oder ob er direkt mit der Stasi –»

Nona zieht ihre Hand zurück. «Stasi, Moritz, ist das dein Ernst?» Sie lacht auf. «Moritz, ich weiß nicht, ob ihr das in Rom mitbekommen habt, aber die DDR ist vor fünfzehn – vor sechzehn Jahren – untergegangen. Es gibt keine Stasi mehr.»

Moritz schaut sie aus schmalen Augen an. «Das ist ja auch nicht alles. Dazu kommt noch Johns Persönlichkeit. Du kannst ihm nicht trauen!»

Nona lehnt sich in ihrem Stuhl zurück. «Moritz, wovon redest du? Ich kann meinem Mann nicht trauen? Sind das die Dinge, die Isabella dir in ihrem Wahn einflüstert?»

Er schüttelt den Kopf. «Ich hätte es dir nicht erzählen dürfen. Es war klar, dass du es gegen mich verwenden würdest. Wirf das nicht in einen Topf, bitte.»

Nona beugt sich vor. «Ich weiß nicht, Moritz. Es klingt für mich aber so. Als hättet ihr euch auf eure Version der Dinge verständigt. Und diese Version ... die ist über die Jahre immer mehr für euch zur Wahrheit geworden.»

Moritz seufzt. «Ich weiß, du liebst ihn», sagt er schließlich versöhnlicher. «Du verehrst ihn ja geradezu. Aber du solltest die Augen aufmachen. Wie er sich Cosima gegenüber verhalten hat ... da sind Abgründe, Nona ...»

Er will noch etwas sagen, doch in dem Moment sieht er über ihre Schulter hinweg jemanden am Eingang des Cafés. Er steht auf.

«Ich bin gleich wieder da.»

Nona wartet, sie nimmt einen Schluck von ihrem lauwarmen Cappuccino, den sie bisher nicht angerührt hat. Ihre Hände zittern etwas. Was meint Moritz bloß mit Abgründen? Sie ist froh, dass sie endlich darüber sprechen, auch wenn sie nicht weiß, wie sie ihn erreichen kann. Sie kramt ihr Handy hervor – wahrscheinlich sollte sie ihr Treffen mit Ira noch etwas weiter verschieben. In dem Moment tippt ihr jemand auf die Schulter.

«Ha! Von wegen Landschaftsmalerei!» Iras Stimme schrillt durch das Café und reißt Nona aus ihren Gedanken. «Du hast dich verdrückt! Zum Kaffeetrinken.»

Ira lässt sich mit Schwung auf Moritz' Platz plumpsen. Sie trägt mehrere Tüten, die sie neben sich abstellt.

«Ira, gerade wollte ich dich anrufen!»

«Macht nichts, ich habe in der Zwischenzeit ungefähr 75 Kataloge gekauft, die ich noch vor der Versteigerung durcharbeiten muss.» Ira schaut sich nach dem Kellner um. Sie sieht abgekämpft aus. «Puh, ich könnte auch einen Kaffee gebrauchen.» Ihr Blick fällt auf die halbleere Tasse auf dem Tisch.

«Ach, sitzt hier jemand? Warst du verabredet?»

Nona schüttelt den Kopf. «Stell dir vor, ich habe Moritz getroffen, zufällig. Irre, oder? Ich habe ihn bestimmt seit vier oder fünf Jahren nicht gesprochen.»

Ira schaut sie mit großen Augen an. «Moritz?» Sie setzt

sich sofort etwas gerader hin. «Und wo ist er?» Sie dreht sich um und hält Ausschau.

«Er hat jemanden gesehen, glaube ich, oder er ist zur Toilette.»

Ira hat auf einmal wieder neuen Schwung, sie kramt ihre Schminktasche hervor und zieht ihren Lippenstift nach. Sie tufft an ihrer Frisur herum und schaut in Richtung der Toiletten. Nona kann die plötzliche Aufrüschung nicht deuten. «Was machst du?»

Der Kellner erscheint und räumt die Tassen ab. «Wünschen die Damen noch etwas?»

Ira klappt zufrieden den Schminkspiegel zu. «Einen Cappuccino für mich bitte.»

Nona schaut sich um. «Ich warte noch auf meinen Bruder –»

Der Kellner hält inne. «Ah, der Herr hat eben die zwei Cappuccini beglichen, bevor er gegangen ist. Aber ich kann den Damen gerne noch etwas anderes bringen, ein Glas Wein vielleicht oder ein Stück Kuchen? Möchten Sie noch einmal die Karte sehen?»

Nona dreht sich um und schaut zum Ausgang. Dann sieht sie Ira ungläubig an. «Ich fass es nicht.»

Ihre Schwägerin schüttelt den Kopf. «Das war eigentlich klar, Noni. Mach dir nichts draus. Der ist unberechenbar.» Sie schaut zum Kellner hoch. «Wenn das so ist, nehmen wir zwei Mal den offenen Rotwein, bitte.»

Sie wuchtet die Kataloge auf den Tisch.

«Die Arbeit ruft. Aber vorher will ich noch genau wissen, was Moritz dir erzählt hat.»

## Die Beerdigung

*Berlin, 2005*

Als Alexa schräg gegenüber der Grunewaldkirche parkt, hat Nona bereits beschlossen, dass sie nicht mitkommt. Die letzten Wochen an Konnis Krankenbett waren schwer für sie, die vielen Menschen vor der Kirche – dunkle, teure Mäntel, schwarze Kleider, die Frauen mit bunten Tüchern und Hüten – geben ihr den Rest. Sie geht hinten im Auto in Deckung.

«Ach du Scheiße, wer ist denn das alles? Fahr bitte weiter!»

Alexa stellt den Motor ab und zieht die Handbremse an. Jemand winkt zu ihnen herüber. «Ich habe schon geparkt, außerdem haben mich einige gesehen.»

«Kannst du erkennen, wer alles da ist?», flüstert Nona von der Rückbank.

Alexa kneift die Augen zusammen und späht durch die Windschutzscheibe.

Sie sieht eine große, schlanke Frau an der Seite eines Mannes, der einen Kopf kleiner ist. «Leni und Friedrich sind da.» Am Rand der Gruppe steht eine elegante Frau mit braunen Locken, die einen dunkelblauen Sommerhut trägt, so als ginge sie später noch zum Pferderennen, ihre Lippen knallrot. Sie lacht und wirft den Kopf in den Nacken.

«Inès.»

Nona stöhnt. «Die hat mir gerade noch gefehlt! Die

lässt auch wirklich nichts aus. Wie oft hat sie Konrad in den letzten Wochen mit ihren Krankenhaus-Besuchen genervt.»

Alexa dreht sich in ihrem Sitz um und reicht ihrer Mutter eine Baldriantablette – die zweite, schon als sie sie zu Hause abholte, musste sie ihr zur Beruhigung eine geben. Nicht dass es viel gebracht hätte.

«Mami, es ist Konrads Beerdigung. Willst du dir nicht einen Ruck geben?»

Nona schaut durch das hintere Fenster auf die Gäste und antwortet nicht.

«Und was ist das überhaupt, Heimat? Gibt es so etwas wie Heimat für uns, die wir unsere erste, unsere ursprüngliche Heimat zurücklassen mussten? Ist es der Ort, an dem wir uns niedergelassen haben, wo wir unser neues Leben aufgebaut haben, oder wird es immer noch eine andere Heimat geben, nämlich die, aus der wir stammen?»

Ein schmaler, grauhaariger Mann steht vorne an der Kanzel, Pfarrer Goltz aus Altenstein. Er ist ein Freund von Konrad und Ira. Seine Worte hallen durch das Gemäuer der hellen, modernen Grunewaldkirche. Eigentlich war es Konrads sehnlichster Wunsch, in Altenstein selbst begraben zu werden, im Wald oder am See. Nun ist zumindest der Pfarrer hierhergekommen.

«Gibt es da eine Erinnerung tief in uns, ein Erkennen? Eine Erinnerung an eine Heimat, die wir vielleicht nur als Kinder gesehen haben, die uns aber schemenhaft immer begleitet?»

Alexa schaut sich verstohlen in der Kirche um. Sie sitzt in der zweiten Reihe direkt hinter Ira, aus deren hellgrauem Hut ein paar Federn ragen, und ihren Söhnen.

Vorne neben der Kanzel steht ein großes, schwarzweißes Foto von Konrad, es ist irgendwo draußen aufgenommen worden, er ist gebräunt, seine Haare wehen im Wind. Er lacht, als würde er einen gleich auf seinem Boot mitnehmen oder in sein Cabrio steigen. Davor liegen Kränze und weiße Blumengestecke: Grüße vom Jagdverein, von verschiedenen Immobilien-Gesellschaften, von Final, von seinen «Freunden vom Kastanienhof». Auch Bobby hat einen Kranz geschickt, «In tiefer Zuneigung», stand auf der Schleife, Ira hat ihn noch vor dem Trauergottesdienst in den Mülleimer hinter der Kirche geworfen.

Alexa versucht unauffällig nach hinten zu schauen. Helene, verweint und zerzaust, sitzt in den hinteren Reihen, ein paar Cousinen und entfernte Verwandte ebenfalls, ansonsten kaum bekannte Gesichter. Bobby und Leo haben verstanden, dass sie nicht erwünscht sind. Und auch Moritz und Isabella fehlen.

Ständig ertappt sich Alexa dabei, dass sie auf Konrad wartet. Dass sie denkt, er müsse gleich zur Tür hereineilen und sich für sein Zuspätkommen entschuldigen. Überall meint sie seinen braunen Haarschopf zu erblicken, seine hochgewachsene, schlanke Figur. Bei solchen Anlässen fehlte er bislang nie. Hat sich Konrad hier nicht irgendwo versteckt, in einer der hinteren Reihen, den Hut tief in die Stirn gezogen, und schaut sich die ganze Veranstaltung an, amüsiert, verächtlich? Vermerkt, wer zu seiner Beerdigung gekommen ist und wer nicht?

«Wer Konrad kannte, wusste: Für ihn gab es eine Heimat, doch er hat sie erst spät gefunden. Dann aber hat sie ihm einen Anker gegeben, der immer gefehlt hatte, ohne dass er es wusste.»

Der Platz zwischen Alexa und ihrem Stiefvater ist leer – Nona ist immer noch nicht nachgekommen. Sie wird bestimmt wütend werden, wenn sie sieht, dass Alexa sich so weit nach vorne gesetzt hat. Aber warum eigentlich nicht, denkt Alexa. Wer sollte hier sitzen, wenn nicht wir. Konrad hätte es bestimmt so gewollt.

«Die dichten Wälder, die langgezogenen Alleen, von Erlen, Eichen und Kastanien gesäumt, der helle Sandboden – diese Heimat in Brandenburg war es, wo Konrad zur Ruhe kam, wenn er dort jagte, wenn er durch die Wälder streifte.»

Pfarrer Goltz ist endlich fertig mit seinem Heimatgesäusel. Ein junger Mann geht mit seinem Cello nach vorne und setzt sich auf einen Stuhl links neben der Kanzel, wo ein Notenständer steht.

Ira dreht sich zu John um und deutet aufgeregt auf ihn. «Das ist der Sohn von KURT MA-SUR.» Sie flüstert so laut und unterstreicht ihre Worte durch eine Quasi-Gebärdensprache, dass es auch die hinteren Reihen verstehen. Dann dreht sie sich zu Alexa.

«Wo ist deine Mutter?»

Alexa zuckt mit den Achseln.

Der Cellist setzt den Bogen an, es ist ganz still in der Kirche. Dann beginnt er zu spielen, es ist eine der Bach-Suiten, die Melodie erfüllt den Saal, wie eine große Welle steigt die Musik in dem Kirchengemäuer empor. In Alexa wallt die Trauer auf, ein riesiger, anschwellender Ozean, den sie nicht aufhalten kann. Tränen laufen ihr über die Wangen, sie schlägt die Hände vors Gesicht.

Plötzlich hört sie, dass hinten die großen Flügeltüren geöffnet werden, und dreht sich um. Nona kommt durch das Hauptportal der Kirche herein. Alle Blicke sind auf sie gerichtet. Nona sucht mit den Augen die hinteren Reihen ab, als erwarte sie dort jemanden, den sie nicht finden kann. Ihr bleibt nun nichts anderes übrig, als zu der Musik des Cellos den geschmückten Mittelgang entlang nach vorne zu schreiten wie eine trauernde Witwe oder eine schwarze Braut. Alexa hat ein schlechtes Gewissen, sie hat mit ihrer Sitzwahl dieses Schauspiel gewissermaßen zu verantworten.

Aber sie empfindet auch eine Art Genugtuung, denn eigentlich ist Nona selbst schuld an dieser Szene. Mit ihrem Wunsch, unsichtbar zu sein, hat sie alles kompliziert gemacht. Immer braucht sie eine Extrawurst, weil sie nicht im Vordergrund stehen will, sie kann sich nicht an die normalen Regeln halten, die für alle gelten, und zieht umso mehr Aufmerksamkeit auf sich. Schließlich ist Nona ganz vorne angekommen, sie schiebt sich, die Augen nach vorne gerichtet, auf die Bank neben John und Alexa, ohne sie eines Blickes zu würdigen. «Noch weiter nach vorne hättet ihr euch wohl nicht setzen können!», zischt sie.

Das Teufelsberger Forsthaus ist eine große Blockhütte am Rande Berlins, edel, schick und gleichzeitig auf rustikal gemacht, eine Art Jagdhütte für Neureiche. Unzählige Tierköpfe starren von den Wänden, ein Bärenfell liegt vor dem großen Kamin, Kinder spielen an seinem aufgerissenen Maul. Auf einer schweren, langen Holztafel sind Silbertabletts mit Kaffeetassen und Streuselkuchen angerichtet. Der Leichenschmaus.

Ira steht inmitten einer Gruppe von Verwandten unter einem imposanten Hirschgeweih und hält Hof. Sie hat bereits ein Feuerwerk von Konrad-Geschichten abgefackelt, die Tanten und Cousinen hängen an ihren Lippen. Sie wirkt erleichtert, sie strahlt geradezu, sie ist ganz in ihrem Element.

«Hat er nicht toll gespielt, der Sohn von Masur?», sagt sie, während sie kleine Kuchenteller und Kaffeetassen verteilt. «Er war mit Tobias in der Verbindung in Tübingen. Ein so begabter junger Mann. Und wirklich reizend.»

Nona sitzt etwas abseits mit John und einem Sherry auf einem der breiten, dunkelgrünen Sofas. «Wie schön, euch zu sehen! Darf ich?» Inès steht plötzlich neben ihnen, ein Glas Rotwein in der Hand. Sie zeigt auf den freien Platz und lässt sich hineinfallen, ohne die Antwort abzuwarten. Nona verdreht kaum merklich die Augen.

«Komisch.» Inès trinkt einen Schluck Rotwein und schaut sich in dem Raum um. «Ich kann Isabella und Moritz gar nicht finden.»

«Wie kommst du denn darauf?» Nona ist überrascht. «Moritz und Isabella sind doch nicht gekommen.»

«Klar, sie sind hier, ich habe sie gesehen. Vorhin. Ich war eine der Ersten heute früh an der Kirche und habe mir noch einen Kaffee geholt, in dieser kleinen Bäckerei nebenan. Da saßen die beiden. Wir haben uns kurz unterhalten, Moritz war sehr herzlich und meinte, sie kämen nach.»

Nona hält es kaum auf dem Sofa. «Beide waren da, neben der Kirche? Und Isabella, hast du mit ihr gesprochen?»

Inès schüttelt den Kopf. «Nein. Sie war sehr still, sie hat keinen Ton gesagt. Das ist mir auch aufgefallen.»

Nona ist auf einmal hellwach, sie greift nach ihrer Handtasche. «Vielleicht sollte ich noch mal hinfahren?», wendet sie sich an John.

Der schaut auf die Uhr. «Aber das war doch vor drei Stunden, Nona.»

Inès angelt sich zwei weitere Rotweingläser vom Tablett und reicht Nona eins davon. «Ich glaube auch, dass es sinnlos ist. Bestimmt haben sie es sich anders überlegt und sind wieder gefahren. Bei denen weiß man nie, sie leben ja so in ihrer eigenen Welt. Du wirst sie nicht erreichen.»

Alexa kommt sich etwas verloren vor, sie geht zur Bar, an der zwei Kellner Wein ausschenken. Vor ihr steht ein Mädchen in einem schwarzen Kleid, sie hat Sommersprossen auf den Armen, ihre roten Haare sind hochgesteckt. Als sie sich umdreht, kann Alexa für einen Moment ganz genau Franz' Gesicht erkennen, sein markantes Kinn, die schmalen, hellen Augen.

«Charlotte!» Sie umarmen sich. «Das ist ja eine Überraschung.»

«Ja, ich bin nach Berlin gezogen! Also, ich wohne noch in einem Hostel, aber ich suche nach einer Wohnung, falls du etwas hörst.»

Alexa denkt nach. «Ja, vielleicht weiß ich etwas ... Bist du allein gekommen? Bobby ist doch bestimmt nicht hier, oder?»

Charlotte verzieht das Gesicht. «Wir stehen momentan nicht im Kontakt, Bobby und ich. Und da dachte ich, wo die Schallers mich eh schon nicht mehr leiden können, kann ich auch hierherkommen.» Sie grinst und hält zwei Gläser hoch. «Weiß oder rot?»

Alexa lässt sich auf einen Barhocker gleiten. «Weiß. Und worum ging es bei eurem Streit?»

Charlotte reicht ihr ein Glas. «Na ja, um diese alte Geschichte mit der Abfindung. Ich habe ja vor drei Jahren Geld von denen bekommen. Damit sollten dann jegliche Ansprüche abgegolten sein ... Später ist mir dann aufgefallen, dass sie direkt nach der Abfindung die Michlbacher Motorenwerke verkauft haben. Franz' Vermögen wuchs dadurch natürlich wahnsinnig, er hat wirklich Millionen hinterlassen.»

Alexa nickt. «Ja, ich habe so etwas gehört.»

Beide trinken einen Schluck. «Und dann?»

«Ich habe sie auf ein Drittel des Vermögens verklagt.»

Alexa sieht Charlotte mit großen Augen an. «Wirklich? Aber haben die nicht ihr ganzes Geld in Altenstein gesteckt?»

Charlotte zuckt mit den Schultern. «Das kann sein. Möglicherweise müssen sie es wieder verkaufen, oder zumindest einen Teil davon. Jedenfalls steht außer Frage, dass mir ein Pflichtteil zusteht.»

Alexa starrt sie immer noch an.

«Findest du das dreist von mir? Oder falsch?»

«Nein, nein, gar nicht.» Alexa denkt nach. «Mutig. Ich würde mich das einfach nie trauen. Es ist richtig, aber natürlich ... ein großer Schritt.»

Charlotte trinkt ihr Glas leer. «Ich fand, es war ein großer Schritt von *ihnen*, mir zu verheimlichen, was mir eigentlich zusteht. Klar wäre ich lieber weiterhin Leos neue kleine Schwester. Ich war wahnsinnig enttäuscht, als ich es erfahren habe. Leo war so nett. Ich dachte, wir könnten so eine Art Familie ...» Charlotte lächelt unsicher.

Die Kellner sind gerade mit den Tabletts unterwegs, Alexa beugt sich über den Tresen und angelt nach zwei weiteren Weingläsern. Sie reicht Charlotte eins davon.

«Ach, Familie. Ich weiß nicht, was das bei uns überhaupt bedeutet. Die einen reden nicht mehr miteinander, bekriegen sich wegen dieses bescheuerten Guts, die anderen sind der Überzeugung, dass die Familie von der Stasi durchsetzt ist …» Alexa lächelt Charlotte entschuldigend an. «Ich weiß nicht mehr so recht, was von Familie zu halten ist. Oder ob es gut ist, ein Teil davon zu sein.»

Ira steuert auf die Bar zu. Charlotte ist gerade gegangen, und Alexa ist ebenfalls dabei, sich den Mantel anzuziehen, als ihre Tante auf sie zukommt. Ira wirft dem Kellner ein Lächeln zu und nimmt sich ein Glas Weißwein.

«Du auch, Ali?»

«Danke, ich muss noch fahren.»

«Ach Unsinn. Du fährst noch nicht. Und ein Weinchen kannst du sicher noch vertragen.»

Sie selbst nimmt einen großen Schluck.

«Wie geht es dir?» Alexa fragt sich, ob sie ihre Tante von den vollen Weingläsern weglotsen sollte.

«Na ja, der erste Teil wäre überstanden.» Sie nimmt noch einen Schluck. «Ich bin froh, dass die Beerdigung vorbei ist, aber jetzt stehen schon die nächsten Herausforderungen an.»

«Was meinst du?»

«Dein Onkel hat dafür gesorgt, dass es nicht langweilig wird in meinem Leben. Auch ohne ihn nicht.»

Tobias stellt sich zu ihnen.

Alexa nickt. «Du meinst den ganzen Papierkram rund um die Beerdigung?»

Tobias schaut seine Mutter an, die die Augen schließt und ihr Glas in einem Zug leert.

«Mami, vielleicht solltest du zwischendurch einen Kaffee …»

Ira ignoriert ihn. Sie stellt ihr Glas ab. «Die Beerdigung! Nein, Liebes, das ist mein geringstes Problem. Das war ein Klacks!»

Ein Kellner kommt zu ihnen, Ira schnappt sich ein weiteres Glas Weißwein vom Tablett. Alexa und Tobias tauschen einen Blick aus.

«Nein. Nein, nein, nein, nein.» Ira schüttelt vehement den Kopf, als wäre sie eine Marionette. «Die Beerdigung meine ich nicht. Es gibt da so einige andere Angelegenheiten ... Ausstände ... offene Rechnungen.»

Tobias unterbricht sie. «Ich regele das, Mami. Das habe ich dir doch gesagt.»

«Du kannst es gar nicht regeln, Herzelein.» Iras Bewegungen sind inzwischen leicht fahrig, sie verschüttet etwas Weißwein auf den Teppich. Schnell tritt sie mit ihrem Schuh darauf, um die Flüssigkeit im Teppich zu verteilen. «Es ist zu viel.»

Tobias schaut Alexa betreten an.

«Also», sagt Alexa beschwichtigend, «das Wichtigste ist ja erst einmal, dass Onkel Konni schön beerdigt worden ist. Zwar nicht in Altenstein, aber wenigstens hier, nahe bei dir.»

Ira zündet sich eine Zigarette an. «Aber so ist es gar nicht. Er ist ja gar nicht beerdigt.»

Tobias schaut seine Mutter mahnend an. «Mami!»

«Lass mich!», herrscht sie ihn an. «Was weißt du schon!»

Ein paar Verwandte blicken herüber, Tobias zuckt mit den Schultern und dreht sich auf dem Absatz um.

Ira beugt sich zu Alexa vor. «Er ist ja noch gar nicht unter der Erde.»

«Was meinst du?»

«Er. Muss. Noch. Bleiben. Er muss noch bleiben, bis das Finanzielle geregelt ist.»

Sie zeigt auf eine schlichte, weiße Vase, die neben den vielen Blumen steht.

«Da! Da ist er.»

«Wovon redest du?»

«Da in der Vase. Ich habe seine Asche behalten.»

«Und was haben wir dann beerdigt?»

Ira stellt ihr Glas ab, um einen kleinen Spiegel und einen Lippenstift aus ihrer Handtasche zu ziehen. Plötzlich wirkt sie wieder absolut nüchtern.

«Na ja, die leere Urne eben», sagt sie, während sie sich die Lippen nachzieht. «Ich habe die Asche im letzten Moment entnommen. Irgendwie hatte ich das Gefühl, dass ich ihn noch nicht gehen lassen kann.»

Sie fletscht die Zähne, dann fährt sie sich mit dem Zeigefinger darüber, um mögliche Lippenstiftspuren zu beseitigen. «Jetzt bleibt er erst einmal hier, bis wir das alles gemeinsam ausgestanden haben.»

Sie klappt den Taschenspiegel zusammen.

«Glaub mir, das ist das Mindeste, was er mir schuldig ist.»

## Kunos mildes Lächeln

*Berlin, 2005*

Nona begutachtet die efeublattförmigen Schälchen, die Döschen, auf denen goldverzierte Rotkehlchen ihre Schnäbel emporrecken. Die Vitrine mit dem Meißner Porzellan hat einiges an Scheußlichkeiten zu bieten. Nein, das alles kommt nicht in Frage, John würde es verabscheuen. Ake hat diesen biederen, süßlichen Krimskrams immer aufgestellt, aber für John muss sie etwas anderes finden. Etwas Besonderes.

Sie schaut auf die Uhr.

Scheiße.

Sie hat kaum noch Zeit. In einer halben Stunde schließt das Auktionshaus, und sie hat noch kein Geschenk. Soll sie doch lieber einen Stich kaufen, ganz klassisch? Berlin, Gendarmenmarkt? Den Dresdner Canaletto-Blick? Sie läuft durch die Ausstellungsräume. Nichts sticht ihr ins Auge, nichts hat einen persönlichen Bezug. Alles würde wie ein Verlegenheitsgeschenk aussehen. Abgesehen davon: Brauchen sie wirklich noch mehr Antiquitäten? Obwohl sie ihn oft angefleht hat, weniger auszugeben, hat John sich in den letzten Jahren jeden Wunsch erfüllt. Nicht ein Flohmarkt oder Antiquitätenladenbesuch, von dem er nicht etwas mitgebracht hätte.

Die Wohnung platzt schon aus allen Nähten. An jeder Wand hängen Stiche und Stillleben, auf jeder Fläche steht Porzellan oder Silber.

Und doch – ihr eigener Stolz verbietet es ihr, ihn mit irgendeinem Stich abzufertigen. Sie könnte Herrn Fischer um Rat fragen, den Besitzer des Auktionshauses. Er kennt Johns Geschmack.

Sie schaut noch bei den Standuhren, den Putten, den Ikonen. Hässliches, sinnloses Zeug.

Oder Messing-Buchstützen? Nona durchquert den Raum, es gibt verschiedene Exemplare, Jugendstil, das meiste fast kitschig, aber ganz an der Seite sieht sie welche, die könnten etwas sein. Schlicht. Sie nimmt sie in die Hand.

Buchstützen. Natürlich haben sie schon welche, etliche, aber wann ist das jemals ein Hinderungsgrund gewesen, noch mehr zu kaufen?

Sie sieht aus dem Augenwinkel Herrn Fischer, er packt gerade im Nebenzimmer mit einem Assistenten neue Antiquitäten aus. Sie beugt sich vor. Die beiden haben etwas Großes in der Hand, ein Bild vermutlich, es ist aufwändig verpackt, sie gehen behutsam und umständlich damit um. Herr Fischer löst die Luftkissenfolie, dann reißt er vorsichtig das braune Packpapier ab. Die obere Ecke des Gemäldes kommt zum Vorschein. Nona, die gedankenverloren zugesehen hat, wacht auf einmal auf, etwas durchfährt sie. Sie lehnt sich vor, um mehr zu sehen, doch der Assistent steht direkt vor dem Bild, sie kann nur eine Ecke erspähen.

Herr Fischer erblickt sie. «Ach, hallo, Frau Fredericksen, wie geht es denn? Ist das nicht ein tolles Kunstwerk? Morgen soll es in die große Auktion gehen.»

Nona antwortet nicht. Sie starrt auf das Bild. Ohne den Blick davon abzuwenden, zieht sie ihr Handy aus der Tasche und wählt.

Eine halbe Stunde später ist Alexa da. Sie steht neben ihrer Mutter, die beiden starren schweigend auf das Gemälde.

Es ist das Bild von Kuno, das Agnes im Krieg retten konnte, das Bild, das in Mohrungen und später in Altenstein im Salon hing, das Bild, das in Hersel den Platz über Agnes' Bett einnahm. Das über ihr hing, als sie starb. Kuno lächelnd im Sessel, gelassen, milde.

Alexa räuspert sich schließlich. «Wie kommt das hierher?»

«Tja, das ist die Preisfrage.»

Alexa beugt sich hinunter zu dem kleinen Kärtchen, das in der unteren Ecke klemmt. ‹MG – € 5000› steht darauf.

«Was heißt MG?»

«Mindestgebot.»

Nona schüttelt den Kopf. «Ich habe Herrn Fischer gefragt. Ira hat das Bild anscheinend vor zwei Wochen vorbeigebracht. Es soll morgen bei der Auktion versteigert werden. Solche Ölgemälde seien gerade sehr angesagt. Sie hoffen auf zehntausend Euro.»

Nona schüttelt weiter den Kopf. Alexa schaut ihre Mutter erstaunt an. «Ja, aber, aber ... wenn Ira das Bild verkaufen wollte, warum tut sie es dann nicht in ihrem eigenen Laden?»

Nona wirft ihrer Tochter einen verächtlichen Blick zu. «Das liegt ja wohl auf der Hand, oder? Bei Ira geht die Verwandtschaft ein und aus. Das würde viele Fragen aufwerfen.» Nona inspiziert den Rahmen.

«Nein, sie wollte es heimlich verkaufen.»

Herr Fischer raschelt an der Kasse, er will schließen, er wartet schon seit mehreren Minuten auf die beiden.

«Was sollen wir jetzt tun?»

«Ich fasse es nicht! Wie kann sie ein Bild von unserem

Vater verkaufen, als sei es irgendeine Vase! Ohne uns zu fragen! Ohne es uns zuerst anzubieten!»

«Ja, Mama. Aber ... wir müssen uns jetzt etwas überlegen. Morgen geht es in die Auktion. Entweder, wir machen jetzt ein Angebot, oder es wird verkauft.»

«Was denn für ein Angebot!», herrscht Nona sie an. «Herr Fischer brennt darauf, den bestmöglichen Preis zu erzielen. Das Mindestgebot liegt bei fünftausend. Soll ich da morgen antanzen und fragen: ‹Könnte ich es vielleicht für ein paar hundert Euro haben? Wissen Sie, der Mann da ist nämlich mein Vater, und es ist das letzte Erinnerungsstück, das wir von ihm haben.›» Nonas Stimme wird brüchig. «Als Agnes es Konrad vermacht hat, waren wir alle neidisch! Ira, diese Kuh!»

Sie holt ein Taschentuch heraus und schnäuzt hinein.

Alexa versucht sie zu besänftigen. «Wichtiger ist, was wir jetzt unternehmen. Dass wir uns das Bild von Herrn Fischer zurückholen. Vielleicht kann man argumentieren, dass es gar nicht Iras Bild war?»

«Wenn ich das Geld hätte, ich würde morgen mitbieten. Aber ich habe keine fünf-, geschweige denn zehntausend Euro.»

Herr Fischer kommt, seine Hände knetend, auf sie zu.

«Bitte entschuldigen Sie vielmals, ich möchte Sie nicht drängen, aber wir müssen wirklich schließen ...»

Alexa kramt ihr Handy hervor.

«Vielleicht weiß ich jemanden, der uns helfen kann.»

## Nicht gläubig

*Hersel, 1988*

Nona betritt das Krankenzimmer in Hersel. Sie zittert etwas, sie ist sehr angespannt, seit Wochen denkt sie nur noch daran, dass Agnes sterben wird und dass sie sich wird verabschieden müssen. Sie ist ihrer Mutter zwar bei ihren selbst abgehaltenen Gottesdiensten begegnet, doch da war sie nur Teil des Publikums, ohne mit ihr zu sprechen. Seit ihrer Scheidung von Ake und der Sache mit dem Anwalt hat sie Agnes nicht mehr alleine gesehen. Sie weiß nicht, in welcher Verfassung sie sein wird, wie sie jetzt zueinander stehen.

Agnes liegt in ihrem Bett. Sie hat sehr abgenommen in den letzten Wochen, die Krankheit, die Operationen, all das hat ihr alter, ausgemergelter Körper nicht gut verkraftet. Seit ihren Trauerfeiern ist sie noch mal viel schwächer geworden. «Sie isst und trinkt nicht mehr», haben die großen Halbschwestern Nona vor ein paar Tagen verkündet. «Sie verweigert alles. Jetzt handelt es sich nur noch um Tage.»

Die Großen haben es sich in Agnes' letzten Wochen zur Aufgabe gemacht, sie Tag und Nacht zu pflegen. Sie sind wichtig für Agnes geworden. Sie wechseln sich am Bett ihrer Mutter ab, betreuen sie Tag und Nacht, füttern sie, waschen sie, immer schweigend, immer unter Tränen, wie Leni hämisch Nona berichtet hat. *Meine Kinder sind die Blütenblätter.*

Sie bestimmen, wer Agnes sehen darf und wer nicht.

Als Nona das Krankenzimmer betritt, verlassen sie schweigend eine nach der anderen den Raum. Nona hat Angst vor dieser feierlichen Stimmung, vor dem Alleinsein mit ihrer Mutter, doch Agnes lächelt sie an, ihr Gesicht ist schmal und gelb auf dem weißen Kissen, sie streckt die Arme nach ihr aus. «Nonalein.»

Nona greift erleichtert nach Agnes' Hand, führt sie an ihre Wange. Sie setzt sich auf den Stuhl neben dem Bett.

«Wie geht es dir, Agnes? Kann ich etwas für dich tun?»

Agnes versucht, sich etwas aufzurichten, sie stützt sich auf die Ellenbogen auf. «Ja, weißt du, es gibt tatsächlich etwas. Ich liege den ganzen Tag, und mir ist so übel, ich würde mich furchtbar gerne mal kurz hinsetzen. Aufrecht. Aber ich bin zu schwach.»

Nona greift ihrer Mutter vorsichtig unter die Arme und zieht sie hoch. Die Rippen ihres Brustkorbs fühlen sich an wie die zerbrechlichen Knochen eines Vogels, sie ist noch schmaler, als sie in ihrem Nachthemd ohnehin schon aussieht.

Das Kopfende des Bettes bietet sich nicht zum Anlehnen an, es ist zu niedrig und aus Metall. Schließlich zieht Nona Agnes ein wenig nach vorne und klettert hinter sie, sodass Agnes sich an sie lehnen kann. So sitzen sie eine Weile da, Rücken an Rücken.

Agnes seufzt. «Das fühlt sich gut an, mal richtig aufrecht zu sein.»

Nona spürt, wie sich der zarte Brustkorb gegen ihren Rücken weitet, wenn Agnes einatmet, sie hechelt, es scheint kaum Sauerstoff in ihren Lungen anzukommen, stattdessen ist da immer ein Rasseln, wenn sie Luft holt.

Nona greift hinter sich, sie schiebt vorsichtig einen Nachthemdärmel ihrer Mutter hoch. Die Haut an ihrem

Arm ist hell und weich, übersät von gelben und blauen Flecken von der Tropfnadel. Sie streichelt Agnes' Arm, er fühlt sich so empfindlich an wie Seidenpapier. Nona ist froh, dass sie sich nicht ansehen können, sodass nichts gesagt werden muss. Schließlich räuspert Agnes sich.

«Hast du von Konni gehört?»

«Nein.»

«Ich frage mich, ob er noch mal kommt. Ich habe ihn jetzt so lange nicht gesehen, auch bei den Gottesdiensten nicht. Ira war hier, mit den Jungs. Aber Konni. Hatte wohl bisher keine Zeit.»

Nona denkt nach und will gerade etwas sagen, da spricht Agnes weiter.

«Weißt du, nachher kommen die Enkel, und ausgerechnet heute bin ich so blass, vielleicht könntest du …?» Sie zeigt mit einer schwachen Geste hinüber zu ihrem Schminktisch, wo zwischen den Cremes, Puderquasten und Parfüms ein kleiner Kulturbeutel steht.

Agnes schließt die Augen und hält Nona ihr Gesicht entgegen. Sie lächelt leicht, ihre Züge sind weich und entspannt, fast wie die eines Kindes. Nona verteilt etwas Creme in ihren Händen und streicht damit zärtlich über die Haut ihrer Mutter. Ihre Lider sind fast durchsichtig und durchzogen von kleinen violetten Adern.

Ab und zu hält Nona inne und betrachtet Agnes, die so vertrauensvoll stillhält. Nona drückt etwas Make-up aus der Tube auf ihren Handrücken, verteilt es zwischen ihren Fingern und fährt damit vorsichtig über Agnes' Stirn, die Wangen, das Kinn. Agnes lächelt immer noch, als gefalle es ihr, berührt zu werden. Ihre Augen zucken leicht, doch sie hält sie geschlossen. Ihre Gesichter sind einander ganz nah, Nona atmet tief und konzentriert, während sie mit einem Kajalstift die hellen, ausgedünnten Augenbrauen nachzeichnet und die Wimpern tuscht.

Nona kramt in der Tasche und findet einen Lippenstift, er ist ziemlich grell, orangerot. Sie fährt damit Agnes' Lippen entlang, es ist nicht ganz einfach, weil die Haut so weich ist, außerdem zittert ihre Hand auf einmal. Sie übermalt den Rand etwas. Egal, sie wird es gleich noch in Ordnung bringen. Mit einem Pinsel trägt sie Rouge auf Agnes' Wangen auf – wie war noch mal die Regel? Eher auf den Wangenknochen oder in die Mitte? Auch hier nimmt Agnes' trockene Haut die Farbe stark an, Nona versucht, das Pink etwas mit ihren Fingern zu verwischen.

Agnes' Augen sind immer noch geschlossen.

«Bist du fertig?»

Nona holt den Spiegel vom Tisch und hält ihn ihr hin.

Agnes öffnet die Augen, kurz ist sie erstaunt, als sie ihr Spiegelbild sieht, ihr Mund formt ein kleines O. Ihre Haut ist nicht mehr so gelb, doch das Make-up ist mehrere Töne zu hell, sie sieht jetzt kalkweiß aus, dazu der rote, übermalte Mund, das pinke Rouge und der verschmierte Kajal – sie sieht aus wie eine derangierte Puppe oder ein Pantomime-Spieler, der in den Regen gekommen ist. Sie schaut vom Spiegel zu Nona und wieder zurück. Auf einmal schließt sie die Augen und lässt den Kopf zurück ins Kissen fallen. Aus ihrem Mund kommen seltsame Laute, ein heiseres, fast tonloses Kichern.

«Agnes! Was ist? Was ist? Ich weiß, es ist noch zu stark, ich muss noch etwas herunternehmen!»

Agnes lacht immer mehr. Sie schaut wieder in den Spiegel. *«Huhu, da schaut eine alte Hexe raus!»*, singt sie. *«Sie lockt die Kinder ins Pfefferkuchenhaus.»*

Tränen laufen aus ihren Augenwinkeln und bilden schwarze Rinnsale, die ihr Gesicht noch absurder aussehen lassen. Nona reicht ihr ein paar Taschentücher, mit denen Agnes sich über die Wangen wischt.

«Entschuldige, Nona», sie lacht weiter, «aber es sieht unbeschreiblich aus, scheußlich!»

«Es tut mir leid, Agnes, ich kann das nicht so gut.»

«Das macht doch gar nichts, ich habe lange nicht mehr so gelacht.»

Nona setzt sich auf das Bett und hilft, sie tupft mit den Taschentüchern Agnes' Gesicht ab. Agnes wird langsam wieder müde, sie lässt sich tiefer ins Kissen sinken und ihre Tochter gewähren. Schließlich hat Nona fast alles abgewischt, nur noch ein Schimmer von dem Rot liegt auf Agnes' Lippen.

«Weißt du, Nona», sagt Agnes mit geschlossenen Augen, während sie den Arm ihrer Tochter streichelt. «Nona. Du bist mir die ähnlichste von allen.»

Nona hält inne. «Wirklich?»

Agnes öffnet die Augen. «Ich habe dich heute hierhergebeten. Das war mir wichtig.»

Nona nickt ernst und streicht ihrer Mutter die Haare aus dem Gesicht. «Ja, ich weiß, wir müssen uns ja verabschieden …», sagt sie leise.

«Das ist es nicht. Nicht nur. Weißt du, Nona», Agnes greift nach der Hand ihrer Tochter und drückt sie ganz fest, Nona ist erstaunt, wie viel Kraft in dieser alten Frau noch steckt, «ich will sterben, schon seit Monaten, aber ich kann nicht.»

Nona beugt sich vor. «Warum nicht?»

Agnes schließt die Augen wieder und sinkt zurück ins Kissen, ermattet. Ein paar Sekunden sagt sie gar nichts.

Nona beugt sich vor, um sie besser hören zu können, falls noch etwas kommt. Sie will jetzt nichts falsch machen.

«Ich kann nicht sterben, weil du nicht gläubig bist.»

Sie öffnet noch einmal kurz die Augen und lächelt etwas, als wolle sie sichergehen, dass Nona diese Information auch aufnimmt, dann wird ihr Griff locker, ihr Kopf sinkt leicht zur Seite.

Nona öffnet den Mund, doch sie weiß nicht, was sie antworten soll. Ihre Augen füllen sich mit Tränen, Rechtfertigungen und Erklärungen schießen ihr durch den Kopf, aber dann sieht sie, dass ihre Mutter eingeschlafen ist.

Und was soll sie ihr auch sagen. Es wäre sinnlos, es ist sinnlos.

Sie steht auf, wirft die Berge verbrauchter Taschentücher in den Müll. Umsonst. Sie stellt die Schminke zurück auf den Tisch und geht hinaus, an den Enkeln und weinenden großen Schwestern vorbei, ins Freie.

## Es ist Zeit

*Altenstein, 2005*

Nona fährt das Auto an den Straßenrand, so weit rechts ran wie möglich, die Sträucher kratzen quietschend am Lack. Sie legt den ersten Gang ein, zieht die Handbremse an und stellt den Motor ab. Direkt vor ihr führt der schmale Pfad in den Wald.

Sie atmet aus. Ihr Nacken schmerzt. Sie hat fast zwei Stunden gebraucht nach Altenstein, unterwegs gab es viele Baustellen, und dazu fährt sie immer sehr langsam. Kurz sammelt sie sich, dann greift sie nach ihrer Tasche und steigt aus.

Sie blickt skeptisch in den Himmel. Es ist Nachmittag. In Berlin war das Wetter noch strahlend schön, der Wetterbericht hat einen perfekten Tag versprochen, Sonne und neunzehn Grad. Sonst wäre sie nicht losgefahren. Über Altenstein ist der Himmel zwar blau, doch unruhig, immer wieder braust ein kräftiger Wind auf, weiße Wolkenfetzen rasen in Richtung Westen, sie scheinen sich direkt über dem Kirchturm zu sammeln, wo sich eine immer grauer werdende Decke anstaut.

Nona steckt ihre Hand in die Tasche und tastet darin herum. Das Päckchen ist noch drin.

Was für eine beschissene Idee. Was für eine beschissene Scheiß-Idee.

Aber es ist nicht ihre Idee gewesen. Alexa hat alles in Gang gesetzt, vor einem Monat, kurz nach der Beerdigung.

Sie hat ihre Mutter aufgesucht, war außer sich, in Tränen aufgelöst. Wie konnte Ira nur! Konni die Beerdigung zu verweigern! Sie würde etwas unternehmen müssen! Nona ließ Alexa dann gewähren, obwohl ihr mulmig dabei war. Jetzt ist es zu spät.

Nona schaut noch einmal in die grauen Wolken, vielleicht hält das Wetter ja noch? Nur noch zehn Minuten? Sie geht mit schnellen Schritten zu dem Pfad hinüber. Sie ist lange nicht mehr hier gewesen, hoffentlich ist es auch wirklich der Weg zum Altensteiner See.

«Erst das und dann Kunos Bild», hat Alexa gewütet. «Wir müssen etwas tun. Ich könnte einfach zu ihr gehen, unter irgendeinem Vorwand, und die Asche stehlen. Bitte, Mami, lässt du mich?»

Nona dachte kurz darüber nach. «Ich weiß nicht, Ali. Allein der Gedanke ist widerlich.»

Alexa zuckte mit den Achseln, als wollte sie sagen – wie du willst, dann eben nicht, war ja nur eine Idee. Als wäre nichts weiter dabei, die Asche eines Menschen zu klauen. Sie ließ ihrer Mutter ein paar Tage Zeit, sich an den Gedanken zu gewöhnen. Dann fing sie wieder damit an.

«Die Asche liegt ja nicht lose in der Vase, sie ist noch mal in eine weiße Tüte eingepackt. Auf der Beerdigung habe ich nachgesehen. Ich kann sie holen. Ich gehe Ira besuchen und bringe einfach eine andere weiße Tüte mit. Und dann tausche ich sie aus.»

«Und das stellst du dir so einfach vor?»

«Einfach vielleicht nicht. Aber unter Umständen machbar. Wenn sie abgelenkt ist. Du könntest zu einer verabredeten Zeit anrufen.»

Alexa grinste. Nona schüttelte den Kopf. «Der Gedanke ist grotesk, Alexa. Ich finde es keine gute Idee.»

«Grotesk finde ich, dass Konni bis in alle Ewigkeit auf Iras Fenstersims stehen soll, ohne Beerdigung! Er wollte doch in Altenstein begraben werden, jetzt behält sie ihn einfach bei sich, aus Rache.»

Nona sah Alexa erstaunt an. Aber wenn sie ehrlich war, hatten genau diese Gedanken sie ebenfalls seit Wochen gequält. Lag es nicht an ihr, etwas zu unternehmen? War sie ihm das nicht schuldig?

Andererseits war es so gruselig. Leichenfledderei. Und auch Ira gegenüber wäre das Ganze mehr als ein Vertrauensbruch. Sie war ja auch Iras Freundin. Aber die Asche bei sich zu behalten, wie einen Fetisch? Hatte Alexa nicht recht, musste sie Konni nicht aus dieser Situation befreien?

Bis alles ausgestanden sei, dürfe Konrad nicht unter die Erde, hatte Ira gesagt. Aber wer wusste schon, wann das sein würde. Ira war zuzutrauen, dass sie ihn für immer auf ihrem Fenstersims behalten würde, in dieser schmucklosen weißen Vase.

Schließlich willigte Nona ein. Alexa würde Ira besuchen, dann würde Nona anrufen und ihre Schwägerin ablenken, damit Alexa den Tausch vornehmen konnte.

Mit jedem Schritt, den Nona tiefer in den Wald hineingeht, wird es kühler. Der Waldboden ist feucht. Inzwischen ist es richtig duster über ihr geworden, die Wolken hängen tief, gleich wird es losregnen. Sie klemmt die Tasche fester unter den Arm und beschleunigt ihren Schritt.

Hoffentlich trifft sie nicht auf Leo. Oder – noch schlimmer – auf Bobby. Aber nach allem, was sie gehört hat, scheint das unwahrscheinlich zu sein. Charlotte hatte wohl Erfolg mit ihrer Klage, so wie es aussieht, werden die Schallers ihr mehrere Millionen Euro ausbezahlen müssen. Wie sie das machen, ist noch nicht klar, ihr ganzes Geld steckt in Altenstein. Bobby beschwert sich in der Verwandtschaft jedenfalls bitterlich über Charlotte. Raffgierig sei sie und undankbar. Wie könne sie es wagen, nach allem, was sie für dieses Mädchen getan habe. Wenn sie nun Altenstein verlören, wegen dieser Altlast von Franz.

Nona muss kurz grinsen bei dem Gedanken.

Immer wieder kommen Windböen auf, die Äste der Bäume peitschen ihr ins Gesicht.

Ein Regentropfen klatscht auf ihre Stirn. Mist.

So hat sie es sich nicht vorgestellt, dass sie hektisch im Nieselregen in den Wald rennt, um eilig Konnis Asche zu verstreuen, nur mit dem Gedanken, schnell wieder ins Trockene zu kommen. So darf es nicht sein.

Soll sie umkehren?

Oder vielleicht die Tüte einfach hier am Wegesrand vergraben, kurzer Prozess?

Nein. Dann wäre die ganze Aktion sinnlos gewesen. Sie ist hergekommen, um Konnis Asche auf dem See zu verstreuen, und wenn es nicht geht, wird sie eben umkehren.

Sie beschließt, noch bis zum See zu laufen und sich dann zu entscheiden. Immerhin ist bei dem Wetter bestimmt keiner da, der sie stören könnte.

Die Bäume lichten sich, Nona tritt aus dem Wald, und da, unter ihr, am Ende eines Abhangs, liegt der Altensteiner See. Es ist eher ein Teich, nicht groß, aber wunderschön – viel lieblicher, als Nona ihn in Erinnerung hatte. Hohes Schilf säumt das Ufer, Seerosen bedecken einen Teil des Wassers. Jemand hat einen Steg gebaut, bestimmt war es Leo, das Holz ist neu und strahlt unnatürlich golden, völlig unberührt, so als habe man es heute vom Baumarkt geholt.

Immerhin hält Leo alles gut in Schuss.

Der Steg führt fast bis in die Mitte des Sees. Sie läuft über die Planken, ein paar Enten schwimmen darunter hervor und auf das Wasser hinaus.

Unter ihr spiegelt sich der düstere Himmel. Wieder spürt sie ein paar Wassertropfen im Gesicht.

Doch plötzlich weiß sie: Sie muss es tun, auch wenn sich jetzt der Himmel über ihr auftut. Es ist Zeit.

Sie greift in ihre Tasche. Den ganzen Weg nach Altenstein hat sie sich Sorgen gemacht. Was soll sie mit dem Paket machen? Wie soll sie es öffnen? Wie wird die Asche wohl aussehen, was ist, wenn sich kleine Knochen darin befinden, ein Zahn? Aber jetzt, da sie sich entschieden hat, da sie das Päckchen in den Händen hält, sind diese Gedanken wie weggeblasen, sie spürt nur die Kälte des Windes, die dicken Regentropfen, die ihr auf den Kopf klatschen. Egal.

Es ist Zeit.

Sie fängt an zu weinen, weil sie sich nicht vorbereitet hat auf diesen Moment, wie kann sie so unvorbereitet sein! Sie hat immerzu über die Umstände nachgedacht, an welchem Tag soll sie am besten rausfahren, wie wird sie die Tüte aufbekommen, wie wird die Asche aussehen. Unwichtiges Zeug!

Aber sie hat nicht an ihn gedacht, sie hat nicht daran gedacht, dass sie sich wird verabschieden müssen, und zwar für immer. Sie hat ihre Gedanken über Konrad nicht gesammelt, sie hat sie nicht geordnet wie bunte Perlen an einer Schnur, um sie noch einmal alle durchzugehen.

Der Wind peitscht ihr die Haare ins Gesicht. Sie atmet tief ein. Sie wird es tun, und sie wird sich nicht hetzen lassen. Kennt sie ein Gebet, ein Bibelzitat? Was könnte sie Konrad zum Abschied sagen? Es fällt ihr keins ein. Stattdessen sieht sie immer nur Konnis kleinen Kinderkopf vor sich, in der Kirche in Kletten, den tiefen Haaransatz im Nacken, Konni neben ihr hinter dem Vorhang, seine kleine Hand an dem schweren Stoff. Seine Stimme. Die Uhr.

Plötzlich muss sie an Konnis Taufspruch denken, es ist wie eine Eingebung, seit Jahren hat sie sich nicht damit beschäftigt: *Denn er hat seinen Engeln befohlen, dass sie dich behüten auf all deinen Wegen, dass sie dich auf den Händen tragen –*

Weiter kommt sie nicht, auf einmal ist es so, als stünde Agnes vor ihr, eine erdrückende Welle der Schuld schwappt über sie. Nona schüttelt den Kopf, Tränen strömen über ihr Gesicht. Wie wird sie Agnes je gegenübertreten können?

*Verzeih mir, ich habe nicht auf ihn geachtet, dass er am Leben bleiben konnte.*

*Ich habe ihn nicht beschützt bis zum Schluss.*

Sie nimmt das Päckchen heraus und schaut auf den See.

*Hier endet unsere Geschichte.*

Nona atmet kurz tief ein. Sie schließt die Augen wieder und versucht, sich zu sammeln. … *dass sie dich behüten auf all deinen Wegen, dass sie dich auf den Händen tragen und du deinen Fuß nicht an einen Stein stoßest.*

Dann reißt mit ihrem Daumennagel die Tüte auf. Die Asche ist hellgrau und feinkörnig, der Wind wirbelt sie heraus, kräuselt sie nach oben, etwas davon fliegt auch in Nonas Richtung. Sie zerrt die Tüte weiter auf und hält sie mit beiden Händen hoch, sie spürt plötzlich, wie das Päckchen sich zwischen ihren Fingern leert, ein Windstoß weht alles auf einmal heraus, ein silbernes Segel hebt sich über den See, wie ein Schwarm winziger Insekten, kurz bläht es sich vor dem dunklen Himmel auf und fällt dann herab.

Nona schaut in ihre Hand, etwas feuchte Asche klebt daran. Sie wischt sie ab und steckt die Tüte wieder ein.

Überall auf dem Wasser tanzen jetzt winzige Regentropfen, sie fallen in einem perfekten Rhythmus, immer im gleichen Abstand zueinander. Der See von Altenstein kommt ihr vor wie eine silberne Scheibe, schwebend, losgelöst von der Erde.

Nona spürt die nassen Haarsträhnen, die an ihrer Stirn kleben.

Sie schließt die Augen.

Dann dreht sie sich um und geht langsam den Hang hinauf, Richtung Altenstein, den Wind im Rücken.

# Epilog

Alexa klettert die schmalen Stufen empor zu ihrer Wohnung im fünften Stock. Sie ist außer Atem. Jedes Mal fängt sie ab der vierten Etage an zu keuchen und verflucht sich dafür, dass sie vor einem Jahr den Mietvertrag unterschrieben hat. Warum wollte sie noch mal unbedingt im Dachgeschoss ohne Aufzug wohnen? Drei helle Räume, hohe Decken und ein Kamin im Wohnzimmer hatten sie angelockt, aber die Wohnung ist zu groß, zu teuer und definitiv zu weit oben. Klar, ihr Blick über die abfallenden Dächer von Prenzlauer Berg, die Schornsteine, Giebel und Baumkronen, ist sensationell. Direkt vor ihrem Fenster schauen die Statuen vom Turm der Immanuelkirche zu ihr herein. Doch um in diesen Genuss zu kommen, muss sie jedes Mal den Mount Everest erklimmen.

Als sie um die Ecke biegt, um die letzten zehn Stufen in Angriff zu nehmen, sieht sie ein Paket, das an ihrer Haustür lehnt. Alexa wundert sich – noch nie ist ein Postbote bis hier hochgeklettert. Das Paket ist groß – etwa eineinhalb Meter hoch und einen Meter breit, in Packpapier eingewickelt und ohne Adresse. Jemand muss es selbst hergetragen und abgestellt haben. Alexa schließt ihre Tür auf und zieht es hinter sich her hinein, es ist schwer.

In der Wohnung herrscht Chaos. Vor ein paar Tagen hat sie das Arbeitszimmer ausgeräumt, ihr Schreibtisch, der Drehstuhl, Kisten voller Bücher und zwei Regale stehen jetzt zusätzlich im Wohnzimmer herum. Sie wird einen anderen Platz für die Sachen finden müssen. Aber sie freut sich, das leere Zimmer ist wunderschön, mit Dachschrägen und zwei Fenstern in den Himmel und Zugang zu dem großen Balkon, der auf den Kirchturm schaut. Gestern hat sie es hellgelb gestrichen. Heute Nachmittag soll ihre neue Mitbewohnerin einziehen.

Jetzt sieht Alexa, dass an dem Paket eine Karte klebt.

«Für unser neues Zuhause. Ich hoffe, es gefällt Dir. Ich freue mich auf alles.» Darunter ein großes geschwungenes C.

Alexa löst den Tesafilm und fängt an, das braune Papier aufzureißen. Eine Schicht Luftpolsterfolie ist darunter, sie schneidet sie vorsichtig mit einer Schere auf. Etwas blitzt unter dem Plastik, es ist golden, ein goldener Rahmen. Braune Ölfarbe. Sie erstarrt. Plötzlich weiß Alexa, was es ist, sie reißt schnell die gesamte Verpackung ab. Ihr Großvater lächelt sie an.

Sie hebt das Bild hoch und trägt es ins Wohnzimmer, wo sie es vorsichtig auf dem Kaminsims abstellt. Sie macht einen Schritt zurück und schaut das Gemälde an, ihr Herz rast dabei, es kommt ihr vor, als habe sie etwas Verbotenes getan, als habe sie einen Schatz bekommen, der ihr nicht zusteht.

Eine Weile betrachtet sie das Bild, dann geht sie in die Küche und macht sich einen Kaffee, mit dem sie sich auf den Balkon setzt. Es ist sonnig und kühl, ein paar Wolken hängen über Berlin. Alexa blickt auf die Stadt zu ihren Füßen, ein Meer von roten Dächern, unterbrochen von Schornsteinen, Kirchtürmen, Bäumen. Sie liest die Graffiti-Botschaften, die die Menschen einander hinterlassen haben.

Sie lächelt.

Sie wird hier sitzen und warten, bis Charlotte kommt.

# Danksagung

Ich danke allen, die das Manuskript gelesen und mich so klug beraten haben: Bärbel Brands, Nicole Diekmann, Benedikta von Karaisl, Andrea Maurer, Victoria Muntendorf, Nadia Nasser, Anna Winger.

Meiner Agentin Elisabeth Ruge und meiner Lektorin Silke Jellinghaus, ohne deren Vertrauen und Zuspruch es dieses Buch nicht gäbe.

Vor allem danke ich meiner Schwester Sophie und meinem Mann.

# Nachweise

Gedicht auf Seite 31 f. und 358:
Else Lasker-Schüler, *Senna Hoy*. Aus: Else Lasker-Schüler, Sämtliche Gedichte. Herausgegeben von Karl Jürgen Skrodzki. Suhrkamp Verlag, Frankfurt am Main, 2004.

Zitate auf Seite 136, 154 und 204 aus:
Heinrich Hoffmann, *Der Struwwelpeter*.

Gedicht auf Seite 350:
Wilhelm Hauff, *Reiters Morgenlied*.